Anja Marschall
Als der Sturm kam

Anja Marschall

ALS DER STURM KAM

Roman

PIPER

Mehr über unsere Autorinnen, Autoren und Bücher:
www.piper.de

Wenn Ihnen dieser Roman gefallen hat, schreiben Sie uns unter Nennung des Titels »Als der Sturm kam« an empfehlungen@piper.de, und wir empfehlen Ihnen gerne vergleichbare Bücher.

Von Anja Marschall liegen im Piper Verlag vor:
Die Kaffee-Saga:
Band 1: Töchter der Speicherstadt – Der Duft von Kaffeeblüten
Band 2: Töchter der Speicherstadt – Der Geschmack von Freiheit
Band 3: Töchter der Speicherstadt – Das Versprechen von Glück

Als der Sturm kam

Inhalte fremder Webseiten, auf die in diesem Buch hingewiesen wird, macht sich der Verlag nicht zu eigen und übernimmt dafür keine Haftung. Wir behalten uns eine Nutzung des Werks für Text und Data Mining im Sinne von § 44b UrhG vor.

ISBN 978-3-492-06420-0
2. Auflage 2024
© Piper Verlag GmbH, München 2024
Redaktion: Nadine Buranaseda
Satz: psb, Berlin
Gesetzt aus der Dante
Druck und Bindung: CPI Books GmbH, Leck
Printed in the EU

VORWORT

Dieser Roman hat die schwere Aufgabe, Ihnen die katastrophale Sturmflut vom 16. auf den 17. Februar 1962 in Hamburg näherzubringen. Er will erklären, beleuchten und schildern, zu welch übermenschlichen Taten ein jeder fähig ist, wenn er um sich und seine Lieben fürchten muss. Die folgenden Seiten sollen aber auch zeigen, dass der Mensch manchmal ein weitaus besseres Wesen ist, als er von sich selbst denkt.

So akribisch wie möglich habe ich die Katastrophe aufgearbeitet, die damals über die Stadt hereinbrach. Die Zeiten im Text musste ich gelegentlich an die Handlung anpassen. Ich bitte hier um Nachsicht.

Viele historische Persönlichkeiten kommen in diesem Roman in einer kleinen oder größeren Rolle zu Wort. Dazu gehören der damalige Senator Helmut Schmidt ebenso wie seine Sekretärin Ruth Wilhelm (später Loah), Werner Eilers, leitender Regierungsdirektor, und Polizeioberrat Martin Leddin, der in den ersten Stunden den Einsatz vom Polizeihaus aus geleitet hat. Da sie alle bereits verstorben sind, konnte ich mich in der Recherche nur auf Archive, Presseberichte, ehemalige Weggefährten oder meine Fantasie verlassen. Diese Personen könnten so oder so ähnlich gehandelt haben oder auch nicht. Ich hoffe allerdings, dass ich ihnen gerecht werden konnte.

Im Anhang finden Sie einige Informationen über die

schicksalhafte Nacht und die Tage, die ihr folgten. Sie werden dort neben einer Chronologie der Geschehnisse auch eine Abgrenzung von Fiktion und Fakten nachlesen können sowie Hinweise auf empfehlenswerte Quellen, falls Sie das ein oder andere genauer wissen möchten.

Wichtig war mir vor allem, dass in diesem Roman die damaligen Opfer und ihre Familien geschützt werden. Sie werden hier also keine tatsächlichen Namen von Menschen finden, die ihr Leben lassen mussten oder ihr Zuhause in jener Nacht verloren. Ihre traumatischen Schicksale dienten mir als Vorlage für die nun folgende Geschichte.

Ich bin mir sicher, Sie stimmen mir zu: Der Respekt vor den Opfern der Flut gebietet diese Rücksichtnahme. Und so erleiden meine fiktiven Figuren viel von dem, was in der Nacht vom 16. auf den 17. Februar echten Menschen passierte.

Als Hamburgerin wurde ich im Jahr der Flut geboren. Mein Herz hängt an dieser Stadt, von der Helmut Schmidt in einem anonymen Artikel im Juli 1962 in der ZEIT einmal schrieb: *Ich liebe sie mit Wehmut, denn sie schläft, meine Schöne, sie träumt, sie ist eitel mit ihren Tugenden, ohne sie recht zu nutzen. Sie genießt den heutigen Tag und scheint den morgigen für selbstverständlich zu halten. Sie sonnt sich ein wenig zu selbstgefällig und lässt den lieben Gott einen guten Mann sein.*

Freitag, 16. Februar 1962

15 Uhr, Deutsche Bucht,
Position 54° 00'00" N und 08° 10'40" E

Eine eisgraue Wasserwand erhob sich vor *Elbe 1*, Gischt spritzend näherte sie sich dem Schiff, stieg hoch und höher. Es war unmöglich, den finsteren Himmel über ihr zu erkennen. Dann stürzte der stählerne Schiffskörper in die Tiefe, die See lief unterm Heck durch. *Elbe 1* versuchte, sich erneut aufzubäumen, als auch schon die nächste See über dem Vorschiff tonnenschwer zusammenbrach. Unermüdlich ergossen sich schwere Brecher übers Deck. Ein heftiges Zittern ging durch den Rumpf.

Seit Tagen forderten die Elemente das Feuerschiff in der Deutschen Bucht heraus. Der Sturm wollte einfach nicht nachlassen. Trotzdem mussten sie ihre Position halten, denn nur sie konnten verhindern, dass andere Schiffe vom Kurs abkamen, auf Untiefen liefen, um mit Mann und Maus unterzugehen. Einen Sturm wie diesen hatte Tetje Dittmers noch nie erlebt. Seine Wache erschien ihm heute endlos lang.

Mit gewaltigem Donnern schlug ein weiterer Brecher aufs Vordeck. Der eiserne Rumpf unter seinen Füßen fuhr steil in die Tiefe. Tetje hielt die Luft an, als die Woge gegen das Fenster krachte und *Elbe 1* mächtig durchrüttelte. Für einen Moment wurde es draußen schwarz. Die Lampen auf der Brücke flackerten. Es waren Sekunden, in denen unklar war, ob das Schiff bereits unterging oder der Kampf andauern würde.

Elbe 1 hing an einer zweihundertfünfzig Meter langen Ankerkette. Sie und der speziell angefertigte Pilzanker mit seinen drei Tonnen hielten das rote Feuerschiff auf Position. Gefangen. Das Wasser an der Scheibe lief ab. Streifen blassgrauen Lichts fielen herein. Dahinter tosten die Wellen unbändig weiter. Erleichtert sog Tetje die abgestandene Luft auf der Brücke ein, während *Elbe 1* wie von Geisterhand auf dem Rücken einer neuen Woge emporgehoben wurde. Es war schwer auszumachen, wo die Nordsee aufhörte und der Sturmhimmel begann.

In die Dämmerung hinein zuckte der Lichtstrahl des Zweitausend-Watt-Feuers oberhalb der Brücke. Dieses Licht war der Grund, warum sie hier waren. An ruhigen Tagen sah man den Schein der Lampe dreiundzwanzig Seemeilen weit. Nun erhellte es nur das schieferfarben kochende Meer um sie herum. Ein fünf Sekunden andauerndes Blinken, das war ihr Zeichen. Dann Düsternis für weitere fünf unendlich lange Sekunden, bevor das Leuchtfeuer erneut aufgrellte und den Blick auf die nächste Woge freigab, die direkt auf das Schiff zuhielt.

Zwischen den Wellenbergen meinte Tetje das Leuchtfeuer der Kollegen von *Elbe 2* nahe dem Großen Vogelsand aufblitzen gesehen zu haben. Deren Kennung waren zwei Blinksignale. Es war tröstlich zu wissen, dass sie hier draußen nicht allein waren. Feuerschiff *Elbe 3* lag gemütlich vor Neuwerk. Aber auch die schüttelte der Sturm sicherlich mächtig durch.

Drei kleine rote Schiffe gegen einen Sturm, damit auch bei diesem Sauwetter die anderen Kähne sicher in die Elbe kamen. Konzentriert starrte Tetje zum Vorschiff hinaus, wo sich der nächste Brecher aus dem Wasser schob.

Der Sturm nahm zu. Doch er war nicht der einzige Grund, warum das Schiff unter seinen Füßen unruhig hin- und herhüpfte. An dieser Position liefen selten gemächlich lange Wellen, denn der Elbstrom, die Gezeiten und die Sandbänke im Wattenmeer selbst neigten dazu, aus dem ruhigsten Wasser eine schwere Kabbelsee zu machen. Und so rollte *Elbe 1* seit Stunden hin und her, während es gleichzeitig vor und zurück ging.

Das Kreischen der Stags und das Knarzen der Bolzen in der eisernen Stahlhaut bohrten sich in Tetjes Mark. Er hatte schon so manchen Sturm erlebt, aber dieser war anders. Wütender. Fordernd zog der Orkan über sie hinweg, hinüber zum Festland, als hätte er dort eine Verabredung, die es einzuhalten galt.

An Land hatten sie den Sturm *Vincinette* getauft, die Unbesiegbare. Sie brüllte derart laut, dass auf der Brücke selbst die Stimme von *Radio Norddeich* kaum zu verstehen war. Tetje drehte den Knopf bis zum Anschlag auf. Wortfetzen drangen durch das Heulen des Windes an sein Ohr.

Die Tür neben ihm öffnete sich. Stolpernd fiel Kapitän Jensen auf die Brücke. Gerade noch konnte er sich am Tisch festhalten.

»Scheun Schiet!«, brüllte er und stellte sich breitbeinig neben Tetje.

»Jo.«

Gemeinsam blickten sie nach draußen, in der Hoffnung, kein anderes Schiff zu entdecken, das den Fehler beging, bei diesem Sturm Richtung Hamburg einzulaufen.

»Wollte dir eigentlich 'n Tass Kaff bringen, aber die Kanne hat sich mit ordentlich Schisslaweng aufn Fußboden verabschiedet«, brummte Jensen. »Der neue Smutje hat versucht, die Sauerei aufzuwischen. Ging nicht. Jetzt schwappt der ganze Schweinkram auf dem Boden hin und her. Er hat geflucht wie 'n Fischweib.«

»Was kocht der auch bei so 'nem Seeschlag Kaffee?«

»Irgendwie müsst ihr ja wach bleiben.«

»Auch wahr.« Seit gestern hatte keiner der Mannschaft Schlaf finden können. Die Nerven lagen blank.

Wieder hob sich der Bug. Tetje und sein Kapitän gingen mit der Bewegung in die Knie, um das Schaukeln auszugleichen.

»Das Wasser schiebt sich die Elbe hoch!«, rief Tetje. »Zu Hause kriegen sie bestimmt wieder nasse Füße!«

»Is ja nix Neues.«

Plötzlich holte das Schiff hart über und warf sich schwer auf die Seite. Stolpernd versuchte Tetje, nicht zu Boden zu stürzen. Da ging ein heftiger Schlag durch den Rumpf.

»Schiet! Die Kette ist gerissen!«, rief Kapitän Jensen und warf die Hand auf den roten Knopf neben sich. Sofort erzitterte *Elbe 1,* als sich die tonnenschwere Ankerkette vom Schiff trennte und donnernd in der kochenden See versank. Ein greller Ton überflutete alle Räume im Inneren von *Elbe 1.*

»Alle Mann an Deck!«, brüllte Jensen. »Maschinen volle Kraft. Schleppanker setzen! Tetje, ab ans Ruder!«

Ohne Kette konnten sie in diesem Sturm die Position nur mit der Maschine halten. Nun mussten sie um ihr eigenes Leben kämpfen und versuchen, nicht unter Land zu treiben. Auf Hilfe konnten sie vorerst nicht hoffen.

**15:40 Uhr, Laubenkolonie *Alte Landesgrenze e. V.*,
Hamburg-Wilhelmsburg, hundert Kilometer landeinwärts**

Marion Klinger stemmte sich gegen den Sturm, der an ihrem Mantel und dem Kopftuch riss. In den eiskalten Händen hielt sie zwei Einkaufstaschen, vollgepackt mit Lebensmitteln, die sie bei der PRO-Filiale in der Fährstraße gekauft hatte. Seit sie im Polizeihaus eine Anstellung als Schreibkraft gefunden hatte, ging es ihr und ihrer Mutter finanziell besser. Heute hatte sie roten Heringssalat und sogar ein Pfund Jacobs Kaffee dabei. Vielleicht stimmte das die Mutti ein wenig milder, denn in diesen Tagen waren die Schmerzen in ihren Beinen besonders schlimm.

Gertrud Klinger litt darunter, seit sie 1942 ausgebombt worden waren. Zwei Nächte hatte sie unter den Trümmern auf Hilfe gehofft, bevor man sie endlich fand. Die Knochenbrüche waren nie gut verheilt. Wie auch? Damals war Krieg gewesen. Bis zu Papas Tod hatte Marions Mutter wenig geklagt. Seither aber nörgelte sie über alles und jeden. Am meisten beklagte sie sich darüber, dass ihre Tochter noch immer nicht verlobt war, und das, obwohl sie den vierundzwanzigsten Geburtstag bereits hinter sich hatte. Dass kaum geeignete Heiratskandidaten existierten, wollte die Mutti nicht gelten lassen. »Eine Frau muss nehmen, was der liebe Gott ihr bietet«, sagte sie und mahnte Marion, nicht auf einen Prinzen zu hoffen, wenn es nun einmal nur Frösche gab. »Die Karin, ja, die war plietsch«, pflegte sie zu sagen. »Die hat sich rechtzeitig den Dieter geangelt. Sieh dir an, was aus dem Mädchen geworden ist. Zwei Kinder hat sie, dabei ist sie genauso alt wie du. Und ihr Dieter, der wird es noch weit auf der Werft bringen. Vorarbeiter ist er ja schon. Glaub mir, es dauert nicht lange, und die Karin zieht in eine der schnieken Wohnungen von der *Neuen Heimat,* drüben in Altona. Mit Badezimmer, Einbauküche, Balkon und allem sonstigen Pipapo.«

Marion hatte sich angewöhnt, nicht mehr auf die Litaneien ihrer Mutter zu reagieren, obwohl die Worte sie schmerzten. Früher hatte sie sich gewehrt, einmal sogar vorgeschlagen, die Mutti könnte sich ja selbst einen Mann suchen, wenn sie unbedingt aus der Laubenkolonie in eine Neubauwohnung ziehen wollte. Mit fünfundfünfzig Jahren war eine moderne Frau für so etwas nicht zu alt. Der Streit danach war zu heftig gewesen, um keine Wunden in beide Seelen zu graben.

Daher verzichtete Marion auf diese Replik, wenn die Vorwürfe mal wieder laut wurden. Manchmal fragte sie sich, warum ihre Mutter nicht stolz auf sie war. Immerhin hatte Marion eine Ausbildung zur Fremdsprachensekretärin erfolgreich abgeschlossen und vor drei Monaten eine Anstellung im Polizeihaus am Karl-Muck-Platz angetreten. Heiraten konnte sie später auch noch, sollte ihr der Richtige zufällig über den Weg laufen. So leicht wie im Kino war es im echten Leben nämlich nicht, einen Mann zu finden, der zu einem passte. Und irgendeinen zu nehmen, nur damit die Mutti endlich zufrieden war, wollte Marion ganz bestimmt nicht.

Eine Böe riss sie fast um. Stolpernd versuchte Marion, ihr Gleichgewicht zu finden, als sie aus dem Augenwinkel einen Schatten bemerkte. Erschrocken machte sie einen Satz zurück. Da krachte ein dicker, kahler Ast genau an der Stelle zu Boden, wo sie eben noch gegangen war.

Sie musste vorsichtiger sein! Dass bei einem solchen Orkan

Sachen durch die Luft flogen, war nichts Besonderes. Sie sprang über den Ast, der sich quer zum Weg gelegt hatte, als wollte er sie daran hindern weiterzugehen.

Stürme kannten sie in Hamburg zur Genüge. Wahrscheinlich waren die Landungsbrücken und der Fischmarkt längst überflutet.

Immer wieder musste sie mit den beiden Tüten in den Händen um Pfützen herumbalancieren, die sich in den Sand des Wegs gegraben hatten.

Sie passierte die Laube vom Ehepaar Kollwitz. Die Kollwitzens gehörten zu all jenen, die damals vor den Russen geflüchtet waren und ihre Heimat in Ostpreußen verlassen hatten, um in Hamburg neu anzufangen. Mit handwerklichem Geschick und viel Sinn für Humor hatte Opa Kollwitz die Gartenlaube zu einem Kleinod ausgebaut. Letztens hatte er sich ein tragbares Radio gekauft, aus dem manchmal Musik dudelte, während er im Garten das Gemüsebeet umgrub oder Obst pflückte.

Marion entdeckte den Nachbarn auf dem Dach seines Häuschens.

»Moin, Opa Kollwitz!« Sie winkte ihm zu.

»Moin, moin!« Er hielt den Hammer in der Hand hoch. »Die Dachpappe ist weggeflogen!«, rief er, als müsste er erklären, warum er bei diesem Wetter dort oben herumkraxelte.

Zwei Lauben weiter entdeckte Marion den kleinen Uwe, der seinem Vater half, Holzscheite von einem Stapel neben dem Haus in eine Schubkarre zu werfen. Uwe war in der ersten Klasse und seither sehr stolz darauf, dass er schon so groß war. Auf alle Fälle größer als seine Schwester Ursula, die jeder nur Klein-Uschi nannte, weil es in der Siedlung noch eine große Uschi gab, die eine Ausbildung zur Schneiderin machte.

Marion blieb am Gartentor stehen. »Na, seid ihr wieder fleißig? Und das bei diesem Wetter.«

Uwes Papa Dieter Krämer kam zur Pforte. »Wat mutt, dat mutt. Von allein wird der Ofen nicht warm.« Er schob die Schippermütze tiefer ins Gesicht, damit sie ihm nicht vom Kopf wehte. »Und du? Heute schon Verbrecher gefangen? Oder haben die bei diesem Schietwetter frei?«

Marion lachte. »Ich habe dir oft gesagt, dass ich keine Polizistin bin, sondern nur eine Schreibkraft. Ich tippe Vernehmungsprotokolle und manchmal einen Brief, ich stenografiere oder kümmere mich um die Ablage.«

»Aber wenn du keine bösen Jungs fängst, dann doch hoffentlich bald einen stattlichen Udel in Uniform. Davon laufen bestimmt eine Menge im Polizeihaus herum, richtig?«

»Dass im Polizeihauptquartier auch Polizisten herumlaufen, liegt in der Natur der Sache«, entgegnete Marion, denn sie ahnte, warum er dieses Thema anschnitt. »War deine Karin etwa wieder bei Mutti?«

Dieter grinste breit. »Jo. Deine Mutter will wissen, wann sie endlich mit einem Beamten als Schwiegersohn rechnen kann. Falls da nichts zu finden ist, soll ich ran.«

Marion riss die Augen auf. »Wie bitte?«

»Na, die beiden Frauensleute haben ausklamüsert, dass ich dir ein paar von meinen Kollegen vorstellen soll. Die *Howaldtswerke* laden nämlich zum alljährlichen Fasching in die Kantine ein, und ich habe den Auftrag, dich zu fragen, ob du mitkommen willst.«

Marion seufzte. »Ich muss arbeiten. Leider.«

»Aber du weißt ja gar nicht, an welchem Tag der Schwof ist.«

»Muss ich auch nicht. Ich bin mir sicher, dass ich an dem Tag arbeiten muss, ganz bestimmt.« Konnte ihre Mutter nicht endlich damit aufhören, sie an den nächstbesten Mann zu verkuppeln? Wut stieg in Marion hoch.

Er lachte. »Genau. Die Jungs sind eh nichts für dich.« Fragend legte sie den Kopf zur Seite und schaute ihn aus schmalen Augen an. »Was meinst du denn damit?«

Verlegen nahm Dieter die Mütze ab. »Na ja, bist halt was Besseres, so mit Mittlerer Reife und diesem Abschluss als Fremdsprachensekretärin. Jetzt hast du sogar eine Stelle bei der Polizei. Da trauen sich die Jungs von der Werft nicht ran, wenn du verstehst, was ich meine.«

Marion hörte im Kopf die Worte ihrer Mutter. »Für einen reichen Mann bist du nicht hübsch genug und für einen von unseren zu hochnäsig. Du bekommst niemals einen ab. Was habe ich in deiner Erziehung nur falsch gemacht?«

Hinter ihnen hatte Uwe aufgehört, Holz in die Schubkarre zu werfen, und näherte sich mit ein paar Salatblättern dem Hasenstall.

»Ich finde ja«, fuhr Dieter fort, »dass zu dir viel besser einer in Uniform passen würde oder was aus dem Büro. Keine Malocher, wie wir es sind, mit Dreck unter den Fingernägeln.«

Ähnliches hatte ihr die Mutti auch kürzlich gesagt. Nur hatte sie es nicht so nett formuliert. Ihrer Ansicht nach glaubte Marion, für einen einfachen und fleißigen Mann zu gut zu sein. Sie sei arrogant, darum würde ihre Tochter auch als alte Jungfer enden. Aber das stimmte nicht. Marion fand sich überhaupt nicht hochnäsig.

Damals hätte sie gerne den Dieter genommen, nur war ihre beste Freundin Karin schneller gewesen. Die hatte keine Hemmungen gehabt, ihr den Mann vor der Nase wegzuschnappen, obwohl sie wusste, wie sehr Marion in den Dieter verliebt gewesen war. Nächtelang hatte Marion geweint und sich über Monate geweigert, auch nur ein Wort mit der ehemals besten Freundin zu wechseln. Irgendwann arrangierte sie sich mit ihrem Unglück. Im Stillen war sie sich jedoch sicher, dass Dieter die Falsche geheiratet hatte.

Und so machte Marions Herz noch heute jedes Mal einen Hüpfer, wenn sie ihm begegnete. Ob die Karin wusste, dass der Dieter einmal heimlich das Fahrrad von Pastor Lampe ausgeborgt hatte, nur um sich mit ihr am Deich zu treffen? Natürlich hatte er das Rad zurückgebracht, bevor der Herr Pastor das Fehlen seines Drahtesels bemerkt hatte. Dennoch hatte es Marion damals imponiert, dass jemand so etwas Verwegenes für sie tat. Manchmal fragte sie sich, ob Dieter das auch für Karin getan hätte.

»Ich geh dann mal«, sagte sie. »Hatte Nachtschicht. Bin hundemüde.«

Uwe lief zum Gartenzaun. Im Arm trug er einen grauen Hasen mit langen Ohren, von dem Marion wusste, dass er Mümmel hieß und Uwes Lieblingstier war, gleich neben Kater Grumpel und den drei Hühnern, die der Junge jeden Morgen vor der Schule fütterte.

»Wir fahren heute mit dem Zug zu Oma und Opa nach Hamm!«, rief Uwe. Seine Wangen glühten. »Die haben eine neue Wohnung mit 'nem echten Balkon. Und einen Fernseher haben sie auch. Uschi und ich dürfen auf dem Klappsofa schlafen.«

Marion drehte sich um. »Und eure Eltern? Wo bleiben die?«

Dieter strich seinem Sohn übers Haar, der wiederum Mümmel streichelte. »Ich habe morgen Frühschicht auf der Werft. Danach hole ich Karin bei den Schwiegereltern ab. Wir feiern unseren Hochzeitstag bei einem Abendessen im *Atlantik*.«

»Vornehm geht die Welt zugrunde, sag ich ja man nur. Seid ihr unerwartet zu Geld gekommen?« Marion grinste.

»Nee, auch wenn ich Lotto spiele. Das ist ein Geschenk von Karins Eltern. Da kann ich ja schlecht Nein sagen, oder?«

»Nee, das geht überhaupt nicht«, antwortete Marion süffisant. »Bestimmt schreit der Gewerkschaftsmann in dir Zeter und Mordio, sobald du dich unter die Kristallüster zu den reichen Bonzen an den Tisch setzen sollst. Leider musst du diese Tortur ertragen, armer Dieter.« Sie schlug ihm auf den Oberarm. »Nimm es als Kampf hinter den Linien des Klassenfeinds, und vergiss nicht, deinen besten Anzug anzuziehen.« Sie lachte, als sie sein säuerliches Gesicht bemerkte. Er war ein fleißiger Mann, der seine Schichten schob und dazu mit Leib und Seele als Gewerkschafter für die Rechte der Arbeiter im Hafen stritt. Nebenher fand er noch Zeit, beim Technischen Hilfswerk anzupacken und in der Laubenkolonie als erster Vorsitzender seine Abende zu verbringen. Er war ein guter Kerl, der respektiert wurde und gerne lachte. Es gab niemanden, der Dieter nicht mochte. Und was tat sie selbst? Nichts. Sie lebte nur bei Muddern.

Marion überlegte, ob sie eifersüchtig auf sein erfülltes Leben war, in dem sie eine Rolle hätte spielen sollen und nicht Karin. Vielleicht fiel es ihr darum so schwer, diese kleinen Hiebe zu lassen, sobald sie mit Dieter sprach. Zum Glück nahm er ihr die Spötteleien nicht übel.

»Na denn. Ich wünsche euch einen schönen Abend!«, rief sie und machte sich mit einem Winken auf den Weg nach Hause.

»Tschühüss«, hörte sie Uwe noch rufen.

Die Laube ihrer Mutter war nicht annähernd so gut in Schuss wie die von Dieter und Karin oder jene von Opa Kollwitz. Die Bude hätte längst gestrichen werden müssen. Und wenn der Westwind tobte, pfiff es durch die Fenster. Der Schlot, den ihr Vater vor Jahren selbst gemauert hatte, zog auch nicht mehr richtig. Sie würde Dieter fragen, ob er helfen könnte. Außerdem waren einige Bretter vom Dach lose, durch die es bei ungünstigem Wind und Schauer hereinregnete.

Trotz aller Mängel aber war die Laube ihr Zuhause. Solange der Papa gelebt hatte, war ihr Heim immer recht schmuck gewesen, auch wenn die Behörden es abfällig Behelfsheim nannten. Mutti war damals besonders stolz auf ihren Gemüsegarten und die Obstbäume gewesen, das Linoleum in der Küche und die Doppelspüle, die nicht einmal die Kollwitzens hatten. Als der Papa krank wurde, dauerte es noch drei Jahre, bis der Tod ihn endlich erlöste. Mit ihm hatte ihre Mutter auch ihren Lebensmut verloren und sich in Schmerzen und Vorwürfe gegen die Tochter geflüchtet.

Mit der Hüfte stieß Marion die Gartenpforte auf, die klemmte und längst hätte geölt werden müssen. Eilig ging sie den schmalen Plattenweg entlang, der zwischen den unkrautübersäten Gemüsebeeten verlief. Die Äste des Apfelbaums griffen, vom Wind gepeitscht, wirr um sich. Schnell lief Marion daran vorbei, aus Angst, einer könnte sie erwischen.

Schon hatte sie die Haustür erreicht. Keine Veranda und kein Vordach boten Schutz vor dem Sturm, der aus Nordwest kam. Mit aller Kraft musste sie die Tür aufziehen, um ins Trockene zu gelangen, bevor der Wind sie hinter ihr zuwarf.

»Hallo? Ist da jemand?«
»Ich bin's, Mutti.«

Marion stellte die Taschen auf den Boden, zog den feuchten Mantel aus, hängte ihn an den Garderobenhaken neben der Haustür und nahm das Kopftuch ab. Sie warf einen prüfenden Blick in den Spiegel.

Seufzend versuchte sie, ihre Frisur zu richten, die sich trotz Haarspray hartnäckig weigerte, auszusehen wie jene von Jacqueline Kennedy. Sie bog die Haarspitzen nach vorne, nahm die weiche Bürste aus der Schale unterm Spiegel und frisierte ihr kastanienbraunes Haar. Das Kopftuch hatte den auftoupierten Hinterkopf völlig platt gedrückt. Und die hübsch zur Seite gekämmte Strähne pappte wegen des Regens an ihrer Wange, als hätte sie sie mit Uhu dort festgeklebt. Ob die Männer wussten, wie aufwendig es für Frauen war, auch nur einigermaßen attraktiv zu sein?

»Kind, wo bleibst du?«

Rasch legte sie die Bürste zurück. »Ich komme ja schon.«

Die Mutter lag in ihrem Bett, das fast den ganzen Raum einnahm. Nur ein Nachttisch fand noch Platz darin. Von draußen fiel an diesem Tag kaum Licht in das kleine Schlafzimmer. Die Luft war stickig, weil der Sturm es unmöglich machte, das Fenster zu öffnen.

Früher hatten hier die Eltern geschlafen. Marion hingegen musste sich mit der Couch im Wohnzimmer begnügen. Erst nach Walter Klingers Tod hatte die Mutti eine Holzwand ziehen lassen, damit Marion ein eigenes Zimmer hatte.

»Die Schmerzen«, lamentierte die Mutter, als Marion eintrat. »Habe fast nicht geschlafen. Die ganze Nacht war ich wach. Und dieser Kurpfuscher Doktor Helm will mir keine Tabletten mehr geben. Kannst du dir das vorstellen? Man sollte ihn melden.«

Auf dem Nachtschrank entdeckte Marion eine hellblaue Metalldose mit der Aufschrift *Contergan*. Die Pillen gegen ihre Schlaflosigkeit nahm ihre Mutter seit Jahren. Im silberfarbenen Röhrchen daneben befanden sich weiße Aspirin-Tabletten. Gegen ihre Melancholie schwor die Mutti auf *Frauengold*. Mittlerweile leerte sie täglich ein bis zwei der braunen Fläschchen, die Wohlbefinden und Lebensfreude versprachen, aber längst nicht mehr halfen.

»Hast du etwas gegessen, Mutti?«

»Warum sollte ich?«

»Bist du denn noch gar nicht aufgestanden?« Marion nahm das leere Wasserglas vom Nachtschrank, um es in die Küche zu bringen. Ein scharf-süßlicher *Frauengold*-Geruch strömte ihr daraus entgegen. »Es ist nach eins. Denkst du nicht, du solltest dich mehr zusammenreißen?«

»Wenn dir meine Art zu leben nicht passt, musst du dir ein neues Zuhause suchen«, verfolgte sie die krächzende Stimme aus dem Schlafzimmer. »Heirate endlich. Ich will mich nicht mehr um dich kümmern müssen. Bist ja schließlich alt genug, um einen eigenen Haushalt zu führen!«

Marion stellte das Glas in die Spüle.

»Wer sich hier wohl um wen kümmert?«, murmelte sie. Auf dem Küchentisch entdeckte sie den Teller mit den Broten, die sie in aller Frühe für ihre Mutter zubereitet hatte, bevor sie das Haus verlassen hatte. Die Mettwurst wellte sich, der Rand der Käsescheibe war trocken. »Du hast ja nicht einmal dein Frühstück gegessen!«, rief Marion ins Schlafzimmer.

»Ja und? Ich hatte eben keinen Hunger.«

Wütend ging sie zurück. »Du benimmst dich wie ein Kind, Mutti! Sagst, ich soll mir einen Mann suchen und ausziehen. Und was wird aus dir? Verhungern wirst du.«

»Rede nicht solchen Unsinn, schon gar nicht in dem Ton, verstanden?« Ihre Mutter versuchte, sich im Bett aufzusetzen. »Undankbar bist du!« Ihr Oberkörper wankte. Schwer ließ sie sich ins Kissen zurückfallen. »Man schlägt die Hand nicht, die einen nährt.«

»Wem sagst du das?«, zischte Marion und riss den Vorhang zu, der den Schlafraum vom Wohnzimmer trennte. »Es wäre schön gewesen, wenn mich nach der Arbeit ein warmes Essen erwartet hätte statt einer übellaunigen Alten.«

»Wie redest du mit mir?« Der wütende Ton ihrer Mutter kippte ins Jämmerliche.

Marion antwortete nicht, sondern lief zurück in die Küche, um sich dort eine Kleinigkeit zu essen zu machen. Es musste noch Labskaus von gestern im Kühlschrank stehen. Sie nahm den Topf heraus und knallte ihn auf den Tisch. Aus der Schublade holte sie eine Gabel und aß kurzerhand die kalten Reste aus dem Pott. Den Heringssalat würde sie selbst essen. Der war zu schade für ihre Mutter.

Sie sei undankbar? Pah! Ohne sie würde die Mutti von ihrer mickrigen Witwenrente am Hungertuch nagen. Empört schob Marion eine Gabel von dem mit Rote Bete und Corned Beef gemischten Kartoffelstampf in den Mund, während draußen der Wind heulte und der Regen an der Fensterscheibe hinunterlief. Es wurde allerhöchste Zeit, dass sie die Laubenkolonie verließ. Wie lange sollte sie ihre Mutter noch pflegen?

Ihr Blick fiel ins Wohnzimmer. Auf dem kleinen Tisch stapelten sich Frauenzeitschriften und Reisekataloge. Die alten Ausgaben von *Bunte* und *Quick* bekam ihre Mutter von den Nachbarinnen geschenkt. Die Kataloge daneben gehörten Marion. Manchmal ging sie nach der Arbeit in das Reisebüro am Gänsemarkt, um sich einige davon mitzunehmen. Wann immer sie Zeit hatte, blätterte sie darin herum, um sich an die schönsten Orte in Italien zu träumen oder in Gedanken Städte zu besuchen, die sie niemals bereisen würde. Wie gerne wäre sie in die Welt gefahren, um ein aufregenderes Leben zu führen als in der Laubenkolonie. Manchmal fragte sie sich, ob sie es wirklich tun würde, falls sie die Möglichkeit dazu hätte. Träumereien waren kaum mehr als unverbindliche Freizeitbeschäftigungen. Es zu tun, erforderte Mut. Hatte sie den? Sie wusste es nicht. All die Sprachdiplome, die sie in der Abendschule abgeschlossen hatte, waren wertlos, wenn sie hierblieb.

Wahrscheinlich hatte ihre Mutter recht. Irgendwann würde sie heiraten müssen. Basta.

Marion aß weiter und lauschte dem Pfeifen des Windes, wie er um die Laube herumging und sein schauerliches Lied sang.

Als ihre Wut verraucht war, beschloss Marion, den Abwasch auf später zu verschieben und sich erst einmal eine Tasse Kaffee zu kochen. Dazu würde sie ein Stück Schokoladenpuffer essen, der vom letzten Sonntag übrig war. Ihre Mutter würde sie nicht fragen, ob sie auch etwas davon wollte. Marion setzte Wasser im Kessel auf und stellte ihn auf den Herd, in dem zum Glück noch ein Brikett glühte. Sie hatte es in eine nasse Zeitung gewickelt, damit genügend Glut im Ofen war, wenn sie heimkehrte. Jetzt legte sie zwei kleine Holzscheite in die Klappe, die mit etwas Pusten kurze Zeit später Feuer fingen.

Bald darauf wehte der würzige Geruch von gemahlenem Kaffee durch das Häuschen. Unterdessen rüttelte der Sturm draußen an den Fenstern und ließ die Äste der Bäume wie Peitschen auf- und abschießen.

Sie war müde und sehnte sich nach ihrem Bett.

Als das Wasser kochte, goss sie es in den mit zwei Löffeln Kaffeepulver gefüllten Papierfilter.

»Mutti, möchtest du eine Tasse Kaffee?«, rief sie. Schließlich war sie kein Unmensch. Niemand antwortete. Wahrscheinlich war ihre Mutter noch immer beleidigt.

Kurz darauf ging sie, mit einer der Porzellantassen aus der Anrichte in der Hand und einem Stückchen Puffer in der anderen, ins Schlafzimmer hinüber. Sie wollte sich nicht streiten. Kaffee und Kuchen sollten ein Friedensangebot sein.

Sie zog den Vorhang beiseite. »Mutti, möchtest du auch 'n Tass Kaff mit richtiger Sahne?«

Ihre Mutter reagierte nicht. Stattdessen hörte Marion ein sonores Schnarchen vom Bett her. Die Flasche *Frauengold* lag leer auf dem Fußboden.

Enttäuscht kehrte sie zurück in die Küche. Dann würde sie eben den Kaffee allein trinken und beide Kuchenstücke essen. Sie setzte sich an den Tisch.

In das Heulen des Windes mischte sich das gleichmäßige Ticken der Standuhr im Wohnzimmer. Die heutige Ausgabe des *Hamburger Abendblatt* lag auf dem zweiten Stuhl. Wahrscheinlich hatte Karin sie mitgebracht, als sie und Mutti eine neue Strategie ausbaldowert hatten, um die unvermittelbare Tochter an irgendeinen willigen Mann zu bringen.

Marion schlug die Zeitung auf. Morgen sollte es weiter starke Böen geben und schauerartigen Schneeregen bei vier Grad, stand auf der Titelseite oben rechts. Wichtiger war wohl, dass sich ein Siebzehntausend-Tonnen-Schiff in Kiel wegen des Sturms auf die Seite gelegt hatte. Ein großes Foto schmückte Seite eins der Zeitung.

Marion nahm einen Schluck Kaffee und blätterte weiter. Weiter hinten hieß es: *Seit heute früh tobt über der Nordsee und über dem norddeutschen Küstengebiet wieder ein schwerer Südweststurm. Im Laufe des Tages soll er sich nach Angaben des Hamburger Seewetteramts zum Orkan steigern. Wie am vergangenen Montag wird in der Deutschen Bucht abermals Windstärke 12 erwartet. In der nördlichen Nordsee ist die Schifffahrt vor Orkanböen gewarnt worden ...*

Sollte dieser Sturm denn nie enden? Sie blickte durch die von Regenschlieren übertünchte Fensterscheibe in den Garten. Das verzerrte Bild erinnerte sie an ein modernes Gemälde in der Kunsthalle. Alles floss ineinander wie Wasserfarben, als Marion ihre Nachbarin Karin mit einem Fremden durch das Gartentor kommen sah. Beide stemmten sich gegen den Wind zur Laube. Der Schirm in der Hand des Mannes hing in Fetzen.

Marion grinste. Der war wohl nicht von hier.

Stirnrunzelnd ging sie zur Tür. Es klopfte. Kaum öffnete sie die Haustür, riss ihr der Sturm die Klinke aus den Fingern. Mit einem entschlossenen Satz konnte sich der Besucher gerade noch retten, bevor die aufschwingende Tür ihn erwischte.

»Hallo, Marion!«, rief Karin. »Können wir reinkommen?« Ohne eine Antwort abzuwarten, schob sie sich in den Flur. »Wir wollen nicht stören.« Sie blickte sich um. »Ist deine Mutter nicht da?«

»Die schläft.«

»Oh, tscha, also, nur kurz: Also, das ist der Günter Seifert. Er arbeitet auf der Werft, genau wie mein Dieter, aber bei den Schlipsträgern. Er ist in der Buchhaltung.«

Der Mann reichte Marion seine eiskalte, teigweiche Hand. Er deutete eine zackige Verbeugung an. »Angenehm. Seifert, Günter.«

»Hörte ich schon«, erwiderte Marion unnötigerweise, woraufhin Seifert, Günter überrascht Karin ansah. Von einer frechen Göre in der Klinger-Laube hatte die ihm wohl nichts erzählt. »Was wollt ihr?«

Nur kurz aus dem Konzept gebracht, berichtete Karin vom Faschingsfest auf der *Howaldtswerft*. »…und damit du da nicht allein hinmusst, hat sich der Günter bereit erklärt, dein Begleiter zu sein. Wie gefällt dir das?«

Das gefiel Marion nicht im Geringsten. Sie verschränkte die Arme vor der Brust. »Hast du das etwa mit meiner Mutter abgesprochen?«

»Ja, und wenn schon?«, kam es aus dem Schlafzimmer hinterm Vorhang. »Du bist nicht mehr die Jüngste.«

»Hallo, Muddern Klinger!«, rief Karin in die Laube und wandte sich wieder an Marion. »Das wird bestimmt lustig.« Sie lachte verlegen. »Mein Dieter ging letztes Jahr als Bürgermeister, mit Faltkragen und schwarzer Robe. Du hättest mal die Gesichter der Genossen sehen sollen. Herrlich!«

»Interessant«, kommentierte Seifert, Günter. »Bedauerlicherweise war ich im letzten Jahr nicht dabei.« Er machte ein betretenes Gesicht. »Persönliche Gründe hielten mich davon ab.«

Marion unterdrückte ein Gähnen. Die Schicht im Polizeihaus war lang gewesen. Nur um die beiden wieder loszuwerden, gab sie nach. »In Ordnung. Ich komme mit.«

Der Mann strahlte. »Als was gehen Sie, Fräulein Klinger? Ich als Cowboy. Vielleicht könnten Sie ja als Squaw erscheinen. Die Leute sollen ja wissen, dass wir zusammengehören.« Seine Wangen nahmen eine rosige Farbe an, und Marion vermutete, dass das nicht nur vom kalten Wind herrührte.

»Ich werde schauen, was ich finden kann.« So freundlich es ging, drückte sie Karin und Seifert, Günter zur Tür.

»Morgen um acht, ja?«, hakte er nach.

»Morgen schon? Wo soll ich denn so schnell ein Kostüm herkriegen?«

»Ich hätte eins«, meinte er eifrig. Sein blassgraues Augenpaar rutschte langsam an ihrem Körper rauf und runter. »Das müsste passen.«

Fragend sah Marion ihre Nachbarin an, die erklärte, dass seine Damalige Seifert, Günter kurz vor der Faschingsfeier im letzten Jahr hatte sitzen lassen.

»Dabei waren die Karten schon gekauft. Jede kostete fünfzehn Mark.« Er setzte einen leidenden Hundeblick auf, bei dem sich Marion nicht sicher war, ob er den verfallenen Eintrittskarten oder der entlaufenen Freundin galt.

Müde nickte sie. »Also gut.«

Seine stumpfblassen Augen begannen zu leuchten. »Sehr schön, sehr schön. Das Geld für die Eintrittskarte können Sie mir ja vorher geben. Ein Getränk und das Essen sind inbegriffen.«

Karin lächelte peinlich berührt. »Nach der schlechten Erfahrung, die er im letzten Jahr gemacht hat, kann man es ihm nicht verübeln, dass er dich nicht einlädt.«

»Meinetwegen, aber wir treffen uns um halb acht bei Karin. Nicht hier«, verkündete Marion. Niemals würde sie mit dem Kerl allein in ihrer Laube sein wollen und sich hinter dem Vorhang umziehen, während er im Wohnzimmer saß und ihre Mutter alles kommentierte. Sie öffnete die Tür. Sofort schoss der Regen in den Flur.

»Also, bis morgen, Marion!«, rief Seifert, Günter gegen den Wind. Sie konnte sich nicht entsinnen, ihm das Du angeboten zu haben. Schnell schloss sie die Tür hinter ihnen.

Gerade wollte sie in ihr Zimmer gehen und sich hinlegen, als sie die Drecksspuren seiner Stiefel auf dem Linoleum und dem Vorleger entdeckte. Sie hatte erst gestern das ganze Haus geputzt.

»Das kann ja richtig nett werden«, murmelte sie.

»Das will ich hoffen«, hörte sie die Stimme ihrer Mutter hinterm Vorhang. Sie mochte es in den Beinen haben, aber hören konnte sie gut. »Und dieses Mal wirst du liebenswürdiger zu deiner Begleitung sein. Der andere hatte sich nach eurer ersten Verabredung nie wieder blicken lassen. Mir wäre so etwas früher nicht passiert.«

Seufzend griff Marion zum Lappen unter dem Spülbecken und wischte die Sauerei weg.

16 Uhr, Bahnstrecke Hamburg–Celle, Niedersachsen

Irgendwo hinter Bad Bevensen war der Zug stehen geblieben. Sie warteten jetzt schon seit einer Stunde darauf, dass der umgestürzte Baum von den Gleisen gezogen würde. Die anderen Fahrgäste wurden langsam unruhig, ob die Reise überhaupt weitergehen sollte.

Georg Hagemann war es egal, wann er wieder in Faßberg eintraf. Niemand rechnete dort mit ihm, denn er hatte seinen Urlaub gerade erst angetreten und hätte eigentlich bis Sonntagabend in Hamburg bleiben können. Leider hatten sie sich gestritten, er und Helga. Warum das so gekommen war, begriff er noch immer nicht. Jedenfalls hatte sie ihn gleich nach dem Essen vor die Tür gesetzt.

Darum hockte er nun in diesem Abteil. Ihm gegenüber saß der Alte, der ihm seit der Abfahrt am Hauptbahnhof mit seinem Gerede über die gute alte Zeit jede Minute zur Hölle machte. Am liebsten hätte Georg ihm die Meinung gegeigt, was er nicht tat. So ein schmalzlockiger Rocker war er nicht. Er war Soldat. Und Ärger mit seinem Vorgesetzten wollte er auch nicht riskieren, nicht wegen so eines Ewiggestrigen. Stattdessen ließ er den Altnazi weiter von Hitler und dem glorreichen Reich schwadronieren, während er selbst aus dem Fenster in die Dämmerung starrte.

»Feigling«, hatte Helga zu ihm gesagt und die Haustür vor seiner Nase zugeknallt.

Angefangen hatte es damit, dass sie wissen wollte, warum er vor drei Jahren unbedingt in diese vermaledeite Bundeswehr hatte eintreten müssen. Es gab anständigere Arbeit, meinte sie und verstand nicht, dass Georg schon immer hatte fliegen wollen. Als man ihm die Ausbildung zum Hubschrauberpiloten anbot, griff er sofort zu, ohne es Helga zu sagen. Damals waren sie nicht so fest zusammen gewesen wie heute. Erst später hatte er festgestellt, dass sie wie all die anderen war, die die neue Bundeswehr nicht mochten.

Georg konnte das irgendwie verstehen. Der Krieg steckte den Leuten nach wie vor in den Knochen, auch wenn sie es nicht zugeben wollten. Von den zerbombten Häusern war längst nichts mehr zu sehen. Statt der Ruinen standen überall moderne Bürohäuser oder Siedlungen, Schnellstraßen und Einkaufszentren. Man schien sich gegenseitig darin übertreffen zu wollen, die Scham der Niederlage und des Grauens zu vergessen, obwohl die Herzen der meisten seit damals still vor sich hin bluteten, trotz Coca-Cola, Partys mit Käseigeln, Marilyn Monroe, Fußball und VW Käfer. Der Mensch war von jeher ein Meister des Verdrängens, egal zu welcher Zeit und an welchem Ort.

Helga wollte keinen Soldaten im Haus, hatte sie gesagt. Die Nachbarn würden reden. Dabei war er nie in Uniform bei ihr erschienen. Nicht nur ihretwegen, sondern auch, weil es schon mehrmals vorgekommen war, dass ein Soldat auf Heimaturlaub von Zivilisten verprügelt worden war. Seit einiger Zeit gab es die Anweisung von oben, nicht in Uniform auf die Straße zu gehen. Also tat er es nicht. Dennoch erkannte man offenbar den Soldaten in ihm. Vielleicht war es der kurze Haarschnitt. Gerade hatte er die Jacke ausgezogen, da hatte Helga geklagt, man hätte sie schon wieder auf ihn angesprochen.

Keiner im Land glaubte, dass dieser lächerliche Haufen von Vaterlandsverteidigern im Notfall auch nur eine halbe Stunde gegen die Kommunisten bestehen könnte, hatte Helga ihm an den Kopf geworfen. Wozu also brauchte man sie? Das aber war nicht der Grund gewesen, warum er und Helga sich gleich nach seiner Ankunft so heftig in die Wolle gekriegt hatten. Nein, bestimmt nicht.

Der Alte im Abteil hatte sich mittlerweile in Rage geredet. »… schon in Verdun hätte es anders laufen müssen. Das war der Anfang vom Ende«, eiferte er sich und nannte Bundeskanzler Adenauer einen Verräter. »Wenigstens haben wir jetzt den Starfighter. Sie sind einer von den Piloten drüben in Faßberg, oder?«

Georg nickte zögerlich. Man sah es ihm also tatsächlich an. Inständig hoffte er, den Alten bald loszuwerden, der nun über seine eigenen Heldentaten im Krieg berichtete und davon, dass Himmler ihm persönlich einen Orden verliehen hatte. Typen wie der lernten nicht aus dem Gewesenen und würden wohl auch niemals aussterben. Leider.

Wann, verdammt, fuhr dieser Zug endlich weiter?

Georg versuchte, sich zu konzentrieren, doch die Gedanken wirbelten in seinem Kopf umher, als machten sie sich einen Spaß mit ihm. Anfangs war sein Besuch in Helgas kleiner Wohnung gut gelaufen. Sie hatte extra für ihn ein Rezept aus der aktuellen Ausgabe der Zeitschrift *Neue Welt der Frau* gekocht. Etwas ganz Besonderes für einen ganz besonderen Abend, sagte sie kryptisch, musterte ihn erwartungsvoll über den hübsch gedeckten Tisch hinweg an und hob das Glas Cinzano, während im Hintergrund Peter Kraus eine Schnulze vom Plattenteller säuselte. Beim Nachtisch ließ sie die Bombe platzen.

Sie sei schwanger.

Von ihm.

Dabei waren sie nicht einmal verlobt.

Sprachlos sah er Helga an und wusste nicht, was er auf diese angeblich frohe Neuigkeit hin hätte sagen sollen.

»Freust du dich nicht?«

Er hatte keine Ahnung.

Plötzlich sprang sie auf und weinte. Sie könne das Kind ja illegal wegmachen lassen, wenn er nicht Vater werden wolle. Dazu keifte sie laut, damit es die Nachbarn auch hörten. Allein jedenfalls würde sie die Schande nicht ertragen, ein uneheliches Kind unter ihrem Herzen zu tragen. Ihre Eltern würden sie fortjagen, und die Anstellung bei Hertie sei dann garantiert auch futsch.

Wie gelähmt ließ er ihren Ausbruch über sich ergehen und wünschte sich weit fort. Er hatte doch gerade erst die Pilotenprüfung abgelegt. Mit fünfundzwanzig Jahren fühlte er sich viel zu jung, um schon Vater zu sein.

Wie benahmen sich Väter überhaupt? Er hatte keine Vorstellung, denn seinen eigenen Vater hatte er im Krieg verloren und die Mutter bald darauf bei einem Bombenangriff. Mit dreizehn Jahren steckte man ihn in ein Heim. Woher sollte er wissen, was richtige Väter taten oder nicht? Eine Familie gründen? Wie machte man so etwas?

Helga schien davon klare Vorstellungen zu haben, wie auch von allen anderen Details ihrer gemeinsamen Zukunft. Vielleicht in dem Versuch einer Versöhnung, legte sie ihm eine Gästeliste für ihre Hochzeit vor. Wortlos nahm er die Seiten in die Hand. Er kannte niemanden darauf.

»Und? Was denkst du?«

Machte sie ihm gerade einen Antrag? War das nicht seine Aufgabe?

»Natürlich musst du vor mir auf die Knie gehen. Das gehört sich so.«

Die Namen auf der Liste verschwammen vor seinen Augen. Heiraten? Helga? Liebte er sie überhaupt? Diese Frage hatte er sich noch nie gestellt. Sie konnte gut tanzen und kochen und hatte auch sonst gewisse Qualitäten, die er schätzte, aber heiraten?

Sein erneutes Schweigen machte sie wieder wütend. Irgendwann setzte sie ihn mitsamt Rucksack vor die Tür und nannte ihn einen Feigling. Ein Drückeberger sei er und der größte Fehler ihres Lebens. »Hätte ich das gewusst, wäre nie etwas aus uns geworden.«

Zum Abschied gab sie ihm bis morgen Zeit, darüber nachzudenken, was er eigentlich wollte. Dann hatte sie die Tür vor seiner Nase zugeknallt.

Ein Ruck ging durch Georg, als der Zug anfuhr.

Der Alte stieg in Uelzen aus. In der himmlischen Stille nickte Georg ein. Erschreckt fuhr er hoch, als sie den Bahnhof Unterlüß erreichten, griff nach seinen Sachen und sprang aus dem Zug.

Eine Stunde später stieg er vor dem Kasernentor aus dem Bus.

Der Wachhabende grinste breit. »Na, das war ja ein kurzer Heimaturlaub. Entweder hat sie einen anderen, oder sie hat dich rausgeworfen.«

Georg riss ihm seinen Ausweis aus der Hand. »Ach, halt doch die Klappe!«

Bevor er in seine Stube ging, führte ihn sein Weg am Flugfeld vorbei, wo gerade eine Bell 47G-2 betankt wurde. Die Rotorblätter wippten im scharfen Wind auf und ab. In der Kaserne war der Sturm nicht so sehr zu spüren wie noch in Hamburg. Dennoch würde kein Hubschrauber starten, solange die Windgeschwindigkeiten nicht unter acht Beaufort fielen.

Georg flog alles, was nicht bei drei in der Luft war. Die Sycamore Bristol 171, die als Rettungshubschrauber eingesetzt wurde, mochte er am liebsten. Wendig und elegant war das kleine Ding. Man hatte ihn aber auch auf dem neuen Sikorsky-Transporthubschrauber H34 ausgebildet, von dem mehrere Maschinen hinten beim Hangar standen. Der massige Helikopter sog seine Kühlluft vorne über ein gebogenes Gitter oberhalb des Motors ein, was ihm ein recht miesepetriges Aussehen verlieh. Genauso fühlte sich Georg gerade.

Zum Glück war das Leben in der Kaserne einfacher. Hier ging alles seinen geregelten Gang, und keiner der Kameraden würde sich trauen, ihn einen Feigling zu nennen. Zackig grüßte ihn ein Obergefreiter, der aufs Tor zuhielt. In der Fliegerstaffel respektierte man Leutnant Georg Hagemann. Dass man ihn und die anderen Soldaten außerhalb der Kasernen nur naserümpfend ertrug, war ihm egal. Hier war er wer.

In der Stube, die er mit drei anderen teilte, zog er hastig seine Zivilkleider aus. Kurz darauf warf er sich in Felduniform auf sein akkurat gemachtes Bett. Nachdenklich legte er die Hände unter den Kopf und starrte die Unterseite von Angermeiers Koje an. Bis Sonntag würde er hier allein sein. Eine gute Gelegenheit zum Nachdenken.

Georg schloss die Augen und ahnte, dass er wohl an der wichtigsten Weggabelung seines Lebens stand. Er musste sich nur entscheiden. Oder hatte Helga schon für ihn entschieden?

16:50 Uhr, Landungsbrücken, Hamburg

Das Wasser im Hafen bei den Landungsbrücken stieg und stieg. Längst hatte es eine Höhe von fast vier Metern über Normalnull erreicht. Unten an den Anlegern hüpften die Pontons mit jeder Welle auf und ab. Gischt spritzte bis an die Buden, wo sich an schönen Tagen die Hamburger und Touristen mit Fischbrötchen und einer Tasse Kaffee oder einem Bier eindeckten, bevor sie zum Sonntagsausflug ins Alte Land aufbrachen oder zu ihren Arbeitsplätzen auf der anderen Flussseite schipperten.

Missmutig, den Rücken dem Sturm entgegengedreht, wartete an diesem späten Freitagnachmittag Hauke Brüning mit einigen Kollegen an Pier 7 auf die Fähre nach Steinwerder. Sie alle arbeiteten drüben bei Blohm & Voss auf der Werft, wo sie gleich ihre Nachtschicht antreten sollten. Der Boden unter ihren Stiefeln wogte auf und ab. Niemand sagte etwas.

Hauke wollte eine rauchen. Er schüttelte eine Attika aus der Schachtel, fummelte das Feuerzeug hervor und drehte sich mit dem Rücken gegen den Wind. Mehrmals versuchte er vergeblich, die Zigarette anzuzünden. Fluchend warf er irgendwann die nasse Kippe fort. Diese blieb für einen Moment in der Luft stehen, als müsste sie nachdenken. Dann schoss sie zurück, dicht an ihm vorbei, und landete im Wasser, wo weiße Schaumkronen sie verschluckten.

»Schietwetter«, grummelte Hauke.

Keiner widersprach.

»Hinten am Fischmarkt steht das Wasser schon bis zu den Haustüren!«, rief der Kollege neben ihm. Er trug schwarze Cordhosen und eine geölte Seemannsjacke, deren Kragen er hochgeschlagen hatte. Die Strickmütze hatte er weit über die Ohren gezogen.

»Das gibt mal wieder volle Keller«, entgegnete Hauke. Wie zur Bestätigung flogen Fetzen einer Feuerwehrsirene zu ihnen herüber.

»Die Jungs dürften heute bannich viel zu tun haben«, meinte der andere.

»Jo.«

Aus dem gischtvernebelten Halbdunkel hopste der Bug einer Fähre aus dem Wasser. Wie ein Kinderball wurde sie von den Wellen hin- und hergeworfen. Schnaufend schob sie sich dem Pier entgegen. Erst beim dritten Mal gelang das holprige Anlegemanöver.

»Macht zu!«, brüllte der Festmacher, als er an Land kam und den Tampen locker um den Poller warf.

Mit einem Satz sprangen Hauke und die anderen an Bord.

17:09 Uhr, Laubenkolonie *Alte Landesgrenze e. V.*, Hamburg-Wilhelmsburg

Otto Kollwitz saß vor seinem Radio und hörte Freddy Quinn *Heimweh* singen, dabei reparierte er den Wackelkontakt in der Nachttischlampe seiner Frau. Das gute Stück flackerte immer dann, wenn seine Alma bei ihrem neusten Jerry-Cotton-Heft an die spannendste Stelle kam, wie sie ihm versicherte. Mit zusammengekniffenen Augen versuchte er, die kleine Schraube zu lösen, was beim dritten Versuch auch endlich gelang. Im Hintergrund warnte der Nachrichtensprecher vor einem Sturm an der Küste.

»*Orkanböen mit Windstärke bis zu 12 werden an der Nordseeküste und den Halligen erwartet ...*«

Otto zog das beschädigte Kabel mit seinen knorrigen Arthritisfingern ab. Wenn er es gleich hinter der Bruchstelle abknipste, könnte er das neue Ende wieder um den Kontakt wickeln. Kein Problem. Nur fummelig würde es werden. Und so gut gucken wie früher konnte er auch nicht mehr.

Aus der Küche hörte er Topfklappern. Heute war Freitag, also kochte Alma Pellkartoffeln und briet in Eipanade gewendete Heringe für ihn. Dazu würde es wie immer ein kühles Bier geben. Bei Tisch würde er ihr sagen, dass ihr Abendmahl der Himmel auf Erden war. Genau wie sie. Daraufhin würde sie lachen und nachfüllen.

Das Lachen hatten sie erst mühsam wieder lernen müssen, nachdem sie damals in Ostpreußen über Nacht vor den Russen nach Westen hatten fliehen müssen. In Hamburg fingen sie Ende '45 ganz von vorne an, auch weil ihre beiden Söhne im Krieg geblieben waren. Der eine vor Stalingrad, der andere in Frankreich. Seither hatten sie nur noch sich.

Einmal in der Woche spielten sie mit den Nachbarn Skat. Im Garten bauten sie Kartoffeln, Bohnen und Kürbisse an. Der Boden in Wilhelmsburg war dafür prima geeignet. Alma schwor, dass sie zu Hause in Ostpreußen nie so große Kartoffeln geerntet hatten. Niemals hatte sie ihrem Otto einen Vorwurf daraus gemacht, als er damals beschloss, sie müssten ihre Heimat verlassen. Doch er ahnte, dass sie Heimweh hatte.

Dass er und seine Frau älter wurden, die Knochen Tag für Tag müder, sodass jeder Gang zur Straße auf den nahen Deich hinauf immer beschwerlicher wurde, versuchten sie zu ignorieren.

Dennoch ertappte Otto in letzter Zeit Alma immer öfter dabei, wie sie schwermütig vor sich hin starrte. Sie hatte wieder angefangen, von den Jungs zu reden, und fragte sich, was wohl aus ihnen geworden wäre, wenn sie nicht so jung hätten sterben müssen. Sie redeten stundenlang von damals und von Daheim in Ostpreußen. Ob das Haus noch stand? Und wer sich wohl all die Jahre um die Obstbäume gekümmert hatte?

Almas Heimweh machte ihm Angst, denn er wusste, dass sich jeder Mensch am Ende seiner Tage zurück in die Zeit sehnte, als das Licht noch schien und man eine Zukunft hatte. War es nicht so? Er wollte nicht, dass sie ging.

18:10 Uhr, Altes Land, Hamburg

Ein Stück elbabwärts spähte Enno Petersen durch das kleine Fenster des Kuhstalls hinaus in den dräuenden Himmel. Eine tiefschwarze Wolkenfront rollte schnell näher. Das Vieh hinter ihm war unruhig, so wie er selbst auch. Die Tiere spürten, dass der Sturm mit seinem Werk noch immer nicht zufrieden war. Muhen kam von den beiden Viehgattern, zwischen denen ein Gang lag. Von dort aus hatte er eben die Silage an seine Viecher verteilt. Nur wenige Tiere fraßen das gegorene Gras, das er im Sommer auf den Weiden eingefahren hatte. Die meisten Kühe liefen bange auf und ab, ganz so wie er, der nun schon zum dritten Mal an das schlierige Stallfenster trat, um hinauszusehen.

»Schön' Schiet«, grummelte er, als er den umgekippten Apfelbaum entdeckte, der eben noch neben dem Schuppen gestanden hatte. Na, wenigstens brachte der Stamm gutes Brennholz. Zwei Klafter mindestens.

Ein letzter besorgter Blick auf seine Kühe, dann zog er die Schultern hoch und die grüne Schirmmütze tiefer ins Gesicht. Er drückte sich gegen die Holztür, die kaum aufgehen wollte, weil der Wind von der anderen Seite dagegenhielt. Mit Schwung stieß er die Tür auf und trat in die verdammt steife Brise hinaus. Dröhnendes Brausen umfing ihn. Eine Böe hob ihn kurz an, er wedelte mit den Armen, stützte sich an der Wand ab und kam wieder zum Stehen.

»Verdoorig ober ock!«, schimpfte er den Schreck weg und überquerte gebeugt den Hof.

In den Fenstern des Haupthauses brannte Licht. Er sah einen Schatten über den Hof schlingern, direkt auf die Haustür zu. Das musste Knut sein, der noch bei der Milch gewesen war. Bei diesem Sturm waren die Melkhelfer aus dem Dorf nicht gekommen, und Knut hatte die Arbeit allein erledigen müssen.

Gemeinsam stolperten sie in die Diele. »Mock de Dör dicht!«, brüllte Enno unnötigerweise.

Sein Knecht warf sich gegen die Tür, bis sie ins Schloss fiel. Der würzige Geruch von Bratkartoffeln hing in der Luft. Sogleich besserte sich Ennos Laune. Er zog die Füße aus den hohen Gummistiefeln, stellte sie auf eine Matte neben die Tür, stieg in seine Pantoffeln und hängte die Jacke neben die von Knut.

»De Melkpott is randvull.« Der Knecht seifte im Emaillebecken auf der Diele seine groben Hände mit Kernseife ein. Es schäumte ordentlich zwischen seinen Fingern.

Enno stellte sich neben ihn und griff ebenfalls nach der Seife.

»Bi de Höhners wor ick ock«, fuhr der Knecht fort. »De sün all narsch worden bi düssen Storm. De Dör is wohl op gohn un hett klappert.«

»Und, hast du die Tür wieder zugemacht?«

»Jo. Hebb een Stein davor legen. Ober Eier gifft dat morgen garantiert nich.«

»Macht nix. Dann essen wir eben keine Eier, sondern Marmeladenbrot zum Frühstück. So wie die in der Stadt.«

Sie grinsten sich an, während sie ihre Hände mit einem groben Leinentuch abtrockneten, und machten sich auf, in den Wohntrakt des Hauses zu gehen, wo seine Frau bereits den Küchentisch gedeckt hatte, die Bratkartoffeln mit dem Speck in der Pfanne brutzelten und zwei große Gläser Bier standen, während draußen der Sturm über das hohe Reetdach zog, an Fensterläden rüttelte und das dreihundert Jahre alte Gebälk des Hofs zum Ächzen brachte.

20:30 Uhr, Deutsches Hydrographisches Institut, St. Pauli, Hamburg

Regierungsdirektor Walter Horn rückte seine Brille auf der Nase zurecht. Als Leiter der Abteilung V, Bereich Gezeiten, Astronomie und Zeitdienst, wurden ihm die Hochwasserstände aus Cuxhaven mehrmals täglich vorgelegt. Am Morgen hatten sie noch mit einem Hochwasserstand der Nachmittagstide von zweieinhalb Metern gerechnet. Gegen 7 Uhr am Abend hieß es bereits, dass die drei Meter im Hafen bald erreicht werden würden. Das gefiel ihm nicht. Der Sturm drückte die Wassermassen von der Deutschen Bucht weiterhin in die Elbe, dazu kam die Flut. Wegen des Windes hatte die Ebbe den Wasserstand in Hamburg nicht senken können. Und nun stieg das Wasser und stieg.

Er spürte ein Ziehen in der Magengegend.

Auch wenn sie bisher nur davon ausgingen, dass hauptsächlich die Nordseeküste betroffen war, sagten ihm viele Jahre Erfahrung, dass dieses Mal nicht nur die Speicherstadt und die Landungsbrücken überspült werden könnten.

Er hatte schon im Laufe des Tages alle zuständigen Stellen informiert. Polizei und Feuerwehr hatten sich ordnungsgemäß auf eine Sturmflut vorbereitet, so wie sie es immer taten, doch da war diese Unruhe in seinem Gedärm, aus dem es jetzt mächtig grummelte.

Regierungsdirektor Horn fingerte einen Pfefferminzbonbon aus der Schreibtischschublade und blickte zu der großen Uhr an der Wand hoch. Es war gleich halb neun. Die Nachrichten waren längst vorbei. Sollte er die Bevölkerung noch einmal informieren lassen? Die Hamburger waren nasse Füße in der Innenstadt gewohnt. Trotzdem, heute Nacht würde es schlimmer werden, denn die Flut begann erst zu steigen. Wenn das so weiterging, könnten die Wasserstände gefährlich hoch werden. Vielleicht würde das Wasser sogar über die Deichkronen und Schleusentore schwappen.

Andererseits könnte es auch eine ganz normale Sturmflut sein, die in wenigen Stunden vorbei war. Er würde sich lächerlich machen, wenn er die ganze Stadt in Angst und Schrecken versetzte.

Er kaute auf dem Bonbon herum, das krachend zwischen seinen Zähnen zerbrach. Dann griff er zum Telefonhörer.

»Verbinden Sie mich mit dem *Norddeutschen Rundfunk*. Ich bleibe am Apparat.« Regierungsdirektor Horn wartete.

Die gespenstische Stille in der Leitung machte ihn von Minute zu Minute unruhiger, während der Sturm vor seinem Bürofenster in der Bernhard-Nocht-Straße wirkte, als wäre er ein wildes Tier kurz vor dem Sprung. Endlich war ein Klingeln zu hören. Horn konzentrierte sich. Jemand nahm das Gespräch an. In knappen Worten übermittelte er die Warnung vor einer sehr schweren Sturmflut und bat darum, das laufende Radioprogramm zu unterbrechen. Seine Mitteilung wurde notiert. Gut.

Er legte den Hörer zurück auf die Gabel des schwarzen Bakelittelefons und faltete die Hände vor sich auf der Schreibtischunterlage. Er hatte getan, was die Vorschriften verlangten. Dennoch wollte die Unruhe nicht weichen. *Vincinette*, die Unbesiegbare. Ein Omen?

Walter Horn erhob sich und ging in den Raum mit den Fernschreibern. Dort schaute er seinem Mitarbeiter über die

Schulter, der soeben die hereinkommenden Berichte aus Cuxhaven auswertete. Das Wasser stieg weiter. Der Sturm nahm zu. Hundertfünfzig Stundenkilometer.

Das war nicht gut.

22:05 Uhr, Cuxhaven, Nordseeküste

Sirenenfetzen hetzten über Dächer hinweg, verloren sich in der Dunkelheit am Hafen. An den Fenstern der Häuser blickten die Leute auf die Männer der Freiwilligen Feuerwehr hinunter, wo Wehrführer Friedhelm Alsen und seine Kameraden seit Stunden versuchten, den Durchlass im Deich, den sie hier Slippe nannten, zu schließen. Sollte ihnen das nicht gelingen, würde das Wasser ganz Cuxhaven überschwemmen. Im Schein der wankenden Straßenlaternen schwappten bereits kleine Wellen über das Kopfsteinpflaster in die Stadt. Der Landwehrkanal war längst vollgelaufen. Und das Wasser stieg verdammt schnell.

Überall zuckte ein blaues Lichtermeer. Seine Jungs eilten umher. Die Tore wollten sich nicht schließen lassen! Verrostet. Außerdem waren keine Balken vorhanden, um die Lücke an der Deichaußenseite zu schließen.

Alsen griff nach dem Ärmel eines Mannes, der in der Deichreihe alles neugierig beobachtete. »Renn rüber zur Imbissbude. Die haben ein Telefon. Sag ihnen, sie sollen Sönnichsen anrufen. Der soll bei den Bauern nachfragen, ob sie Balken von woanders herbringen können. Schnell!«

Der Angesprochene rannte los. Unterdessen stemmten sich Alsens Löschgruppe und einige Helfer mit aller Macht gegen die Tore. Das Wasser drückte sie immer wieder auf. Schon stand es wadenhoch.

Endlich trafen die angeforderten Balken ein. So schnell es ging, nahmen die Männer sie vom Anhänger, den ein Bauer an seinen Trecker gehängt hatte, und stapelten sie zwischen den Deichenden, um die Slippe auch außendeichs zu verrammeln. Immer drei Mann schleppten einen Träger herbei. Der Orkan aber riss ihnen die groben Balken ständig aus den steif gefrorenen Händen.

Neugierige lungerten herum und guckten. Es wurden immer mehr. Einem seiner Kameraden riss der Geduldsfaden, weil er es mit einer Fuhre Sandsäcke nicht durch die Menge schaffte. Kurzerhand gab er dem Nächstbesten, der ihm dumm kam, eine Ohrfeige. Gerangel.

Alsen brüllte ein paar Befehle, die Männer an der Pumpe drehten sich um und eilten dem Freund zu Hilfe. Flüche flogen umher, während sich immer mehr Wasser in die Stadt schob. Der Streit konnte schnell beigelegt werden. Die Nerven lagen blank. Jeder wusste, was passieren würde, wenn sie die Slippe nicht dichtmachen konnten.

Alsen wies den Bauern an, mit einem Trecker die beiden verrosteten Tore der Slippe zuzudrücken. Kurze Erleichterung erfasste die Männer. Dann aber wies jemand zwischen die beiden Tore, wo sich weiter Wasser sammelte.

»Verdammt! Das reicht nicht! Wir müssen Sandsäcke dazwischen werfen!«

»Rammen! Wir brauchen Rammen!«, schrie jemand, als das Wasser aus der Slippe quoll.

Unruhe breitete sich unter den Schaulustigen aus. Die Ersten rannten zurück in ihre Häuser und packten hektisch ihre Sachen. Wenn der Deich brach, war es besser, woanders zu sein.

Den Koffer in der Hand, die Kinder auf dem Arm, hasteten bereits einige zu ihren Borgwards und Käfern oder nahmen ihre Fahrräder und Mofas. Knatternd rollten sie Richtung Altenwalde auf ihrer Flucht vor den Fluten. Ihnen entgegen fuhren die eilig herbeigerufenen Soldaten der nahen Kaserne, die bei der Deichbefestigung helfen sollten. Hupen von allen Seiten.

Irgendwann war kein Durchkommen mehr. Zwei Polizisten versuchten, den im Chaos gefangenen Lastwagen einen Weg herauszuwinken. Drüben, beim Lotsenhaus am Steubenhöft, war der elektronische Pegelanzeiger seit fast einer Stunde ausgefallen. Keiner wusste, wie hoch das Wasser tatsächlich war. Auch Hamburg nicht, wo man die Daten unbedingt benötigte, um sich vor der Flutwelle zu schützen.

Friedhelm Alsen war hinübergerannt.

»Wie hoch steht das Wasser? Steigt es noch immer?«, rief er in der offenen Tür. Als niemand antwortete, brüllte er: »Ihr müsst raus! Nachmessen!«

Schweigend erhoben sich die Lotsen. Sie wussten, er hatte recht.

Wenige Minuten später trat Alsen mit den Männern auf den Pier hinaus, wo das eiskalte Nordseewasser kniehoch stand. Gebeugt machten sie sich auf den Weg zur Kaikante.

Über ihnen schwang eine einsame Laterne heftig hin und her. Bis auf ihr flackerndes Licht lag brausende Dunkelheit über allem. Mittlerweile war die einzige Telefonverbindung nach Hamburg unterbrochen. Zu viel Wind heute Nacht. Zu viel auflaufendes Wasser. Schweigend stemmten sie sich gegen den Sturm, hoffend, dass der Scheitelpunkt der Flut bereits weitergezogen war. Sie hatten sich einen provisorischen Lattenpegel gebaut, den die Böen ihnen immer wieder aus den Händen reißen wollten.

Die Kaikante konnten sie wegen des Wassers nur noch erahnen. Ein Schritt zu weit und sie würden kapeister gehen, mitten in die gischtschäumende Elbe hinein. Das überlebte niemand.

Sie hielten sich gegenseitig an ihren Öljacken fest, redeten nicht, konzentrierten sich. Der Erste ließ die Pegellatte ins Wasser gleiten. Tiefer und tiefer ging der Stab. Er bückte sich, hielt in der Hand kaum noch das Ende der Latte.

»Steht sie gerade?«, brüllte Alsen.

Mit beiden Händen griff er nach. Ja, gerade. Seine Finger umklammerten das Ende des Holzes. »Zehn Meter über Pegelnull!«

»Das ist zu viel. Mach noch mal«, verlangte Alsen, denn wenn das Wasser nicht endlich aufhörte zu steigen, würde es die Slippe einfach überspülen.

Der Lotse zog die Latte aus dem Wasser und schüttelte den Kopf. »Zehn Meter. Wir müssen Hamburg warnen. Die saufen ab.«

22:32 Uhr, Döse, bei Cuxhaven

Pastor Friedrichsen blätterte in seiner abgegriffenen Bibel. Er suchte den passenden Psalm für seinen Gottesdienst am Sonntag. Der 31. schien ihm geeignet: *Herr, auf dich traue ich, lass mich nimmermehr zuschanden werden, errette mich durch deine Gerechtigkeit!*
Er erhob sich und trat zum Regal, wo er in mehreren Ordnern seine alten Predigten aufbewahrte. Sie stammten allesamt aus der Zeit, als er in einer kleinen Gemeinde auf Föhr tätig gewesen war. Dort musste irgendwo die eine Predigt sein, die ihm so gut gelungen war und für die man ihn Wochen später noch gelobt hatte. Nicht, dass er Lob nötig gehabt hätte, aber es wurde zusehends schwerer, die Menschen mit Worten zu erreichen. Gott war ihnen abhandengekommen. Sie meinten, ihn nicht mehr zu brauchen. Immerhin spazierten sie bald auf dem Mond. Der Mensch schien sich aufzuschwingen als jenes Wesen, das die Dinge der Welt nach eigenem Gusto lenken konnte, ohne zu bedenken, wie gefährlich ihm seine Überheblichkeit werden könnte.
Da spürte Friedrichsen ein Zittern unter den Füßen. Das Parkett bebte. Erschrocken hielt er in der Bewegung inne. Er kannte diese Art Erschütterung. Schweres Gerät. Front. Krater. Feuer. Weinende Soldaten. Schmerz. Viel Schmerz. Keine Antworten auf all das Wehklagen.
Schnell schob er die Bilder aus seinem Kopf.

Frau Siemsen stürzte in sein Arbeitszimmer. Seine Haushälterin war blass.

»Herr Pastor, draußen fahren Militärwagen vorbei.« Ihre Stimme zitterte, auch sie erinnerte sich. »Eine ganze Kolonne.«

Er nickte. Betont ruhig platzierte er den Ordner an seinem Platz. »Sorgen Sie sich nicht. Wir werden herausfinden, was draußen los ist.«

Zusammen liefen sie zur Haustür. Pastor Friedrichsen zog die Haustür auf. Sogleich flogen ihm Hagelkörner entgegen. Draußen sausten sie schräg durch das Licht des Flurs, das auf den Gehweg hinausfiel. Auf der anderen Seite des Gartenzauns sahen sie, wie eine Kolonne Militärwagen gerade einen Schaufelbagger überholte, dessen Ketten über die Straße donnerten. Auf einem der Lastzüge stapelten sich prall gefüllte Säcke. Dahinter kam ein Lkw, unter dessen Plane Soldaten in Regenzeug hockten. Graue Gestalten, gebeugt, dicht an dicht.

Pastor Friedrich meinte auf der Beifahrertür eines Lasters das Emblem der Luftwaffe entdeckt zu haben. Es erinnerte ihn an das Eiserne Kreuz am schwarz-weiß-roten Band, das tief in seinem Wäscheschrank verborgen lag. Es trug zwei sich kreuzende Schwerter. Sie hatten es ihm verliehen, weil er an der Front gewesen war. Er, der Mann Gottes, hatte Menschen getötet. Franzosen. Noch heute schämte er sich zutiefst für den Orden zwischen seinen Socken. Wegwerfen mochte er ihn dennoch nicht, weil das Ding für ihn eine ewige Mahnung war, wie schwach der Mensch selbst in seiner vermeintlichen Stärke sein konnte.

»Wohin wollen die?«, riss Frau Siemsen ihn aus seinen Gedanken.

»Sie brauchen keine Angst zu haben, meine Gute«, versuchte er, seine Haushälterin zu beruhigen. »Das ist sicherlich nur eine Übung. Oder die Soldaten fahren zum Deich. Bei dem Wetter wäre das kein Wunder.« Er legte eine Hand auf ihre Schulter. »Wenn die Russen kommen sollten, dann bestimmt nicht aus Altenwalde. Sehen Sie, da an den Türen steht es. Die Wagen sind vom Fliegerhorst.«

Seine Haushälterin sah ohne ihre Brille nicht mehr gut, also musste sie es ihm glauben, obwohl auch er in der Finsternis kaum etwas ausmachen konnte. Der Fliegerhorst Altenwalde lag wenige Kilometer vor Cuxhaven. Es war nur logisch anzunehmen, dass die Soldaten von dort kamen.

»Die armen Jungs. Bei dem Wetter rauszumüssen.« Frau Siemsen schüttelte den Kopf.

»Lassen Sie uns wieder reingehen. Es ist zu kalt.« Schnell schloss Pastor Friedrichsen die Haustür.

Seine Haushälterin schlug die Hände über dem Kopf zusammen. »Oje! Jetzt ist der ganze Flur nass.«

Emsig eilte sie davon, um einen Feudel zu holen.

Gerade wollte er ins Arbeitszimmer zurückkehren, als sein Blick auf die Standuhr neben der Treppe fiel und ihn aufstöhnen ließ. »Frau Siemsen, wir haben das Konzert verpasst.«

»Nur die erste Hälfte, Herr Pastor. Nur die erste Hälfte«, drang die Stimme seiner Haushälterin aus der Küche. Sie hatte sich wieder gefangen. »Ich habe das Radio für Sie schon angeschaltet.« Sie eilte zurück in den Flur, einen Lappen in der Hand. »Gehen Sie ruhig hinein. Ich bin gleich da.«

Mit drei Schritten war er in der guten Stube. Dort standen zwei bequeme Sessel links und rechts neben einem Tischchen, das direkt vor dem Radio platziert war. Frau Siemsen hatte ihm bereits ein Leberwurstbrot geschmiert und das Bier hingestellt. Aus dem Lautsprecher erklang Haydns *Schöpfung*. Ein begnadetes Oratorium, das zu seinen liebsten gehörte. Zufrieden lächelte Pastor Friedrichsen und setzte sich. Die Predigt konnte er auch noch morgen schreiben. Heute war ja erst Freitag.

Mit geschlossenen Augen lauschte er, während der Chor die gute Stube seines Pastorats in C-Dur erfüllte. Die erstaunliche Intensität des Schlusses mochte das Ergebnis einer Anhäufung verschiedener Coden sein, jede an einem Punkt beginnend, an dem die Musik eigentlich schon zu Ende zu sein schien und dennoch fortgeführt wurde. Ein Ende ohne Ende. Ach, wie gerne wäre er Dirigent geworden, hätte Gott ihn nicht gerufen.

Dass gerade Haydn zu seinen Lieblingskomponisten gehörte, mochte daran liegen, dass der Mann seine Werke in einer Zeit geschaffen hatte, als der Mensch dank der Wissenschaft überzeugt war, dass es ein geordnetes Universum geben müsste, alles berechenbar und somit auch beherrschbar wäre. Nicht umsonst teilten Haydn und Friedrichsen die Leidenschaft der Astronomie, die nicht weniger war als der stete Versuch, im himmlischen Chaos eine göttliche Ordnung zu finden.

Gerade wollte er nach der Brotscheibe greifen, als die Stimme des Sprechers im Radio ihn aufhorchen ließ.

»*Wir unterbrechen unser Programm für eine Warnung. Für die gesamte deutsche Nordseeküste besteht die Gefahr einer schweren Sturmflut. Das Nachthochwasser wird etwa drei Meter höher als das mittlere Hochwasser eintreten. Das folgende Mittagshochwasser wird nicht mehr so hoch eintreten.*«

Nun, dachte Pastor Friedrichsen, bei diesem Wind ist das kein Wunder. Gerade wollte er vom Brot abbeißen, als der Sprecher fortfuhr:

»*Für Cuxhaven besteht Deichbruchgefahr. Die Bevölkerung wird gebeten, die oberen Stockwerke aufzusuchen. Informieren Sie bitte Ihre Nachbarn!*«

Friedrichsen sprang auf, das Brot noch in der Hand. In der Tür stand Frau Siemsen. »Ich wusste, dass etwas passiert ist. Ich wusste es.«

»Noch ist nichts passiert, liebe Frau Siemsen«, erwiderte er. »Es ist nur eine Warnung. Ziehen Sie sich etwas über.« Im Vorbeigehen drückte er ihr das Leberwurstbrot in die Hand. »Holen Sie den Küster aus dem Bett. Danach informieren wir die Leute.« Er warf sein Ölzeug über und stieg in die Regenstiefel, die neben der Haustür auf einem Holzgestell standen. »Ich werde auf dem Turm die Glocken läuten. Sie laufen mit dem Küster von Tür zu Tür.«

Er riss die Haustür auf und wollte hinaustreten, als die gute Frau Siemsen ihn am Arm festhielt und ihm eine Taschenlampe reichte.

»Sie können doch nicht im Dunkeln über den Friedhof laufen, Herr Pastor!« Energisch schob sie sich an ihm vorbei und rannte, ohne ihren Mantel angezogen zu haben, zur Straße.

Er rief ihr noch nach, dass sie sich so den Tod holen werde, aber der Sturm verschluckte seine Worte. Kopfschüttelnd eilte er hinüber zum Gotteshaus.

Mehrmals drohte der Sturm ihn umzureißen. Immer wieder musste er sich an der Wand des Seitenschiffs abstützen oder an einem der Grabsteine vorbeischieben. Der Wind toste über den Friedhof, als tanzten tausend Teufel um die kleine Kirche herum. Als er das frisch gedeckte Grab des alten Thomsen passierte, hielt er inne. Sie hatten ihn erst vorgestern beerdigt.

Bilder schossen durch seinen Kopf, noch aus seiner Zeit auf Föhr und den Halligen. Manchmal, wenn der Blanke Hans übers Meer kam und sein Spiel besonders heftig getrieben hatte, dass sogar die höher gelegenen Kirchhöfe überflutet wurden, krochen die Toten in ihren Särgen zurück an den

Tag. So manche Holzkiste fand sich nach einem Sturm an ungewöhnlichen Orten wieder.

Pastor Friedrichsen lief weiter. Stolpernd fiel er in die Sakristei. Schnell schloss er die Tür hinter sich und tastete nach dem Lichtschalter neben dem Eingang. Seine Finger zitterten.

Die Glühbirne über seinem Kopf flackerte auf, während der Sturm wütend an dem Gemäuer rüttelte, als wollte er hereingelassen werden, und Friedrichsen fragte sich, warum er Angst hatte. Orkane waren nichts Ungewöhnliches hier draußen. Lange genug lebte er an der Küste, um sich daran gewöhnt zu haben. Dennoch war in dieser Nacht etwas anders als sonst.

Er eilte zu der Tür, hinter der eine hölzerne Treppe in den Glockenturm hochführte. Schwer stemmte er sich gegen das Türblatt, denn der Wind auf der anderen Seite wollte ihm den Zugang verwehren. Leise fluchte er.

Ohrenbetäubendes Pfeifen begrüßte ihn, als er am Fuß der Stufen stand. Der Strahl der Taschenlampe in seiner Hand hüpfte von Stufe zu Stufe, während er hinaufhastete. Achtundsiebzig Stufen, dann hielt er keuchend unter den drei Glocken inne. Eine Böe riss ihn zurück, kaum dass er einen Fuß auf die Ebene gesetzt hatte. Schnell hielt er sich am hölzernen Treppengeländer fest.

Der Orkan brüllte durch die fensterlosen Öffnungen herein und ließ die tonnenschweren Glocken über ihm wie von Geisterhand träge hin- und herpendeln. Schon vor Monaten hatte Friedrichsen für seine Gemeinde im zuständigen Sprengel eine Eingabe gemacht, damit endlich das Geläut auch in seiner Kirche elektrifiziert würde. Er hatte nicht einmal eine Antwort auf sein Schreiben erhalten.

Er legte die Taschenlampe auf das breite Holzgeländer,

hinter dem es steil hinunterging. Er spuckte in die Hände und griff nach den Stricken, mit denen der Küster jeden Sonntag zum Gottesdienst läutete. Heute Nacht sollte das Geläut die Menschen vor dem Wasser warnen.

Mit aller Macht hängte sich Friedrichsen an eines der Seile und wartete, dass die Glocke genügend Schwung bekam, um ihren Ton über die finstere Marsch zu schicken.

Mit einem Mal polterte es neben ihm. Er fuhr herum. Die Taschenlampe war heruntergefallen und rollte hinüber zur Kante, wo sie in der Tiefe verschwand und ihn in der Dunkelheit stehen ließ.

Pastor Friedrichsen schluckte.

Da rüttelte eine besonders heftige Böe am Glockenturm. Mit Schrecken spürte er unter seinen Füßen, wie sich der Boden zur Seite neigte. Nicht viel, aber genug, um ihn aufschreien zu lassen.

Leise begann er zu beten, als er sich ein weiteres Mal an den Strick hängte. Zögerlich setzte sich die größte der drei Glocken in Bewegung.

Irgendwann hatte er es geschafft, alle zum Läuten zu bringen. Der Schweiß lief ihm mittlerweile über den Rücken, während der Sturm seine Haare zerzauste und an der Öljacke zerrte. Er läutete und läutete, als müsste er die bösen Geister aus dem Orkan persönlich vertreiben. Durch die Arme zog ein stechender Schmerz. Das Dröhnen der Glocken machte ihn halb taub.

Er hoffte, der Deich möge nicht brechen. Die Menschen, die armen Menschen.

»Herr Pastor!«

Jemand stand hinter ihm und rüttelte an seinem Arm. Erschrocken öffnete er die Augen. Ein Lichtstrahl irrte umher. Frau Siemsen. Sie öffnete den Mund und rief ihm etwas entgegen, doch ihre Worte verschwammen in seinen Ohren. Er versuchte, das Seil in seinen steif gefrorenen Händen loszulassen. Die Finger wollten nicht locker lassen, umkrallten weiter den gedrehten Hanf.

»Herr Pastor!«

Sie hatte die hinuntergefallene Taschenlampe mit heraufgebracht. Das Ding funktionierte noch. Deutsche Wertarbeit, dachte er und hätte fast gelacht.

»Sie müssen mit nach unten kommen!«, schrie sie und zerrte an seinem Ärmel.

»Geht nicht. Die Leute! Ich muss sie warnen!«

Sie kam näher an sein Ohr. »Man hört das Geläut nicht einmal auf der Straße vor dem Pastorat, höchstens noch am Friedhof. Lassen Sie los. Es ist zwecklos.«

Erst begriff er nicht. Schließlich ließ er vom Seil ab. Sein Blick fiel auf die Blasen an seinen Händen. Er hatte gar nichts gespürt.

»Kommen Sie!« Sie zog ihn mit sich.

Torkelnd folgte Pastor Friedrichsen ihr.

»Herr, hilf«, stöhnte er dabei leise und eilte die Stufen hinunter.

Fast hätte er dem Herrn Pastor zugewunken, als er den alten Mann in der offenen Tür des Pastorats hatte stehen sehen, gerade als sie mit dem Laster vorbeigedonnert waren. Rainer Schulze kannte den Geistlichen seit seiner Konfirmation, obwohl er ihm schon seit Jahren nicht mehr begegnet war. Dabei war er in Altenwalde stationiert, was quasi vor der Haustür von Cuxhaven lag. Seit sein Vater ihn vom Hof gejagt hatte, mied Rainer die Stadt. Der Alte hatte gesagt, er wolle nichts mit Kriegstreibern zu tun haben. Man hätte genug gelitten. Die Mutti hatte bitterlich geweint, aber der Vater war hart geblieben. Keine Soldaten auf seinem Hof. Punktum.

Rainer schwor sich damals, niemals wieder nach Hause zurückzukehren. Seither hielt er sich von Cuxhaven fern, aus Angst, er könnte dem Vater auf der Straße begegnen. Dass sie ihn zum Unteroffizier befördert hatten, wusste der Alte nicht. Es hätte ihn wohl auch nicht interessiert. Vor einigen Wochen hatte Rainer um Versetzung nach Bayern gebeten. Irgendwohin, möglichst weit von zu Hause entfernt.

Der Konvoi hatte den Deich westlich der Kugelbake erreicht. Mit einem Ruck blieb der Laster stehen.

»Absteigen!«, brüllte Rainer und sprang als Erster hinaus. Seine Männer stellten sich in einer Reihe vor dem Wagen auf. Jeder trug einen Klappspaten bei sich. Unter den Regencapes waren die Gesichter seiner Leute kaum zu erkennen.

Man hatte einen Scheinwerfer aufgestellt, der die gespenstische Szenerie ausleuchtete, während der Regen in scharfen Strichen schräg durch das Licht fiel. Gerade kippte ein Trecker mit seiner großen Schaufel Sand auf einen Berg, vor dem Männer standen und Säcke damit füllten. Andere hatten eine Kette den Deichhang hoch gebildet und warfen die vollen Säcke von Mann zu Mann bis zur Deichkrone hinauf. Zwischen ihren Stiefeln quoll Wasser aus der Grasnarbe.

Ein Feldwebel trat zu ihm. Rainer salutierte, um Meldung zu machen. »Unteroffizier Schulze mit acht Männern ...«

»Vergiss den Scheiß, Junge«, unterbrach sein Vorgesetzter ihn. Er wirkte nervös. »Das Loch auf der Außenseite wird immer größer. Wenn wir es nicht rechtzeitig stopfen können, war's das. Dann geht ganz Cuxhaven unter. Wir reden hier von vierzigtausend Zivilisten. Beziehen Sie also Stellung an der Wasserseite. Unterstützten Sie die Helfer dort.«

»Los, Männer!«, brüllte Rainer. Seine Jungs waren erst gestern vereidigt worden. Die Angst stand vielen von ihnen ins Gesicht geschrieben. Rainer wusste, er musste mutiger wirken, als er sich fühlte.

Sie rannten den Deich hinauf. Der Wind donnerte ihnen entgegen und riss wie ein Tier an ihren Capes, drohte sie umzuwerfen. Oben angelangt, erschrak Rainer. Die Wellen brachen sich nur wenige Meter vor ihm und rissen mit jedem neuen Anrollen mehr Erde aus dem Wall. Schon jetzt war er an einer Stelle bis zur Hälfte fortgespült. Schemenhafte Gestalten mühten sich, die Lücke mit Sandsäcken zu stopfen. Doch kaum lagen sie dort, kam das Wasser und riss Sack um Sack unter den Füßen der Leute wieder fort. Man hatte Pfähle herbeigeschafft, um sie vor dem Loch als Damm in den Modder zu rammen. Selbst das funktionierte nicht, denn mit jeder neuen Welle drückte das Wasser die Pflöcke wie Streichhölzer beiseite, bevor die Männer sie auch nur tief genug mit den Vorschlaghämmern in den Boden treiben konnten. Wieder und wieder rollte das Wasser in das Loch, nahm sich Zoll um Zoll.

Rainer spürte die Verzweiflung, die der Sturm unter ihnen verbreitete. Sie brauchten eine Barriere, an der sich die Wellen ein Stück vor dem Deich brechen konnten.

»Freiwillige mit mir!«, brüllte er und rannte den Abhang hinunter. »Menschenkette bilden!«

Ohne zu zögern, lief er ins Wasser. Die Kälte ließ ihn aufstöhnen. Fast hätte er die Sinne verloren. Er zwang sich weiterzulaufen. Schon stand er bis zur Hüfte im eisigen Schwarz. Erleichtert sah er, dass ihm mehrere gefolgt waren, darunter Leute aus der Gegend, die zuvor vergeblich die Sandsäcke im Deich festgetrampelt hatten.

Er hakte sich zwischen zwei Männern ein. Schulter an Schulter standen sie da, während die Wellen sie vor- und zurückschubsten. Schon wurden Rainers Beine vor Kälte taub. Seine Zähne klapperten.

Im Licht des Scheinwerfers konnte er erkennen, dass die Arbeiten am Deich fieberhaft weitergingen. Immer mehr Leute liefen herbei, schlugen Pfahl um Pfahl ein, warfen Säcke in das Loch, traten alles fest.

»Es klappt!«, schrie jemand in der Reihe.

Die Säcke blieben liegen, immer mehr Pfähle konnten in den nassen Deich gerammt werden. Doch noch durften sie ihre Formation nicht aufgeben. Rainer spürte seine Beine nicht mehr. Alle blieben, wo sie waren, obwohl mit jeder Welle das Wasser bis zu ihrer Brust strömte. Irgendwo stimmte jemand ein Lied an. Einige fielen ein.

»Wenn das vorbei ist, Junge«, rief der Mann an Rainers Seite, »dann gibt's zu Hause heißen Rum! Ohne dieses verdammte Wasser!«

Rainers Kopf fuhr herum. Neben ihm stand sein Vater! Er hatte ihn nicht gesehen, nicht erkannt. Wütend starrte der Alte zum Deich hinauf, während sein Arm fest in Rainers gehakt blieb. Eine Welle brachte Rainer zum Straucheln. Sein Vater half ihm zurück auf die Füße.

»Muddi wird sich freuen«, keuchte der Alte. Seine Lippen waren blau gefroren.

»Papa, geh raus!«

Sein Vater lachte. »Nix da! Mein Deich. Mein Sohn. Unser Sturm. Ich bleibe.«

**22:35 Uhr, Laubenkolonie *Alte Landesgrenze e.V.*,
Hamburg-Wilhelmsburg**

Marion Klinger schreckte auf. Um sie herum war es stockfinster. Sie musste eingenickt sein. Umständlich setzte sie sich auf und tastete nach der Kette der Stehlampe. Ein Schmerz fuhr ihr in den Rücken. Mit einem müden Seufzer erhob sie sich. Sie wollte sich fürs Bett fertig machen. Dort würde es bequemer sein als auf dem Sofa. Marion horchte. Im Zimmer ihrer Mutter war es still.

Sie schlurfte in die Küche, um sich einen Tee zu machen. Vorher legte sie einen Holzscheit in die Glut, damit sie das Wasser im Kessel aufsetzen konnte. Es war unangenehm kühl im Haus. Sie fröstelte. Es schien, als saugte der Sturm alle Wärme aus der Klinger-Laube.

Auf dem Küchentisch lag noch immer die Illustrierte von vorhin. Verschmitzt schaute Lilo Pulver Marion an und knabberte dabei am Stil einer Rose. War die Schauspielerin nicht früher dunkelhaarig gewesen? Auf dem Cover trug sie Platinblond wie die Monroe. Marion erinnerte sich, dass die Pulver diese Frisur in dem Film getragen hatte, den sie letztens im Kino gesehen hatte. Wie hieß er noch gleich? Ach ja, *Eins, zwei, drei*. Es war eine Komödie mit James Cagney und Horst Buchholz gewesen, in der es ziemlich drunter und drüber ging. An die Handlung konnte sie sich kaum erinnern, nur daran, dass Coca-Cola darin eine Rolle spielte.

Lustlos blätterte Marion durch die Seiten, während sie

darauf wartete, dass das Wasser kochte. Seitenweise wunderschöne bunte Bilder von der italienischen Adria, zwei Frauen in blumigen Badeanzügen mitsamt großen Strohhüten auf den Köpfen lagen am Strand und lugten zu einem zeitungslesenden Herrn hinüber. Sonnenschirme und strahlend blaues Meer. Elegante Menschen vor schnellen Autos, hinter denen mondäne Hotels aufragten. Eine felsige Küste im Abendlicht. Wehmütig betrachtete Marion die Bilder.

Immer mehr Leute verbrachten ihren Urlaub in Italien, einem verheißungsvollen Ort, an dem guter Wein getrunken wurde und alle Menschen romantische Lieder sangen. Marion seufzte. Sie war noch nie weiter weg von zu Hause gewesen als Hannover, wo eine Freundin ihrer Mutter wohnte. Gerne hätte sie einmal einen Kaffee auf dem Markusplatz bestellt oder mit einem echten Italiener geflirtet. Sie sprach ein solides Italienisch, fast so gut wie Englisch und Französisch.

Manchmal träumte sie davon, eine Stelle als Sekretärin in einer fremden Stadt anzunehmen, Venedig oder Paris vielleicht. Der Gedanke schmerzte sie. Träume, nichts als Träume. Es war nun einmal in Stein gemeißelt. Sie würde auf ewig in dieser Laubenkolonie festsitzen. Rasch blätterte sie weiter.

Erst kürzlich hatte ihre Mutter sie dabei erwischt, wie sie in den Reisekatalogen gestöbert hatte, und gemeint, wenn sie endlich heiraten würde, könnte sie ihre Hochzeitsreise ja in den Süden machen.

Gegen die Reise hätte sie nichts einzuwenden, hatte Marion geantwortet. Nur was sie mit dem Mann danach anfangen solle, wisse sie nicht. Natürlich hatten sie und ihre Mutter sich daraufhin wieder einmal gestritten.

Da bemerkte Marion draußen ein Flackern. Sie entdeckte ein Blaulicht, das zwischen den sich im Wind biegenden Büschen und Bäumen langsam über den Weg näher kam.

Es war ein Lastwagen des THW. Er hielt vor Dieters Gartentor.

Hinter Marion pfiff der Kessel. Sie nahm ihn vom Feuer, während sie überlegte, warum die Männer Dieter zu nachtschlafender Zeit abholten, und vermutete, dass das Technische Hilfswerk wegen des Sturms im Einsatz sein musste. Sie hängte einen Teebeutel in den Becher und goss das Wasser darüber. Damit setzte sie sich an den Tisch und wartete darauf, dass der Tee zog.

Es war Freitagabend, und sie war jung. Was also tat sie in der Laube ihrer Mutter? Wie sollte sie jemanden kennenlernen, wenn sie sich hier vergrub? Leider hatte sie keine Freundin, mit der sie losziehen konnte. Hier sitzen zu bleiben und Tee zu trinken, wollte sie aber auch nicht.

Ob der Wagen Dieter mit in die Stadt nehmen wollte? Vielleicht könnte sie ja mitfahren. Dabei ging es ihr nicht darum, allein auf einen Swutsch zu gehen. Im Gegenteil, denn sie vermutete, dass man das Technische Hilfswerk wegen des Sturms in Alarmbereitschaft versetzt hatte und damit bestimmt auch die Polizei. Vielleicht brauchte man sie heute Nacht im Polizeihaus.

Sie sprang auf, stellte den Becher in die Spüle und eilte in den Flur, um den Mantel anzuziehen, ihre Handtasche zu schnappen, sich die Schnürschuhe überzustreifen und hinauszulaufen. Das Kopftuch stopfte sie in die Manteltasche. Wenn sie sich beeilte, könnte der Wagen sie mit zum Bahnhof nehmen.

Mit etwas Glück gab es im Polizeihaus in dieser Nacht einiges zu tun. Alles schien ihr besser, als sich daheim zu langweilen. Außerdem würde es vielleicht einen guten Eindruck machen, wenn sie als die Neue im Schreibdienst bei ihrer Vorgesetzten Frau Müller freiwillig vorbeikam. Eilig kritzelte Marion eine Nachricht für ihre Mutter auf ein Stück Papier und legte es auf den Tisch. Wahrscheinlich würde die nicht einmal merken, dass ihre Tochter fort war.

Die Pfützen auf dem Sandweg waren noch tiefer als vorhin. Überall lagen abgebrochene Äste herum. Die Gräben, die sich durch die Gartenkolonie zogen, waren randvoll mit matschig schwarzem Wasser. Marion konnte sich nicht erinnern, schon einmal einen solch heftigen Sturm erlebt zu haben.

Sie meinte, in der Tür von Dieters Häuschen ein Licht gesehen zu haben, das gleich wieder ausging. Ein Schatten rannte zum THW-Laster, der keine dreißig Meter vor Marion auf dem Weg wartete. Der Schatten sprang auf der Beifahrerseite in den Wagen, der sogleich anrollte.

»Halt!«, brüllte sie und lief schneller. »Nehmt mich mit!«

Sie winkte und hoffte, jemand möge sie im Seitenspiegel entdecken. Erleichtert sah sie, dass die Rücklichter rot aufglühten. Der Laster stoppte, die Beifahrertür wurde geöffnet. Sie erkannte Dieter, der sich herauslehnte.

»Marion! Ist etwas passiert?«

Keuchend schüttelte den Kopf, als sie ihn erreicht hatte.

»Haben sie Alarmstufe III ausgerufen?«

»Ja, warum?«

»Gut.«

»Gut?«

»Ja, weil dann auch alle im Polizeihaus benötigt werden.« Sie drückte die Beifahrertür weiter auf. »Rutsch mal«, sagte sie zu ihrem Nachbarn.

Erst jetzt bemerkte sie, dass neben Dieter zwei weitere Männer saßen. Für eine vierte Person gab es keinen Platz. Marion zögerte.

»Was wollen Sie denn im Polizeihaus, Fräulein?«, fragte der Fahrer, ein bulliger Typ um die fünfzig mit Glatze und Brille, und beugte sich ein wenig vor.

»Meine Nachbarin arbeitet dort«, erklärte Dieter.
»Als was? Doch wohl nicht als Udl.« Er lachte.
»Ich bin nicht bei der Schutzpolizei, sondern Stenotypistin im Polizeihauptquartier«, erklärte sie trotzig.
Dieter kratzte sich am Kopf. »Ich weiß nicht, Mädchen. Bei dem Wetter solltest du nicht aus dem Haus. Alarmstufe III gilt nur für das Einsatzpersonal, nicht für euch Frauen.«
»Früher warst du nicht so ein Bangbüx, Dieter.« Sie legte den Kopf schief. »Ich sage nur Pastor Lampe.«
»Das ist schon lange her. Heute bin ich erwachsen und mache so einen Unsinn nicht mehr.«
Der Wind zerrte an Marions Mantel. Sie begann zu frieren.
»Kann ich nun mitfahren oder nicht?«
Dieter schnaufte. »Los, komm rein. Musst aber auf meinem Schoß sitzen. Kein Platz.«
Sie hielt in der Bewegung inne. »Ich weiß nicht recht.«
»Entweder so oder Sie müssen nach hinten auf die Ladefläche, Fräulein.« Der Dritte im Bunde grinste schmierig. Er saß zwischen Dieter und dem Fahrer. Ihm fehlte ein Eckzahn.
»Da ist's leer, is auch ziemlich kalt. Hier bei uns wäre es wärmer.«
Noch immer zögerte sie. Erst das feiste Grinsen des Mannes half ihr bei der Entscheidung.
»Ich nehme die Ladefläche, die Herren.« Sie eilte nach hinten.
Dieter sprang aus dem Wagen. »Quatsch, Mädchen. Du sitzt hier vorne, und Udo geht nach achtern.«
»Ich?« Der Mann ohne Eckzahn blickte ihn wütend an. »Die kann auch den Bus nehmen, wenn sie so dringend in die Stadt muss.«
Dieter machte sich zwei Zentimeter größer. »Feiner Gentleman bist du. Kein Wunder, dass dich keine haben

will. Los, mach schon, oder soll sich die junge Dame den Tod holen?«

»Jawoll, Herr Gruppenführer«, schnaufte der mit dem Namen Udo und kletterte aus dem Fahrerhäuschen.

Kurz darauf rollte der Wagen durch die *Alte Landesgrenze* zur Rampe, die hinauf auf die Straße führte. Hier, zwischen vierstöckigen Mietshäusern und kleinen Ladengeschäften, lag eine andere Welt als unten in der Laubenkolonie. Viele von dort wären gerne in eine der neuen Wohnungen gezogen, doch selbst siebzehn Jahre nach dem Krieg gab es noch immer zu wenig Unterkünfte. Der Wiederaufbau der Stadt hatte bisher nicht alle erreicht. Man musste sich gedulden.

Das nasse Kopfsteinpflaster glänzte im Schein der schwankenden Straßenlaternen zu beiden Seiten der Straße. Überall lagen zerborstene Dachziegel. Nirgends war ein Mensch zu sehen. Einsam fuhr der THW-Laster durch die gespenstische Nacht.

»Sie können mich am Bahnhof absetzen«, bot Marion an.

Dieter schüttelte den Kopf. »Lass gut sein. Wir bringen dich ins Polizeihaus. Ist besser so. Bin mir nicht einmal sicher, ob überhaupt noch eine Bahn bei diesem Sturm fährt.«

»Wir haben Befehl, zum Sammelplatz zu kommen, Dieter«, brummte der Fahrer. »Der Umweg in die Stadt kostet uns mindestens eine halbe Stunde. Das wird dem Zugführer nicht gefallen.«

»Ich nehme es auf meine Kappe.«

»Wie du meinst.«

Kurz darauf bogen sie auf die Elbbrücken.

Auf der anderen Seite des Flusses lag die Stadt mit ihren vornehmeren Stadtteilen, den Kaufhäusern, Hotels, der Alster, dem Jungfernstieg und dem Rathausmarkt. Letztens war Marion nach der Arbeit mit der Straßenbahn in die Münckebergstraße gefahren, um bei Karstadt ein neues Kopftuch zu kaufen. Das tat sie nicht oft. Drüben war die Stadt irgendwie mondäner als hier. Dennoch fühlte sich Marion diesseits des Flusses wohler.

Täuschte sie sich oder stand die Elbe unter der Brücke viel zu hoch? Sie meinte, auf dem schwarzdunklen Wasser Wellen mit Schaumkronen erkennen zu können. In der Ferne entdeckte sie mehrere umgeknickte Strommasten, die aussahen, als hätte ein Riese dort gewütet. Wellblechplatten flogen an einem der Kais umher, die vorher noch auf einem Schuppen gelegen haben mussten.

Der Sturm rüttelte heftig an dem Laster, der langsam über die Brücke rollte. Marion zog ihren nassen Mantel enger um die Schultern.

»Ist dir kalt?«, wollte Dieter wissen.

Sie nickte.

»Tscha, Heizung gibt es aber nicht, Fräuleinchen«, meinte der Fahrer, den Dieter ihr als seinen Kollegen Wolfgang Reinbek vorgestellt hatte. Der Mann trug einen Ehering. Somit bestand hoffentlich keine Gefahr, dass Dieter sie ein weiteres Mal verkuppeln wollte.

Kurz dachte sie an Seifert, Günter, der mit ihr zum Schwof wollte, und überlegte, ob es ihr gelingen könnte, einen Vorwand zu finden, damit sie den morgigen Abend nicht mit ihm verbringen musste. Mit etwas Glück würde der Sturm ein wenig länger anhalten. Dann hätte sie eine gute Ausrede.

Es ärgerte sie noch immer, dass Karin sie in eine derart unangenehme Situation gebracht hatte. Warum dachten alle, sie bräuchte einen Mann? Sie hatte so viele Träume, die sich in Luft auflösen würden, sobald sie einen Ehemann hatte.

Bei dem Gedanken an Seifert, Günters Blick, als er an ihrem Körper hinauf- und hinuntergegangen war, schüttelte es sie. Marion wischte mit dem Mantelärmel das beschlagene Beifahrerfenster frei und sah hinaus. Ein einsames Taxi rauschte ihnen entgegen. Es begann zu regnen. Fast waagerecht schossen die Tropfen im Licht der Scheinwerfer zwischen den Bögen der Stahlträger hindurch über die Straße. Eine Böe schob den Laster gefährlich nah an das Brückengeländer zu ihrer Rechten.

Marion schrie auf.

»Mensch, Wolfgang! Pass doch auf!«, entfuhr es Dieter.

Der Fahrer umklammerte das Lenkrad. »Hast gut reden.« In der Stadt ging es einfacher, da schützten sie die hohen Häuser. Bei den Deichtorhallen standen Peterwagen mit Blaulicht und sperrten die Straße. Der Laster hielt. Ein Beamter trat zur Fahrerseite.

»Kurbel mal das Fenster runter, Wolfgang.«

Der Polizist tippte an seine weiße Dienstmütze, die unter einem flatternden Regencape hervorlugte. »Guten Abend.«

»Moin auch«, sagten die beiden Männer im Chor.

»Wo wollen Sie hin?«

»Karl-Muck-Platz!«, rief Dieter dem Beamten entgegen.

»Der Hafen ist wegen des Sturms gesperrt. Sie müssen über die Lombardsbrücke oder am Rathaus vorbei.«

Dieter beugte sich weiter vor. »Ist das nicht 'n büschen übertrieben, den Hafen schon ab hier zu sperren?«

»Nee, da steht alles unter Wasser. Landungsbrücken, Fischmarkt, Speicherstadt, über einen Meter voll.« Der Beamte, dem der Regen ins Gesicht lief, tippte wieder an seine Mütze. »Schön' Abend noch.«

Schnell kurbelte der Fahrer das Fenster wieder hoch. »Wenn wir beim Sammelpunkt sind, sagst du dem Zugführer, dass ich mit dem Umweg nix zu tun hatte. Den Anschiss hole ich mir nicht ab.«

Marion fühlte sich schlecht. Dieter grinste nur.

Sie rollten weiter Richtung Alster. Gespenstische Leere in den Straßen. Wenn sie ein Auto passierten, war es meist ein Feuerwehrwagen, der umgeknickte Bäume oder Schilder forträumte.

»Gut, dass Karin und die Kinder bei deinen Schwiegereltern sind, Dieter«, meinte Marion in die Stille hinein, die nur vom Quietschen der Scheibenwischer und dem Prasseln des Regens durchbrochen wurde.

»Jo, bei dem Wetter in der Laube, da bekommen die Kinder jedes Mal Angst. Klappert ja alles, egal, wie fest ich die Bretter kloppe. Karin will, dass wir zu ihren Eltern ziehen.« Er drehte den Kopf zu Marion. »Aber ich und die? Das gibt nur Mord und Totschlag, wenn du verstehst, was ich meine.«

»Deine Frau hat so was erwähnt.«

Als sie die Straßenbahnpavillons vor dem Rathausmarkt passierten, bemerkte Marion, dass das Wasser aus den Gullys hochdrückte und sich im Schwall auf die Straße ergoss, als übergäben sich die Untiefen der Stadt. Nirgends war eine Straßenbahn zu sehen. Vermutlich war der Verkehr bereits eingestellt worden. Beim Rödingsmarkt stand das Wasser mittlerweile so hoch, dass es durch die Türen des Wagens zu dringen drohte. Mit Schwung bahnte sich der THW-Laster einen Weg durch die Wassermassen, vorbei am alten Gestapohauptquartier im Stadthaus, das früher einmal das Polizeihaus der Stadt gewesen war, bis man zum Karl-Muck-Platz umzog.

Als sie dort ankamen, sprang Marion aus dem Wagen, damit der völlig durchgefrorene Mann von der Ladefläche hereinkrabbeln konnte, der sie jetzt noch böser anschaute.

»Tschüss und danke, die Herren.«

Dieter winkte. »Nicht dafür.«

Knatternd fuhr der Laster fort, während Marion zum Polizeihaus lief, das wie eine Wand vor ihr aufragte. Irgendwann in den Zwanzigern gebaut und später auf fünfzehn Stockwerke erhöht, dominierte das moderne Backsteingebäude den Platz. Kampflustig blickte es hinüber zum fast gleichzeitig errichteten, üppig verspielten Barockbau der Musikhalle, als müsste es sich mit ihr messen. Dort der verzierte Musentempel, der wirkte, als wäre er aus der Zeit gefallen. Hier die selbstgewisse Autorität einer neuen Staatsgewalt, an die sich die Hamburger erstaunlich schnell gewöhnt hatten.

Marion schlug den Kragen ihres Mantels hoch und hastete über das rutschige Kopfsteinpflaster zum Arkadengang des Polizeihauses. Uniformierte liefen ins Gebäude hinein oder kamen heraus. Eine emsige Eile lag in der Luft, die Marion seit ihrem ersten Arbeitstag kannte. In der Halle schüttelte sie sich wie ein Pudel und trat zum Wachhabenden, der in einem Glaskasten saß.

»Nanu, Fräulein Klinger, schon wieder hier?« Wachtmeister Stahmann reichte ihr die Liste und einen Schreiber, damit sie sich eintrug.

»Ich dachte mir, dass heute Nacht jede Hand gebraucht werden könnte.« Sie ergänzte die Tabelle in der untersten Zeile um ihren eigenen Namen.

»Och, das büsch'n Wind. Da lacht 'n Hamburger doch 'über.«

»Bestimmt haben Sie recht, Herr Stahmann, aber ich will dennoch bei Frau Müller nachfragen, ob sie mich brauchen kann. Ist sie noch da?«

Der Wachtmeister rollte mit den Augen. »Und wie. Sie finden sie im Schreibzimmer. Gerade brüllt sie ihre Damen an, dass ich es bis hier hören kann. Eben ist eine von denen heulend nach Hause gerannt.«

»Frau Müller gibt nur ihr Bestes, um es den Herren im Haus recht zu machen.«

Stahmanns Antwort war ein Grummeln. Es klang, als hätte er »Trotzdem isse 'n alter Besen« gesagt.

Hinter ihr rannten mehrere uniformierte Beamte die Treppe herunter ins Foyer. Sie kamen aus den Wachräumen. Ihre Stiefelschritte hallten von den gekachelten Wänden. Marion entdeckte Wachtmeister Horst Wagner unter ihnen. Mit ihm hatte sie sich kürzlich bei der Essensausgabe nett unterhalten. Er war so alt wie sie und sprach viel über seinen besten Freund Rolf Kallmeyer, der nach nur drei Monaten in der Schutzpolizei bereits befördert worden war. Er selbst wollte bald zur Kriminalpolizei wechseln. Marion fand Wachtmeister Wagner dafür zu zögerlich und unentschlossen. Doch sie hatte nichts dazu gesagt, sondern nur genickt, als er sie fragte, ob sie das für eine gute Idee hielt.

Im Vorbeirennen winkte er ihr zu. Schon waren er und die anderen durch die Tür verschwunden, wo Blaulichter aufflackerten und die heiseren Martinshörner zu jaulen begannen.

Marion wandte sich zum Wachhabenden um. »Was ist los?«

»Alle Peterwagen fahren raus, um die Leute in den Überflutungsgebieten zu warnen. Das wird eine lange Nacht, Fräulein Klinger. Da werden bestimmt viele Keller volllaufen.«

Marion machte sich auf den Weg zum Schreibsaal. Im Gehen zog sie den nassen Mantel aus und legte ihn über den Arm. Sie nahm den Korridor, der zum Reich von Frau Müller führte, wo sie mit eiserner Hand die Stenotypistinnen im Großraumbüro überwachte. Mit jedem Schritt wurde das hektische Klappern von dort lauter. Marion hoffte, eine Schreibmaschine in der Nähe der Heizung zugewiesen zu bekommen, denn die Feuchtigkeit ihrer Kleidung kroch ihr langsam in die Knochen.

Sie klopfte an die Tür eines Büros zu ihrer Rechten.

»Herein!«

Die Stimme der Müller erinnerte Marion an die ihrer Mutter. Die beiden hätten Schwestern sein können. Mit einem möglichst freundlichen Lächeln auf den Lippen trat Marion ein, um ihren freiwilligen Dienst in dieser Nacht anzutreten. Sie hoffte, die Müller wüsste es zu schätzen, denn Alarmstufe III war seit dem Krieg nicht mehr ausgerufen worden.

22:45 Uhr, Deutsches Hydrographisches Institut, Hamburg

Regierungsdirektor Horn lief zum Fernschreiber. Seine Bonbons waren alle, und im Magen kniff es. Vielleicht sollte er mit dem Rauchen anfangen. Er hatte irgendwo gehört, dass das beruhigen würde.

»Herr Klüting, gibt es Nachricht aus Cuxhaven?«

»Keine neuen Pegelstände. Die automatische Verbindung muss ausgefallen sein.« Der schmale junge Mann hielt einen handschriftlichen Zettel hoch, den Horn ihm aus der Hand riss. »Das kam eben via Fernsprecher herein. So wie es aussieht, haben sie vor Ort per Hand nachgemessen.«

»Per Hand?« Horn seufzte. »Von wann ist die Messung?«

»Etwa eine halbe Stunde alt.«

»Halbe Stunde?« Horn schüttelte den Kopf und blickte auf die Zahl in seiner Hand. »Na ja, besser als nichts.« Er ließ sich auf den Holzstuhl fallen, der hinter Klüting stand. »Zehn Meter, sagen die?«

Er griff nach einem Bleistift und stellte ein paar unnötige Berechnungen an, die er im Kopf längst gemacht hatte.

»Neue Meldung an alle verantwortlichen Stellen.« Kurz und knapp gab er den aktuellen Wasserstand an und eine Prognose für die Nacht. »Drei Meter fünfzig über dem mittleren Hochwasser...« Er wartete, bis der Mann seine Worte in den Fernschreiber getippt hatte.

Als er fertig war, drehte sich sein Mitarbeiter zu ihm um.

»Drei fuffzig? Das wird eng. Unsere Deiche haben doch nur drei Meter siebzig.«

Sie schwiegen, draußen heulte der Sturm.

»Herr Klüting«, begann Horn kurz darauf, »mögen Sie klassische Musik?«

Der junge Mann unterdrückte ein breites Grinsen. »Nun, also, ich würde sagen, nee, eher nicht, Herr Regierungsdirektor. Ich bin mehr der Rock-'n'-Roll-Typ.«

Nachdenklich nickte Horn. »Wirklich? Verstehe. Und was machen Ihre Eltern heute Abend? Oder Ihre Nachbarn?«

Sein Mitarbeiter überlegte. »Also, ich nehme an, dass sie die *Familie Hesselbach* im Fernsehen gucken. Ist ja sehr beliebt. Jeder, der einen Apparat hat, guckt freitags nach den Nachrichten die Hesselbachs. Warum?«

»Jeder?« Regierungsdirektor Horn hatte keinen Fernseher. Er war eher der Klassik- und Buchtyp. »Verbinden Sie mich noch einmal mit dem NDR. Die müssen nämlich das Fernsehprogramm unterbrechen, damit alle gewarnt werden können.«

»Sie denken, dass die Radiounterbrechung von vorhin nicht genügt hat?« Klüting drehte sich zum Telefonapparat. »Verstehe.« Er griff zum Hörer.

Horn nickte. Ja, genau das war es, was er befürchtete. Sein Blick fiel durch das Fenster, wo Regenböen wie Schleier am Fenster oberhalb des Elbtunnels vorbeirauschten, während Klüting die Verbindung herstellte.

»Moment bitte ...«, sagte der junge Mann und hielt Regierungsdirektor Horn den Hörer entgegen.

Bedächtig erhob er sich. Mit einem Räuspern nahm er das Telefon an. Nur vier klare Sätze waren nötig, um dem Menschen am anderen Ende der Leitung klarzumachen, was gerade an der Nordseeküste passierte und höchstwahrscheinlich bereits auf Hamburg zukam. Bewusst erwähnte Horn das Wort Katastrophe mehrfach, um seinem Anliegen Nachdruck zu verleihen.

»In Ordnung«, sagte die Stimme im Hörer. »Ich hole am besten mal jemanden ans Telefon. Mache hier nämlich nur die Nachtwache.«

Stille in der Leitung.

»Klüting?«

»Jawohl, Herr Regierungsrat?« Sein Mitarbeiter drehte sich zu ihm.

»Sagen Sie mal, Klüting, haben Sie mich etwa mit dem Pförtner verbunden?«

»Aber nein, das ist die Nachrichtenabteilung. Glaube ich jedenfalls.« Er schien sich nicht sicher zu sein.

»Aha.«

Man ließ ihn warten. Volle zwanzig Minuten stand Regierungsdirektor Horn im Fernschreiberraum und musste sich gedulden, dass ein Verantwortlicher im Sender seinen Anruf entgegennahm. Es kostete ihn alle Beherrschung, die er aufbieten konnte, als sich endlich jemand meldete.

Doch er wurde enttäuscht. Es war nur ein unbedeutender Mitarbeiter, der behauptete, nicht weiterhelfen zu können.

»Sie müssen das Programm unterbrechen. Da kommt eine Katastrophe auf Hamburg zu«, insistierte Horn.

»Das geht nicht.«

»Warum nicht?« Horn spürte, dass seine Geduld aufgebraucht war und einem gerüttelt Maß Wut Platz machte. Es würde nicht mehr lange dauern, und er würde die Stimme erheben.

»Die Sendung wird nicht von uns, sondern vom WDR ausgestrahlt. Wir teilen uns sozusagen das Programm.«

»Gut, also rufen Sie sofort in Köln an.«

»Das wird nicht helfen, Herr Hohn.«

»Horn. Mein Name ist Horn, nicht Hohn.« Tatsächlich erhob er die Stimme, was gar nicht zu ihm passte. »Regierungsdirektor Horn vom Deutschen Hydrographischen Institut!«

»Auch gut. Trotzdem können wir das Programm nicht unterbrechen.«

»Himmel! Warum denn nicht?«

»Technische Gründe. Sobald die Folge zu Ende ist, können wir in der *Tagesschau* die Meldung rausgeben, falls Sie Wert darauf legen.«

»Verdammt! Dann tun Sie wenigstens das!«

**23:15 Uhr, Laubenkolonie *Alte Landesgrenze e.V.*,
Hamburg-Wilhelmsburg**

Ein Kind auf dem Arm und den Koffer in der Hand, schob sich Karin Krämer durch das Gartentor.

»Uwe, komm schon!«, rief sie ihrem Sohn zu, der maulend mit seinem Köfferchen auf dem Sandweg stehen geblieben war, nachdem sie aus dem Taxi gestiegen waren. Gerade verloren sich die Rücklichter des DKW-Viertürers im Regen. »Ich kann nichts dafür, dass die Kleine krank geworden ist, Junge. Nun komm endlich!«

Der heiße Atem der Tochter an ihrem Hals beunruhigte Karin. Die Lütte hatte zu allem Übel auch noch Fieber bekommen. Vor der Tür ließ sie den Koffer zu Boden plumpsen, um die Türklinke hinunterzudrücken, aber das Haus war verschlossen. Offensichtlich war Dieter nicht zu Hause.

»Auch das noch«, murmelte sie. Jetzt musste sie sich um alles allein kümmern. Umständlich kramte sie mit einer Hand den Hausschlüssel aus der Umhängetasche, die sie sich quer über den Bauch gehängt hatte.

Der Taxifahrer hätte ihr wirklich helfen können. Seine Ausrede, er müsse sofort zurück zur Straße, weil der Weg in der Kolonie zu matschig sei und er feststecken könnte, fand sie wenig überzeugend. Sicherlich hatte er in dem Regen nur nicht nass werden wollen. Männer!

Nun ja, Trinkgeld hatte sie ihm jedenfalls keines gegeben. Das hätte noch gefehlt. Die Fahrt von Hamm nach Wilhelmsburg war schon teuer genug gewesen. Zwölf Mark achtzig! Das musste man sich mal vorstellen.

Sie öffnete die Tür, wobei sie den Koffer mit dem Fuß beiseiteschieben musste, denn die Haustür ging nach außen auf. Welch ein Unterschied zwischen ihrer Bude hier und der neuen Wohnung ihrer Eltern herrschte. Dort gab es ein richtiges Badezimmer und keine Waschschüssel in der Küche. In der Küche stand ein neuer Elektroherd und kein altmodischer Kohleofen, wie sie ihn schon vor dem Krieg benutzt hatten. Karin hatte ihr Heim so gemütlich hergerichtet, wie es nur ging. Immer stellte sie frische Schnittblumen in einer Vase auf den Wohnzimmertisch und füllte den Zigarettenspender, der sich öffnete, wenn man ihm eins auf den Kopf gab. In die Ecke hatten sie die Musiktruhe gestellt und den nagelneuen Nierentisch gleich neben das Sofa. Dennoch, eine Laubenkolonie war nun einmal eine Laubenkolonie. Ein wenig Komfort wäre netter gewesen.

Und eine Adresse, für die sie sich nicht schämen müsste, auch.

Wer hauste schon hier? Jene, die es nicht weit bringen konnten. Es wurde Zeit, dass sie auszogen. Am liebsten würde sie in einem der Grindelhochhäuser in Eimsbüttel leben. Dieter allerdings meinte, da wohnten nur die Neureichen. Dabei hatten sie und ihr Mann genug Geld gespart, um woanders neu anzufangen. Sie würde noch viel Geduld mit ihm haben müssen. Aber am Ende setzte sich eine kluge Frau immer durch, hatte ihre Mutter vorhin zu ihr gesagt und ein weiteres Kind als Argument gebracht.

Gerne wäre Karin länger bei ihren Eltern geblieben, genau wie Uwe, doch der Kleinen war es mit einem Mal nicht gut gegangen. Beim Abendessen klagte Uschi über Übelkeit und erbrach sich kurz darauf zum ersten Mal. Also schickten die

Großeltern alle drei zurück nach Hause. Das Kind müsse in seinem eigenen Bett gesund werden. In Wahrheit hatte ihre Mutter kein krankes Gör in ihrer Wohnung haben wollen. Karin kannte sie nur zu gut.

»Himmeldonnerwetter, Uwe! Komm endlich rein!«

Mit Tränen in den Augen schlurfte der Bengel ins Haus. »Warum durfte ich nicht bei Oma und Opa bleiben?«

»Weil es nicht ging.« Karin eilte mit der Vierjährigen ins Kinderzimmer, das sie sich mit ihrem Bruder teilte. Sie legte Uschi auf das Bett und streifte ihr Schuhe und Strümpfe ab.

»Mir ist schlecht«, wimmerte das Kind.

»Uwe! Hol den Eimer, der unter dem Spülbecken steht.« Sie zog Uschi den Mantel und das Kleidchen aus. »Ich mache dir gleich einen Tee, Süße. Danach geht es bestimmt besser.«

Der Junge kam mit dem Kübel und stellte ihn neben das Bett.

»Mach dich bettfein, Uwe. Es ist spät. Ich komme zum Gute-Nacht-Sagen.«

Er nickte und trollte sich mit hängendem Kopf.

»Uwelein!«, rief Karin ihrem Sohn nach. Er kehrte zurück. »Sei nicht traurig. Sobald es Klein-Uschi besser geht, fahren wie noch einmal zu Oma und Opa. Dann darfst du im Fernsehen auch diesen Hundefilm gucken.«

Uwe Gesicht begann zu leuchten. »*Lassie!*«

»Ja, genau. Und nun ab ins Bett.«

Es war schon spät, als Klein-Uschi endlich einschlief und auch Uwe selig träumte. Karin war unendlich müde. Sie ging ins Wohnzimmer und goss sich ein Gläschen *Mampe-Lufthansa-Cocktail* ein. Den hatte ihr eine Freundin mitgebracht, die mit einem reichen Herrn aus Blankenese liiert war.

Karins Frage, ob besagter Herr verheiratet war, hatte sie mit einem maliziösen Lächeln beantwortet. Ihre Freundin war Stewardess und kam in der Welt herum. Karin hatte ihren Dieter. Das war besser als ein Herr aus Blankenese. Dennoch beneidete sie ihre Freundin ein klein wenig, weil die im letzten Winter mit besagtem Mann in Sankt Moritz zum Skilaufen gewesen war. Karin hatte noch nie auf Skiern gestanden. Aber das ließ sich sicherlich lernen.

Im Frühjahr plante das heimliche Paar, einige Wochen in Saint-Tropez zu verbringen, wo ihr Verehrer angeblich eine Villa besaß. Verrückte Welt. Karin kannte ein solches Jetsetleben nur aus den Magazinen, die sie am Kiosk am Bahnhof kaufte. Sie selbst musste sich mit bunten Postkarten und dem Lufthansa-Cocktail, einer Mischung aus Champagner und Orangen-Aprikosen-Likör, begnügen, den ihre Freundin ab und an schickte.

Die Flasche sah aus wie ein Cocktailshaker. Karin versteckte sie hinter den Handtüchern im Wäscheschrank, weil sie nicht gedachte, das leckere Zeug mit den Nachbarinnen zu teilen. Da musste ein lieblicher Asti spumante reichen.

Jede Frau hatte ihr kleines Geheimnis. Sie goss sich ein weiteres Gläschen ein, trank es mit geschlossenen Augen, während aus der Musiktruhe Elvis Presley schmachtete und sie sich vorstellte, am Arm von Cary Grant oder Marlon Brando durch das Casino eines piekfeinen Hotels in Saint-Tropez zu flanieren.

Irgendwann schlief Karin auf dem Sofa ein.

23:20 Uhr, Grenze DDR-BRD, Lauenburg

Wenige Minuten nach elf passierte nahe Lauenburg ein schwarzer Mercedes den Grenzübergang zur BRD. Müde, aber erleichtert nickte Gerhard Bielefeld den Grenzbeamten zum Abschied noch einmal zu. Durch die DDR zu fahren, war kein Vergnügen. Erst wenn man die bundesdeutsche Grenze erreicht hatte, konnte der Blutdruck aufhören zu steigen.

Er gab Gas und blickte in den Rückspiegel.

Im Fond seines Wagens saß ein müder Mann. Sie kannten sich noch nicht lange. Der Neue war jünger als all die anderen, die er in den letzten Jahren gefahren hatte. Es gab welche, die mochten nach ihren Sitzungen gerne reden. Andere schwiegen lieber. Der rauchte nur und guckte in die Nacht hinaus, als gäbe es etwas zu sehen. Nur war da nix. Ab und an ein Haus, in dessen Fenstern Licht brannte. Ansonsten Dunkelheit.

Je mehr sie sich Hamburg näherten, umso schlimmer wurde der Sturm. Er musste höllisch aufpassen, weil entweder eine Böe den Dienstwagen gefährlich dicht an die Leitplanken drückte oder irgendwelche Äste auf der Strecke lagen, die die Scheinwerfer erst im letzten Moment erfassen konnten. Sechzig, höchstens siebzig Stundenkilometer. Mehr war nicht drin.

Warum der Mann hinter ihm unbedingt noch in der Nacht hatte nach Hause fahren müssen, wusste er nicht. Ihm war es recht. Seine Frau würde sich freuen, dass er einen Tag früher zurück war. Einzig die Müdigkeit machte ihm zu schaffen. Er unterdrückte ein Gähnen.

»Wie lange noch?«, kam es von hinten.

»Etwa eine Stunde.«

»Halten Sie mal an. Ich übernehme.« Der Mann drückte seine Zigarette im Ascher in der Tür aus. »Bei diesem Schietwetter ist schlecht fahren. Wir wechseln uns ab.«

»Jawoll, Herr Senator Schmidt.«

23:30 Uhr, Hamburg-Finkenwerder

»Na, Horst, wer war denn das hübsche Fräulein eben in der Eingangshalle?« Rolf Kallmeyer feixte, ohne den Blick von der Straße zu lassen, während sie mit Blaulicht Richtung Elbbrücken brausten.

»Sie heißt Marion Klinger und arbeitet im Schreibbüro.«

»Sieh an, sieh an. Würdest du sie mir mal vorstellen?«

»Lass das, Rolf. Sie ist eine anständige Person. Wir haben uns in der Kantine letztens sehr nett unterhalten.«

»Ach, nur unterhalten? Herr Polizeiwachtmeister Wagner, wenn Sie sich nur mit Unterhalten zufriedengeben, muss ich mir wohl Sorgen um Sie machen.« Rolf lachte.

»Blödmann.«

Er und Rolf kannten sich seit Ewigkeiten. Nach der Schule waren sie zusammen auf die Polizeiakademie gegangen, wo sie sich eine Stube mit vier anderen geteilt hatten. Rolf war für Horst das, was einem Bruder am nächsten kam. Seinen eigenen hatte er vor Jahren bei einem Badeunfall verloren. Sie waren Freunde. Manchmal schoben sie zusammen Dienst. Dann war es wie früher in der Kaserne. Rolf war immer der Beste gewesen. Jahrgangsbester, egal ob im Unterricht oder bei den Mädels. Irgendwie fiel ihm alles zu, während Horst wie ein Gaul ackern musste, um auch nur die Hälfte zu erreichen. Bei den Frauen war seine Bilanz noch schlechter. Er hatte sich damit abgefunden.

Kürzlich hatten sie Rolf obendrein befördert. Horst beobachtete den frischgebackenen Polizeihauptmeister hinterm Lenkrad. Er war nicht neidisch, sondern sah Rolfs Beförderung sportlich. Nicht umsonst lief er selbst beim *TuS Finkenwerder* als Verteidiger auf den Platz. Er wusste, was es bedeutete, Schlappen einstecken zu müssen. Doch auch er, das Arbeiterkind, würde irgendwann seinen Weg gehen, selbst wenn der länger dauern sollte als bei seinem Freund. Bis zum Ende des Jahres könnte er es vielleicht bis zum Obermeister bringen. Und dann war da noch die Kripo. Sein Traum.

Der Wagen legte sich in eine Kurve. Horst musste sich an der Schlaufe über der Beifahrertür festhalten, als Rolf flott Richtung Moorwerder fuhr.

Ihr Befehl war klar. Sie sollten die Kollegen des örtlichen Reviers dabei unterstützen, die Leute aus ihren Betten zu holen, damit sie sich vor dem Wasser in Sicherheit bringen könnten, falls die Situation sich verschlechtern würde.

Horst freute sich, dass sie heute zusammen Dienst hatten. Der Rolf war einfach ein toller Typ. Mit ihm vergingen die Stunden bis Dienstschluss wie im Flug.

»Gehen wir nachher noch auf ein Bier?«, fragte Horst.

»Klar. Und nach dem zweiten Pils erzählst du mir alles über das hübsche Fräulein im Foyer.«

Die Sirene von Peter 83/5 schlug gegen die Wände der Häuser, das Blaulicht spiegelte sich in den dunklen Scheiben der Schaufenster wider, an denen sie vorbeirasten.

Sie fuhren zu den Elbbrücken, um in den südlichen Teil der Stadt zu gelangen, wo Hafenanlagen und Wohngebiete dicht an dicht lagen.

»Denkst du, dass es schlimmer wird, Rolf? Ich meine, müssen wir die Leute wirklich mitten in der Nacht aufschrecken?«

»Ehrlich gesagt, ist es mir lieber, dass wir die Menschen

in ihrem verdienten Schönheitsschlaf stören, als dass es das Wasser tut und sie in den Fluten umkommen.«

Umkommen, dachte Horst. So ein Wort hätte er niemals benutzt. Es klang verstaubt. Er selbst hätte hopsgehen oder absaufen gesagt. Aber er war ja auch nur ein Arbeiterkind. Man merkte eben, dass der Rolf aus einem feinen Haushalt stammte und die Eltern ein Häuschen an der Ostsee hatten und zur Sommerfrische nach Italien fuhren.

Der Peterwagen preschte durch tiefe Pfützen, die sich an vielen Stellen über die gesamte Breite der Straßen gebildet hatten. Bald darauf hatten Horst und Rolf das Revier erreicht, wo man sie gleich zum Neuenfelder Hauptdeich weiterschickte, um die Leute dort aus ihren Häusern zu holen. Egal, wie. »Wenn's sein muss, schlagt ihnen die Scheiben ein«, hatte der Reviervorsteher gesagt und erklärt, dass das Wasser noch immer steige und an vielen Stellen bereits über die Deichkrone schwappe. Horst hatte geschluckt. So schlimm hatte es im Polizeihaus nicht geklungen, als ihr Vorgesetzter meinte, sie sollten die anderen Reviere unterstützen.

Der Regen biss in sein Gesicht, als er sich gegen den Sturm stemmte und von Tür zu Tür wankte. Aus den Gullys quoll Wasser und überspülte weite Teile der Straße hinterm Deich. Horst trug keine Gummistiefel, nur das Dienstcape. Seine Füße waren eiskalt und nass.

Anfangs hatte er noch brav an den Haustüren geklingelt und den Leuten erklärt, dass sie sich in die höheren Etagen in Sicherheit bringen sollten, weil die Deiche brechen könnten. Einer hatte ihn lachend eine Landratte genannt und ihm die Tür vor der Nase zugeschlagen.

Das Reden kostete zu viel Zeit. Außerdem schliefen viele Leute offenbar so tief, dass sie weder das Gebimmel an ihren Türen noch die Polizeisirene oder das Glockenläuten der nahen Kirche hörten. Also ging Horst rabiater vor. Mit den Fäusten bollerte er gegen die Haustüren.

»Polizei!«, schrie er. »Aufwachen! Das Wasser kommt!« Dabei versuchte er, den Gedanken fortzuschieben, was passieren mochte, wenn es wirklich käme. Beharrlich drehte er dem meterhohen Deichhang den Rücken zu, über dessen Krone ständig Wasser schwappte, das den Hang herunterlief. Der Druck der Elbe gegen den Deich musste enorm sein.

Horst rannte weiter, hörte, wie sich in das Stürmen des Windes mit dem Toben der Wellen mischte. Grauen kroch in seinen Nacken, weil es klang, als brüllte ein Monster hinter dem Hang.

Alles, nur keine Angst zeigen, mahnte er sich. Wer Angst hatte, verlor. Immer. Horst lief zum nächsten Haus.

Ein Stück öffnete Rolf ein Gartentor, um die nächsten Leute zu warnen. Eine Böe erwischte ihn, hob ihn zwei oder drei Zentimeter in die Luft. Sein Freund griff um sich, bekam einen Ast zu fassen und stand auch schon wieder auf den Füßen. Horst meinte, ihn lachen zu hören.

Menschen mit Koffern liefen auf die Straße und stiegen in ihre Autos. Horst rief ihnen zu, sie sollten nach Harburger Berge fahren, nicht in die Stadt. In Harburg ging das alte Flussbett der Elbe in die höhere Geest über. Dort würden die Leute in Sicherheit sein, hoffte er und stolperte zum nächsten Haus. Es war eines der vielen kleinen Siedlungshäuser mit Spitzdach. Die Blumenbänke vor der Tür hatte der Sturm bereits in eine Hecke gefegt. Außerdem war ein Teil des Schuppendachs abgedeckt.

Die Fenster waren dunkel. Horst schlug mit der Faust gegen die Haustür. »Polizei! Aufwachen! Sie müssen in die obere Etage!«

Er hielt inne, drehte sich um, verglich die Höhe des Deichs

mit dem Haus, dessen Dach nicht einmal über die Deichkrone ragte. Es würde in den Fluten bis zum Schornstein versinken. Hier reichte es nicht mehr, in den ersten Stock zu flüchten.

»Aufmachen! Sie müssen sofort Ihr Haus verlassen!«

Nichts rührte sich. Jemand eilte mit einem Koffer in der Hand und einem Kinderwagen die Straße entlang.

»Hey, Sie! Wissen Sie, ob die Leute daheim sind?«, rief er.

»Jaja, die Behmers, die müssten zu Hause sein.« Der Wind zerriss jedes Wort.

Horst drehte sich wieder zu Tür. Kurz überlegte er. Dann hastete er zu einem der Fenster, öffnete die Pistolentasche an seinem Gürtel und schlug mit dem Griff der Waffe die Scheibe ein. Dabei brüllte er aus Leibeskräften. Endlich ging irgendwo das Licht an.

Eine alte Frau öffnete das Fenster. »Was machen Sie denn da, junger Mann? Sie können doch nicht …!«

»Nehmen Sie Ihre Sachen, Frau Behmer! Das Wasser kommt. Laufen Sie dahin, wo es höher ist.«

»Das Wasser? Aber warum denn?«

Hinter der alten Dame erschien ein nicht weniger alter Herr. »Was ist denn los?«

»Der Deich bricht! Er hält nicht mehr lange!«, brüllte Horst. »Nehmen Sie Ihre Frau, und bringen Sie sich in Sicherheit!«

»Wir können nicht einfach so gehen«, widersprach sie. »Ich muss mich anziehen und die Koffer packen.«

»Die Zeit haben Sie nicht mehr. Holen Sie das Nötigste. Papiere, Geld, Medikamente. Alles andere ist unwichtig.« Ohne sich noch einmal umzudrehen, rannte Horst weiter.

Er wusste, wenn er und Rolf in diesem Tempo die Leute warnten, würden sie niemals fertig werden, bevor das Wasser da war, denn etwas sagte ihm, dass ihnen das Schrecklichste erst bevorstand.

23:55 Uhr, Altes Land, Hamburg

Schweigend saßen sie am Tisch. Die Standuhr im Flur tickte. Eigentlich war es längst Zeit, ins Bett zu gehen. Stattdessen hockten Enno Petersen und sein Knecht nur da und horchten auf das Brausen vor der Tür. Heftige Böen rissen am Reetdach, pfiffen um die Hausecken. Irgendwo klapperte ein Fenster.

»Wenn der Deich man bloß hält«, meinte Petersen in die Stille hinein.

»Wird schon.«

Petersen nickte, wollte nicht widersprechen. Sein Hof lag direkt hinterm Elbdeich. Er wusste, dass an dem Schutzwall lange nichts gemacht worden war. Vor einigen Jahren hatten sie den Deich sogar aufgebuddelt, um dort Rohre und Leitungen zu verlegen. Auf so dumme Ideen konnten nur Städter kommen, hatte er schon damals gedacht. Keine Ahnung von nichts, aber alles besser wissen.

Den Strom und das Wasser konnten sie auf dem Hof gut gebrauchen. Darum hatte er im Gemeinderat den Mund gehalten. Warum gegen alle reden, hatte seine Frau gesagt, wenn sie eine Waschmaschine haben könnte und nicht mehr die Wäsche mit der Hand rubbeln musste?

Mittlerweile war sich Petersen unsicher, ob er nicht wenigstens etwas hätte sagen sollen, damals. Seit Jahrhunderten schützten die Deiche das Hinterland, hier genauso wie hundert Kilometer weiter an der Nordsee. Deichbau war eine

Kunst, die bei heftigen Stürmen Leben rettete. Welche Kunst konnte so etwas von sich behaupten?

Enno Petersens Großvater war zu Kaisers Zeiten noch Deichvogt gewesen, zuständig dafür, dass die Deiche immer tipptopp in Ordnung waren, keine Ratten Gänge darin bauten und die Schafe das Gras immer schön kurz hielten. Die Zeiten waren vorbei. Heute gruben sie die Deiche auf, um Leitungen darin zu verlegen. Das konnte nicht gut sein.

Petersen wurde immer unruhiger. Hatte der Wind nicht schon wieder zugenommen?

Mit einem Ruck erhob er sich vom Stuhl. »Ich geh raus aufn Deich.«

Seine Frau, die noch mit dem Abtrocknen beschäftigt war, drehte sich zu ihm. »Red keinen Unsinn, Mann. Der Sturm pustet dich runter.«

»Solange ich auf die richtige Seite falle, passiert schon nix.« In der Diele warf er die Öljacke über und setzte die Mütze auf. »Kommst mit?«, wollte er von seinem Knecht wissen. Der schüttelte den Kopf. »Dann eben nicht.«

Enno Petersen nahm die Taschenlampe vom Regal und stapfte zur Seitentür. Sie lag im Windschatten. Kaum trat er in den Sturm hinaus, hörte er in der Ferne Schüsse. Hochwasserschießen. Sie versuchten also schon, die Leute zu warnen. Dumm nur, dass niemand in den Häusern das Ballern hören konnte. Der Orkan nahm den Lärm einfach mit sich.

Petersen hörte seine unruhigen Tiere im Kuhstall muhen. Mit schweren Schritten wankte er über den Hof, den er von seinem Vater und der von seinem Vater geerbt hatte. Seit vielen Jahren hatte es keinen Bruch mehr gegeben. Warum sollte es dieses Mal anders sein? Und selbst wenn, räumte man nachher alles wieder auf, kaufte sich ein paar neue Möbel und 'nen

Teppich für die gute Stube. Sie waren schließlich versichert. Hauptsache, die Tiere nahmen keinen Schaden.

Als er den Fuß des Deichs erreicht hatte, musste er hinaufkriechen, weil der Wind ihn immer wieder umriss, als wollte er verhindern, dass Petersen nach oben gelangte. Das würde er sich nicht bieten lassen. Langsam wich seine Sorge einer heftigen Wut. Das war sein Hof! Er würde nicht klein beigeben und dem Sturm erlauben, dass ihm angst und bange wurde. Er würde da jetzt hochkraxeln, um sich davon zu überzeugen, dass der Deich hielt. Dann erst würde er schlafen können, um morgen früh um halb vier wieder aufzustehen.

Die Füße in seinen Gummistiefeln waren eiskalt. Die Finger seiner Linken krallten sich in die triefend nasse Grasnarbe, während er bei jedem Schritt den eingesackten Stiefel mit aller Gewalt aus dem Modder ziehen musste. Ziellos wanderte das Licht der Taschenlampe durch die nachtschwarze Düsternis.

Unvermittelt wurde er von einem Wasserschwall getroffen, als hätte jemand über seinem Kopf eine ganze Badewanne ausgeleert. Fluchend wischte er sich das Elbwasser mit dem Ärmel aus dem Gesicht und richtete blinzelnd das Licht der Lampe auf die Deichkrone, die sich kaum mehr vom Himmel abhob. Im Schein sah er, wie der Orkan weiße Gischt über den Rand des Deichs jagte und Wellen eisgrauen Wassers den Hang hinunterfließen ließ.

Er krabbelte weiter.

»Nich mit mir!«, schrie er dem Tosen entgegen. »Nich mit mir!«

Klitschenass und keuchend erreichte er die höchste Stelle des Deichs. Er brauchte drei Versuche, bis er sich halb gebeugt aufrichten konnte.

Entsetzen packte ihn, als er erkannte, wie hoch das Wasser bereits stand. Gischtschäumende Wellen, wohin das Auge blickte, direkt vor ihm! Der Wind schubste jede Woge über den Deich, wo sie mal als Rinnsal, mal als Bach auf der anderen Seite hinunterlief. Es war schlimmer, als er befürchtet hatte.

Enno Petersen meinte, zwischen dem auf- und abschwellenden Brausen des Sturms ein tiefes Gurgeln zu vernehmen. Sein Herz zog sich zusammen. Langsam folgte der Strahl seiner Taschenlampe dem Laut, bis er eine vom Wasser ausgewaschene Stelle in der Böschung landeinwärts ausmachte, keine fünf Meter von ihm entfernt.

Ein Blitz über seinem Kopf ließ Petersen aufschreien.

Für den Bruchteil einer Sekunde sah er, wie groß der ausgewaschene Schaden war. Er hätte in das Loch problemlos zwei Kühe hineinstellen können. Wie das schwarze Maul eines Ungeheuers lag die kahle Stelle vor ihm, aus der unermüdlich Wasser lief. Immer mehr Erde sackte den Abhang hinunter.

Petersen wollte zu seinem Hof zurücklaufen, als er spürte, wie der Boden unter seinen Gummistiefeln ins Rutschen geriet. Die Grassoden nahmen ihn mit sich, schoben ihn hinab. Stolpernd sprang er beiseite, bemerkte noch, dass um ihn herum alles in Bewegung geraten war.

Da erklang ein unglaublicher Lärm hinter seinem Rücken. Mit Getöse schoss Elbwasser aus dem Wall wie aus einem gebrochenen Rohr. Das Rauschen des Wassers, wie es sich in die Wiesen ergoss, wo im Sommer seine Kühe standen, schwoll an. Bald schon hörte er nur noch das Brausen des Wasserfalls, der wie eine Sturzflut auf seinen Hof zuraste.

»Nein!«

Er blickte zu seinem Hof hinüber, auf den die Flut zuhielt.

Die Tiere mussten raus. Er musste die anderen warnen. Seine Frau! Jemand trat vor die Tür. Ein menschlicher Umriss zeichnete sich im Licht ab. Es war der Knecht. Breitbeinig stand er da.

Enno Petersen hob beide Hände. »Macht die Tiere los! Die Tiere!«

Die kleine Figur konnte ihn nicht verstehen. Das Tosen des Windes verschlang seine Worte. Enno Petersen sah die matschige Welle aus dem Deich direkt auf seinen Hof zurollen. Mit Wucht rammte sie die Ecke seines Hauses, riss sie mit sich. Der Knecht lief zu den Stallungen, als das Wasser ihn auch schon mit sich nahm. Kurz ruderte der Mann mit den Armen, dann war er fort.

Petersen hörte die Kühe schreien.

Er musste zu seinem Hof kommen! Gerade wollte er sich den Hang hinunterwerfen, als er ein Dröhnen unter seinen Stiefeln spürte. Die Erde gab nach und riss ihn mit sich hinunter. Die Taschenlampe glitt ihm aus der Hand, als er mit einem Schrei von den Wassermassen erfasst wurde und versank.

23:57 Uhr, Polizeihaus, Karl-Muck-Platz, Hamburg

»Das wird meinem Hans aber gar nicht gefallen.« Marions Kollegin Gisela Scheuer griff nach den Filtertüten im Regal über der Spüle. Sie riss zwei aus der Verpackung und stopfte sie missmutig in die Porzellanfilter auf den Kannen. »Er mag es überhaupt nicht, wenn ich im Dunkeln noch hier bin.« Dabei strich sie sich eine blond gefärbte Haarsträhne aus dem Gesicht. »Ich habe das der Müller gesagt. Hans sagt, es ist für uns Frauen ungesund, um diese Zeit zu arbeiten.« Wütend schaufelte sie Pulverkaffee aus einer Dose in die Filtertüten hinein.

»Wir haben Alarmstufe III, Gisela. Menschenleben sind in Gefahr.«

»Ach, Unsinn. Mein Hans ist bei der Feuerwehr. Die haben heute Mittag bereits den Alarm bekommen. Er musste sofort hinfahren. Und? Was ist passiert? Nichts ist passiert. Ein paar umgestürzte Bäume und vollgelaufene Kohlenkeller, das war alles. Sicherlich ist er längst zu Hause und fragt sich, wo ich bleibe.« Sie hob das Kinn. »Ich sage dir, Marion, selbst wenn es heute Nacht ein wenig windiger wird als sonst, wir sollten das den Männern überlassen und uns um unsere Kinder kümmern, statt hier zu nachtschlafender Zeit Kaffee zu kochen.«

»Du hast keine Kinder.«

»Ja und? Ich könnte aber welche haben. Außerdem sind Hans und ich erst seit einem Monat verheiratet. Sobald ich in anderen Umständen bin, höre ich eh mit dem Arbeiten auf.

Das ist nichts für Frauen. Unsere Wirkungsstätte sind Heim und Herd. Das sagt auch mein Hans. Er muss das wissen, denn seine Familie gehört zu den ...«

Marion seufzte leise und ließ die Kollegin plappern, die ihr Haar wie die Monroe trug. Sie starrte auf den großen Kessel vor sich und wartete ungeduldig, dass der schrille Pfeifton des Dings endlich den nicht enden wollenden und dauerklagenden Wortschwall Giselas beenden würde. Leider benötigte das Wasser weitaus länger, um heiß zu werden, als Marions Nerven bereit waren, an Geduld aufzubringen.

»Haben wir eigentlich einen Servierwagen für all die Tassen und Kannen? Wir können nicht alles einzeln in die Büros bringen«, unterbrach sie Gisela.

Verwirrt blickte sie Marion an. »Ein Dinett? Woher soll ich das wissen?«

»Gut, dann laufe ich schnell nach oben. Beim Senator wird es bestimmt so etwas geben. Die haben ja auch eine eigene Küche und einen Sitzungssaal.« Schon stand sie in der Tür. »Du schaffst das doch mit dem Aufgießen allein, oder?«

Während die Kollegin noch überlegte, was sie darauf sagen sollte, eilte Marion zum Treppenhaus.

Sie verzichtete auf die elegante Wendeltreppe, die sich vom Foyer die fünfzehn Etagen hinauf drehte, sondern nahm die nächste Kabine des Paternosters. Bis in den zehnten Stock hochzurennen, wo der Senator sein Büro hatte, war ihr aber doch zu viel.

Dort herrschte seit Neustem ein anderer Ton als sonst, glaubte man dem Tratsch im Haus. Schärfer. Eigentlich hätte das den älteren Herren im Polizeihaus gefallen müssen, so militärisch erfahren, wie sie waren. Der neue Senator hatte allerdings ein Defizit, das viele ihm nicht verziehen – er war ihnen zu jung. Da konnte der machen, was er wollte.

»Grünschnabel«, hieß es. »Hat der überhaupt gedient?«

Dass dieser Jungspund Schmidt auch noch durchgesetzt hatte, sämtliche Sicherheitsbehörden der Stadt ab Juni dieses Jahres unter seine Fuchtel zu bringen, missfiel so manchem ebenfalls. Polizei war Polizei. Was hatte man mit Verfassungsschutz, Zivilschutz oder den Bezirksämtern zu tun?

»Ehrgeizling«, hatte jemand hinter vorgehaltener Hand in der Kantine gesagt.

»Der macht das hier eh nicht lange«, prophezeite ein anderer daraufhin. »Der will Bürgermeister werden. Mindestens.«

Aus solchen Sticheleien hielt sich Marion heraus. Sie hatte am selben Tag ihren Dienst angetreten wie Senator Helmut Schmidt sein Amt. Das war vor etwa zwei Monaten gewesen. Auch wenn sie ihn noch nie zu Gesicht bekommen hatte, verband diese Tatsache sie auf eine gewisse Weise miteinander. Und nun war Marion auf dem Weg nach oben, obwohl sie einen Servierwagen bestimmt auch aus der Kantine hätte holen können.

Sie wusste nicht, was sie geritten hatte, das Ding als Vorwand zu nutzen, um wenigstens einmal hinaufzufahren. Weibliche Neugier, schätzte sie. Außerdem nervte Giselas ständiges Gejammer sie.

Lautlos fuhr die Kabine Etage für Etage nach oben. Als sie im zehnten Stock ausstieg, war sie ein wenig enttäuscht. Hier sah alles ebenso schlicht aus wie in jenem Stockwerk, wo ihr Großraumbüro lag. Sie überlegte, was sie eigentlich erwartet hatte. Die Leere im Gang war es jedenfalls nicht gewesen. Alle Bürotüren waren verschlossen. An den Wänden leuchtete nur das Nachtlicht. Das Zentrum der Hamburger Polizeimacht wirkte wie ausgestorben. Allerdings war der Sturm in dieser Etage viel deutlicher zu hören als unten, vielleicht, weil es so still war.

Marion lief den Korridor entlang, auf der Suche nach einer Küche. Schließlich entdeckte sie das Türschild der Sekretärin des Senators.

Ruth Wilhelm, Sekretariat Schmidt

Marion klopfte und drückte die Klinke hinunter.

»Keiner zu Hause«, hörte sie eine Stimme hinter sich. Erschrocken wirbelte Marion herum. Ein junger Mann in Zivil lugte aus einem der Büros. In der Hand hielt er einen aufgeschlagenen Aktenordner.

»Ich brauche einen Servierwagen für die Herren vom Einsatzstab.«

»Gibt es so ein Ding nicht auch in der Kantine?«

Sie spürte, dass ihre Wangen rot wurden. Schnell drückte sie das Kreuz durch. »Nun, jetzt, wo ich schon mal hier bin: Gibt es auf dieser Etage einen? Falls nicht, müsste ich den ganzen Weg zurückfahren und woanders suchen. Das dauert.«

»Tscha, wären Sie nur gleich in die Kantine gefahren, Fräulein.« Er schien erraten zu haben, warum sie hier oben war. »Dritte Tür links. Aber bringen Sie ihn bald zurück, bevor Frau Wilhelm etwas merkt.«

»Danke.« Sie eilte auf die besagte Tür zu.

»Der Senator ist übrigens nicht im Haus, falls Sie es auch auf ihn abgesehen hatten!«, rief er ihr hinterher.

Sie wandte sich um. »Wie bitte?«

Er grinste. »Ist schon auffallend, wie viele Weibsleute sich in den letzten Wochen in den zehnten Stock verlaufen haben.«

Marion stemmte die Arme in die Hüfte. »Ach, und wo ist der Herr Senator?«

»In Berlin. Innenministerkonferenz.« Er verschwand in seinem Büro.

Sie schüttelte den Kopf. Eine von diesen neugierigen

Frauen war sie ganz bestimmt nicht. Das sollte sich der Herr dort drüben ja nicht einbilden. Ein wenig verstimmt lugte sie in den Sitzungsraum, in dessen Mitte sich ein ovaler Eichentisch mit zwölf Stühlen befand. Kalter Zigarettenrauch hing in der Luft. Gleich neben der Tür entdeckte sie einen eleganten Servierwagen, auf dem drei leere Aschenbecher standen. Die würde sie auch mitnehmen.

Sie zog den Wagen in den Flur und fuhr an der offenen Bürotür des Mannes vorbei. Er saß an einem mit Unterlagen und Aktenordnern überfüllten Schreibtisch.

»Denken Sie, dass der Herr Senator schon auf dem Weg nach Hamburg ist?«, wollte sie wissen. »Ich meine nur, weil Alarmstufe III ausgerufen wurde.«

»Sturm gibt es in Hamburg ständig. Das muss man nicht so ernst nehmen«, sagte er, ohne von den Papieren aufzusehen.

Gerne hätte Marion ihn gefragt, ob er in den letzten Stunden mal seine Nase vor die Tür gehalten hatte. Doch sie schwieg. Sie wusste nicht einmal, mit wem sie es zu tun hatte. Vielleicht war er ein Redenschreiber oder ein Assistent. Kopfschüttelnd rollte sie den Wagen zum Paternoster zurück, wo sie sogleich bemerkte, dass das Ding und sie zusammen dort nicht hineinpassen würden. Sie überlegte, wie der Transport zu bewerkstelligen sein könnte. Den Herrn von eben würde sie garantiert nicht um Hilfe bitten, so viel stand fest.

Kurzerhand nahm Marion den Servierwagen in die Hand und quetschte ihn schräg in die nächste Kabine, die nach unten fuhr. Als Nächstes rannte sie wie von Furien gejagt zum Treppenhaus und hastete hinunter, immer zwei Stufen auf einmal nehmend.

Zurück im ersten Stock lief sie zum Paternoster und wartete. Dabei keuchte sie vernehmlich. Einige Uniformierte gingen vorbei und warfen ihr einen fragenden Blick zu. Schnell richtete sie Kleid und Haare, während sie erwartungsvoll Kabine nach Kabine an sich vorüberziehen ließ.

Ein älterer Herr stellte sich neben sie. »Wollen Sie nicht einsteigen, Fräulein?«

Sie schüttelte den Kopf.

»Ist etwas mit dem Aufzug nicht in Ordnung?«

»Alles bestens.«

»Ah, verstehe, Sie trauen sich wohl nicht.« Er nickte verständig. »Das ist mir sofort aufgefallen, Fräulein. Das gehört zu meinem Geschäft. Bin Kommissar.«

Interessiert drehte sie sich zu dem Herrn mit dem weiß melierten Haar. »Was gehört zu Ihrem Geschäft?«

»Nun, ich erkenne ängstliche Personen, wenn ich sie sehe.« Zuvorkommend neigte er sich ein wenig zu ihr. »Sie brauchen keine Angst vor dem Beamtenbagger zu haben, Fräulein.« Er lächelte beschwichtigend. »So nennen wir das Gefährt im Haus. Glauben Sie mir, die Maschine ist vollkommen ungefährlich.«

Da kam der Servierwagen langsam von oben herunter.

»Ich habe keine Angst.« Flink hievte sie den Teewagen aus der Kabine, nickte dem netten Herrn Kommissar munter zu und zog grinsend von dannen.

Auf dem Weg in die Küche passierte sie die nur durch eine Fensterwand vom Rest des Hauses getrennte Funkzentrale. Hier saßen mehrere Uniformierte in Reihen zu viert an Tischen, um den Funkverkehr zu den Einsatzkräften und Revieren zu koordinieren. Ein Blick auf die blassen Gesichter der Beamten, die sich in der Tür drängten und aufmerksam den krächzenden Stimmen aus dem Lautsprecher folgten, ließ Marion innehalten.

»Peter 83/2, wiederholen Sie.« Der Beamte am Funksprechgerät versuchte, aus dem Knarzen und Scheppern, das den Raum erfüllte, schlau zu werden.

Kurz war eine Stimme zu hören, die aber sogleich von einem heftigen Schnarren unterbrochen wurde. »*… Wasser kann nicht ablaufen, weil …*«

»Rückfrage: Was steht in Finkenwerder unter Wasser?«

»*… die Häuser … Deich.*« Immer soff die Stimme im wilden Rauschen ab.

»Ich kann nichts verstehen. Das Gespräch ist verzerrt. Noch mal wiederholen, 83/2. Sprechen Sie bitte langsam, und halten Sie die Schnur fest.«

Jemand stellte sich neben Marion. »Was ist los?«

»Ich weiß es nicht.« Sie flüsterte die Worte fast. »Die Verbindung ist entsetzlich.«

»83/2, Standortmeldung bitte.«

Es knarzte und knackte unerträglich aus dem Lautsprecher. Alle im Raum mühten sich, aus den Wortfetzen etwas Sinnvolles herzuhören.

»Er hat gesagt, sie stehen am Auricher Damm. Wohnbezirk«, vermutete einer.

»Bitte wiederholen, Peter 83/2. Langsam.«

»*Deichbruch in Finkenwerder …*«, kam es krächzend.

Endlich hatte jeder verstanden. Für den Bruchteil eines Augenblicks erstarben die Gespräche im Raum.

»*Länge … mindestens fünfzig Meter … alles … Wasser.*« Der Beamte von Peter 83/2 schrie die Worte fast.

Niemand sagte etwas. Deichbruch.

Im Hintergrund klingelten Telefone. Keiner reagierte.

Es dauerte einige Sekunden, bis der Schock wie fortgewischt war. Hektische Rufe wurden laut. Jemand rannte mit der Meldung zu Polizeioberrat Leddin, der als ranghöchster Beamter im Haus den Einsatz in dieser Nacht leitete.

Marions Herz raste. Wenn ein Deich brechen konnte, konnten es auch die anderen. Sie dachte an ihre Mutter in der kleinen Laube. Unsinn, unsere Kolonie ist kilometerweit weg von Finkenwerder, versuchte sie, sich zu beruhigen. Doch es gelang ihr nicht. Ihr Herz schlug heftig. Mit blutleeren Fingern schob sie den Servierwagen weiter. Jemand überholte sie und verschwand im Büro des Einsatzleiters.

»Die zuständige Feuerwehrwache informieren«, drang eine Männerstimme aus dem Raum. »THW hinschicken. Sandsäcke. Wir brauchen mehr Sandsäcke.«

Drei Beamte eilten aus dem Büro, vorbei an Marion Richtung Treppenhaus. Langsam passierte sie die offene Tür und sah Polizeioberrat Leddin, der hinter seinem Schreibtisch stand. Ein junger Wachtmeister neben ihm notierte gerade etwas.

»Verbinden Sie mich mal mit dem Revier in Finkenwerder, Hertling«, wies Martin Leddin ihn an. »Ich will wissen, wie es drüben aussieht.«

Der Beamte nahm den Telefonhörer auf und wählte.

Marion blieb stehen. Hatte es etwa noch mehr Deichbrüche gegeben?

Ungeduldig wippte Leddin von einem Bein aufs andere. Der junge Mann legte den Hörer auf die Gabel und hob ihn wieder ab, wählte erneut.

Leddin griff nach einer Zigarette, die halb abgeraucht in einem Aschenbecher lag. Als er sie zum Mund hob, plumpste die Aschemütze auf eine Straßenkarte, die vor ihm ausgebreitet lag. »Mein Gott, was dauert denn da so lange?«

»Es tut mir leid, Herr Polizeioberrat, aber die Leitung ist tot.«

Mit zwei Schritten war Leddin bei ihm und riss dem Beamten den Hörer aus der Hand. »Geben Sie mal her.«

»Wahrscheinlich sind die Telefonschächte vollgelaufen«, vermutete der junge Mann.

Leddins Hand knallte mehrmals auf die Telefongabel. Er überlegte. Sein Finger fuhr in die Wählscheibe, um eine andere Verbindung zu bekommen. Doch auch die schien tot zu sein, denn der Polizeioberrat wurde sichtlich ungehalten. Er legte auf und wandte sich an den Wachtmeister.

»Telefonverbindungen nach Finkenwerder sind ausgefallen. Informieren Sie per Funk alle Reviere über die neue Situation.« Gerade wollte der Uniformierte den Raum verlassen, als Leddin ihn noch einmal zurückrief. »Ach, Hertling...«

Der Beamte drehte sich zu seinem Chef um. »Jawoll.«

»Ich brauche die Bezirksamtsleiter aus Mitte, Bergedorf, Harburg und Altona. Holen Sie die Leute aus dem Bett. Ich will wissen, wenn der Polizeipräsident im Haus ist.«

Eilig verließ der Beamte den Raum. Dabei rannte er Marion fast um.

Leddin griff zum Hörer und wählte. Deutlich sah Marion, dass er um Ruhe bemüht war, denn seine Finger zitterten ein wenig.

»Hauptfeuerwache? – Polizeihaus hier. Leddin am Apparat. Mit wem spreche ich?« Seine Gesichtszüge verrieten höchste Konzentration. »Holen Sie mir den Einsatzleiter ans Telefon.« Er schnaufte. »Ist mir schnuppe, wo der Mann ist! Sagen Sie ihm, dass wir einen Deichbruch in Finkenwerder haben. Wie viele Ihrer Leute sind vor Ort?« Er horchte. »Was soll das heißen, die Wagen wurden zurückbeordert?« Zornesröte stieg in sein Gesicht. »Hören Sie zu! Es ist mir egal, ob die Ebbe einsetzt oder nicht. Deiche brechen. Die Dinger haben sich mit Wasser vollgesogen wie Schwämme. Sie müssen wieder raus.« Er knallte den Telefonhörer auf die Gabel. Sein Atem ging schwer. Da entdeckte er Marion vor der Tür. »Hallo, Sie! Ja, Sie, Fräulein! Kümmern Sie sich mal darum, dass meine Leute genug Kaffee und Brötchen haben. Die Nacht wird lang.« Er rief nach einem Beamten. »Bienert, sorgen Sie dafür, dass es eine Standleitung zu den Einsatzzentralen der Feuerwehr und dem THW sowie dem Roten Kreuz aufgebaut wird.« Leddin drehte sich zu Marion. Sie hatte sich nicht gerührt. »Sagen Sie mal, Fräulein, rede ich Chinesisch?«

»Nein. Ich dachte mir nur, dass es in Ihrem Büro recht eng ist. Möchten Sie, dass ich Raum 108 aufschließen lasse? Dort gibt es Schreibtische und zwei Telefone. Sie hätten mehr Platz.«

Martin Leddin wollte widersprechen, überlegte es sich aber anders. »Wachtmeister Bienert, lassen Sie mir drei weitere Telefonleitungen in Raum 108 legen. Wir werden von dort die Einsätze planen. Tafeln für die Straßenkarten sind nötig. Sie haben eine halbe Stunde.«

Der Beamte salutierte und rannte los.

Leddin wandte sich wieder an sie. »Wer sind Sie eigentlich, Fräulein?«

»Marion Klinger, Stenotypistin.«

»Ach ja, eine von Frau Müllers Mädchen. Sagen Sie ihr, dass sie sich bereithalten soll. Vorläufig macht hier niemand Feierabend. Erst wenn ich mir sicher bin, dass ich mit Kanonen auf Spatzen schieße, können alle nach Hause gehen.«

»Jawohl, Herr Polizeioberrat!«, rief Marion und rollte den Servierwagen weiter Richtung Küche.

Natürlich war der Raum dort leer. Gisela hatte sich aus dem Staub gemacht. Wenigstens war der Kaffee fertig. Vier Porzellankannen standen in Reih und Glied da. Jedoch fehlten Tassen und Untertassen, Milchtöpfchen und Zucker. Marion seufzte. Gerne hätte sie verantwortlichere Dinge erledigt, als Kaffee zu kochen oder Brötchen zu schmieren, aber sie war nur eine Stenotypistin.

Samstag, 17. Februar 1962

0:30 Uhr, Laubenkolonie *Alte Landesgrenze e. V.*,
Hamburg-Wilhelmsburg

Sie war auf dem Sofa eingenickt, ihr Rücken schmerzte. Es wurde Zeit, dass sie ins Bett kam. Müde und ein wenig angeduselt von dem Cocktail ihrer Freundin ging Karin ins Schlafzimmer. Der Sturm heulte ununterbrochen ums Haus. Todmüde ließ sie sich ins Bett fallen. Sie war wütend auf ihren Mann, dass er noch immer nicht zu Hause war. Er hätte ihr wenigstens eine Nachricht auf dem Küchentisch dalassen können. Wahrscheinlich war er mit seinen Kameraden vom THW unterwegs, um irgendwelche umgewehten Bäume von der Straße zu holen. Dabei hätte sie sich über ein wenig Hilfe mit den Kindern gefreut. So blieb wieder einmal alles an ihr hängen. Ihr Blick fiel auf den Wecker neben dem Bett. Es war halb eins! Es wurde wirklich Zeit, dass Dieter heimkehrte. Er hatte doch nachher Frühschicht auf der Werft.

Karin zog die Bettdecke bis zur Nase und horchte auf den Sturm, der an den Fenstern rüttelte, als wollte er hereinkommen. Wäre es nach ihr gegangen, hätten sie Wilhelmsburg längst verlassen. Bloß Dieter wollte nicht. Er hatte einmal gemeint, dass der Hafen und die Werft, ihre kleine Bude in der Kolonie und seine Familie alles waren, was er zum Glücklichsein brauchte. Was sie wollte, hatte er nicht gefragt.

Dann hätte sie ihm nämlich gesagt, dass es mit Sicherheit nicht diese schäbige Behausung war. Lange schon lud sie keine Freundinnen mehr zu sich ein, wenn sie nicht in der Kolonie lebten. Sie traf sich mit ihnen im Alsterpavillon oder oben im Restaurant bei Karstadt in der Mönckebergstraße in der Stadt. Die Königinnenpastete dort war himmlisch. Ihr bescheidenes Heim hingegen war ihr peinlich, auch wenn sich ihr Mann viel Mühe gab, dass es etwas hermachte.

Sie schloss die Augen, um endlich zu schlafen, aber die Gedanken an ihren Mann wollten nicht aus ihrem Hirn verschwinden. Warum gab er sich mit dem zufrieden, was er hatte? Statt nur ein Vorarbeiter auf der Werft zu sein, war bei ihm eine Menge mehr möglich. Das hatte sie gleich erkannt, als sie ihm damals begegnet war. Werksleiter, ja, das wäre seiner würdig. Aber Dieter hatte zu wenig Ehrgeiz, als dass aus ihm so ein hohes Tier hätte werden können. Sie würde sich wohl damit abfinden müssen, auf ewig die Ehefrau eines Arbeiters in einer Gartenkolonie zu sein.

Karin drehte sich auf die andere Seite. Langsam sackte sie in den Schlaf.

Heftig schreckte sie auf. Da, ein Geräusch!

Ihr Herz klopfte laut. Hastig tastete sie nach dem Schalter der Nachttischlampe. Jemand hämmerte an der Tür und rief Dieters Namen. Sie erkannte Kümmel-Karls krächzende Stimme.

»Der nicht auch noch.« Karin stöhnte und warf die Bettdecke zur Seite. Sie streifte ihren Morgenmantel über und eilte zur Haustür.

Der Nachbar hieß nicht umsonst Kümmel-Karl. Er war Stammgast im Büdchen am Deich. Selten hatte jemand ihn nüchtern erlebt. Wahrscheinlich hatte seine Frau ihn mal wieder vor die Tür gesetzt, und er suchte eine Übernachtungsmöglichkeit. Doch ohne Dieter im Haus würde Karin den alten Mann nicht auf ihrem Sofa übernachten lassen. Niemals.

Wütend stieß sie die Haustür auf.

»Der Dieter ist nicht zu Hause. Du weckst mir nur die Kinder.« Schon wollte sie die Tür zuknallen, als er diese festhielt.

»Dat Woter kummt!«, lallte er.

»Geh nach Hause, Karl, und sieh zu, dass du wieder nüchtern wirst«, zischte sie und schlug seine Finger fort.

Sie schloss die Tür und drehte den Schlüssel zweimal herum. Dass der Dieter ausgerechnet heute Dienst haben musste. Der wüsste, wie man mit einem Besoffenen umging. Sie schlappte zurück ins Ehebett, während Kümmel-Karl vor der Tür weiterkrakeelte und behauptete, das Wasser komme. Himmel, er würde tatsächlich die Kinder wecken! Fuchsteufelswild fuhr sie herum, lief ins Wohnzimmer, wo sie das Fenster aufstieß. Fast hätte der Sturm es ihr aus der Hand gerissen, aber Karin bekam es gerade noch zu fassen.

»Du sollst gehen, Karl! Wenn du nicht abhaust, sage ich es Dieter. Der wird dir schon beibringen, dass man nachts keine Frauen aus dem Bett holt.«

Im Mondschein leuchtete das trunken verzerrte Gesicht des Säufers.

»Ober dat Woter kummt«, beharrte er und hatte sichtlich Mühe, nicht vom Wind umgepustet zu werden.

»Geh nach Hause, und schlaf deinen Rausch aus.«

Karin machte das Fenster zu. Auf dem Weg ins Bett tat ihr der Alte bereits leid. Im Krieg hatte er in der Wehrmacht gedient, war in sowjetische Gefangenschaft geraten und als einer der Letzten zurückgekehrt. Den Weg in ein richtiges Leben hatte er danach nicht mehr geschafft. Wäre seine Waltraud nicht gewesen, er hätte sich längst unter die Erde gesoffen.

Karin legte sich wieder hin. Da ist mein Dieter aus einem ganz anderen Holz, dachte sie und schlief ein. Sie träumte von einer Wohnung mit gekacheltem Badezimmer und einer Einbauküche, einem Balkon und einem Treppenhaus, das immer nach frischer Seife roch, wenn sie vom Einkaufen heimkam.

1 Uhr, Jungfernstieg, Hamburger Innenstadt

Es war kurz vor 1 Uhr, als Jens Tamsen und sein Kumpel Achim von Aichner mit den Mädchen aus dem *Barrett* stolperten. Jens hatte einen echt steilen Zahn aufgerissen, deren Fahrgestell nicht nur ihm aufgefallen war. Hauteng saß ihre Röhre, und sie konnte es verdammt gut tragen. Achim hatte schon nach einer halben Stunde bei ihr den Kürzeren gezogen, obwohl er mehrmals hatte fallen lassen, dass vor der Tür sein Karmann Ghia Typ 14 in Gazellenbeige stand.

Jens nahm es als Kompliment, dass die Brigitte statt Angeber-Achim mit seinem bescheuerten Karmann Ghia ihn bevorzugte, den Kerl aus der Arbeitersiedlung. Er würde ihr nicht sagen, dass er noch bei seinen Eltern wohnte und erst in einem Monat volljährig wurde, dass er keine Lehrstelle und auch sonst nicht viel vorzuweisen hatte. Mit so etwas laberte man nicht beim Kennenlernen die Damen voll. Das jedenfalls hatte Achim ihm als guten Rat mit auf den Weg gegeben. Achim, der weltmännische Freund, der die erste Gelegenheit nach der Schule ergriffen hatte, um sich vom Acker zu machen und hinter Aachen einen florierenden Kaffeehandel zu betreiben, über den er aber nicht viel erzählte.

Jetzt war der Achim wieder da, allerdings nur auf Geschäftsreise. Er wolle nicht bleiben, müsse zurück nach Aachen, Knete machen. Der Achim hatte schon in der Schule gewusst, wie man schnell zu Geld kommt. Der hatte einen

Riecher dafür. Und der Karmann war der Beweis. Bei der Brigitte hatte er trotzdem in eine Zitrone gebissen. Statt ihrer würde er wohl die Schüchterne übernehmen müssen. Braver Rock und Brille, dazu nach unten hängende Mundwinkel, mit denen man sie sofort als Spaßbremse erkannte. Achim wirkte nicht sonderlich begeistert, und die Schüchterne – wie hieß sie noch gleich? Jens hatte es vergessen – auch nicht.

Erika, genau. Sie hieß Erika und sah auch wie eine aus. Jens erinnerte sich wieder. Sie wollte nicht tanzen, und nach einem einzigen Bier war Schluss bei ihr. Danach hatte sie sich an einer Fanta festgehalten. Eben hatte sie tatsächlich gefragt, ob es nicht langsam Zeit war heimzufahren. Bescheuert. Außerdem machte es wenig Sinn, denn Achim gehörte der Wagen, mit dem sie nach Hause fahren konnte. Ein Taxi war weit und breit nicht in Sicht, auch nicht drüben beim Hotel *Vier Jahreszeiten*. Diese Erika musste also bis zum Schluss bleiben, ob sie es gut fand oder nicht. Wenn ihr das alles zu langweilig war, könnte sie ja die letzte Bahn nehmen, überlegte er. Ihm war es egal. Er hatte bereits, was er wollte.

Brigittes Hintern wogte vor ihm von links nach rechts.

Eigentlich hatten Achim und er gar nicht in diesen Jazzschuppen gehen wollen. Jens stand mehr auf Rock 'n' Roll. Doch Achim meinte, dass im *Barrett* in den Colonnaden manchmal echt lockere Ladys abhingen und man sich ab und an auch mal was anderes gönnen musste. Außerdem hatten sie bis auf Weiteres Lokalverbot bei Rosi am Fischmarkt. Also waren sie in die Innenstadt gefahren.

Jens ließ die Finger durch die frische Koreapeitsche fahren, einen Bürstenschnitt à la Americano, den er sich erst heute Nachmittag beim Friseur hatte verpassen lassen. Die Sache mit der schnieken Brigitte lief verdammt gut an. Vielleicht würde sie ja seine neue Flamme werden. Sie lebte eindeutig nicht in einem dieser vornehmen Backfischaquarien von Eppendorf. Ganz sicher war er sich allerdings nicht, denn als er sie vorhin gefragt hatte, wo sie wohnte, hatte gerade der Schlagzeuger einen derart heißen Klöppel gespielt, dass Jens ihre Antwort nicht hatte verstehen können. Egal, sie war ganz seine Kragenweite.

Jetzt hakte sie sich sogar bei ihm ein.

»Hast du noch eine Lulle für mich?« Sie schmachtete ihn von der Seite an.

Er zog die blaue Gauloises-Packung aus der Hosentasche. Bei den Ladys im *Barrett* konnte man nicht mit 'ner HB punkten, das musste schon was Französisch-Intellektuelles sein, hatte Achim ihm gesagt. Mit spitzen Fingern zog sie den Glimmstängel aus der Packung, während er schon mal das Feuerzeug aus seiner Lederjacke fummelte. Sie lachten, als der Sturm die Flamme immer wieder ausblies, egal, wie er die Hand hielt. Ihre Körper näherten sich mehr und mehr, um den Wind abzuhalten. Schon meinte er, ihr Parfüm riechen zu können, was bei all der Qualmerei im Jazzkeller totaler Blödsinn war. Wenn, dann roch Brigitte nach Zigaretten, Bier und zwei Manhattan. Gefiel ihm eh besser als Veilchenduft und 4711.

Arm in Arm spazierten sie Richtung Alster, wo Achim seinen Wagen in einer Seitenstraße geparkt hatte. Gleich würde sich herausstellen, wie der Rest der Nacht verlaufen sollte. Zu mir oder zu dir? Jens warf einen Blick nach hinten. Achim und die Schüchterne gingen schweigend nebeneinanderher, als wären sie verheiratet. Mist, bei denen lief es nicht so gut. Der Wind pfiff zwischen den Häuserschluchten, als sänge er das Lied vom Tod. Fieberhaft überlegte Jens, was er sagen könnte, damit seine neue Eroberung mit ihm nach Hause kam. Immerhin waren seine Eltern bis Sonntag nicht da.

Er hatte noch nie ein Mädchen mitgebracht. Sein Vater

würde ausrasten, wenn er davon erführe. Jens grinste. Der Gedanke gefiel ihm, weil sich der Alte nicht mehr traute, ihm eine Ohrfeige zu verpassen. Mittlerweile war er mindestens einen halben Kopf größer als sein alter Herr.

Überhaupt gingen ihm die Eltern auf den Nerv. Nicht erst seit er seine Lehrstelle in einem Kontor in der Speicherstadt letztes Jahr verloren hatte, es war was Generelles. Wurde Zeit, dass er auszog. Dann würde er auch Mädchen mit nach Hause bringen können, wie es ihm gefiel. Er durfte nur nicht irgendwo zur Untermiete wohnen. Das war wichtig. Alte Vermieterinnen hemmten die Freiheit genauso, wie es Eltern taten. Nein, er brauchte eine eigene Wohnung. Ihm fehlte das Geld für beides, Bude und Mädchen.

Das Problem würde er noch lösen. Achim hatte gewisse Andeutungen wegen eines neuen Jobs in seiner Firma gemacht, was immer die genau dort taten. Kaffeeimport oder -export. Mehr wusste Jens nicht.

Jetzt hieß es erst einmal, die Brigitte von seiner besten Seite zu überzeugen. Er hatte ihr das Bier und die beiden Cocktails ausgegeben. Da musste heute Nacht also noch etwas laufen. Mindestens ein heißer Kuss, das schuldete sie ihm. Achim hatte ihm genau gesagt, wie das lief.

Jens' Grinsen wurde immer breiter. Sein Kumpel hatte recht gehabt. Diese Jazzladys waren echt locker.

Als sie den Jungfernstieg erreichten, wirkte die Straße gespenstisch leer. Es war Freitag. Eigentlich hätte in der Innenstadt mehr los sein müssen. Vielleicht lag es am Wetter. Bei Regen blieben die Leute lieber zu Hause.

Achim schreckte zusammen, als zwei Peterwagen mit Blaulicht an ihnen vorbeijagten. Kurz spiegelten sich ihre Lichter im Schaufenster des *Alsterhaus*.

»Alles klar?«, rief er seinem Freund über die Schulter zu.

»Jaja«, kam es unwirsch zurück.

Im Schein der Straßenlaternen erkannte Jens, dass sich auf dem schwarzen Wasser der Alster Wellen mit Schaumkronen gebildet hatten, die der Sturm immer wieder auf den Anleger schob. Die dort vertäuten weißen Alsterschiffe tanzten unruhig auf und ab.

»Wo ist dein Wagen?«, rief Jens gegen den heulenden Wind nach hinten.

In diesem Moment ging die Straßenbeleuchtung über ihren Köpfen aus.

»Hey, was ist los?«, rief Achim.

Schwärze, wohin man schaute. In den Fenstern des Hotels *Vier Jahreszeiten,* der beleuchtete Schriftzug vom *Alsterhaus,* die Laternen, alles duster. Einzig der Sturm peitschte über die Stadt hinweg.

Jens wurde mulmig zumute, als ihm das Wort Verdunklung durch den Kopf schoss. Damals, als er noch ein Kind war, hatte ihn das Dunkel immer zu Tode erschreckt.

»Oh, jetzt habe ich aber richtig Angst«, raunte Brigitte in sein Ohr und hakte sich fester bei ihm ein.

Sie drückte sich an ihn, sodass er selbst durch ihren Mantel und seine Lederjacke hindurch meinte, ihren Busen spüren zu können. Seine Lenden reagierten freudig und lenkten ihn von den Gedanken an damals schnell ab.

»Rettest du mich, mein Held?«

Er überlegte, ob er die Gelegenheit nutzen sollte, sie zu küssen, als er Erikas Stimme hörte.

»Ich kann gar nichts sehen!«

»Das ist bestimmt nur ein Stromausfall«, erklärte Achim betont locker in die Dunkelheit hinein.

»Und, mein Held, was tun wir jetzt?«, hauchte Brigitte in Jens' Ohr.

»Ich hätte da eine Idee.« Grinsend drehte er sich zu den anderen um. »Ich lade euch zu mir nach Hause ein. Sturmfreie Bude. Der Barschrank meiner Eltern ist gut bestückt. Habe es heute früh kontrolliert.« Er wandte sich an Brigitte. »Und für die Damen habe ich noch französischen Pfirsichlikör besorgt und ein Fläschchen *Amselfelder Rotwein*, extra lieblich.« Er kniff sie zärtlich in die Wange und warf ihr einen zuckersüßen Blick zu, den sie ebenso zuckersüß erwiderte. Sie verstanden sich bestens.

»Ich muss nach Hause.« Erika ruinierte erwartungsgemäß die Stimmung.

Jens meinte zu erkennen, dass Achim das Gesicht verzog. Langsam gewöhnten sich seine Augen an die Dunkelheit.

»Okay, ein Vorschlag«, bot er eilig an, denn er brauchte Achims Wagen, sonst konnte er mit der heißen Schnalle an seiner Seite nicht so einfach nach Wilhelmsburg kommen. »Wir trinken nur einen Absacker bei mir. Danach bringt Achim dich nach Hause, Erika. Was denkst du?«

»Wo wohnst du denn?«, wollte sie wissen.

»Nicht weit von hier«, log er.

Brigitte mischte sich ein. »Los, Erika, sei nicht so ein Hasenfuß. Ist doch nur ein Drink. Und unsere beiden Begleiter machen auf mich einen sehr anständigen Eindruck.«

Jens legte eine hanseatisch-ehrbare Miene auf, hoffend, Erika möge es in der Dunkelheit bemerken. Eifrig nickte er dazu, hatte allerdings nicht vor, später allzu anständig zu sein. Und Brigitte wusste das.

»Nein, ich fahre nach Hause. Es ist spät.« Erstaunlich resolut, als wäre sie auf der Flucht, hielt Erika auf den Eingang zur U-Bahn-Station Jungfernstieg zu.

Brigitte lief ihr nach. »Warte mal! Hey! Du sollst warten!«

»Glückwunsch, Jens. Die Brigitte scheint auf dich zu stehen.« Achim zog eine Packung Zigaretten aus der Jackentasche, bot ihm jedoch keine an. »Meinst du, sie hätte was gegen einen Dreier?« Betont lässig zündete er den Glimmstängel an, wobei er sich wegen des Windes dicht an eine Hauswand drängen musste.

»Keine Ahnung«, entgegnete Jens. »Aber *ich* stehe nicht drauf. Warum sollte ich meinen Gewinn mit dem Verlierer teilen? Bin doch nicht blöd.«

Achim grinste. »Warten wir es ab. Noch gebe ich mich nicht geschlagen. Am Ende wirst du dich mit der Langweiligen beschäftigen müssen, und ich nehme die Brigitte.«

In diesem Moment lief das Objekt ihrer gemeinsamen Begierde auf sie zu.

»Das müsst ihr euch angucken.« Sie nahm Jens' Hand und zog ihn mit sich.

Über ihren Köpfen riss die Wolkendecke auf, und der Mond lugte hervor. Er tauchte alles in ein seltsam bleiches Licht. Als hätte er die Farben einfach fortgewischt, lag die Stadt in Grautönen. Mit wenigen Schritten hatten sie die Treppe hinunter zur U-Bahn erreicht.

Einige Stufen weiter unten starrte Erika auf die Schwingtüren, die ins Innere der Station führten. Zu ihren Füßen schwappte Wasser.

Erst dachte Jens, es müsste vom starken Regen sein, bis er sah, dass das Nass von drinnen die Türen aufdrückte und mindestens hüfthoch stand.

»Der Bahnhof ist überflutet«, sagte sie unnötigerweise.

»Wo kommt das denn her?«, wollte Brigitte mit zitternder Stimme wissen.

Jens erinnerte sich an die Radionachrichten, die er am Abend gehört hatte, während er sich ausgehfein gemacht hatte. Eine besonders schwere Sturmflut für die Küste hatten sie angekündigt. Nur hier war überhaupt keine Küste.

Er nahm Brigitte in den Arm. »Na ja, solange es nicht weiter steigt und aus dem U-Bahn-Schacht läuft, sind wir in Sicherheit, nehme ich an.«

Brigitte grinste zu Erika hinunter. »Das ist doch ein Zeichen, meine Liebe. Du sollst nicht nach Hause fahren, sondern mit uns einen Absacker bei Jens schlürfen. Achim bringt dich in seinem flotten Karmann danach zurück.«

»Ach, tue ich das?«, wollte Achim wissen.

Brigitte fuhr herum und schlug ihm auf den Oberarm. »Natürlich wirst du das. Du bist ein Gentleman. Los, fahren wir! Ich habe Durst.«

1:10 Uhr, Polizeihaus, Karl-Muck-Platz, Hamburg

Etwa fünfzehn Beamte saßen im Schummerlicht an den zusammengestellten Schreibtischen. Jedem war ein Bereich in der Stadt zugewiesen worden. Am Ende der provisorischen Einsatzzentrale beugten sich Polizeioberrat Leddin und einige Männer über eine Straßenkarte von Wilhelmsburg. Weitere Karten hingen an der Wand. Im Hintergrund klingelten Telefone. Uniformierte eilten mit den neusten Meldungen zwischen Funkraum und Raum 108 hin und her.

Marion wartete an der Tür. Bisher hatte niemand den Kaffee oder die belegten Brötchen angerührt, die auf dem Servierwagen beim Fenster standen.

»Die kommen mit ihren Sandsäcken von Norden nicht mehr durch!«, rief jemand Leddin zu. »Die Autos versperren die Elbbrücken!«

Der nickte, ohne den Kopf zu heben. Jeder wusste, dass die Elbbrücken neben dem Elbtunnel die einzige Querung vom Süden in den Norden der Stadt waren. »Haben wir Meldung erhalten, dass das 3. Pionierbataillon ausgerückt ist?«

»Ja, 0:35 Uhr, Herr Polizeioberrat.«

»Gut. Was ist der Stand in Finkenwerder? Müssen wir mit neuen Brüchen rechnen?«

»Das wissen wir nicht«, antwortete jemand.

»Was soll das heißen? Wir haben doch Leute hingeschickt.«

»Ja, aber nicht alle Peterwagen haben Funk. Wir müssen

warten, bis sie zurück im Revier sind oder einen Funkwagen beauftragen, uns zu informieren.«

Leddin drehte sich zu einem Beamten, der vor zwei Telefonen saß. Die Informationslage war äußerst lückenhaft. Anspannung klebte in der Luft, die selbst den erfahrensten Polizisten im Raum nicht aus ihren kalten Fingern ließ. Noch immer wussten sie nicht, wie schlimm es beim Deichbruch am Neuenfelder Hauptdeich wirklich war.

Auf einmal wurde es dunkel, als hätte jemand das Licht ausgeknipst. Es war nicht nur im Sitzungssaal finster, auch auf dem Flur brannte keine Lampe mehr. Deutlich hörte Marion Polizeioberrat Leddin fluchen.

»Stromausfall«, meinte jemand neben ihr unnützerweise und zündete ein Streichholz an. »Vermutlich sind die Kraftwerke in Neuhof und Tiefstack überflutet.«

»Ohne Strom kein Telefon«, ergänzte ein Neunmalkluger.

Leddin gab Anweisungen, die Telefonleitungen zu den anderen Einsatzstellen sofort wiederherzustellen, egal, wie.

»Besorgen Sie auch Petroleumlampen!«, rief er den Männern nach. »Kuhnke, schaffen Sie Generatoren her. Bienert, lassen Sie allen Wagen über Funk Bescheid geben, was hier los ist. Die sollen die Reviere informieren. Ich will wissen, ob nur Teile ohne Telefonverbindung und Strom sind oder die ganze Stadt im Dustern liegt.«

Ein anderer Beamter lief den Gang vom Funkraum herbei. In der einen Hand hielt er einen Zettel, in der anderen eine Taschenlampe.

Marion machte Platz, damit er zu Leddin vortreten konnte, auf dessen Schultern der gesamte Einsatz lastete. Sie beneidete ihn nicht.

»Meldung von Peter 80/2. Deichbruch in Altenwerder!«, rief der Melder laut und deutlich.

Martin Leddin nahm ihm Lampe und Zettel ab, als wollte er es nicht glauben. Dann widmete er sich wieder der Straßenkarte, während der Beamte mit dem roten Stift im Schein einer Streichholzflamme Eintragungen an der Wand vornahm.

»Jetzt geht es richtig los«, murmelte der Mann neben ihr.

Jede Faser in Marions Körper war angespannt. Sie merkte, dass sie an ihren Fingernägeln kaute. Das hatte sie seit der Schulzeit nicht mehr getan. Schnell versteckte sie die Hände hinter dem Rücken.

Obwohl die Männer eifrig umhereilten, Befehle gaben und empfingen, konnte sie sich nicht des Eindrucks erwehren, dass alle im Raum hilflos waren. Und nun auch noch der Stromausfall.

Marion ging zu Leddin hinüber.

»Sollten wir nicht dem Herrn Senator Bescheid sagen?«, fragte sie leise. »Ich weiß, dass er in Berlin ist.«

»Unsinn! Bis der hier ist, ist der ganze Spuk schon vorbei.«

»Aber die Ebbe müsste längst eingesetzt haben«, beharrte sie. »Warum brechen die Deiche nach wie vor?«

»Raus hier!«

Marion ging zurück in den Flur. Sie schloss die Augen und betete, dass die Deiche um Wilhelmsburg halten mochten. Im letzten Herbst hatten Dieter und Uwe darauf einen bunten Drachen steigen lassen wollen. Zu Uwes Leidwesen endete der Versuch im Totalschaden des selbst gebauten Papierfliegers. Nur ein Lutscher hatte dem Kind helfen können, über diese Tragödie hinwegzukommen.

Marion sah sich an einem warmen Frühlingstag am Deich sitzen. Über ihr kreischten die Möwen zwischen dem strahlend blauen Himmel und dem Hafenbecken, während im Hintergrund das leise Rauschen von der Autobahn zu hören war, das klang, als wäre es die Brandung eines Ozeans.

Sie dachte an die heißen Sommertage, die sie oft mit den Nachbarn bei Kirschtorte und einer Tasse Kaffee lachend unter dem Apfelbaum in Opa Kollwitz' Garten verbrachten. Sie sah die frisch gewaschene Wäsche an den Leinen im lauen Wind hin- und herflattern, hörte die Kinder beim Ballspiel juchzen.

»Haben wir nichts Besseres zu tun, Fräulein Klinger?« Die kratzige Stimme der Müller hinter ihr ließ Marion zusammenfahren.

Die Leiterin des Schreibbüros, eine gestrenge Mittfünfzigerin mit Brille und Perlenkette, drängelte sich an ihr vorbei, um einen prüfenden Blick in den Sitzungssaal zu werfen.

»Leeren Sie die Aschenbecher der Herren aus, und füllen Sie frischen Kaffee nach.«

Gerne hätte Marion gefragt, wie sie Kaffee kochen sollte ohne Strom, aber sie schwieg. Noch schlimmer, als nutzlos in der Küche herumzustehen, wäre es, in einem dunklen Büro mit der Müller und Gisela sitzen zu müssen.

Einige Beamte kehrten mit Petroleumlampen zurück, die sie überall im Sitzungssaal und im Flur verteilten. Frau Müller nahm einem der Männer zwei Lampen aus der Hand.

Als er protestierte, diese seien für den Einsatzstab, entgegnete sie schnippisch: »Blind Maschine schreiben ist anders gemeint, junger Mann.«

Der Beamte trollte sich.

Marion sammelte die Aschenbecher und leeren Kaffeetassen ein. Sie war sich sicher, zwischen den Rauchschwaden Angstschweiß riechen zu können. Sie musste es sich einbilden, denn trotz des Stromausfalls ging die Arbeit im Saal konzentriert weiter.

Während sie die Ascher stapelte, überlegte sie fieberhaft, was sie tun könnte, um ihre Mutter und die anderen zu warnen. Sie besaß kein Auto, um nach Wilhelmsburg zu gelangen. Und für eine Taxe reichten die sechs Mark in ihrem Portemonnaie nicht aus. Bevor die Telefone ausgefallen waren, hatte sie noch versucht, bei Freunden in Harburg anzurufen, die einen Wagen hatten, aber niemand hatte das Gespräch entgegengenommen. Jetzt war auch das unmöglich.

Sie fühlte sich so hilflos.

Gerade als sie den Raum verlassen wollte, trat erneut ein Beamter herein. Er umklammerte mehrere Zettel.

Marion hielt die Luft an, presste den Rücken gegen die offene Tür, starrte zu Polizeirat Leddin hinüber. Sie betete, dass keiner der Deiche in Wilhelmsburg gebrochen war.

Leddin zögerte.

»Finkenwerder! Zwei Brüche am Auedeich!«, brüllte er über die Köpfe der Männer hinweg und reichte den Zettel dem Beamten an der Wandkarte zwecks Eintrags. Nun las er den anderen Zettel. »Deichbruch in Moorburg.«

Wie die Schläge eines Boxers gingen die Meldungen in der Einsatzzentrale nieder. Niemand sprach aus, was alle dachten. Wie viele Menschen lebten in den überfluteten Gebieten? Was konnte ein einziges Panzerbataillon ausrichten? Wie viele Sandsäcke wurden benötigt? Oder war es bereits zu spät? Hatte man schon das Rote Kreuz und das THW informiert? Keiner wusste es.

»Jemand muss den Herrn Senator informieren!«, rief sie in den Raum hinein und schreckte vor ihrer eigenen Stimme zurück. Sie klang panisch.

Als niemand auf ihre Worte reagierte, schlich Marion hinaus.

Ihre Beine fühlten sich an, als wären sie aus Pudding. Zwei Aschenbecher fielen polternd zu Boden. Jemand griff nach ihren Armen.

»Na, na, na, Fräuleinchen, nun man mal ganz langsam mit den jungen Pferden.«

Sie kannte die Stimme. Es war der Kommissar vom Paternoster. Derjenige, der Angst erkannte, wenn er sie sah.

»Haben wir denn schon was gegessen?«, wollte er im väterlichen Ton wissen.

Sie starrte ihn an. Er verstand nichts. Sie war nicht hungrig. Sie hatte Angst.

»Ich muss zu meiner Mutter«, sagte sie. »Wir wohnen in Wilhelmsburg.«

»Wilhelmsburg? Sollte das nicht evakuiert werden?«, fragte ein Uniformierter im Vorbeigehen.

»Wie soll denn das funktionieren?«, brummte der Kommissar. »Wir haben keine Männer, keine Wagen, nicht einmal Telefon oder Licht. Und selbst wenn wir all das hätten, die Elbbrücken sind mit Autos vollgestopft. Da stehen sie in Dreierreihen und versuchen, sich in Sicherheit zu bringen. Mittendrin Rettungswagen und Laster mit Sandsäcken und Schlauchbooten. Kein Vor und Zurück. Wilhelmsburg, das sind mehr als sechzigtausend Leute. Wie stellen Sie sich das in der Kürze der Zeit vor?« Er wandte sich an Marion. »Hören Sie zu, Fräulein, wo immer Sie glauben hinzumüssen, auf die Südseite der Elbe bestimmt nicht. Dahin fährt keine Bahn, kein Auto, nichts. Probieren Sie es über Lauenburg.«

Lauenburg? Das lag weit östlich von Hamburg, noch hinter Geesthacht. Marion spürte, wie Tränen in ihre Augen stiegen.

»Keine Sorge. Ihrer Mutter ist bestimmt wohlauf. Und überhaupt, so schnell schießen die Preußen nicht.« Der Kommissar schob sie den Gang hinunter. »Machen Sie einfach Ihre Arbeit. Das lenkt ab. Der Rest liegt in Gottes Hand.«

Es kostete Marion alle Anstrengung der Welt, sich mit

geradem Kreuz in die Küche zu begeben. Ihre Hände zitterten, als sie die Ascher ausleerte.

Warum hatte sie ihre Mutter allein in der Laube gelassen? Wenn sie nicht fortgelaufen wäre, hätte Marion sie bestimmt in Sicherheit bringen können, für den Fall, dass die Lage noch schlimmer wurde.

Andererseits hatte ihre Mutter dank *Frauengold* einen gesegneten Schlaf. Solange der Deich nicht brach, schlief sie den Schlaf der Gerechten. Wahrscheinlich würde sie morgen früh aufwachen und von dem ganzen Sturm nichts wissen. Bestimmt machte sie sich ganz umsonst Sorgen.

Marion nahm sich vor, ihrer Mutter ein gutes Frühstück zuzubereiten, wenn sie erst wieder zu Hause war. Sie würde vorher zum Bäcker gehen und Brötchen kaufen. Zwei für jede von ihnen. Danach wollte sie einen starken Kaffee aufsetzen. Mit dieser Aussicht fühlte sie sich schon ein wenig besser.

Dennoch wollte die Beklemmung in ihrer Brust nicht weichen.

Sie beschloss, den Rat des Kommissars anzunehmen und Arbeit als Medizin gegen ihre bangen Gedanken einzusetzen. In dieser Nacht wurde jede Hand im Polizeihaus gebraucht. Und sei es nur die einer Frau.

1:15 Uhr, Materialplatz des THW, Rissen

Das Wasser der Elbe drängte immer heftiger gegen die nassen Deiche. Drüben in Cranz und Neuenfelde, dort, wo im Frühling die Apfelbäume blühten, rollte das Elbwasser gurgelnd übers Alte Land. Zum Glück war die Gegend nicht dicht besiedelt, dennoch lebten da Menschen und Tiere.

Der Regen fiel in langen Fäden auf die Männer herunter, die mehrere Kilometer entfernt im Licht einiger Scheinwerfer Sandsäcke befüllten. Dieter Krämer stieß die Schaufel tief in den feuchten Sand, nahm die Fuhre auf und ließ alles in den groben Leinensack fallen, den jemand neben ihm aufhielt. Seine THW-Gruppe schippte seit über einer Stunde, während freiwillige Helfer und Leute von der Feuerwehr weiteres Material herbeischafften. Ein Militärlaster stand bereit, um die gefüllten Säcke dorthin zu bringen, wo sie benötigt wurden.

»Francop hat es auch erwischt!«, rief einer.

Dieters Rücken schmerzte. Er hatte gehört, dass eine Pioniereinheit der Bundeswehr aus Fischbek seit dem Mittag zur Deichsicherung eingesetzt war. Das würde niemals reichen. Es gab einfach zu viele Deiche an der Elbe, und niemand wusste, wo sie als Nächstes brechen würden.

Jemand klopfte ihm auf die Schulter.

»Ablösung!«, rief der Kamerad gegen den Wind. »Ihr sollt mit dem Beladen anfangen!«

Dieter gab seinen Männern ein Zeichen, der anderen Gruppe die Spaten zu überlassen. Er drückte das Kreuz durch. Seine Hände waren eiskalt. Gefühl in den Füßen hatte er schon lange nicht mehr. Gemeinsam gingen er und seine Leute zu den beiden Lastern hinüber, die ein Stück weiter warteten.

»Habt ihr gehört?«, rief der Lkw-Fahrer ihnen entgegen und versuchte, sich eine Zigarette anzuzünden. »In Altenwerder und Waltershof sind die Deiche auch gebrochen.«

Dieter stockte. »Was hast du gesagt?«

Die Deichbrüche kamen von Westen her immer näher. Wenn das so weiterging, war es nur eine Frage der Zeit, bis sie auch in Wilhelmsburg brachen. Sein Zuhause war eine Insel, die wie eine Scholle mitten in der Elbe aussah, umgeben von Norder- und Süderelbe, geschützt von Deichen. Sie lag tiefer als der Rest der Stadt. Nur wusste er nicht, wie viel es war. Allerdings vermutete er, dass es reichen würde, um in dieser Badewanne mehr als nur nasse Füße zu kriegen.

Wenn Karin bei ihren Eltern von den Brüchen hörte, würde sie sich sorgen. Sie wusste ja nicht, dass er im Einsatz war und nicht daheim im Bett lag.

»Wo genau ist der Bruch?«

Der Fahrer zuckte mit den Schultern. »Woher soll ich das wissen? Ist halt gebrochen, haben sie gesagt. Wen interessiert das schon?«

Dieter trat zu dem Kerl und griff ihn am Revers seiner Lederjacke. »Wo, verdammt?«

Erschrocken ließ der Mann das Sturmfeuerzeug in den Matsch fallen, während die Zigarette an seiner Unterlippe klebte. Er schlug Dieters Hände fort.

»Bist du verrückt, Mann?« Er hob das Feuerzeug auf und wischte es an seiner Hose ab. »Wenn das nicht mehr funktioniert, kaufst du mir ein neues, Kollege.«

Jemand legte Dieter eine Hand auf die Schulter und führte ihn ein paar Schritte fort. »Lass gut sein. Wilhelmsburg ist doch gar nicht betroffen.«

Dieter zitterte. »Noch nicht. Aber darum geht es nicht. Meine Karin denkt, ich wäre in unserem Haus. Die macht sich bestimmt Sorgen.« Der Kamerad war mindestens zwanzig Jahre älter als er und arbeitete als Buchhalter in einer Versicherung. »Ich muss ihr sagen, dass es mir gut geht. Gibt es hier eine Telefonzelle?«

»Keine Ahnung. Bin nicht von hier.«

Dieter suchte im Halbdunkel des Platzes seinen Zugführer, um die Erlaubnis zu erhalten, seine Frau anzurufen. Er entdeckte ihn ein Stück weiter im Gespräch mit einem Offizier der Bundeswehr. Dieter rannte durch den Regen hinüber. Unterdessen warfen seine Leute hinter ihm die ersten schweren Sandsäcke auf die Ladefläche des Lasters.

»Schilling!«, rief er seinem Zugführer zu, kaum dass er die beiden Männer erreicht hatte. »Stimmt es, dass noch mehr Deiche gebrochen sind?«

»Jo.«

»Wilhelmsburg?«

»Ich schätze, das ist nur eine Frage der Zeit.«

Die Worte hingen in der eisigen Luft, starr wie Eiszapfen. Dieter hörte sein Herz schlagen. Er wischte sich den Regen aus dem Gesicht und dachte an sein Häuschen und an Uwes Kaninchen Mümmel und Grumpel, die Katze. Was war mit den Nachbarn? Ahnten sie, was da auf sie zukam?

Bilder überfielen ihn, die er nicht sehen wollte.

Ein Ruck ging durch seinen Körper. »Hat man Wilhelmsburg schon evakuiert?«

Jemand hinter ihm lachte.

Erst wollte Dieter aufbegehren und denjenigen zur Rede

stellen, doch der andere hatte recht. All die zigtausend Menschen dort konnte man nicht so schnell aussiedeln. Das brauchte Zeit und Männer.

»Ich muss mit meiner Frau telefonieren, Schilling!«, rief Dieter seinem Vorgesetzten gegen den Sturm entgegen. »Sie glaubt, ich wäre zu Hause, in unserer Laube. Wenn der Deich bricht, wird sie sich Sorgen machen.«

Der Zugführer schüttelte den Kopf. »Nachher. Jetzt brauchen wir dich hier, Kamerad. Sobald der Laster fertig ist, gibt es was Warmes zu essen und zu trinken. Dann kannst du sie anrufen. Geh zurück zu deinen Männern.«

Dieter zögerte.

»Das ist ein Befehl!«

Natürlich wusste er, dass sein Vorgesetzter die richtige Entscheidung getroffen hatte. Was wäre, wenn alle ihre Spaten zur Seite werfen würden, nur um die Familie anzurufen?

Langsam kehrte Dieter zurück zum Laster. Dennoch arbeitete es in ihm. Sobald sich die Gelegenheit ergab, würde er bei seinen Schwiegereltern anrufen, um Karin zu sagen, dass sie sich nicht um ihn zu sorgen brauchte.

Die nächste halbe Stunde half er, Säcke auf den Lastwagen zu schaffen.

Er wusste nicht, warum, aber in ihm machte sich mit jeder Minute eine bleierne Unruhe breit, ohne dass er recht hätte sagen können, was ihn beunruhigte. So kannte er sich gar nicht. Immer dringender wurde der Wunsch, Karins Stimme zu hören. Wahrscheinlich würde sie sich beschweren, dass er sie zu nachtschlafender Zeit aus dem Bett klingelte, nur um sie mit seinem Anruf unnötig in Angst zu versetzen. Es war ihm egal. Er griff nach einem Sack und warf ihn zu den anderen auf die Ladefläche. Danach noch einen. Und noch einen. Ich brauche nur fünf, höchstens zehn Minuten, überlegte er.

Selbst hier draußen am Stadtrand gab es sicherlich irgendwelche Telefonzellen. Anschließend käme er sofort zurück. Er wollte sich nicht drücken, bestimmt nicht. Karin sollte wissen, dass es ihm gut ging.

Der letzte Sack wurde hinaufgeworfen, die Reifen des Lastwagens standen tief in der nassen Erde. Der Fahrer startete den Wagen und warf den Gang ein. Die anderen Männer gingen zu einem Schuppen hinüber, wo sie sich bei einem schlaksigen Hünen einen Teller heiße Suppe abholen wollten.

Statt ihnen zu folgen, drehte sich Dieter um und rannte dem Laster hinterher. Er riss die Beifahrertür auf. »Nimm mich mit, Kollege, bitte! Nur bis zur nächsten Telefonzelle. Ich muss dringend meine Frau anrufen.«

Der Fahrer von vorhin sah ihn überrascht an. »Sie schon wieder?«

»Bitte, nur ein Stück.«

»Raus hier!«

Dieter sprang auf den Beifahrersitz. »Danke.«

Der Mann am Lenkrad funkelte ihn an. »Ich habe raus gesagt!«

»Stimmt. Bei der nächsten Telefonzelle bin ich auch wieder weg, versprochen.«

»Dass die beim THW Verrückte nehmen, hatte ich gar nicht gewusst«, grummelte der Mann laut genug, dass Dieter es selbst gegen den knatternden Motorenlärm hören konnte.

Sie fuhren die dunkle Straße entlang. Es ging Richtung Süden. Dieter hielt nach einer gelben Telefonzelle Ausschau. Mit viel Glück würde sein Zugführer nicht merken, dass er fort war. Da tauchte an einer Ecke ein Telefonhäuschen auf.

Er zeigte hinüber. »Anhalten!«

Noch bevor der Wagen gebremst hatte, sprang er hinaus. Eilig dankte er dem Mann, der kopfschüttelnd weiterfuhr.

Schnell verschwanden die roten Rücklichter im Regennebel.

Dieter kramte ein paar Groschen aus der Hosentasche und zog die Tür auf. Durch die drei Glasseiten erhellte eine Straßenlampe das Innere der Zelle, wo ein eckiger Telefonkasten hing. Darunter lagen zwei dicke Telefonbücher.

Er griff nach dem Hörer, warf das Geld in den Schlitz und schloss die Augen. Die Nummer. Wie war noch gleich die Telefonnummer seiner Schwiegereltern? Nur mit Mühe konnte er sich erinnern und wählte, unsicher, ob die Zahlen stimmten.

Es klingelte.

Er hielt die Luft an. Es bimmelte und bimmelte.

»Verdammt, nun geht schon dran!«, zischte er.

Er kannte Karins Eltern. Anrufe nach der *Tagesschau* wurden nicht mehr angenommen. Doch Dieter gedachte nicht, den Hörer wieder einzuhängen.

Endlich hörte er das erlösende Knacken in der Leitung.

»Hier Tewes.« Es war Karins Mutter. Sie klang verschlafen.

»Ich bin's, Dieter. Gib mir mal schnell die Karin.«

»Dieter?« Seine Schwiegermutter schien jetzt hellwach. »Bist du von allen guten Geistern verlassen?« Sie hatte ihn noch nie gemocht.

»Ich weiß, es ist spät. Trotzdem. Die Karin. Ich muss sie dringend sprechen.«

Stille im Äther. Schon dachte er, die Verbindung wäre unterbrochen, als er sie atmen hörte.

»Ist etwas passiert?«, kam es kleinlaut aus dem Hörer.

»Nein, nein. Mir geht es gut. Ich wollte es nur deiner Tochter sagen, damit sie sich keine Sorgen macht.«

»Sorgen? Worüber denn?«

»Der Sturm. Ich musste mit den Kameraden vom THW ausrücken. Die Deiche brechen. Es werden immer mehr. Bisher ist keiner in Wilhelmsburg gebrochen. Die Karin denkt, ich bin in unserem Häuschen. Nur da bin ich nicht. Wir füllen auf dem Materialplatz in Rissen Sandsäcke.« Deutlich hörte er seine Schwiegermutter hinter vorgehaltener Hand aufschreien. Eine eiserne Kette legte sich um seinen Hals. »Was ist?«

»O Gott! Die Karin ist dort!«

»Wo?«

»Klein-Uschi ist krank geworden. Wir haben der Karin ein Taxi gerufen, und sie ist mit den beiden Lütten nach ...«

Die Verbindung brach ab.

»Hallo?« Dieter horchte. »Bist du da? Hallo? Wo ist Karin? Wo sind meine Kinder?«

Doch es kam keine Antwort aus dem Hörer. Die Leitung war tot. Wieder und wieder drückte er die Gabel hinunter, hoffte auf ein Freizeichen. Er musste die Verbindung herstellen, wissen, was passiert war. Hastig suchte er zwei weitere Groschen in der Hosentasche, aber er hatte keine dabei. Der Hörer rutschte ihm aus der Hand, baumelte wie ein Toter am Galgen.

Hastig stülpte er die Innentaschen nach außen. Sie waren leer. Er hatte nicht einen Pfennig Geld dabei.

Er hörte noch die Worte seiner Schwiegermutter. »Wir haben der Karin ein Taxi gerufen, und sie ist mit den beiden Lütten nach ...« Mit beiden Händen stützte er sich an der Scheibe der Telefonzelle ab, um nicht zu Boden zu gehen. Karin. Die Kinder. Taxi. Sie mussten zurückgefahren sein. Das Atmen fiel ihm schwer. Auf einmal war Dieter die Zelle zu eng. Mit Wucht stieß er die Tür auf und stolperte auf die Straße hinaus. Er hatte es geahnt!

Sein Herz schlug heftig. Er versuchte, einen klaren Gedanken zu fassen. Er musste zu Karin, um sie zu warnen.

1:45 Uhr, Fliegerhorst Faßberg, Niedersachsen

Die Tische in der Kantine waren fast alle leer. Ein paar Techniker holten sich gerade etwas zu essen an der Ausgabe ab. Am Fenster saßen drei von Georg Hagemanns Kameraden und spielten Skat. Er selbst hatte keine Lust gehabt, sich dazuzusetzen. Allein in der Kammer hatte er auch nicht bleiben wollen, weil die Gedanken zurückgekommen wären, was sie jetzt trotzdem taten.

Er schaute in seinen Kaffee und dachte an Helgas Eltern, die sich über ein Enkelkind sicherlich freuen würden. Er hatte die beiden nur einmal getroffen. Sie schienen nette Leute zu sein. Er vermutete, dass er und Helga die erste Zeit wohl bei ihnen in Lurup wohnen könnten, wenn das Baby auf der Welt war.

Georg versuchte, sich vorzustellen, wie ein Leben mit Helga und einem Kind aussehen könnte. Es misslang.

Sie hatte ihn einen Feigling genannt.

Sofort umfasste er die Tasse Kaffee fester.

Wie schaffte Helga es nur immer, ihn so wütend zu machen? Sie war lammfromm und zuckersüß, wenn sie wollte. Doch wehe, er schoss quer, dann wurde sie zur Furie.

Könnte er das ein ganzes Leben lang aushalten?

Wer weiß, vielleicht gehörte das ja in einer Ehe dazu? Dass er sie heiraten musste, stand außer Zweifel.

Was hätte sein Vater gesagt, wenn er nicht tot wäre? Welchen Rat würde ihm seine Mutter geben?

Eine Familie. Brauchte das nicht jeder? Der Krieg hatte ihm seine genommen. Und nun hatte er die wunderbare Chance, eine neue zu finden. War es das Risiko nicht wert? Er wollte ein guter Vater sein. Aber wie war man das?

In Georgs Kopf begann es zu dröhnen.

Sein Blick fiel auf das wandgroße Mosaik am Eingang der Kantine. Bunt gebrannte Kacheln zeigten das Kasernengelände von oben sowie eine Alouette und einen Sikorsky H34, die über den Himmel tanzten. Wie sie in einem waghalsigen Manöver in gefährlichster Schräglage die Wand entlangstürmten, hatte etwas Ästhetisches.

Darum war er hier, wegen der Fliegerei. Sie und die Kameraden waren der Grund, warum es ihm so gut ging wie schon lange nicht mehr. Er war talentiert, hatte der Major zu ihm gesagt, nachdem er die Pilotenprüfung gleich beim ersten Mal bestanden hatte.

Nur wusste Georg, dass er noch nicht am Ende seiner Träume angelangt war, denn seit er von der F-104 gehört hatte, war sie seine neue Leidenschaft. Der Abfangjäger von Lockheed brauchte Piloten, hieß es. Und er wollte ins Cockpit.

Wenn er auf Fläche gehen wollte, weil er lieber Maschinen mit starren Flügeln flog statt Hubschrauber, müsste er die SAR-Staffel verlassen. So etwas kam unter deutschen Fliegern nicht oft vor.

Bei den Amis und den Engländern war der Wechsel kein Problem. Dort lernte man, einen Vickers-Bomber zu beherrschen und einen Blackburn-Beverly-Transporter oder einen amerikanischen Sikorsky. In der jungen Bundesrepublik dagegen war alles komplizierter.

Je länger Georg darüber nachdachte, umso sicherer war er sich, dass er es wenigstens versuchen wollte. Sein Ziel war die F-104. Der Starfighter.

Er würde noch einmal ganz von vorne anfangen müssen. Aber das machte ihm nichts aus. Immerhin könnte er in der Luftwaffe bleiben und musste nicht zu den Gefechtsfeldbelüftern, wie sie die Kameraden vom Heer schimpften, die ebenfalls flogen.

Er hatte bereits mit seinem Vorgesetzten gesprochen. Seit Wochen paukte er Englisch. Sollte man ihn tatsächlich zum Lehrgang zulassen, würde ein Traum wahr werden. An das Handbuch der F-104 war nicht heranzukommen, Geheimsache, doch er hatte sich ein paar Lehrbücher zur Aerodynamik, Meteorologie und Flugmechanik besorgt. Ein Abfangjäger flog sich anders als ein Helikopter, auch wenn Georg gerne behauptete, er könnte alles fliegen, was vom Boden abhob. Starfighter. Das klang nach was. Bloß mit Kind und Frau?

No way, man. No way.

Helga würde sich weigern. Klar, er wäre der Mann im Haus. Wenn er entschied, wo sie leben sollten, war das gesetzt. Nur was bedeutete das schon bei Helga? Wenig. Er ahnte, dass sie ihm ein Leben in der Hölle bereiten würde, einfach nur weil sie es konnte. Ganz so wie ihre Mutter es mit ihrem Gatten seit Jahren praktizierte.

Georg stöhnte auf und schloss die Augen. Sein Kopf schmerzte.

»Achtzehn«, kam es vom Spieltisch herüber.

Der drahtige Kerl mit der steilen Falte zwischen den Augen nickte. »Gehe mit.«

»Zwanzig.«

»Weiter.«

»Zweiundzwanzig.«

»Hab ich.«

»Dreiundzwanzig.«

»Deins.«

Der andere grinste breit. »Spiele null ouvert.«

Die beiden Kameraden stöhnten theatralisch auf.

Eure Probleme möchte ich haben, dachte Georg und nahm einen Schluck Kaffee, während er über den Rand der Tasse zu den drei Piloten schaute. Mit nichts in der Hand wollte der eine von ihnen dennoch gewinnen. So etwas gelang nur beim Skat, niemals im echten Leben.

Georg erhob sich und brachte sein Geschirr zu einem Wägelchen nahe der Küchentür. Dann ging er in den Flur hinaus Richtung Telefon.

Warum die Dinge aufschieben? So einer war er gar nicht. Er würde seine Helga jetzt anrufen, auch wenn es viel zu spät war. Er würde sich bei ihr entschuldigen und vorschlagen, dass sie noch einmal in Ruhe über alles redeten. Vielleicht würde er ihr sogar sagen, dass er sie liebte.

Er hatte einmal gehört, dass das mit der Liebe in der Ehe von ganz allein komme. Wichtiger als Schmetterlinge im Bauch sei Freundschaft. Die bleibe, selbst wenn die berauschenden Gefühle füreinander längst erkaltet seien.

Helga mochte tanzen. Okay, sie liebte Peter Alexander und Dean Martin, was nicht so seins war. Sie konnte lachen und vertrug eine Menge Drinks. Sie hatten einiges gemeinsam. Außerdem war sie hübsch. Nur wusste Georg nicht, ob das für ein ganzes Leben reichte.

In Gedanken versunken, nahm er nur im Augenwinkel wahr, dass am Ende des Gangs mehrere Kameraden neugierig in der Tür zum Funkraum standen.

Georg legte die Groschen auf den Telefonkasten an der Wand und überlegte, was er Helga sagen wollte. Seine Hände waren so schwitzig wie an dem Tag, als er seine Pilotenprüfung abgelegt hatte. Er holte Luft und griff zum Hörer, als einer ihm im Vorbeigehen auf die Schulter schlug.

»Du warst doch heute in Hamburg, oder?«

»Ja, warum?«

»Komm mit.« Er wies mit dem glatt rasierten Kinn zu den anderen am Ende des Korridors. »Die haben die Pioniere eingesetzt.«

»Wieso das?« Ihm fiel nur ein Grund dafür ein, warum die Bundeswehr in Alarmbereitschaft versetzt worden war. Seine Knie wurden weich. »Krieg?«

»Nö. Die saufen gerade in Hamburg ab. Die Deiche brechen im Minutentakt.«

»Scheiße.« Er hängte wieder ein und folgte dem Kameraden.

Helga konnte er später noch anrufen.

1:50 Uhr, Hamburg-Neuenfelde und Finkenwerder

Obwohl es eiskalt war und seine Schuhe voll Wasser gelaufen, spürte Horst Wagner seinen Körper nicht. Sie holten so viele Leute wie möglich aus den Betten. Die meisten brachten Sack und Pack in die oberen Etagen ihrer Häuser, andere sprangen in ihre Wagen und suchten das Weite. Einige Unverbesserliche hatten Horst ausgelacht, als er ihnen sagte, sie sollten sich in Sicherheit bringen. Sie glaubten ihm nicht. Immer mehr Wasser schwappte über den Deich und wusch die Rückseite zur See hin aus. Ganze Grasbrocken waren heruntergerutscht und lagen nun direkt vor den Häusern, wo das Wasser bereits knöchelhoch stand.

Die Gewissheit, dass ihre Mühe nicht einmal ein Tropfen auf dem heißen Stein war, machte Horst wütend. Trotzdem eilten er und Rolf Kallmeyer weiter, um Straßenzug für Straßenzug zu warnen und die Leute aufzufordern, den Alten und Schwachen zu helfen.

»Lass uns weiterfahren!«, rief sein Freund. »Hier sind wir fertig!«

Sie rannten zum Wagen zurück, um ein Stück weiter von vorne zu beginnen. Mit Sirene und Blaulicht rollten sie durch die gespenstische Dunkelheit. In keinem der Fenster brannte Licht. Ab und an huschte der Strahl einer Taschenlampe durch einen Garten, oder jemand erschien mit einer Petroleumleuchte auf der Straße, sonst nichts. Ein Stück weiter hielten sie an. Es kam Horst vor, als stiege das Wasser immer schneller.

Er hetzte zum nächsten Haus. In einiger Entfernung sah er Rolf durch das braune Nass laufen, das ihm jetzt schon bis zu den Knien reichte. Es war Horst unverständlich, wie sein Freund keinerlei Anzeichen von Erschöpfung zeigen konnte. Er selbst war am Ende seiner Kräfte.

Durch das Sturmgetöse näherte sich ein Laster. Der Wagen hielt neben ihm an. Soldaten sprangen von der Ladefläche. Einer von ihnen eilte auf Horst zu, wollte wissen, wie die Lage war.

»Die meisten sind, so gut es ging, gewarnt. Straße dort hinten fällt ab. Das Wasser steht mindestens einen halben Meter hoch.«

»Menschen in Gefahr?«

Horst dachte nach. »Ja. Etwa zweihundert Meter weiter läuft es wahrscheinlich bereits in die Fenster eines Siedlungshauses hinein. Da wohnen alte Leute. Vorhin wollten die nicht mitkommen. Ich glaube nicht, dass die es sich anders überlegt haben. Aber allein schaffen sie es nicht.«

Der Soldat drehte sich um, brüllte seinen Männern ein paar Befehle zu, woraufhin das erste Schlauchboot abgeladen wurde.

»Es ist nur eine Frage der Zeit, bis der Deich bricht«, warnte Horst den Gefreiten. »Der ist völlig aufgeweicht.«

Rolf stand bei ihrem Peterwagen. Er hatte das Funkgerät in der Hand. Horst hastete zu ihm.

»... Wasser steigt. Fünfzehn Soldaten und drei Schlauchboote eingetroffen. Peter 80/2 Ende.« Er hängte das Sprechgerät zurück in die Halterung am Armaturenbrett. »Ich werde mit den Männern im Boot zu den Leuten fahren, die ihr Haus nicht verlassen wollen.«

»Du willst was?«

Rolf hörte ihm nicht zu. Er wies auf einige Häuser, die ein wenig landeinwärts standen. »Sieh nach, ob die Bewohner schon draußen sind.«

Er zurrte seinen Regenüberwurf am Kopf enger und rannte zum Wagen der Soldaten hinüber.

Hilflos blickte Horst ihm nach.

Jetzt wusste er, warum sie Rolf befördert hatten und nicht ihn. Er hetzte zu einem Reetdachhaus nahe der Straße. Es war bereits verlassen. Gut so. Er rannte weiter, klingelte und brüllte.

Im Licht der Lastwagenscheinwerfer konnte er sehen, wie Rolf und drei Soldaten das erste Schlauchboot ins Wasser schoben, dort, wo die Straße abfiel. Sie sprangen hinein und paddelten los.

Am Himmel riss der Sturm die Wolkendecke auf, und der Mond kam zum Vorschein. Es mutete surreal an, wie die Umrisse im Boot schnell kleiner wurden. Horst fragte sich, ob nicht auch er dort sitzen sollte. Stattdessen stand er hier und brüllte mit *Vincinette* um die Wette.

Da hörte er ein wildes Gluckern und Brausen.

Der Deich brach!

Eine braunschwarze Schlammwelle schoss heraus, genau über das Schlauchboot von Rolf und den Soldaten hinweg. Das Boot überschlug sich, wurde von der Welle hochgeschleudert, die Männer flogen im hohen Bogen heraus. Schreie! Dann riss die Woge sie mit sich.

»Rolf!«, schrie Horst und rannte zurück.

Das Wasser rollte ihm mit aller Macht entgegen, überdröhnte selbst den Sturm. Die Brühe stieß ihn von den Füßen, nahm ihn mit sich, spülte ihn vor sich her wie einen Ball, direkt auf den blau blinkenden Peterwagen zu, dessen Sirene wie zum Hohn auf- und abjammerte.

Horst versuchte vergeblich, auf die Füße zu kommen, sich irgendwo festzuhalten. Als er an ihrem Fahrzeug vorbeigeschwemmt wurde, griff er nach der Tür, aber die Strömung war zu stark. Er schluckte brackiges Wasser, musste husten.

Eine Hand packte ihn am Schlafittchen.

»Hol di am Tuun fest, Junge!«, rief ein alter Mann, der sich selbst mit der anderen Hand an einem Holzzaun festklammerte.

Wie in Trance rappelte sich Horst auf, schnappte nach dem Zaun, zog sich umständlich auf die Beine, während die Flutwelle alles mit sich riss, was ihr in den Weg kam.

»Wir müssen auf den Deich«, keuchte er schwankend.

Vor ihm stand ein mindestens achtzigjähriger Mann, drahtig, fast dürr, und nickte erschöpft. Horst begriff, dass der Alte kaum noch Kraft hatte. Er würde es nicht hinaufschaffen. Kurzerhand nahm Horst ihn huckepack.

Zusammen bewältigten sie die paar Schritte bis zum Deich. Das Wasser stieg immer schneller. Schon ging es Horst bis zur Hüfte. Er hatte alle Mühe, nicht umgeworfen zu werden. Balken und Hausrat schwammen an ihnen vorbei. Etwas Scharfes stieß gegen sein Bein. Er japste auf, humpelte weiter.

Rolf!, schrie es bei jedem Schritt in seinem Kopf. Rolf!

Horsts Tränen mischten sich mit dem Regen.

Als sie den Hang erreichten, liefen Leute herbei. Sie nahmen ihm den alten Mann ab, redeten aufgeregt durcheinander, weinten. Erschöpft ließ sich Horst auf den matschigen Boden sinken, während seine Beine noch halb im Wasser lagen.

Unten schob die Flut den Peterwagen vor sich her, der bis zur Hälfte im Wasser schwamm. Ein letztes Mal quäkte die Sirene auf, dann schwieg sie, während das gleichförmig aufblitzende Blaulicht an ihnen vorüberzog. Er würde im Polizeihaus keine Meldung machen können.

Mühsam kam er auf die Beine.

»Klettern Sie hoch!«, rief er den Leuten zu. »Achten Sie auf ausgespülte Stellen! Halten Sie sich davon fern!«

Er selbst stolperte am Hang entlang, bis er fast auf Höhe des Lasters war, der noch an Ort und Stelle stand, obwohl das Wasser bereits durch die offene Fahrertür schwappte.

Weiß wie eine Wand starrte der Obergefreite von eben zum Bruch hinüber.

»Rückzug!«, rief er mit sich überschlagender Stimme.

»Nein!«, brüllte Horst. »Sie können nicht weg! Sie müssen die Jungs suchen!«

Der Mann warf den Motor an.

»Helfen Sie wenigstens denen da oben!« Horst zeigte zum Deich hinauf, wo die Leute standen und ängstlich zu ihnen herunterschauten.

Aus der Bruchstelle schossen mit voller Wucht immer mehr Wassermassen heraus. Schon hatten sie ein nahes Bauernhaus zur Hälfte mit sich gerissen. Tiere schrien in Todesangst. Auch Hilfeschreie von Menschen waren zu hören.

Rückwärts setzte sich der Laster in Bewegung.

Ohne zu überlegen, sprang Horst ins Wasser, als der Wagen auf seiner Höhe war. Jemand stieß die Beifahrertür auf und griff nach ihm.

Der Obergefreite zog ihn herein.

»Sind Sie verrückt, Mann?«, schrie der Soldat außer sich.

Horst hielt sich an der offenen Tür fest. Keuchend krabbelte er hinein. »Sie können nicht abhauen!«

»Wer sagt das denn? Ein Stück weiter ist ein Damm. Wir werden von dort aus versuchen, die Boote zu Wasser zu lassen.« Die Stimme des Mannes zitterte kein bisschen.

Horst schluckte. »Gut. Das ist gut. Sie kommen wieder, ja?«

»Natürlich!«

Horst versuchte, klar zu denken.

»Ich muss im Polizeihaus Bescheid sagen, dass der Deich gebrochen ist!«, rief er gegen den Motorenlärm an, denn der Laster preschte weiter.

»Hab bereits Meldung gemacht.«

»Danke«, murmelte Horst, während der Wagen im mörderischen Tempo rückwärts durch das Wasser schoss und sich vom Bruch entfernte. »Halten Sie an. Ich muss zu den Leuten zurück.«

»Sie können nichts tun.«

»Lassen Sie mich trotzdem raus.«

Der Obergefreite nickte dem Fahrer zu, der kopfschüttelnd anhielt, damit Horst absteigen konnte.

Benommen kroch Horst den Deich hinauf, um zu den Leuten zurückzugelangen, die ihm vorhin geholfen hatten.

Ihm sackte das Herz in die Hose, als er die Deichkrone erreichte. Ihm wurde schwindelig. Kurz schloss er die Augen, musste sie sofort aufreißen, weil das Schlauchboot und die sterbenden Männer vor ihm auftauchten.

Horst hätte am liebsten geheult. Leise begann er zu beten.

Mehr krabbelnd als stolpernd, erreichte er die Leute. Angst stand in den Augen der Kinder und Alten, der Frauen und Männer. Keiner hatte je so eine schreckliche Nacht erlebt. Es machte sie stumm.

Horst begriff, dass jeder von ihnen in den vergangenen Minuten etwas verloren hatte, nicht nur er.

1:55 Uhr, Hamburg-Wilhelmsburg

»Was für ein verdammtes Scheißwetter«, maulte Achim von Aichner nicht zum ersten Mal, seit sie losgefahren waren. Wahrscheinlich war er sauer, weil der eisige Regen verhindert hatte, dass er seinen flotten Karmann Ghia mit allen Vorzügen den Mädels hatte präsentieren können. Keine der beiden Ladys war in ein wohliges Oh beim Anblick des Sportwagens ausgebrochen. Sie wollten nur noch ins Trockene.

Auf den Straßen begegneten ihnen außer Einsatzwagen der Polizei und Feuerwehr, die mit Warnlicht vorbeirasten, kaum Fahrzeuge. Als der VW den Hauptbahnhof passierte, sahen Jens Tamsen und die anderen Blitze aus einem Transformatorhäuschen schießen.

Erika schrie auf.

»Verdammt! Habe ich mich erschreckt!«, rief Achim. Dabei ließ er offen, ob über die Blitze am Straßenrand oder über Erika.

Brigitte und Jens saßen hinten dicht beieinander, weil es im Wagen eng wie in einer Zigarettenschachtel war. Das gefiel Jens sehr, denn so saß die Jazzlady mehr auf ihm als neben ihm.

»Die Keller in der ganzen Stadt müssen vollgelaufen sein«, hauchte sie in seinen Nacken.

»O ja«, erwiderte er übertrieben und ließ eine Hand über ihren runden Po gleiten. »Das ist total schrecklich.«

Vorne auf dem Beifahrersitz maulte Erika, die mittlerweile begriffen hatte, dass ihre Freundin Brigitte sie ausgetrickst hatte.

An den Elbbrücken fuhren ihnen Autokolonnen entgegen. Niemand hielt sie auf, als sie weiter Richtung Wilhelmsburg rollten, denn die Feldjäger mussten sich um einen Auffahrunfall kümmern, in den mehrere Wagen auf der anderen Straßenseite verwickelt waren. Schwungvoll preschte der Karmann durch eine tiefe Pfütze und ließ das Wasser im hohen Bogen auf den menschenleeren Fußweg schwappen.

Brigitte juchzte entzückt auf. »Los, noch eine! Das macht Spaß!«

»Hoffentlich läuft mir der Schweinkram nicht in den Wagen«, grummelte Achim, statt ihren Wunsch zu erfüllen. Nur dürftig leuchteten die Scheinwerfer die dunkle Straße aus.

»Dort vorne rechts wohne ich«, wies Jens seinen Freund an.

Achim ließ den Karmann Ghia um die Ecke biegen. Er zuckte zusammen, als die Reifen den Kantstein berührten, den er nicht gesehen hatte.

»Da ist aber viel Wasser auf der Straße«, bemerkte Erika.

Achim drehte den Schlüssel im Zündschloss. Der Motor erstarb. »Wahrscheinlich ist irgendwo ein Wasserrohr gebrochen«, kommentierte er missmutig und blickte nach hinten zu Jens. »Okay, wo sind die Drinks?«

Sie stiegen aus. Sofort schrie Brigitte auf, weil sie bis zum Knöchel im Wasser stand. Auch die anderen bekamen nasse Füße. Achim fluchte. In der Ferne heulten Polizeisirenen. Der Wind trug verzerrte Wortfetzen aus einem Lautsprecher zu ihnen.

»Ich glaube nicht, dass das ein Wasserrohrbruch ist«, sagte Erika ängstlich und sah Jens an. »Sind hier nicht irgendwo Deiche in der Nähe?«

Jens lachte. »Wir sind in Wilhelmsburg. Das ist eine Insel. Drum herum sind Deiche.« Er legte einen Arm um Brigittes Taille. »Lass uns hochgehen.«

Sie überquerten die Straße.

Nur Erika blieb beim Wagen stehen. »Wir müssen die Menschen in den Häusern warnen.«

Ihre Freundin lachte. »Warum denn das?«

»Weil das kein Wasserrohrbruch ist. Ich glaube, einer der Deiche ist gebrochen.«

»Quatsch!«, rief Brigitte. »Dann wäre hier viel mehr Wasser. Außerdem schlafen die Leute. Du willst uns nur den Abend verderben.«

Erika sagte nichts. Sie stand nur da und betrachtete ihre Schuhe. »Es steigt.«

Jens ließ Brigitte los und ging zu Erika. »Bist du dir sicher?«

Brigitte rollte mit den Augen. »Ihr seid Angsthasen. Das ist doch nicht gefährlich, wenn so ein dämliches Ding bricht, richtig, Achim?«

Der zuckte mit den Schultern. »Hab noch keinen Bruch erlebt. Hochwasser hat Hamburg ständig. Da ist nie etwas passiert.«

»Siehst du!«, rief Brigitte ihrer Freundin zu. »Du bist übertrieben ängstlich. Das ist alles.«

Jens blickte nach unten. Das Wasser stieg tatsächlich. Schon schwappte es auf den Gehweg.

»Erika hat recht, wir müssen die Leute wecken. Wer weiß, wie hoch das Wasser steigen wird.« Mittlerweile spürte auch er die Strömung an den Füßen.

»Ach, kommt schon! Lasst uns was trinken!« Brigittes Stimme klang genervt.

Jens ignorierte sie. Stattdessen sah er Erika an. Sie schüttelte den Kopf.

»Was ist nun mit dem Drink?«, fragte Achim nicht weniger ungeduldig.

»Nachher, okay? Lass uns nur schnell überall klingeln. Es sind immerhin meine Nachbarn.« Jens eilte zum nächsten Hauseingang.

»Los, helft!«, rief Erika den anderen zu und lief auf die andere Straßenseite.

»Also wenn hier irgendwo ein Deich gebrochen ist, bin ich weg. Mein Auto ist erst drei Monate alt.« Achim machte kehrt und rannte zu seinem Wagen zurück. Jäh stürzte er und landete im knöchelhohen Wasser. Fluchend rappelte er sich wieder auf.

»Hey!«, rief Erika ihm hinterher. »Du kannst nicht einfach …!«

»Klar kann ich das.« Schon sprang er in seinen garzellenbeigen Karmann Ghia.

»Warte, Achim!« Brigitte rannte ihm hinterher. »Nimm mich mit!«

Jens fuhr herum. Sie erreichte das Auto und sprang hinein.

Bei hinuntergekurbeltem Beifahrerfenster winkte sie Jens zu, als der Karmann an ihm vorbeirollte. »Vielleicht wann anders, Rüdiger, okay?«

Rüdiger? Sprachlos starrte er ihr nach.

Der Wagen raste los, dass das Wasser nur so spritzte. Wütend wünschte er sich, dass Achim mit seinem dämlichen Angeberding irgendwo liegen bleiben würde. Und Brigitte gleich mit.

»Los, Jens. Komm!«, riss Erika ihn aus seinen Gedanken. Sie stand vor einer Tür und warf die Handflächen gleichzeitig auf alle Klingeln daneben. »Aufwachen! Das Wasser kommt!«

Jens versuchte noch immer, zu verstehen, was gerade schieflief.

»Worauf wartest du?«, brüllte sie.

»Der Abend ist eh hin«, grummelte er und rannte los. Deutlich spürte er, dass die Strömung stärker wurde. Er suchte Halt an einem Parkverbotsschild. Von dort erreichte er den nächsten Hauseingang, wo er auf allen zehn Knöpfen gleichzeitig klingelte, als wäre er ein Pianist beim letzten fulminanten Akkord. »Los! Aufwachen! Der Deich ist gebrochen!«

Unterdessen ging ihm das Wasser bis über die Knie. Viel Zeit würden sie nicht haben. Irgendwo wurde geschossen. Jens zuckte zusammen, beruhigte sich jedoch damit, dass es bestimmt nur Warnschüsse waren. Er rannte weiter, hörte Erikas Stimme auf der anderen Straßenseite.

»Euer Deich ist gebrochen!« Sie wirkte überhaupt nicht mehr schüchtern.

»Was ist das für ein Lärm da unten? Wie soll man da schlafen?«, rief jemand aus einem Fenster im ersten Stock.

»Das Wasser kommt!«, brüllte Erika. »Sagen Sie Ihren Nachbarn Bescheid! Die Leute müssen nach oben!«

»Aber ich habe kein Licht!«

»Himmel, dann nehmen Sie eben eine Taschenlampe oder eine Kerze!«

Erika eilte weiter. Dabei hielt sie sich an allem fest, was sie finden konnte, um nicht fortgerissen zu werden. Sie fragte die Leute nicht, sie bat für die nächtliche Störung nicht um Verzeihung, und sie bettelte nicht um Verständnis. Sie befahl, und Jens musste sich eingestehen, dass er die Schüchterne falsch eingeschätzt hatte. Ihre Freundin Brigitte hatte sich bei erster Gelegenheit aus dem Staub gemacht. Erika war geblieben.

Da hörte er sie hinter sich schreien.

Er wirbelte herum.

Zum Glück hatten sich seine Augen an die Dunkelheit gewöhnt, deshalb konnte er verfolgen, wie Erika von der Strömung fortgerissen wurde. Ihre Arme ruderten wild umher, sie suchte Halt an einem Baum.

Jens sprang von der Stufe vor Haus 9 und versuchte, zu ihr zu gelangen, sah noch, wie sie sich aufrappelte, nur um erneut von den Füßen gerissen zu werden. Das Wasser ging ihm mittlerweile bis zum Hintern. Auch er musste gegen die Strömung kämpfen. Etwas riss ihn fast um. Eine Mülltonne hatte sich auf den Weg durch die Wellen gemacht.

Mehr hangelnd als laufend, erreichte er Erika, die sich um den Baumstamm klammerte.

»Ich finde, wir sollten Feierabend machen«, prustete er und griff unter ihre Arme, um ihr aufzuhelfen.

»Gute Idee«, japste sie.

Gemeinsam erreichten sie seinen Hauseingang. Jens holte mit zitternden Fingern den Schlüssel aus der Tasche. Die Tür flog auf, und das Wasser drang in einem Schwall ins Treppenhaus hinein. Kurz geriet Erika wieder ins Stolpern. Hastig hielt sie sich an ihm fest.

»Wohne im dritten Stock. Geh du schon hoch. Ich schaue nach, ob der alte Finstermeier in seiner Wohnung ist.« Jens klopfte an die Haustür links.

»Und wer wohnt auf der anderen Seite?«

»Niemand. Das ist die rückwärtige Tür vom Gardinenladen.« Mit den Fäusten schlug Jens gegen das Türblatt. »Herr Finstermeier! Aufwachen!« Gerade als er dachte, er müsste die Tür eintreten oder sonst irgendetwas tun, wurde sie von innen geöffnet.

»Arbeitsscheues Gesindel!«, brüllte der Alte im Pyjama vor ihm. »Hier wird nicht gefackelt! Da wird kurzer Prozess gemacht! Zack, zack! Peng!«

Ohne ein Wort griff Jens nach dem Mann. Er schien nicht zu merken, dass seine Beine im Wasser waren.

»Los, Herr Finstermeier, ab nach oben.« Er zog den Alten die Treppe hinauf, der gegen Gott und die Welt zeterte. Als Jens Erika passierte, keuchte er nur, dass der Nachbar ein wenig plemplem sei. »Hat irgendetwas mit dem Krieg zu tun.«

Sie tasteten sich durch das finstere Treppenhaus in den ersten Stock. Erika klopfte an einer der beiden Türen.

»Brauchst du nicht. Die sind mit meinen Eltern auf einem Fest in …« Er überlegte. »Keine Ahnung. Hoffentlich irgendwo, wo nicht gerade die Welt absäuft.«

Über ihren Köpfen wurden Stimmen laut.

»Jens, bist du es?«

»Ja, Frau Klüver. Ich glaube, der Deich ist gebrochen. Wir bringen den Herrn Finstermeier mit.«

Wie aufs Stichwort lamentierte der alte Mann von Neuem, man müsste die Ostfront halten. »Eine Kugel, ein toter Russe! Endsieg!«

»Oje!«, rief die Nachbarin. »Der Ärmste!«

Im zweiten Stock stand eine Frau mit Lockenwicklern und einer Taschenlampe in der Hand am Treppengeländer. »Ihr seid ja alle ganz nass geworden. Kommt schnell rein!«

»Sind noch mehr Leute im Haus, die wir warnen müssen?«, fragte Erika.

Jens nickte und wollte sich schon auf den Weg machen, als die Nachbarin ihn am Ärmel festhielt.

»Lass man, Junge. Ich erledige das. Bring unseren verrückten Alten in die Küche, und drück ihm eine Buddel Bier in die Hand. Das hilft immer. Ich bin gleich zurück.« Sie wandte sich an Erika. »Im Schlafzimmerschrank finden Sie ein paar Kleider. Ziehen Sie sich was Trockenes an, sonst holen Sie sich noch den Tod.«

Die Nachbarin lief mit der Taschenlampe in der Hand die Stufen hinauf.

»Was tun wir, wenn das Wasser bis in den ersten Stock steigt, Jens?«, fragte Erika besorgt.

»Wir gehen einfach in die zweite Etage. Die Aussicht von dort ist eh besser.«

2 Uhr, Materialplatz des THW, Rissen

Durch dunkle Straßen war er zurückgelaufen. Der ersten Angst um Karin und die Kinder folgte eine unglaubliche Klarheit. Noch waren sie nicht in Lebensgefahr. Noch nicht. Die Deiche waren im Südwesten der Stadt gebrochen. Finkenwerder, Francop, Altenwerder. Nicht bei ihnen in Wilhelmsburg.

Seine Frau war nicht dumm. Wenn sie Gefahr für die Kinder vermutete, würde sie bestimmt zu ihrer Schwester Ilse laufen, die als alleinerziehende Mutter mit ihrem Sohn in der dritten Etage eines Mehrfamilienhauses am Stübenplatz lebte. Der Platz lag nicht allzu weit von ihrer Laubenkolonie entfernt. Die Frauen besuchten sich mehrmals in der Woche gegenseitig.

Dieter wusste, seine Karin war plietsch. Sollte der Weg bei Nacht mit den Kleinen zu beschwerlich sein, würde sie sich ein Taxi nehmen oder irgendeinen Wagen anhalten. Da war seine Frau rigoros. Wenn sie etwas wollte, kannte sie kein Erbarmen. So unangenehm ihre Bestimmtheit auch manchmal in ihrer Ehe sein mochte, in dieser Situation würde sie helfen.

Mit diesen Gedanken hatte Dieter einigermaßen glimpflich den Anschiss seines Zugführers über sich ergehen lassen und die Degradierung zur Kenntnis genommen.

Seit einer halben Stunde schleppte er Notstromaggregate herbei und setzte sie in Betrieb, damit mehr Licht das Materiallager ausleuchtete. Dann schippte er wieder Sand in Säcke, die auf weitere Laster verladen und weggebracht wurden.

Wenn all das vorbei war, würde er endlich ein Telefon in sein Haus legen lassen oder doch mit Karin und den Kindern umziehen. Seine Gewerkschaft hatte vor Jahren eine Wohnungsbaugenossenschaft für ihre Mitglieder gegründet. Die *Neue Heimat* baute moderne Wohnungen für ihre Leute. In Farmsen wartete eine Dreieinhalbzimmerwohnung in der Gartenstadt auf ihn. Das hatte ein Genosse arrangiert, als er hörte, wo Dieter mit seiner Familie lebte.

Dieter hatte Karin absichtlich nichts davon gesagt, weil er seine Frau gut kannte. Sie hätte ihm in den Ohren gelegen, dass sie unbedingt dorthin wollte. Sofort. Jetzt lag die Sache anders.

Wenn er nachher zu Hause war, würde er ihr von der Wohnung erzählen und von dem Telefonanschluss, dem Balkon, dem modernen Badezimmer mit Wanne und der Einbauküche. Und die Kinder hätten sogar ihre eigenen Zimmer. Bei dem Gedanken an Karins überraschtes Gesicht wurde ihm warm ums Herz. Das würde ein ganz besonderes Geschenk zu ihrem Hochzeitstag werden. Je länger er sich das neue Heim ausmalte, umso besser ging es ihm. Das Häuschen in Wilhelmsburg würden sie als Wochenendhaus behalten. Dann hatte jeder, was er wollte, und alle wären glücklich.

»Dieter!«

Er schrak zusammen, als der Zugführer neben ihm stand.

»Du fährst mit dem nächsten Laster rüber nach Moorwerder. Die brauchen mehr Sandsäcke, um den Deich zu stützen.«

Dieter warf den Spaten in den mannshohen Sandhaufen und rannte zu dem Lkw, auf den sein Vorgesetzter wies. Sein Zuhause lag auf dem Weg.

Die Stadt war noch immer dunkel. Die Scheinwerfer des Lasters reflektierten auf dem regennassen Asphalt. Aus einem Stromkasten am Straßenrand sprühten Funken auf. Es zischte und knisterte, als der Wagen im weiten Bogen daran vorbeifuhr.

Als sie die Elbbrücken erreichten, riss der Himmel kurz auf, und das Mondlicht ergoss sich durch eine Wolkendecke auf die ertrinkende Stadt. Das Wasser war überall.

Der Fahrer fluchte. Vor ihnen standen Autokolonnen in Dreierreihen, halb verkeilt in beide Richtungen. Die Leute hupten, doch es ging kaum noch vor oder zurück. Feldjäger und Polizisten versuchten ihr Bestes, den Verkehr wieder zum Laufen zu bringen, damit die Rettungs- und Feuerwehrwagen freikamen.

In den Fenstern der anderen Wagen entdeckte Dieter blasse Menschen. Sie hockten zwischen ihren Habseligkeiten, die sie in aller Hast zusammengerafft hatten. Ein Junge in Uwes Alter starrte mit weit aufgerissenen Augen zu ihm herauf. Er verstand nicht, was gerade passierte, hatte nur Angst.

Dieter hätte schreien mögen, dass die Leute endlich von der Fahrbahn verschwinden sollten. Immer wieder musste er mit dem Ärmel die beschlagene Beifahrerscheibe freiwischen. Er konnte nicht viel in der Dunkelheit erkennen, außer Wasser, das bis zum Horizont reichte. Ein Fluss, zu Meer geworden.

»Lass mich auf der Veddel raus. Ich laufe den Rest.«

Der Fahrer schnaufte. »Bist du irre? Du sollst mit nach Moorwerder.«

»Ich weiß, trotzdem. Dahinten liegt unsere Laubenkolonie. Meine Frau und meine Kinder sind dort. Ich muss sie rausholen.« Er wies Richtung Westen. »Du kannst ja am Straßenrand auf mich warten. Ich brauche höchstens zwanzig Minuten.«

Flehentlich sah er den anderen an, dessen Namen er nicht einmal kannte. »Bitte. Uwe ist erst sieben und Klein-Uschi vier.«

Der Fahrer schüttelte den Kopf und gab Gas. »Du hast deinen Befehl. Die warten auf uns. Das Abladen dauert keine Viertelstunde. Danach kannst du machen, was du willst.«

Dieter sagte nichts weiter. Sein Herz fühlte sich an, als läge eine eiserne Klammer darum, die mit jedem Schlag enger wurde.

Nachdem sie endlich die Elbe überquert hatten, versuchte er, draußen etwas zu erkennen. Alles lag in Düsternis. Er kurbelte das Beifahrerfenster hinunter. Eisiger Wind brach herein. Hatte er nicht eben jemanden schreien hören? Er horchte. Doch da war nur das Knattern des Lasters.

»Mach das Fenster zu.«

Zögerlich drehte Dieter es wieder hoch.

In Moorwerder standen die Helfer bereits an der Straße und warteten, dass die Sandsäcke kamen. In Windeseile hatte man abgeladen. In Reihen wurden die Säcke zum Deich gebracht. Alles ging schweigend und in hoher Geschwindigkeit vonstatten.

Als die Ladefläche leer war, warf der Fahrer den Motor wieder an. »Ich lass dich auf Höhe Georgswerder raus.«

Dieter nickte stumm. Er war nass bis auf die Knochen und zitterte. Der Mond hatte sich gnädig hinter den Wolken versteckt, sodass er nicht sehen konnte, was er nicht sehen wollte. Schwarze Finsternis überall. Es hatte zu regnen aufgehört, stattdessen tanzten Schneeflocken durch das Licht der Scheinwerfer.

Schatten huschten über den Asphalt. Dann ein schweres Rumpeln, als der Wagen über irgendetwas rollte. Der Fahrer trat mit beiden Füßen auf die Bremse. Entsetzt starrten sie hinaus.

Im Lichtkegel rannten ihnen Hunderte Ratten in wilder Panik entgegen. Hasen, Mäuse, Kaninchen folgten im Zickzack. Auch zwei Füchse waren darunter.

»Sie fliehen vor dem Wasser.«

Die Frage, warum gerade jetzt, warum gerade hier, stellte sich für Dieter nicht. Er wusste es. In der Nähe war noch ein Deich gebrochen. Er schluckte.

»Fahr weiter!«, schrie er. »Los, verdammt, fahr weiter!«

2:10 Uhr, Laubenkolonie *Alte Landesgrenze e. V.*, Hamburg-Wilhelmsburg

Alma Kollwitz hatte seit dem Krieg einen leichten Schlaf. Ihr Mann Otto meinte, sie solle es mal mit Schlafmitteln versuchen, aber das wollte sie nicht, denn eigentlich ging es nicht um die durchwachten Nächte, sondern darum, was sie sah, wenn sie die Augen schloss. Es war immer das gleiche Bild. Ihre beiden Kinder, wie sie irgendwo in einem Schützengraben starben. Mal erfroren sie, mal schrien sie vor Schmerzen, weil ein Geschoss in ihnen steckte, mal schliefen sie einfach nur ein. Jede Nacht krepierten ihre Jungen von Neuem. Deshalb wollte sie nicht schlafen.

Alma horchte in die Dunkelheit, wo der Sturm um keinen Deut nachließ. Zum Glück hatte ihr Mann das Loch im Dach repariert. Sie tastete über die Matratze neben sich, wo er leise schnarchte. Lieber, guter Otto. Mit ihm hatte sie so viel durchgestanden. Den Tod ihrer Kinder, die Flucht vor den Russen, den Neuanfang in Hamburg, Krankheit und Verzweiflung. Sie hatten immer zusammengehalten, der Otto und sie, denn sie wussten, was sie aneinander hatten. Mit ihm wollte sie sterben. Irgendwann einmal. Vielleicht auch bald. Wer wusste das schon so genau? Und in ihrem Alter, da war alles möglich. Nur allein würde sie nicht bleiben, nicht einen Tag.

Ein eigenartiges Geräusch drang aus der Küche, ein Blubbern und Glucksen. Sie setzte sich auf, griff nach dem Schalter der Nachttischlampe. Statt den kleinen Raum zu erhellen, blieb es dunkel. Sie versuchte es noch einmal. Ihr Mann hatte die Lampe doch vorhin erst repariert.

»Otto!«, rief sie mit zitternder Stimme. »Otto, wach auf! Irgendetwas stimmt nicht!«

Er grummelte missmutig und drehte sich verschlafen um. »Was ist denn, Liebes?«

»Hast du wirklich meine Lampe heil gemacht?«

Er schnaufte. »Natürlich, und sie hat so perfekt funktioniert, als hättest du sie eben erst gekauft.«

Alma schluckte. »Denkst du, der Strom ist ausgefallen?« Er antwortete nicht. »Außerdem kommen aus der Küche eigenartige Geräusche. Ich glaube, es ist der Abfluss.«

»Liebes, du irrst dich bestimmt.« Umständlich setzte er sich auf. »Der Abfluss ist picobello.« Er horchte in die Nacht.

»O Gott!«, rief sie und griff nach seiner Hand. »Ich höre Schüsse.«

»Schüsse? Wer sollte denn in der Nacht schießen?« Auf dem linken Ohr war er fast taub.

»Geh mal nachgucken, Otto, bitte.«

Seufzend hob er die Beine aus dem Bett. Statt in die Küche zu gehen, um nachzusehen, was sie beunruhigte, blieb er wie angewurzelt stehen.

»Alma«, hörte sie ihn in der Dunkelheit japsen. »Da ist Wasser.«

»Wasser … aber woher denn?« Die Frage war überflüssig, denn sie kannte die Antwort. Der Deich war gebrochen. »Otto!«, kreischte sie. »Was passiert hier?«

»Ich hole die Tasche mit den Papieren vom Schrank. Zieh dir etwas über, Alma. Schnell!«

Sie kletterte aus dem Bett. Das eisige Wasser ging ihr bereits bis zu den Knien. Unsicher tappte sie durch die Dunkelheit zur Flurtür und öffnete sie. Ein Schwall ergoss sich über ihre Beine.

»Mein Gott!« Sie wankte in den Flur, um die Taschenlampe zu holen, die sie in der Kommode aufbewahrte.

Mit wenigen Griffen hatte Alma sie gefunden. Der Strahl zeigte, wie schlimm es wirklich war. Durch die Haustür quoll schmutzig braunes Elbwasser. In der Stube stand das Sofa bereits unter Wasser. Das *Abendblatt* von heute früh dümpelte darin, zusammen mit ihren Zeitschriften, die sie noch hatte lesen wollen.

Ihr Mann watete zum Fenster. »Überall Wasser.«

Sie begann zu zittern.

»Zieh dir etwas Wärmeres an und setze dich auf den Küchentisch. Dort ist es höher.«

»Und du?«

»Ich nehme den Esstisch im Wohnzimmer. Wenn wir Glück haben, steigt das Wasser nicht mehr.«

Kurz darauf hockte Alma in Hut und Mantel auf einem Stuhl, den Otto für sie auf den Tisch in der Küche gestellt hatte, bevor er sich selbst in Sicherheit brachte. Sie drückte ihre Handtasche mit den Papieren gegen den Bauch. Der Mantel wärmte sie kaum. Wenigstens hatte sie an einen Schal gedacht. Durch die offene Küchentür sah sie das Licht der Taschenlampe im Wohnzimmer umhereilen.

»Otto?«

»Ja, Liebelein?«

»Ich habe Angst.«

»Ach, meine tapfere Alma. Wir haben schon ganz andere Dinge erlebt. Flucht, Krieg, Inflation, Hitler. Das bisschen Wasser kann uns nicht mehr schrecken.«

Sie lächelte. »Das stimmt.«

Irrte sie sich oder stieg es weiter? Eben noch hing das Geschirrhandtuch am Haken über dem Wasser, nun war der untere Zipfel nass.

»Es steigt, Otto.«

»Ich weiß, Liebelein, ich weiß.«

Sie horchte auf das Gluckern des Wassers, meinte Schreie im Brausen des Sturms zu hören. »Wir sollten um Hilfe rufen, Otto. Sonst weiß ja keiner, dass wir hier sind.«

»Das ist eine gute Idee. Lass uns rufen.«

Doch sie taten es nicht. Warum auch? Irgendwann musste jeder sterben. Sie waren so oft dem Tod entronnen, vielleicht war heute der Tag, an dem es sein sollte.

»Otto?«

»Ja, Liebelein.«

»Wenn jetzt alles zu Ende geht …«

»Ja?«

»Du bist mein Ein und Alles, Otto. Jeden Tag, seit ich dich vor all den Jahren gesehen habe.« Tränen rannen ihr die Wangen hinunter.

»Ach, meine süße, süße Alma. Wenn das unser letzter Tag war, kann ich nur sagen: Du hast mir die Zeit auf Erden zum Himmel gemacht.«

»Ich liebe dich, mein Otto.«

»Und ich dich, meine Liebste.«

—

Gertrud Klinger träumte von Zeiten, in denen sie nicht allein gewesen war und krank, sondern jung und glücklich. Sie träumte von Frühlingstagen am Deich, wo sie mit ihrem Mann Hand in Hand spazieren gegangen war. Sie träumte von der frisch gewaschenen Wäsche, die sie von der Leine nahm und an die Nase presste, weil der Stoff nach Sommersonne roch. Sie träumte von ihrer kleinen Marion, die in den neuen Lackschühchen laufen lernte.

Wie glücklich sie alle drei damals waren.

Angstschreie gellten durch ihren Traum. Es war ihr Sohn. Karin riss die Augen auf. Ihr Herz schlug bis zum Hals.

»Mama! Mama!«, rief er von nebenan.

Sie fuhr hoch.

»Ich komme, Uwe!«, rief sie in die Dunkelheit. Hastig tastete sie nach dem Lichtschalter. Doch es blieb finster.

Ihr Sohn klang schrecklich verängstigt. Was immer ihn geweckt hatte, war mehr als nur ein Albtraum gewesen. Sie warf die Bettdecke zurück und sprang auf. Sofort zuckte sie zusammen. Bis zu den Knien stand sie im Wasser. Erst dachte sie, es müsste etwas mit dem Rohr in der Küche zu tun haben, dann wusste sie es besser. Der Deich!

Im Finsteren stolperte sie hinaus. In der Schublade des Küchentisches fand sie eine Taschenlampe. Erleichtert stellte sie fest, dass das Ding funktionierte. Als sie den Regler hochschob, erschrak sie. Überall im Haus war Wasser. Es drückte sogar durch die Haustür herein. Hastig watete sie ins Kinderzimmer.

Uwe stand auf seinem Bett, während sich Klein-Uschi an die Stäbe ihres Gitterbettchens klammerte und sie ängstlich ansah.

»Mama, da ist überall Wasser«, wimmerte ihr Sohn.

Karin griff zu den Mänteln und Mützen der Kinder.

»Zieh das an, Uwe!«, schrie sie.

Sie selbst zog ihrer Tochter die Sachen eilig über, setzte der Kleinen die Strickmütze auf die geflochtenen Zöpfe und nahm sie auf den Arm. Unterdessen stieg das Wasser immer höher. Sie spürte es an ihren Beinen.

»Wir müssen aufs Dach!« Sie half ihrem Sohn mit den Schuhen. Beide Kinder würde sie nicht tragen können, überlegte sie. »Komm, Uwe, du bist ein großer Junge. Wir gehen hinaus. Du kletterst auf den Kaninchenstall und von dort aufs Dach.«

Schon schwappte das Wasser über den Bettrand. Bis zum Bauch würde ihr Sohn in der eisigen Brühe stehen, wenn er jetzt heruntersprang.

»Nimm die Taschenlampe. Du kletterst auf meinen Rücken. Halte die Lampe so, dass ich sehen kann, wohin wir gehen.« Sie drehte sich um, sodass er hochkrabbeln konnte.

Während sie die Kleine vorne hielt, leuchtete Uwe über ihre Schulter. Mühsam bahnte sie sich mit ihren Kindern einen Weg in den Flur. Sie dachte noch, welches Glück sie hatten, dass die Tür nach innen aufging, so wie es sich gehörte, und nicht nach außen wie bei den anderen, denn gegen das Wasser hätte sie die Tür mit Sicherheit nicht aufstemmen können.

Kaum hatte sie die Klinke erfasst, wurde die Tür von draußen aufgedrückt, und ein enormer Schwall ergoss sich ins Haus. Karin schrie auf.

Sogleich reichte ihr das Wasser bis zum Bauch. Mühsam kämpfte sie gegen die Strömung an, während der Lichtstrahl der Lampe hin- und herhastete.

»Grumpel!«, schrie Uwe. »Wir müssen Grumpel mitnehmen!«

Das Licht der Lampe hüpfte in die Küche. Auf dem Küchenschrank hockte Uwes Katze.

»Nein!«, rief Karin. »Er muss schwimmen lernen, ob er will oder nicht.«

Ihr Sohn begann zu weinen.

Wie wird er sich gleich fühlen, wenn wir erst beim Kaninchenstall sind?, dachte sie.

Keuchend bahnte sie sich einen Weg an der Hauswand entlang. Wolkenfetzen ließen ab und an den Mond kalt durchscheinen. Überall waren Wellen. Die Strömung riss mit sich, was ihr in die Quere kam. Sie entdeckte die Schiebkarre am Haus und stellte Klein-Uschi wie eine Puppe hinein. Als Nächstes hob sie ihren Sohn auf das Dach des Kaninchenstalls.

Die Tiere darin fiepten laut, liefen panisch hin und her, warfen sich gegen die Holzwände. Zitternd sah Uwe ihr in die Augen, doch er sagte nichts.

»Klettere hoch, Junge. Ich hole Uschi.«

Uwe zog sich am Dach hoch. Er war schon immer ein sportliches Kind gewesen. Kein Baum war ihm zu hoch. Wie froh sie jetzt über seinen Übermut war, obwohl sie sonst immer geschimpft hatte, wenn sie ihn auf irgendeinem hohen Ast entdeckte, weil sie fürchtete, er würde sich das Genick brechen.

Karin watete zu ihrer Tochter zurück. Sie ergriff das Kind und nahm es auf den Arm. Von oben leuchtete Uwe ihr den Weg mit der Taschenlampe.

Da hörten sie panische Schreie. Jemand rief um Hilfe.

Uwe erstarrte. Auch er hatte es gehört.

»Junge! Nimm Uschis Hand, und hilf ihr hoch.« Sie hielt ihm das Schwesterchen hin.

Uwe konnte sich nicht bewegen.

»Hast du gehört? Du sollst die Kleine nehmen!« Karins Stimme drohte zu versagen.

Endlich zog er seine Schwester zu sich hinauf.

Umständlich kletterte Karin auf den Kaninchenstall, hoffend, dass das Klapperding ihr Gewicht hielt.

Das Fiepen hinter dem Draht wurde immer panischer. Sie bückte sich, versuchte, die Stalltür zu öffnen, wusste nicht, ob Kaninchen schwimmen konnten. Es klappte nicht. Der Riegel saß zu fest. Als auch der nächste Versuch erfolglos blieb, gab Karin auf und kletterte zu ihren Kindern aufs Dach.

Zitternd saßen sie da. Eng drückte Karin die Kleinen an sich, während das Wasser um ihr Häuschen toste.

Von überall gellten aus der Dunkelheit Hilfeschreie.

Langsam wog sie den Oberkörper vor und zurück und sang ein Lied. Ihre Stimme zitterte vor Kälte und Angst.

»Papa! Wo ist Papa?« Uwe schniefte.

Sie wusste es nicht.

»Gleich kommt jemand und hilft uns«, versprach sie. »Wir müssen bestimmt nicht lange warten.«

Ein Blick auf ihre Armbanduhr sagte ihr, dass es halb drei war. Das Fiepen im Stall war verstummt.

2:45 Uhr, Vogelhüttendeich, Wilhelmsburg

Er war zu spät gekommen! Dieter hatte es sofort begriffen, nachdem er den Laster verlassen hatte. Die Menschen kletterten den Hang herauf, mit kaum mehr als ihrem Nachtzeug am Leib. Überall standen Leute. Einige gafften. Die meisten halfen. Viele weinten. Kaum einer hatte mehr bei sich als eine Tasche mit schnell zusammengeworfenen Habseligkeiten.

Dieter drängte sich zwischen ihnen hindurch und hoffte, so nah wie möglich an seine Laube zu gelangen. Es war zwecklos. Bald schon hatte er die Orientierung verloren und wusste nicht mehr, wo in dem Getöse um ihn herum sein Haus zu finden war. In der Dunkelheit riefen Menschen um Hilfe. Sie konnten nicht weit entfernt sein.

Jemand hatte eine starke Taschenlampe dabei. Der Lichtstrahl glitt über das wild schäumende Wasser, in dem Holzbalken und Fässer umherschwammen, vorbei an sich gespenstisch im Sturm wiegenden Bäumen, die aus dem Elbwasser ragten, als wollten sie nach den Menschen greifen.

Der Strahl der Lampe erfasste ein Häuschen, auf dem eine Familie mit Kindern kauerte.

»Da drüben!«, brüllte jemand.

Die Leute auf dem Dach waren keine fünfzig Meter entfernt. Es schien, als könnte Dieter ihnen die Hand reichen, doch das Wasser, das sie trennte, war zu tief und viel zu reißend, als dass er hätte hinüberschwimmen können.

Dieter musste etwas unternehmen. Aber er hatte weder ein Boot noch Männer oder Material, um die Kinder und ihre Eltern aus der schrecklichen Lage zu befreien. Er rannte zu einem Mann, der in die Düsternis glotzte.

Energisch rüttelte Dieter ihn am Arm.

»Kommen Sie mit! Wir müssen ein Floß aus Tonnen bauen.« Er wies zu einigen leeren Gefäßen hinüber, die gegen den Damm schlugen.

Der Mann reagierte kaum.

»Hallo! Hören Sie nicht?«

Aus toten Augen sah er Dieter an. »Plötzlich war alles weg.«

»Was?«

Der Mann konnte nicht antworten. Tränen liefen über sein Gesicht. »Weg. Alles.«

Wieder hörte Dieter die Menschen auf dem Dach um Hilfe flehen. Ein Ruck ging durch seinen Körper. Er ließ den Mann los und rannte weiter, griff sich wahllos Leute, schrie ihnen zu, was sie besorgen sollten, damit er hinüberkommen konnte.

»Seile!«, brüllte er in die Nacht. »Wir brauchen Seile!«

»Ich habe eine Wäscheleine gefunden. Geht die auch?« Eine Frau hielt eine etwa zwanzig Meter lange Leine hoch.

Er nickte und wies einige Männer an, die Fässer heraufzuholen. Die Reste eines Dachs zogen an ihren Füßen im Wasser vorbei. Bretter, die von einer Bahn Dachpappe mehr schlecht als recht zusammengehalten wurden. Dieter rutschte hinunter und griff danach. Dann zerrten er und zwei andere Männer alles nach oben.

»Damit versteifen wir die Tonnen«, erklärte Dieter.

»Wer soll denn rüber?«, wollte jemand wissen. »Die Strömung ist viel zu doll.«

»Ich werde gehen«, sagte Dieter, ohne zu überlegen.

»Dahinten!«, rief einer jäh und wies über das Wasser.

Im fahlen Mondlicht war ein Schlauchboot mit vier Gestalten zu erkennen, die mit Paddeln gegen die Strömung ankämpften. Die Leute auf dem Damm verfolgten die Versuche der Männer, zu dem Haus mit der Familie zu gelangen. Das Wasser zog sie immer wieder fort. Irgendwann ließen sie sich von dem Sog tiefer in die Kolonie treiben, um ihr Glück woanders zu versuchen.

»Was machen die denn da?«, rief die Frau mit der Wäscheleine. »Sie müssen doch die Kinder holen!«

»Sie kommen nicht dran.« Dieter wandte sich zu den anderen. »Wir bauen das Floß. Ich fahre rüber. Sie da!« Er deutete zu einem jungen Mann, der einen Autoschlüssel in der Hand hielt. »Können Sie noch zu Ihrem Wagen?«

»Ich?« Als Dieter nichts sagte, nickte er. »Ähm, ja. Der steht dahinten. Warum?«

»Haben Sie ein Abschleppseil dabei?«

»Klar!« Schon rannte der junge Mann fort.

Sie würden das Seil um die Fässer binden, damit die Tonnen beieinanderblieben.

Es war paradox! Diesseits des Deichs ertranken die Menschen. Keine fünfzig Meter weiter lag das Gelände so hoch, dass man mit dem Auto noch durchs Wasser kam.

»Wir brauchen eine lange Stange!«, rief Dieter den anderen zu. »Mindestens zwei Meter!«

Während sie alles zusammensammelten, was auch nur annähernd brauchbar war, versuchte er, die verzweifelten Schreie der Menschen auszublenden.

Dort, wo das Wasser an den Deich schlug, entdeckte er eine Frau, die etwas an Land ziehen wollte. Es sah wie ein Bündel Stoff aus. Dabei rutschte sie ins Wasser.

»Hilfe!«, schrie sie.

Sofort waren einige Leute bei ihr und halfen ihr heraus. Eine andere Frau lief hinzu.

»Es war ein Kind. Ein totes Kind«, weinte die Gerettete. Man führte sie fort, während sich das Stoffbündel ein paar Meter weiter in einem Strudel um sich selbst drehte.

Der junge Mann kehrte mit dem Abschleppseil zurück. Eilig spannten sie es um die Fässer. Jemand reichte Dieter eine Teppichstange, die er zum Staken nutzen könnte. Er band sich die Wäscheleine um den Bauch, und man ließ das Gefährt zu Wasser. Sofort nahm die Strömung es mit sich. Dieter konnte kaum darauf Fuß fassen, denn die kleinen Wellen warfen das behelfsmäßige Floß gefährlich auf und ab. Er setzte sich und senkte die Stange in das schwarze Elbwasser, während die anderen das Ende der Leine festhielten.

Die Wucht der Strömung, die das Boot mit sich riss, war enorm. Mit beiden Händen drückte Dieter die Stange in den aufgeweichten Boden, um das Floß Richtung Haus zu manövrieren, als die Leute auf dem Dach zu schreien begannen. Hektisch zeigten sie auf einen Baumstamm, der in rasendem Tempo auf ihn zuhielt. Schnell zog Dieter die Teppichstange hoch und hielt sie wie einen Spieß vor sich. Der Stamm durfte das wackelige Boot nicht rammen!

Heftig stieß das Holz gegen Dieter und riss ihn fast um. Stöhnend drückte er den Baum beiseite, wobei sich die Äste unter die Fässer schoben und sie hochhoben. Mit einer ruckartigen Bewegung gelang es ihm, den Stamm zur Seite zu schieben. Ein durchdringendes Knarzen war zu hören. Unter seinen Füßen löste sich das Abschleppseil aus seinem Knoten.

Dieter fuhr zusammen. Er war viel zu weit vom Damm entfernt, als dass ein Umkehren Sinn gemacht hätte. Vom

Haus hingegen trennten ihn nur noch zwei Meter. Der Vater kniete bereits am Dachrand.

Dieter schaffte es, das Floß auf jene Seite des Hauses zu dirigieren, auf die die Strömung schlug, sodass es vom Wasser gegen die Hauswand gedrückt wurde.

»Die Kinder zuerst!«, rief er dem Mann zu und warf einen besorgten Blick auf die Fässer. Er musste sich beeilen. Wenn er zurück war, konnten sie die Konstruktion noch einmal festzurren.

Die Kleine weinte, wollte ihre Mutter nicht loslassen. Ihr etwa zehnjähriger Bruder gab sich Mühe, erwachsen zu wirken.

»Setzt euch in die Mitte, Kinder«, befahl Dieter. »Ich bringe euch an Land.«

Er bemühte sich, überzeugend zu klingen, obwohl das Abschleppseil das Gefährt kaum noch hielt. Zum Deich gab er das Signal, man solle sie heranziehen. Wie ein Fährmann, der seine wertvolle Fracht über einen reißenden Fluss bringen musste, stakte er zurück.

Sie hatten den Damm fast erreicht, als sich das Seil endgültig löste. Dieter entfuhr ein deftiger Fluch. Er ließ die Stange ins Wasser fallen, griff sich die Kleine und warf sie den Leuten zu. Jemand fing das Mädchen auf.

»Jetzt du!« Er langte nach dem Jungen.

»Ich kann schwimmen!«, protestierte er.

»Wirst du auch müssen, bist verdammt schwer.« Mit diesen Worten warf er den Jungen, so weit es ging, den anderen zu. Natürlich reichte es nicht, aber der Kleine kraulte um sein Leben auf die Hände zu, die sich nach ihm ausstreckten. Gerade als Dieter sah, dass die Kinder es geschafft hatten, zerbrach das Floß unter seinen Füßen, und er stürzte in die Fluten.

Ein Schmerz jagte sein Bein hinauf.
Dann wurde alles um ihn herum schwarz.

»Opa Kollwitz! Sind Sie da drinnen?« Es war die Stimme ihres Nachbarn Volker Tiedemann, die von draußen ins Haus drang.

»Hier! Wir sind hier!«, rief Otto aus dem Wohnzimmer.

»Hilfe«, flüsterte Alma matt. Sie wollte noch nicht sterben.

Es rumpelte an der Haustür.

Alma beugte sich vor, um die Gestalt, die hereinkam, besser sehen zu können. »Volker, sind Sie es?«

»Ja, Oma Kollwitz.«

Der Nachbar arbeitete als Verkäufer bei einem Autohändler in Lokstedt. Er war jung, keine vierzig. Vor drei Jahren heiratete er die Anneliese, eine hübsche Frau aus Berlin. Noch wohnten sie im Häuschen seiner Eltern, die gerade auf Verwandtenbesuch im Schwäbischen waren. Aber bald wollte das Paar die Kleingartensiedlung verlassen. Jeder wusste, dass die Anneliese und ihre Schwiegermutter nicht gut miteinander konnten. Immer gab es Ärger zwischen den beiden.

Volker bahnte sich durch das hüfthohe Wasser einen Weg zu Alma in die Küche.

»Sie kommen mit zu uns, Oma Kollwitz. Das Haus meiner Eltern ist höher gebaut als Ihres. Bis zur Straße hinauf schaffen wir es eh nicht mehr.« Er trat an den Küchentisch heran. »Die Dame zuerst«, sagte er und hielt ihr den Rücken hin. »Hoch da.«

»Sie können mich doch nicht tragen, Volker.«

»Ach, Oma Kollwitz, Sie glauben ja gar nicht, was ich für eine hübsche Frau alles kann.«

Im Wohnzimmer lachte ihr Otto. »Lassen Sie das besser nicht die Anneliese hören, sonst wird sie noch eifersüchtig.«

Volker nahm Alma huckepack und watete mit ihr auf dem Rücken an Otto vorbei.

»Bis gleich, meine Schöne!«, rief Otto ihr nach. In seiner Stimme lag tiefe Sorge.

Draußen im Garten fegte der Sturm unvermindert. Statt Almas Johannisbeersträucher und des Hühnerstalls zogen kleine Wellen durch ihren Vorgarten. Der Sturm zerstob die Gischt darauf, dass es wirkte, als würde es schneien.

Mit beiden Armen klammerte sie sich an Volkers Schultern fest, der schnaufend gegen das Wasser und den Wind marschierte. Schritt für Schritt ging es, er konnte nur ahnen, wo der Weg sein mochte. Alma wusste, dass Gräben das gesamte Gebiet der Kleingartenkolonie durchzogen. Sollte ihr Nachbar versehentlich zu weit an den Rand geraten, würden sie hineinstürzen und bestimmt ertrinken. Alma kniff die Augen zu. Solche Angst hatte sie lange nicht mehr gehabt.

»Der Otto!«, rief sie Volker ins Ohr. »Den holen Sie doch auch noch, oder?«

Der Nachbar nickte nur.

Als Alma die Augen wieder öffnete, hatten sie das Haus von Volkers Eltern erreicht, an das kürzlich ein flacher Anbau gesetzt worden war, während der Teil der Eltern einen Spitzboden hatte. Dadurch sah das bescheidene Gebäude fast wie ein richtiges Haus aus. Am Anbau lehnte eine Leiter.

»Hilf mal der Oma Kollwitz hoch!«, rief Volker zum Dach hoch, wo Anneliese stand. Behutsam setzte er Alma ab. »Ich hole jetzt noch schnell Opa Kollwitz vom Wohnzimmertisch, bevor er mehr als nur nasse Füße bekommt!«

Alma stieg die Sprossen der Leiter hinauf. Oben angekommen, kroch sie auf allen vieren in die Mitte des Dachs, während Anneliese sie nur musterte, statt ihr aufzuhelfen.

»Das hätte er nicht tun sollen. Volker bringt sich unnötig in Gefahr.«

Stöhnend stützte sich Alma am Schlot des Anbaus ab und richtete sich auf. Alles an ihr zitterte. Teils wegen ihrer Angst, teils weil sie unendlich fror.

»Ich bin Ihrem Mann so schrecklich dankbar.« Sie schlotterte und starrte in die Richtung, in der ihr eigenes Häuschen lag. Zitternd zog sie ihren Mantel enger um die Schultern. Ihre Nachbarin trug den Pelzmantel, mit dem sie seit einiger Zeit stolz durch die Kolonie spazierte. Das gute Stück hatte unter dem Regen ziemlich gelitten.

Anneliese bemerkte ihren Blick. Sogleich fuhr ihre Hand über die nassen Pelzhaare. »Echter Nerz. Hat mein Volker mir zu Weihnachten geschenkt. Jetzt ist er ruiniert. Den kann ich wegschmeißen.«

»Das glaube ich nicht, meine Gute. Er wird bestimmt wieder trocknen. In der Natur werfen die Tiere nach einem Regenguss ihre Haut ja auch nicht einfach fort.«

Der Nerz war seit Wochen Gesprächsthema Nummer eins in der Kolonie, weil sich keiner so recht erklären konnte, wie Volker an so viel Geld gekommen sein sollte, um seiner Anneliese diesen Mantel zu kaufen.

»Wie lange werden wir hier oben sitzen müssen?«, wollte Alma wissen.

Die Nachbarin suchte im Windschatten des Schornsteins Schutz. »Das weiß ich nicht. Volker meinte, die Ebbe hätte längst einsetzen müssen.«

»Aber das Wasser steigt noch immer.«

Jemand rief um Hilfe.

»Ist das die Frau Klinger? Marions Mutter?« Almas Kopf fuhr in die Richtung, aus der die Hilferufe drangen. Sie ging an den Rand des Dachs. »Mein Gott, sie ist es. Wo ist denn die

Marion?« Sie warf die Hände vor den Mund. In der Dunkelheit meinte sie, Lichter zu sehen, die drüben auf der etwas höher gelegenen Straße hin- und herliefen. Sie hob die Arme und winkte. »Hallo! Hier sind wir! Hier!«

Der Wind nahm ihre Worte mit sich.

»Das habe ich schon versucht. Entweder hören sie uns nicht, oder sie können nicht zu uns kommen.«

»Hilfe!«, kreischte die Frau wieder. »Warum hilft mir denn keiner?«

Gertrud Klingers Flehen bohrte sich mit jedem neuen Hilfeschrei tiefer in Almas Innerstes. Sie kannte Marions Mutter seit Jahren.

Alma presste die Hände auf die Ohren. »Jemand muss zu ihr rüber. Sie kann ja nicht mehr laufen.«

Ein Kopf erschien am Rand des Dachs.

»Otto!« Sie eilte hin und half ihrem Mann herauf. Als er vor ihr stand, umarmte sie ihn. »Otto, mein Otto«, sagte sie wieder und wieder. »Da bist du ja.«

»Ich lasse dich nicht allein, meine Liebste«, flüsterte er ihr ins Ohr. Auch er zitterte vor Kälte. »Was soll ich denn ohne dich tun?«

Sie weinten.

Kaum stand Volker neben ihnen, trat Anneliese zu ihrem Mann. »Reicht es endlich mit dem Heldentum?«

Er antwortete nicht, sondern blickte entsetzt hinüber zum Häuschen der Klingers, von wo die Hilfeschreie immer panischer wurden. »Ich gehe runter und hole ein Seil. Das binde ich mir um den Bauch. Ihr müsst mich festhalten, damit die Strömung mich nicht wegreißt.«

Schon wollte er zurück zur Leiter gehen, als seine Frau ihn am Arm festhielt. »Bist du völlig übergeschnappt? Du tust das nicht!«

»Soll ich sie etwa ersaufen lassen?«

»Willst du dein Leben für eine Trinkerin opfern?«, kreischte sie. »Was soll aus mir werden, wenn du umkommst? Immer denkst du nur an dich.« Sie schüttelte ihn und weinte, aber ihre Tränen waren voller Trotz und Wut.

Er zögerte.

»Hilfe! So helft mir doch!«

Als würde sich der Wind einen Spaß daraus machen, warf er die Angst der eingeschlossenen Frau mit jedem ihrer Schreie gegen sie vier auf dem Dach.

Alma hielt sich wieder die Ohren zu. »Ich kann das nicht hören!«

Ihr Mann nahm sie in den Arm, wiegte sie hin und her, redete leise auf sie ein.

»Willst du, dass unser Kind ohne Vater aufwächst?«, schniefte sie.

Stumm schüttelte er den Kopf. »Wie kannst du so etwas fragen?«

Alma und Otto sahen sich an. Dass die Anneliese ein Kind erwartete, hatten sie nicht gewusst.

Alma tippelte zu der jungen Frau und nahm sie beim Arm. »Setzen Sie sich hinter den Schornstein. Sie sollten sich nicht aufregen.«

Wütend riss sich Anneliese los. »Nicht aufregen? Wie soll ich das denn machen bei dem Geschreie?«

»So helft mir...« Die Stimme der Klinger wurde matter.

»Halt den Mund!«, brüllte Anneliese immer wieder in die Nacht hinaus, rüber zur Nachbarin. Da brach die Mauer unter Annelieses Füßen weg. Entsetzt blickte sie ihren Mann an, riss ein letztes Mal die Arme hoch und fuhr in die reißenden Fluten hinunter.

»Nein!« Volker warf sich auf die Knie, robbte an den Rand,

dorthin, wo eben noch seine Frau gestanden hatte, jetzt aber nur die Dachpappe im rauschenden Wasser hing. »Anni! Hilfe! So helft uns doch! Anni!« Er brüllte und brüllte. »Wo bist du?«

Nirgends tauchte ihr Kopf auf. Es war, als hätte das Wasser sie einfach verschluckt.

Alma presste eine Hand auf den Mund.

Schnell zog Otto sie beiseite und schob sie zum schrägen Dach des älteren Hausteils. »Falls noch eine Seite vom Anbau wegbricht, sind wir hier sicherer.«

Alma suchte das reißende Wasser ab, hoffend, die Nachbarin irgendwo zu entdecken. Dicht am Haus schwammen Holzbalken vorbei, die zuvor ein Hausdach wie dieses gehalten haben mochten. Ein Tisch. Tote Hühner. Die Pfosten für die Wäscheleine im Garten waren längst nicht mehr zu sehen. Das Wasser musste also mittlerweile höher als zwei Meter sein. Mit Gewalt rauschte es an ihnen vorbei. Wellen schwappten auf das Dach, wo Volker nach wie vor saß und nach seiner Frau rief.

Der Mond verschwand hinter einer Wolke, und Düsternis legte sich auf die Kolonie. Der Baum versank in Dunkelheit.

Die Schreie der Klinger waren indes verstummt.

Nur Schwärze war um sie herum.

»Ich hole den Jungen«, sagte Otto und machte sich auf, Volker von der Kante fortzuziehen.

Auf einmal bebte der Anbau unter ihnen. Alma griff nach Ottos nassem Mantel und zog ihn zurück. Er fiel neben sie auf die Dachschindeln. Die Dachpappe nebenan geriet in Bewegung.

»Volker, Sie müssen da weg!«, brüllte Otto dem jungen Mann zu, der noch immer am Rand kniete. »Kommen Sie hierher!«

Ihr Retter hörte nicht. Wieder und wieder schrie er nach seiner ertrunkenen Frau.

Sein Rufen endete abrupt, als ein heftiger Ruck durch den Anbau ging. Die Wände begannen, sich vom Haupthaus zu trennen. Der Strom nahm Volkers Zuhause mit sich. Der Schornstein neigte sich langsam zur Seite. Ungläubig verharrte Volker. Während der Schlot auf ihn niederstürzte, schrie er ein letztes Mal auf.

Die Flut riss den Anbau mit sich. Wie ein Floß trieb es in den Schnellen ab.

»Herr im Himmel!«, rief Alma.

Sie klammerten sich fest aneinander, unfähig, etwas zu sagen oder zu fühlen.

Ein ganzes Stück weiter rammte er die Äste eines Baums und wurde auseinandergerissen. Alma und Otto sahen ihren Retter, wie er bewusstlos im gurgelnden Strom versank.

3:20 Uhr, Polizeihaus, Karl-Muck-Platz, Hamburg

Sie war zu nichts zu gebrauchen. Beim Einspannen des Papierbogens zitterten ihre Hände so sehr, dass er schief auf der Walze lag. Marion musste dreimal von vorne beginnen, bevor das Papier korrekt saß. Sie wollte das Protokoll der ersten Einsatzbesprechung abtippen, konnte aber ihre eigene Schrift nicht mehr lesen.

Nach der Besprechung des Notfallstabs, die kurz nach zwei von Polizeioberrat Leddin einberufen worden war, musste ein Protokoll geschrieben werden, damit auch die informiert waren, die nicht anwesend sein konnten. Man hatte die meisten Behördenvertreter aus dem Bett geklingelt, obwohl die Telefone noch immer nicht funktionierten.

Marion hatte im matten Schein einer Petroleumlampe hinter Leddin gesessen und stenografiert. Sie beugte sich über ihren Block. Hieß das jetzt Staatsrat oder Stadtrat? Da es in Hamburg keine Stadträte gab, entschied sie sich für die erste Variante. Kaum hatte sie das Problem umschifft, war sie sich unsicher, ob der Name Schmedemann oder Schmiedemann war.

Jede Minute, die sie hier sitzen musste, schmerzte sie. Sie wollte zu ihrer Mutter nach Hause. Doch sie konnte nicht. Nein, sie hätte nicht im Bösen gehen sollen!

Der Deich am Spreehafen war gebrochen. 2:15 Uhr. Das Wasser überflutete seit über einer Stunde alles, was dahinter lag. Alles.

Tränen traten in Marions Augen. Die Schrift auf dem Block verschwamm. Am liebsten wäre sie aufgesprungen und in die Nacht gelaufen, um nach Wilhelmsburg zu kommen. Der Kommissar hatte jedoch recht. Sie würde es nicht einmal auf die andere Seite der Elbe schaffen. Und selbst wenn, was sollte sie dort tun? Sie würde umherirren, vielleicht sogar in Gefahr geraten. Nein, es war vernünftiger, im Polizeihaus zu bleiben, hier anzupacken und abzuwarten.

Nur fiel ihr das von Minute zu Minute schwerer. Mit jeder neuen Meldung, die hereinkam, spürte sie die Hilflosigkeit in der abgestandenen Luft der Einsatzzentrale.

Sie erhob sich, um sich eines der geschmierten Brötchen zu nehmen, denn sie hatte seit Stunden nichts gegessen. Zwar hatte sie keinen Appetit, aber sie hörte die Worte ihrer Mutter in den Ohren. »Iss was, Kind. Sonst kippst du um, dünn, wie du bist.«

Müde ging Marion den Flur entlang, leider in die falsche Richtung. Oder hatte sie die Neugier unbewusst zum Funkraum getrieben? Noch immer eilten Melder zwischen den Männern an den Geräten und dem Einsatzstab hin und her. Auch sie wirkten erschöpft.

Marion lehnte sich an die Wand gegenüber der offenen Tür, hinter der die Männer an den Funkgeräten saßen. Wie durch Watte hörte sie die Stimmen der Polizisten aus den Lautsprechern.

»*Wir kommen nicht ran! Überall Wasser. Die Leute sitzen auf den Dächern. Hilfeschreie. Ich glaube, es sind Kinder!*« Die Stimme des Beamten brach. Er kämpfte mit den Tränen. »*Wir kommen nicht ran*«, schluchzte er.

Der Uniformierte, der den Ruf entgegennahm, hielt seine Hand vor die Augen. Vielleicht weinte auch er. Vielleicht versuchte er, sich zu konzentrieren.

Was er dem verzweifelten Kollegen sagte, konnte Marion nicht mehr hören, denn die Meldung eines neuen Deichbruchs ging ein.

»Zweiter Bruch am Spreehafen!«, rief einer und reichte dem nächsten Melder einen Zettel, woraufhin der zu Leddin rannte.

Marion spürte, wie sich der Boden unter ihren Füßen auflöste. Ihr wurde schwarz vor Augen.

»Na, Fräuleinchen.« Jemand tätschelte ihre Wange.

Marion öffnete die Lider. Der Kommissar, dem Angst nicht fremd war, beugte sich über sie. Sie versuchte, sich aufzurappeln, er half ihr auf die Beine.

»Setzen Sie sich man mal da drüben hin.« Er führte sie zu einer Holzbank, auf der sonst Besucher darauf warteten, in eines der Büros vorgelassen zu werden.

Kraftlos ließ sie sich darauf fallen.

»Geht es wieder?« Seine Stimme klang besorgt.

Marion hatte das Gefühl, sie müsste erklären, warum sie umgekippt war. »Spreehafen.«

»Der Deichbruch?«

Sie nickte.

»Ihre Mutter?«

Marion merkte, dass sie zitterte.

»Warten Sie, Fräuleinchen, ich hole Ihnen ein Glas Wasser.«

Es dauerte nicht lange, und er kehrte zurück. Der Kommissar reichte ihr das Glas.

Kaum hatte sie daran genippt, als sie sich auch schon schüttelte. »Das ist kein Wasser.«

Er grinste. »Ist besser.«

Vorsichtig trank sie einen klitzekleinen Schluck, spürte,

wie der Korn in ihrem Mund brannte und danach die Kehle herunterlief.

»Danke«, sagte sie leise und reichte ihm das Glas zurück. »Ich bin eigentlich nicht der Typ, der schnell ohnmächtig wird.«

»Habe ich mir schon gedacht, so wie Sie den Servierwagen in den Aufzug bugsiert haben. Sind wohl eher der moderne Typ, oder?«

Sie schwiegen, sahen den Meldern und Ordonnanzen zu, wie sie in den Funkraum hinein- und wieder hinausliefen. Auf jedem Zettel stand eine Tragödie. Und niemand im Polizeihaus konnte helfen.

»Warum sind Sie immer noch hier?«, fragte Marion den älteren Herrn neben sich. »All das ist doch Aufgabe der Schutzpolizei und nicht der Kriminalpolizei.«

Er wog den Kopf, als überlegte er. »Hab keinen Grund, nach Hause zu gehen, aber alle Gründe hierzubleiben. Und sei es nur, um junge Frauen vom Linoleum aufzuhelfen.«

Sie lächelte. »Danke. Das war nett von Ihnen.«

»Dafür nicht.«

Marion schloss die Augen, fühlte in sich hinein, ob die Angst noch immer da war. Ja, sie war es. Bloß spürte sie noch etwas anderes. Es war Wut. Warum hatte niemand die Menschen gewarnt? Es hatte immer nur geheißen, an der Küste erwarte man eine Sturmflut, nicht hundert Kilometer davon entfernt. Irgendjemand hätte die Leute informieren müssen.

Warum hielten die Deiche nicht? War die Flut wirklich so viel höher als alle anderen zuvor? Wie konnte es sein, dass die Telefone in der Stadt ausfielen? War man darauf denn gar nicht vorbereitet? Wie war es möglich, dass eine Stadt wie Hamburg so hilflos gegenüber dem Wasser war, das seit Jahrhunderten Teil ihres Lebens war?

Waren die Menschen nach dem schrecklichen Krieg und dem phönixgleichen Auferstehen der letzten Jahre so dermaßen überheblich geworden, dass sie meinten, die Natur könnte ihnen nichts anhaben?

Mittlerweile sprachen die Leute sogar davon, dass bald ein Mensch auf dem Mond spazieren gehen könnte. Es gab Rechenmaschinen mit Hunderten von Transistoren. Fast jeder in der Bundesrepublik hatte ein eigenes Auto oder wenigstens eine Waschmaschine und einen Kühlschrank. Reisen mit dem Flugzeug in aller Herren Länder wurden von Jahr zu Jahr erschwinglicher, angeblich sollte es bald Farbfernsehen geben, und jemand hatte herausgefunden, wie man aus Sonnenlicht Strom machen konnte. Überall sonnte man sich in neu gewonnenem Wohlstand, bei Nierentischen und Käseigeln, auf schicken Partys und mondänen Konzerten. Nur war all das bedeutungslos, denn in diesen Stunden kämpften Menschen um ihr blankes Überleben.

Sie erhob sich von der Bank und reichte dem Kommissar die Hand. »Marion Klinger, angenehm.«

Er stand auf. »Glauben Sie mir, Fräulein Klinger, Sie helfen Ihrer Mutter und den anderen mehr, wenn Sie bleiben. So wirr die Fäden im Augenblick in der Stadt auch sein mögen, alle laufen hier zusammen.«

3:30 Uhr, Laubenkolonie *Alte Landesgrenze* e. V., Hamburg-Wilhelmsburg

Die beißende Kälte fraß sich in ihre alten Knochen. Immer wieder hörten sie Schreie. Auch die Stimmen von Kindern waren darunter. Wenigstens hatte es zu regnen aufgehört.

Ab und an lugte der Mond zwischen den zerrissenen Wolken hervor, beleuchtete in gespenstischem Weiß die eisige Szenerie. Alma und Otto Kollwitz hatten auf einem der anderen Dächer Gestalten ausmachen können. Auf einem stand jemand mit ausgebreiteten Armen und schrie Gott voller Zorn an.

Eng umschlungen saßen sie da und zitterten.

»Jetzt ist es also so weit, Otto.« Sie lächelte matt. »Und du bist bei mir.« Ihre Hände waren so taub wie ihre Füße. Sie trug keine Hausschuhe mehr. »Es ist gut, dass wir so sterben werden.«

»Warum?«

»Unser Ältester ist vor Stalingrad erfroren. Wir werden erfrieren, ebenso wie er.«

»Ach so.« Er nickte.

Sie legte den Kopf auf seine Schulter. »Wir gehen gemeinsam. Das ist schön.«

»Ach, meine Liebste, wir sind doch noch viel zu jung zum Sterben.«

Sie lachte leise. »Ich bin achtzig und von uns beiden die Jüngere.«

Von irgendwo kam ein Winseln. Es näherte sich. Almas Blick huschte über das schwarze Wasser, das an den Resten des Häuschens vorbeizog. Sie kniff die Augen ein wenig zusammen.

»Da!« Sie zeigte auf einen Balken. Ein kleiner Hund versuchte verzweifelt, mit den Vorderläufen auf das Holz zu gelangen. Wankend erhob Alma sich, zog ihren Mantel aus.

»Was tust du?«, rief ihr Mann.

»Der Kleine! Ich kann ihn nicht sterben lassen.« Sie nahm den Ärmel ihres Mantels. »Halt mich am Bein fest.«

So weit sie konnte, warf sie ihn ins Wasser, ohne den Ärmel loszulassen. Mit Wucht schwamm der Balken gegen den Stoff, verhedderte sich, zerrte daran. Alma schrie auf, als sie das Gleichgewicht zu verlieren drohte. Otto umklammerte ihr Bein, während sie sich nach vorne beugte, um den Pfosten heranzuziehen. Sie ging auf die Knie, als die Strömung den Balken aus dem Mantel drehte und weiterziehen wollte. Der Hund schien eine Mischung aus allerlei Rassen zu sein. Er hatte braune Flecken in seinem weißen Fell und jaulte schrecklich. Seine Augen waren in Todesangst geweitet. Er winselte um Hilfe. Beherzt ergriff Alma den Kleinen am Schlafittchen, bevor die Flut ihn mit sich reißen konnte. Sie hob ihn aufs Dach. Der Hund schüttelte sich vor Angst und Kälte.

»Oje, du zitterst ja.« Alma zog ihn zu sich, obwohl sie nicht weniger als das Tier fror.

»Dein Mantel, Liebste.« Otto wies zu den Fluten, wo der Balken Almas Kleidungsstück mit sich nahm.

»Ach, der ... Er war eh nass.« Ihre kalte Hand ging über das Fell des Kleinen, der sich ängstlich an sie drückte. »Wie er wohl heißt?«

Otto zog seinen Mantel aus und legte ihn Alma und dem Tier um. »Heinz.«

»Niemand nennt einen Hund Heinz.«

»Warum nicht?« Er setzte sich dicht neben sie. »Unser Milchmann zu Hause hieß Heinz. Du mochtest ihn damals für meinen Geschmack ein wenig zu sehr. Und der Kleine hier guckt dich an, wie der Heinz es getan hat.«

Sie lachte. »Ach, Unsinn. Aber ich weiß, dass du recht eifersüchtig auf den Heinz gewesen bist.«

»War ich nicht.«

»Doch, das hat mir die Jelinek erzählt. Du hast dem Heinz Haue angedroht, wenn er mit mir zum Dorffest geht.«

Otto legte einen Arm um sie, während sie den kleinen Hund festhielt.

»Wie gut, dass er so ein Feigling war.« Er kraulte das Tier zwischen den Ohren. Noch immer zitterte es.

»Wir nennen dich Caesar«, raunte Alma dem Hund zu. »Magst du den Namen, Kleiner?« Das Tier antwortete nicht. »Was machen wir, wenn jemand ihn wiederhaben will, Otto?«

Er blickte über das todbringende Wasser. »Ich glaube nicht, dass der Kleine noch eine einzige Seele hat.«

Alma bemerkte eine glutrote Wand am Horizont.

»Die Sonne geht auf!«, rief sie.

Ihr Mann schüttelte den Kopf. »Das Licht dort hinten flackert zu sehr. Außerdem ist das Nordwesten. Da geht nichts auf. Nicht einmal nach so einer Nacht. Vielleicht brennt es irgendwo.«

Zu dritt schauten sie zu der hohen Flamme auf der anderen Elbseite hinüber, die unruhig züngelnd in den Himmel wies, während sie hier unendlich froren.

4 Uhr, Hamburg-Wilhelmsburg

Seit einer Stunde schnarchte der alte Finstermeier selig im Bett von Frau Klüver im dritten Stock. Jens und Erika saßen mit der Nachbarin bei Kerzenschein im Wohnzimmer. Bei einem Likörchen versuchten sie, zu verstehen, was gerade draußen vor der Tür passierte. Deichbruch, keine Frage. Aber wie schlimm war es wirklich? Man konnte ja nichts sehen.

Frau Klüver hatte in der Küche Schnittchen geschmiert, die unangetastet auf der silbernen Platte lagen. Niemandem war zum Essen zumute. Kaffee und Likör gingen dagegen immer.

Telefon und Radio funktionierten nicht. Die Straßen waren finster. Nur der Wind heulte. Erika gähnte hinter vorgehaltener Hand.

Jens hielt seinen Arm so, dass er das Zifferblatt seiner Uhr am Handgelenk erkennen konnte.

»Gleich Viertel nach vier. Vor halb acht geht die Sonne nicht auf. Ich denke, wir haben noch Zeit für eine Mütze Schlaf.« Er erhob sich. »Komm, Erika. Kannst oben bei uns auf dem Sofa pennen.«

Als sie die ersten Stufen hinauf in Jens' elterliche Wohnung nahmen, flackerte die Taschenlampe in seiner Hand auf. Dann wurde sie dunkel.

»Batterie leer.«

»Sieht so aus.«

Hand in Hand kletterten sie in den nächsten Stock. In der Wohnung konnte Jens immerhin zwei Kerzen in der Küche finden. Sie setzten sich im spärlich beleuchteten Wohnzimmer nebeneinander aufs Sofa und schwiegen.

»Du hattest dir den Abend anders vorgestellt, oder?«, wollte sie schließlich wissen.

»Hm.« Was hätte er auch sagen sollen? Klar wäre eine Nacht mit Brigitte anders gelaufen. Aber man musste eben nehmen, was man bekam. Er sah Erika an. Sie war eigentlich recht hübsch.

»Warum bist du in den Club gegangen?«, fragte er, um nicht antworten zu müssen. »Du bist nicht der Jazztyp, finde ich.«

»Du auch nicht. Was hattest du da verloren?«

Er würde einen Teufel tun, ihr zu sagen, dass er nur Ladys hatte abgreifen wollen, weil Achim fand, es sei endlich an der Zeit, dass er eine Frau für die Nacht habe. Er dachte an den Sekt im Kühlschrank, den er extra gekauft hatte, falls er eine mit nach Hause brachte. »Willst du ein Glas Sekt?«

Erika schüttelte den Kopf. »Brigitte ist meine beste Freundin. Sie findet, ich wäre zu langweilig, um jemanden zu treffen.«

Jens wusste, was sie meinte. Er war auch so einer. »Ist doch egal, was sie sagt. Du hast jedenfalls nicht die Fliege gemacht, als das Wasser kam. Sie schon. Die konnte gar nicht schnell genug in Achims Angeberkarre springen. Du hast geholfen. Das fand ich nett von dir.«

Dummerweise beging er jetzt einen Fehler. Er war halt ein Idiot. Das wusste er sofort, als er seinen Arm um Erikas Schultern legte, in der Dunkelheit, bei Kerzenlicht, mit einer Buddel Rotkäppchensekt im Kühlschrank.

Sie schoss hoch. »Lass die Finger von mir!«

Jens sprang ebenfalls auf. »'tschuldigung. War nicht so ...«

»Und ob es so gemeint war.« Sie rannte aus der Tür.

Starr vor Schreck blieb er im Wohnzimmer zurück, hörte noch die Haustür zuklappen. Achim und seine bescheuerten Tipps, wie man Frauen aufreißt. Idiot!, wollte er schreien. Stattdessen schlug er sich gegen den Kopf. Die Erika, die war nicht so eine wie die Brigitte. Das hätte er wissen müssen.

Mit der Kerze in der Hand trottete er hinaus ins Treppenhaus. Überrascht stellte er fest, dass Erika nicht in die Wohnung von Frau Klüver gelaufen war, sondern auf den Stufen saß.

Er setzte sich neben sie. »Tut mir leid. Wollte dich nicht ... ach, egal.«

Sie horchten auf das Schwappen des Wassers unten im Treppenhaus. Ab und an hörten sie von draußen Leute rufen. Ansonsten war es still. Keine Sirenen mehr. Keine Schüsse. Keine Lautsprecherdurchsagen. Es schien, als wäre die Welt verschwunden.

»Die Wohnung von Herrn Finstermeier ist vollgelaufen«, wechselte Jens das Thema. »Wenn wir ihn nicht geweckt hätten, wäre er ertrunken, tüdelig, wie er ist.«

»Was soll nur werden?«, fragte Erika in die Dunkelheit hinein.

»Hast du Angst um deine Eltern?«, fragte er.

»Nein. Die machen sich aber bestimmt meinetwegen Sorgen. Ich bin noch nie eine ganze Nacht fortgeblieben. Ich würde ihnen gerne sagen, dass es mir gut geht.«

»Geht es dir denn gut?«, hakte er nach.

Sie überlegte lange. »Könnten wir hier einfach sitzen bleiben?«

»Klar.«

»Würdest du einen Arm um meine Schultern legen? Mir ist kalt.«

»Logo.« Er zögerte. »Ich kann dir aber auch den Wintermantel meiner Mutter holen, wenn du willst.«
»Nicht nötig. Dein Arm wird vorerst reichen.«
Erleichtert tat er, was sie wollte. Wenn es nach ihm gegangen wäre, hätte die Nacht ewig dauern können.

4:25 Uhr, Hamburg-Neuenfelde

Sie waren sieben, darunter ein Kind von zehn Jahren und der Alte, der ihn aus dem Wasser gezogen hatte. Ängstlich hatten sie ihn angestarrt, als müsste er, der Wachtmeister, wissen, was zu tun wäre. Horst Wagner stand schweigend vor ihnen, nass bis auf die Haut, frierend, ohne Rolf, auf den er sich immer hatte verlassen können. Er schaute an sich hinunter und versuchte, zu sehen, was sie sahen. Einen nassen Polizisten in Uniform, dem sie vertrauten. Reiß dich zusammen, hörte er die Stimme seines toten Freundes im Kopf. Wir können die Leute hier nicht hierlassen.

Und so führte Horst die Menschen vom Bruch weg in jene Richtung, in die der Lastwagen mit den Soldaten gefahren war. Um eventuelle Ausspülungen im Deich rechtzeitig zu bemerken, stellte er sich an die Spitze des kleinen Zugs. Wenn der Wall unter seinen Füßen abrutschte, wollte er derjenige sein, den es erwischte.

Im Gänsemarsch stolperten sie auf der windabgewandten Seite des Deichs entlang. Oben auf der Deichkrone hätte jede Böe sie umgerissen. Sie hielten sich an ihren Jacken und Händen fest, während sie sich gebeugt gegen den Sturm schoben. Ein paar Hundert Meter weiter entdeckten sie die Schlauchboote der Soldaten, die zurückgekommen waren, um sie zu retten. Gemeinsam mit den Männern brachte Horst alle in Sicherheit.

Mit dem Lastwagen wurden die Leute zum Schwarzenbergplatz in Harburg gefahren, wo man sich um sie kümmerte. Offenbar richtete das Rote Kreuz bereits überall Sammelstellen ein und versorgte die Verletzten.

Horst wollte nicht mit. Erschöpft, wie er war, setzte er sich irgendwohin. Er war unsäglich müde. Am liebsten hätte er sich hingelegt und geschlafen. Doch er tat es nicht. Nass, wie er war, machte er sich auf die Suche nach einem Funkgerät, um Meldung zu machen.

Als er endlich einen Peterwagen fand, erfuhr er von den anderen Brüchen. Die Kollegen wollten ihn ins Revier bringen, wo er sich trockene Kleider anziehen sollte. Horst schüttelte nur den Kopf.

Wie in Trance lief er ziellos umher, versuchte, sich vorzustellen, was die anderen erlebt haben mochten. Einige weinten. So mancher hatte keine Tränen mehr. Wieder andere halfen in fieberhafter Betriebsamkeit, im Vertrauen darauf, das schreckliche Leid lindern zu können.

Horst hörte Stimmen um sich herum, verstand sie aber nicht. Jede Faser in seinem Körper wusste, dass mit Rolfs Tod sein Leben auf dem Kopf stand. Er hatte immer gedacht, weil er eine Uniform trug, könnte das Schicksal ihm nicht an den Kragen gehen. Er hatte sich geirrt. Rolf Kallmeyer hatte sich geirrt. Und weil Horst das begriff, würde er kündigen müssen. Die Selbstverständlichkeit, mit der er Polizist geworden war, war verloren gegangen. Er konnte nicht helfen. Niemandem. Nicht einmal seinen besten Freund hatte er retten können.

Wieder schob sich das Bild von dem Schlauchboot vor sein geistiges Auge, als es von den Wassermassen wie ein Spielzeug durch die Luft geworfen wurde, um kurz darauf im Sog zu verschwinden. Dieses Bild würde er niemals loswerden.

Jemand trat in seinen Weg. Der Mund des Mannes ging auf und zu, er verstand die Worte jedoch nicht. Der Mann trug eine Uniform. Ein Soldat.

Drei Soldaten und Rolf. Und nun waren alle tot, dachte er.

»Hören Sie mich?« Der Mann rüttelte an Horsts Arm.

»Ja?«

»Sie sind doch Polizist. Kennen Sie sich hier aus?«

Horst schüttelte automatisch den Kopf. Dennoch sagte er, dass diese Gegend in der Ausbildung sein Revier gewesen war.

»Gut, Sie müssen mitkommen. Die alte Frau will einfach nicht aus dem Haus raus. Steht auf dem Tisch, bis zum Bauch im eiskalten Wasser, und will nicht weg.« Der Offizier zerrte Horst mit sich. »Faselt ständig von ihrem Mann, der sie gleich abholt. Vielleicht kennen Sie sie ja.«

Horst starrte auf das Sturmboot, das an der Grenze zwischen Wasser und Land lag. Starr vor Schreck blieb er stehen. »Ich kann nicht.«

»Wenn Sie die Frau da nicht rausholen, ertrinkt sie. Oder erfriert.« Erst jetzt schien der Soldat zu merken, in welchem Zustand Horst war. »Das ist ein Befehl, Mann!«, brüllte er. »Verstanden?«

Etwas fuhr tief in Horst zusammen.

Im milderen Ton fügte der Mann hinzu, dass sie dringend Horsts Hilfe bräuchten. »Sie sind der einzige Polizist weit und breit. Vor uns hat sie Angst. Los, kommen Sie.«

Er drängte Horst zu dem Blechboot, in dem bereits zwei andere Soldaten warteten. Wie betäubt kletterte Horst über die Bordwand.

5:40 Uhr, Polizeihaus, Karl-Muck-Platz, Hamburg

Noch immer funktionierten die Telefonverbindungen in die südlichen Stadtteile nicht. Leddin stand der Schweiß auf der Stirn. Gerade hatte er erfahren, dass Peterwagen 80/2 in Harburg abgesoffen war. Niemand wusste, ob sich die Beamten noch hatten in Sicherheit bringen können. Ein anderer Einsatzwagen hatte von der Norderelbbrücke berichtet, dass dort Leichen im Wasser schwammen. In einem Haus in der Ost-West-Straße hatten die Fluten die Bewohner in den Keller gespült, wo sie nun festsaßen und zu ertrinken drohten. Die Feuerwehr war außerstande hinzufahren, weil die Straßen zu hoch überspült waren. Wache 9 hatte aufgegeben werden müssen, nachdem das Wasser ins Gebäude gelaufen war und mittlerweile einen Meter hoch stand.

Obwohl der Sturm nachzulassen schien, kamen die grausamen Meldungen in immer kürzeren Abständen herein. Die Männer im Polizeihaus konnten nur noch reagieren. Dabei war jedem klar, dass all die Informationen nur ein Bruchteil dessen waren, was dort draußen gerade passierte.

Die Telefonleitung zur Hauptfeuerwache am Berliner Tor war noch immer gestört. Man versuchte, sich mit Funk zu behelfen. Von einer Standleitung zu Oberbrandrat Hölzel oder Brandinspektor Koops war man weit entfernt. Immerhin hatten die Krankenhäuser der Stadt rechtzeitig informiert werden können, dass mit einer besonders schweren Katastrophe zu rechnen sei. Und genau das schien jetzt eingetreten zu sein.

Martin Leddin hatte das Pionierbataillon 3 aus Harburg schon vor Stunden in Einsatz bringen lassen, um Deiche zu sichern. Es hieß nun, Menschenleben zu retten. Nur wie sollten seine Männer zu den Leuten gelangen, wenn sie nicht einmal wussten, wo die Deiche gebrochen waren? Hilflosigkeit waberte durch die Luft, die Leddin und seine Männer einatmeten.

Ein Hauptmann der Bundeswehr trat in den Raum. Ein kurzer Blick und er hatte Polizeioberrat Leddin als ranghöchsten Beamten erkannt. Er reichte ihm zackig die Hand. »Hauptmann Heinrich Beckmann, OvD, Boehn-Kaserne Rahlstedt. Bin mit einem Funktrupp hier. Können Sie mir ein Lagebild geben?«

»Gut, dass Sie da sind.« Leddin berichtete, was er wusste. Es war erschreckend wenig, wie er selbst feststellen musste. »Schwerpunkte der Katastrophe sind Wilhelmsburg, Georgswerder, Waltershof und Moorfleet.«

»Ist das alles?«

»Keine Telefon- oder Funkverbindung in die überfluteten Gebiete. Kraftwerke Tiefstack und Neuhof sind ausgefallen, deshalb haben wir auch keinen Strom. Außerdem sind mehrere Hundertzehn-Kilovolt-Oberleitungen außer Funktion. Ich nehme an, der Wind hat die Masten umgeknickt.«

»Verstehe. Werden versuchen, Kommunikation wiederherstellen zu lassen.« Mit einem Nicken drehte sich der Hauptmann um und ließ Leddin allein zurück.

Ihm war zum Heulen zumute, doch er riss sich zusammen. Was sollte er auch sonst tun?

»Müsste das verdammte Wasser nicht endlich fallen?«, brüllte er einen Beamten an, der an ihm vorbeiging. Das

Hydrographische Institut hatte für 3:46 Uhr eine Wasserhöhe von 4,20 bis 4,70 Metern über Normalnull gemeldet. Das allein war bei Deichen, die maximal 5,80 Meter hoch waren, erschreckend genug. Als das Nachthochwasser gegen 4 Uhr hätte sinken sollen, wurden jedoch fast sechs Meter von St. Pauli gemeldet. Sechs Meter, das war zu viel!

Der verdammte Sturm war schlimmer als alles, was die Stadt je erlebt hatte. Und sie saßen hier und konnten kaum etwas tun. Leddin versuchte, die aufkommende Panik zurückzudrängen.

»Versuchen Sie, jemanden im Hafen zu erreichen«, schnauzte er in den Raum. »Egal, wen. Ich will wissen, wie hoch die Pegel stehen.«

»Sofort!« Einer der Polizisten rannte hinaus. Dabei stieß er mit einem Herrn zusammen, der gerade eintreten wollte.

»Und wer sind Sie?«, fuhr Leddin den Mann an. Ohne eine Antwort abzuwarten, gab er einem der Beamten ein Zeichen. »Schicken Sie den Zivilisten raus. Wir brauchen keine Zuschauer.«

Der Mittvierziger in der Tür trat vor. »Werner Eilers. Leitender Regierungsdirektor und zuständig für den zivilen Katastrophenschutz. Warum hat man mich erst jetzt informiert?«

Leddin grummelte, dass man Wichtigeres zu tun gehabt hatte, als Politiker zu wecken.

»Wo ist er?«, wollte der Mann wissen.

»Wer?«

»Der Senator.«

Leddin schüttelte den Kopf und widmete sich wieder der Straßenkarte vor sich. »Wie gesagt, ich kann hier keine Politiker gebrauchen.«

»Sie haben ihn nicht informiert?«, fragte Eilers.

»Ich wüsste nicht, warum ich das hätte tun sollen.«

Leddin griff zu einer Liste. Sein Finger fuhr die Einträge darauf ab. Ohne den Kopf zu heben, erklärte er dem Mann, dass er Leute brauchte, die anpackten. Was er nicht sagte, war, dass er befürchtete, diese Politiker könnten seinen Befehl zurücknehmen, weitere Soldaten für die Deichverteidigung und zur Rettung von Menschenleben einzusetzen. Zwar hatte er sich per Funkschreiben im Verteidigungsministerium versichert, dass er das dürfe, aber die Erlaubnis war Makulatur, denn im Grundgesetz stand glasklar, dass Soldaten nicht auf deutschem Boden eingesetzt werden durften. Sollte einer dieser sozialdemokratischen Jungspunde anfangen, mit ihm über das Grundgesetz zu lamentieren und ihn so von der Arbeit abhalten, wusste Leddin nicht, was er mit diesen Anzugträgern machen würde. Er wusste nur, es würde böse enden.

»Wie ich hörte, weilt der Herr Senator in Berlin.« Leddin schaute auf. »Nun ja, jetzt sind Sie ja hier, Herr Regierungsdirektor. Als sein Stellvertreter können Sie ja zusehen, wie wir unsere Arbeit machen.« Dann drehte er dem Zivilisten den Rücken zu und ließ ihn stehen.

—

Marion lehnte in der Tür zur Einsatzzentrale. Frau Müller hatte sie geschickt, um einige Akten in den Keller zu bringen, wo sich das Archiv befand. Sie sollte sich beeilen, hatte die Müller ihr noch nachgerufen, doch Marion hatte nicht anders gekonnt, als vor dem umgebauten Saal stehen zu bleiben und zu horchen, ob es weitere Deichbrüche gegeben hatte.

Die Männer hockten an ihren Tischen, telefonierten, blätterten in Listen, machten Eintragungen auf den Karten an den Wänden, eilten herum, brachten und verteilten Befehle. Die Anspannung in der Luft war fast greifbar.

Der Herr bei Polizeioberrat Leddin war Marion jedoch unbekannt. Sie meinte ihn irgendwann einmal im Treppenhaus gesehen zu haben, war sich aber nicht sicher. Leddin mochte ihn nicht und dieser offenbar auch nicht den Einsatzleiter, wenn sie die Gesichtszüge der beiden richtig interpretierte. Mit zusammengekniffenen Lippen schien der Mann bemüht, nicht die Beherrschung zu verlieren, als Leddin sich umdrehte und ihn stehen ließ.

Marion konnte den Polizeioberrat gut verstehen. Er und seine Männer waren seit Stunden im Alarmmodus. Vor allem auf seinen Schultern lastete die Verantwortung für den Einsatz. Neugierige Gäste konnte er da bestimmt nicht gut ertragen.

Der Mann trat aus dem Raum. Mitten im Flur blieb er stehen. »Sie da, Fräulein!«

»Ich?« Überrascht drehte Marion sich zu ihm.

»Sie arbeiten im Schreibbüro?«

Marion nickte.

»Denken Sie, Sie könnten die Sekretärin des Herrn Senators ausfindig machen, um herauszufinden, in welchem Hotel er in Berlin übernachtet?«

»Frau Wilhelm?«

»Ja. Ich bleibe hier unten, um …« Er blickte zur Einsatzzentrale. »Vielleicht kann ich helfen.«

»Darf ich erfahren, wer Sie sind?« Sollte er sich ihr jemals vorgestellt haben, würde das jetzt ein peinlicher Moment werden. Marion gedachte nicht, die Befehle eines Fremden zu befolgen.

»Richtig so.« Er räusperte sich und reichte ihr die Hand. »Regierungsdirektor Werner Eilers.«

»Oh«, hauchte Marion. Nun war es doch peinlich. »Ich kümmere mich sofort.« Sie drückte ihm die Akten in die Hand und lief los.

»Wie heißen Sie überhaupt, Fräulein?«, rief er ihr nach.

»Klinger. Marion Klinger«, antwortete sie.

Marion eilte zum Paternoster. Mit etwas Glück war der junge Mann von vorhin noch in seinem Büro und könnte ihr helfen, die Sekretärin des Senators ausfindig zu machen. Sie wusste zwar nicht, wie man den Herrn Senator von Berlin so schnell nach Hamburg holen könnte, immerhin musste er durch die Zone, aber sie stimmte dem Herrn von unten zu, dass Helmut Schmidt unbedingt herkommen sollte.

Sie stockte. Der Aufzug funktionierte nicht. Wie auch? Der Strom war ausgefallen. Mit wenigen Schritten hatte sie das Treppenhaus erreicht und rannte hinauf. Zehn Etagen. Das war schon was.

Vollkommen aus der Puste blieb sie oben stehen. Hier hatte niemand Petroleumlampen aufgestellt. Es war finster. Marion tastete sich den Gang entlang bis zu der Tür, die vorhin offen gestanden hatte. Leider war der junge Mann fort.

»Das hätte ich mir ja denken können«, schimpfte sie vor sich hin und ging auf die gegenüberliegende Seite des Flurs zum Büro von Ruth Wilhelm. Die Tür war verschlossen.

Das Sitzungszimmer daneben stand offen. Immerhin hatte sie von dort den Servierwagen mitgenommen. Und die Aschenbecher. Sie huschte hinein. Der kalte Rauch stieg ihr in die Nase. Sie holte eine Packung Streichhölzer aus der Jackentasche und entzündete eines. Im flackernden Licht sah sie eine Tür, von der sie annahm, dass sie ins Büro der Sekretärin führen müsste. Sie hatte Glück. Diese Tür war offen.

Zögerlich ging Marion ins Vorzimmer des Herrn Senator, dem Reich von Ruth Wilhelm. Dabei fühlte sie sich wie eine Spionin.

Auf dem Schreibtisch lag ein Tischkalender. Gerade wollte sie ihn durchblättern, als die Flamme ihre Finger erreichte.

Mit einem leisen Schrei ließ sie das angebrannte Hölzchen fallen. Erneut umfing sie Dunkelheit.

Marion fluchte, weil sie ein neues Streichholz aus der Schachtel fummeln musste. Mit spitzen Fingern nahm sie die Reste des anderen vom Boden auf und prüfte, ob ein Brandloch zu sehen war. Glück gehabt.

Sie wandte sich erneut dem Terminkalender zu.

16. Februar: Berlin, Innen.-Kon. Der Eintrag war wenig hilfreich, denn dass er bei einer Innenministerkonferenz war, wusste sie ja schon.

Marion entdeckte zwei gelbe Telefonbücher auf einem kleinen Tisch. Sie ging hinüber und nahm den Band L bis Z zur Hand.

Sie blätterte die hauchdünnen Seiten um, während sie Streichholz um Streichholz verschwendete. Da! R. Wilhelm. Keine Adresse, aber eine Nummer im Norden der Stadt. Dorthin müssten die Telefone eigentlich funktionieren, hoffte sie. Marion nahm den Hörer und horchte. Erleichtert holte sie Luft, als sie das Rufzeichen in der Leitung hörte. Ihr Finger fuhr in die Wählscheibe. Angespannt lauschte sie auf das Läuten. Hoffentlich erreichte sie eine Ruth Wilhelm unter der Nummer und keinen Rudi oder Rüdiger oder sonst jemanden, den sie gerade aus dem Bett holte.

Nach dem achten Klingeln legte sie frustriert auf. Vielleicht hatte die Sekretärin des Senators ja einen tiefen Schlaf oder war mit nach Berlin gefahren. Ob Frau Schmidt wusste, wo ihr Mann übernachtete?

Ohne viel Hoffnung blätterte sie zum Buchstaben S zurück. Doch es gab Unmengen von Helmut Schmidts in der Stadt. Helmuts mit Th sogar noch mehr. Abgesehen davon war sie sich nicht sicher, ob die Telefonnummer eines Senators in einem öffentlichen Telefonbuch zu finden sein würde.

Marion überlegte, wo sie die Privatadresse ihres Chefs aufbewahren würde, wenn sie eine Sekretärin wäre. Quatsch, dachte sie. Eine gute Sekretärin weiß so etwas auswendig. Trotzdem musste es irgendwo eine Liste geben, auf der sie die privaten Nummern der wichtigsten Leute finden konnte. So gut konnte selbst eine Frau Wilhelm nicht sein, dass sie alle im Kopf hatte.

Marion lupfte die Schreibunterlage und grinste. Da lag eine fein säuberlich mit der Schreibmaschine geschriebene Liste mit rund zwanzig Nummern. Obwohl zum Teil nur Funktionen oder Kürzel verwendet wurden, hatte eine von ihnen zweifelsohne ihren Anschluss in Langenhorn.

Marion hob den Hörer ein weiteres Mal von der Gabel.

Sie zögerte. Was sie hier vorhatte, war absolut verantwortungslos. Niemand hatte sie beauftragt, die Gattin des Herrn Senators aus dem Bett zu klingeln. Eigentlich müsste sie erst Polizeioberrat Leddin fragen, ob er diesen Anruf genehmigte, oder wenigstens diesen Regierungsrat. Ob er wirklich das war, was er behauptete? Oder nur ein frecher Journalist, der sich über sie Zutritt zu internen Informationen verschaffen wollte?

O Gott!, dachte sie. Vielleicht wäre es wirklich besser gewesen, erst Herrn Leddin zu fragen, ob sie dem Mann helfen sollte. Was wusste sie schon, was der Mann im Schilde führte?

Das Klingeln in der Leitung erschien ihr viel zu laut. Was, so fragte sie sich, wollte sie Frau Schmidt überhaupt sagen, falls sie trotz der späten Stunde ans Telefon ging? Hin- und hergerissen, ob sie nicht doch lieber auflegen sollte, wartete sie in der Dunkelheit und lauschte dem Klingeln.

»Was tun Sie da?«

Der Schreck fuhr Marion in die Knochen. In der Tür stand der Mann von eben. In der Hand hielt er eine Petroleumlampe.

»Schmidt?«, drang in dem Moment eine verschlafene Frauenstimme aus dem Telefonhörer.

»Ähm.« Marion sah zwischen dem Mann in der Tür und dem Hörer hin und her. Sie fasste sich ein Herz. »Verzeihen Sie die Störung, Frau Senator. Mein Name ist Marion Klinger. Ich rufe vom Polizeihaus aus an. Wir müssten den Herrn Senator erreichen. Wissen Sie zufällig, in welchem Hotel Ihr Mann derzeit ist?«

»Ist etwas passiert?«

»Wir haben hier eine ... schwierige Situation«, sagte sie hastig, während sie zur Tür blickte.

»Warten Sie bitte. – Helmut!«

Marion fiel ein Stein vom Herzen. Der Senator war nicht in Berlin, sondern in der Stadt. Sie hielt dem Mann in der Tür den Hörer hin. »Er ist hier.«

Mit zwei Schritten war er bei ihr und übernahm das Gespräch. »Loki, hier Werner.«

Leise verließ Marion das Büro und trat in den dunklen Flur hinaus. Erleichtert lehnte sie sich an die Wand und schloss die Augen. Der Mann war also tatsächlich ein Mitarbeiter des Senators. Doch da war noch etwas anderes, das ihr die Sorge um ihre Mutter und all die anderen auf einmal erträglicher erscheinen ließ. Der Senator würde kommen. Zwar war ihr völlig unklar, was er anderes tun konnte als das, was die Herren in der Einsatzzentrale seit Stunden taten, aber dennoch meinte sie einen kleinen Funken Hoffnung in sich spüren zu können.

Als Regierungsdirektor Eilers das Gespräch beendet hatte, trat er zu ihr in den Flur. »Woher wussten Sie, dass er zu Hause ist?«

»Ich wusste es nicht. Dachte mir nur, man sollte vielleicht seine Gattin fragen, ob sie ... Kommt er?«

»Ja. Bedauerlich, dass von den Herren dort unten keiner die Idee hatte, in Langenhorn anzurufen.« Er legte eine Hand auf ihren Arm. »Gut gemacht. Nur sagen Sie nicht Frau Müller oder Herrn Leddin, dass Sie ohne Erlaubnis ins Büro des Senators gegangen sind. Offiziell habe ich bei Loki und Helmut angerufen. Verstehen wir uns?«

Sie nickte. Gemeinsam gingen sie zum Treppenhaus zurück.

»Wie ich den Herrn Senator kenne, wird er sich nach seiner Ankunft ein Bild von der Lage machen wollen.«

»Welche Lage?«, wollte Marion wissen. Sie begriff sofort, dass ihre Worte dumm klingen mussten, darum erklärte sie, dass niemand im Polizeihaus wusste, was vor Ort los war. »Die einzigen Informationen, die Polizeioberrat Leddin derzeit hat, sind die Funksprüche der Peterwagen und die Meldung der Beamten, die zwischen den einzelnen Revieren und uns hin- und herfahren müssen, solange die Telefone nicht funktionieren.«

»Wir brauchen eine Einsatzbesprechung aller Behördenvertreter und Einsatzleiter.« Er warf im Schein der Petroleumlampe einen Blick auf seine Uhr. »Wenn Helmuts Fahrer flott ist, ist er in einer Dreiviertelstunde hier«, murmelte er vor sich hin. »Bis dahin brauche ich einen Raum, wo der Senator von allen Beteiligten den Stand erfährt. Vielleicht der Sitzungssaal hier oben?«

Marion kannte den Saal. Dort hatte der Servierwagen gestanden. »Nehmen Sie besser Raum 116 im ersten Stock. Dann verlieren Sie auch nicht so viel Zeit, weil die Leute die zehn Etagen laufen müssen. Es sind ja sicherlich nicht alle Herren jung und sportlich.«

»Genau«, sagte er grinsend. »Richten Sie den Raum unten her. Ich rechne mit mindestens dreißig Männern, die in einer

Stunde vor Ort sein werden.« Er eilte zum Treppenhaus. »Ich sage Leddin Bescheid.«

Endlich, dachte Marion. Endlich kann ich etwas Sinnvolles tun.

5:50 Uhr, Fliegerhorst Faßberg, Niedersachsen

Georg Hagemann wälzte sich von einer Seite auf die andere. Sobald er die Augen schloss, sah er hohe Wellen, wie sie ihm einmal bei der Überfahrt nach Helgoland begegnet waren. Die Dinger konnten einem Angst machen.

In seinem Traum waren sie noch brausender als damals in Wirklichkeit. Er setzte sich auf. Es war sinnlos, auf Schlaf zu hoffen. Man hatte sie vor einigen Stunden in Alarmbereitschaft versetzt. Deshalb lag er in voller Montur auf der Matratze. Unruhe kroch durch seine Blutbahnen. Er fühlte sich hibbelig, hatte ständig das Bedürfnis, durch den Raum zu gehen. Natürlich war es albern, derart nervös zu sein. Die in Hamburg wussten sicherlich, was bei einer Sturmflut zu tun war. Vielleicht hätte er den Kaffee nicht trinken sollen.

Andererseits waren dort in den letzten Stunden mehr als vierzig Deiche gebrochen, hieß es. Strom und Telefon waren auch ausgefallen.

Georg dachte an die Nacht, in der seine Eltern gestorben waren. Er erinnerte sich, dass die Sirenen zu jaulen begonnen hatten. Seine Mutter riss ihn aus dem Bett, nahm den Koffer und rannte mit ihm auf dem Arm ins Treppenhaus. Sie schafften es nicht mehr in den Keller, da fielen schon die ersten Bomben der Engländer. Er war damals gerade sechs Jahre alt gewesen.

Angst war für ihn seither ein Monster mit großen Zähnen.

Ein Blick auf seine Armbanduhr sagte Georg, dass er keine zwei Stunden geschlafen hatte. Er horchte auf den noch immer tobenden Wind draußen.

Alarmbereitschaft, das hatte nicht viel zu bedeuten. Man wartete einfach darauf, dass es losging. Meistens ging nichts los. Und bei den Windstärken würden sie eh keinen Hubschrauber Richtung Hamburg schicken.

In Gedanken flog er die Route schon einmal ab, falls sie doch rausdurften. Er kannte die Strecke von früheren SAR-Einsätzen. Von Süden kommend, orientierten sie sich an der A 7. Gleich hinter den Harburger Bergen fiel das Gelände ab. In diesem breiten Tal floss die Elbe nicht als einarmiger Strom. Sie teilte sich in zwei sanfte Bögen, die sich nach einiger Zeit wiedervereinten. Norder- und Süderelbe, dazwischen eine Insel, einer Scholle nicht ganz unähnlich. Hier lagen Werften, Raffinerien, Lagerhäuser, ein Güterumschlagbahnhof und Wohngebiete. Nördlich des Flusses befanden sich Speicherstadt, Rathaus, Michaeliskirche und noch ein paar weitere Gotteshäuser, die die Piloten zur Orientierung nutzen konnten. Mitten in der Stadt ging es über die Alster bis zum Flughafen Fuhlsbüttel am nördlichen Stadtrand.

Er schluckte. Seit der Bombennacht von damals versuchte Georg, seine alte Heimatstadt zu meiden. Dass Helga dort wohnte, erleichterte die Sache nicht. Immer wenn er über die Elbbrücken in den Hauptbahnhof einfuhr, um sie zu besuchen, schaute er auf seine Schuhe, während alle anderen Fahrgäste aus dem Abteilfenster sahen, weil der Hafen so schön war.

Und nun war diese Stadt in Not, und er konnte sich nicht dagegen wehren, Angst um sie zu haben. Verrückt, einfach nur verrückt. Vielleicht sorgte er sich auch nur um Helga und das Kind. Sein Kind.

Georg trat in den leeren Gang hinaus. Er schlenderte zum

Zimmer des Wachhabenden, wo er um die Ecke lugte. Gerade wollte er fragen, ob es etwas Neues gab, als er den Oberst und einige Kameraden vor einer Wandkarte entdeckte. Sofort war er hellwach.

»… denen gehen die Sandsäcke aus. Decken und Schlauchboote werden benötigt. Wie viele können wir beschaffen?«

»Boote haben wir keine«, antwortete ein Unteroffizier. »Decken etwa fünfhundert.«

»Was ist mit den Eingeschlossenen?«, wollte einer in der Runde wissen.

Georg gesellte sich zu den Männern. »Wann starten wir?«

Der Oberst schüttelte den Kopf. »Keine Freigabe. Der Wind.«

»Bei allem Respekt, die Leute in Hamburg brauchen Hilfe. Jetzt. Nicht erst, wenn ein laues Lüftlein weht.«

»Wer hat Sie gefragt, Leutnant Hagemann?« Der Oberst schaute ihn nicht einmal an. »Gehen Sie, und warten Sie auf Ihre Befehle.«

Georg wollte schon den Raum verlassen, als er innehielt. »Wir können starten. Auch bei Windstärke acht oder mehr, wenn es sein muss. Das haben wir geübt.«

Der Oberst funkelte ihn an. »Nur weht in Hamburg kein laues Lüftchen. Da fegen noch immer zwölf Beaufort. Ende der Diskussion!«

Georg wusste, dass er unter den Piloten der Neue war. Er sollte den Mund halten. Dennoch wurmte es ihn, dass sich hier endlich eine Chance bot zu beweisen, was er konnte, die Vorgesetzten ihn und die anderen aber an der kurzen Leine hielten. Oder trauten sie nur ihnen einen solchen Einsatz nicht zu?

Georg marschierte in die Kantine, wo noch immer drei Kameraden Skat kloppten.

Er setzte sich dazu. »Die saufen in Hamburg ab.«

Die anderen nickten.

»Die brauchen unsere Hilfe.« Er musterte jeden. Sievers stammte aus Hamm, Keller aus Münster, Grüninger aus Köln. Alle waren seit Kurzem in der SAR-Staffel und gute Hubschrauberpiloten. Einen Einsatz dieser Art hatten auch sie allerdings noch nicht gehabt.

»Wir sollten schon mal zu den Maschinen.«

»Willst du ohne Befehl starten, Hagemann?« Keller lachte. Die Männer sahen sich grinsend an.

Sievers feixte. »Vielleicht noch im Dunkeln fliegen und nach Gehör.«

»Hast keinen Arsch in der Hose?«, fauchte Georg den Kameraden an. Er wusste nicht, wo die unglaubliche Wut herkam. Sie war einfach da.

»Was ist dir denn über die Leber gelaufen?«, wollte einer wissen.

Georg schluckte. Ja, was? Er murmelte etwas von »schlecht geschlafen« und legte den Kopf in die aufgestützten Hände. Er wusste, die Antwort hieß Helga.

»Trotzdem«, beharrte er. »Sie sollten uns starten lassen, wenn es in Hamburg so schlimm aussieht. Wir können das.«

Die anderen nickten, nahmen ihre Karten wieder auf und spielten weiter.

6:40 Uhr, Polizeihaus, Karl-Muck-Platz, Hamburg

Sein Fahrer hatte von Langenhorn bis zum Karl-Muck-Platz nur zwanzig Minuten benötigt. Mit Blaulicht und unter Missachtung sämtlicher Verkehrsregeln war der Wagen durch die dunklen Straßen gerast, um Helmut Schmidt vom Neubergerweg zum Karl-Muck-Platz zu bringen. Jetzt stieg er vor dem Polizeihaus aus dem Fahrzeug.

Er machte sich nicht die Mühe, den offenen Mantel zuzuknöpfen, obwohl es zu schneien begonnen hatte. Mit wenigen Schritten erreichte Schmidt die Eingangshalle, wo Werner Eilers ihm bereits entgegenkam.

»Lage?« Schmidt zog seinen Mantel aus und drückte ihn einem Beamten in die Hand, an dem er vorbeieilte.

»Unklar.« Eilers geleitete ihn in einen Sitzungsraum im ersten Stock, wo Einsatzleiter Leddin und Polizeipräsident Buhl sowie der Kommandeur der Schutzpolizei Otto Grot und andere auf ihn warteten. Die vier Petroleumlampen auf dem Tisch beleuchteten den Raum nur spärlich.

»Wie viele Brüche haben wir?« Schmidt setzte sich ans Kopfende und holte eine Packung Zigaretten aus der Jackentasche sowie ein Feuerzeug.

Martin Leddin wies auf eine Karte, die zwischen einigen Aschenbechern lag und auf der sich mehrere rote Markierungen befanden. »Ich schätze, an die fünfzig. Vielleicht auch mehr.«

»Sie schätzen?«

»Die Meldungen sind unvollständig.«

»Stand der Hilfsmaßnahmen?«

Die Männer sahen sich an. Keiner wollte etwas sagen.

Schmidt blickte zu Leddin. »Sie leiten den Einsatz, Herr Polizeioberrat. Ich höre.«

Es war unverkennbar, dass sich der altgediente Beamte in seiner Haut unwohl fühlte. »Alarmstufe III wurde um 9 Uhr ausgerufen. Der Alarmplan sieht vor, dass die betroffenen Bezirksämter informiert werden. Das Pionierbataillon 3, die Kommandos der Schutzpolizei, des Technischen Hilfswerks, der Bauhöfe und so weiter wurden ebenfalls in Alarmbereitschaft versetzt. Die Wasserstandsmeldungen aus Cuxhaven fielen etwas später aus. Gegen Mitternacht erreichte der Pegel bei St. Pauli 5,73 Meter über Normalnull. Ein halber Meter höher als die Flut von 1825.«

Die Sturmflut von damals hatte die tiefer liegenden Gebiete Hamburgs vollständig überflutet und war die schlimmste ihrer Art gewesen, an die sich die Leute noch erinnern konnten. Auch sie war in einer Februarnacht gekommen.

»Seit etwa null Uhr wurden Deichkronen und Schleusentore überspült«, fuhr Leddin fort. »Im Freileitungsnetz sind mehrere Hundertzehn-Kilovolt-Freileitungen beschädigt, sodass der Strom auf die Hälfte seiner üblichen Kapazität ausfiel. Die Kraftwerke Neuhof und Tiefstack müssen ihr Gas abfackeln. Sie stehen ebenfalls unter Wasser. Die Telefone nach Wilhelmsburg und in andere Stadtteile fielen um 1 Uhr aus. Eine Verbindung zu den Einsatzstellen von THW und Feuerwehr ist teilweise nur über Funk möglich.«

Schmidt betrachtete die Runde. »Ist das der Grund, warum keine Verantwortlichen der Hauptwache oder der Behörden anwesend sind? Wo sind die Leiter der Bezirksämter Mitte, Harburg und Bergedorf?«

»Wir konnten sie telefonisch nicht erreichen«, antwortete Leddin.

»Sachlage in den Revieren?«, verlangte Schmidt von ihm zu wissen.

»Schwierig. Zu einigen Polizeiwachen ist der Kontakt komplett abgebrochen, Herr Senator. Wir mussten mehrere Wachen aufgeben. Auch drei Feuerwehrwachen stehen unter Wasser und fallen aus.«

»Berichtslage der Einsatzkräfte vor Ort?«

»Nur teilweise möglich, weil nicht jeder Peterwagen ein Funkgerät an Bord hat. Der Stromausfall in weiten Teilen der Stadt macht es außerdem schwer. Wir haben trotz aller Widrigkeiten versucht …«

»Kommen Sie zum Punkt.«

»Einem Funktrupp ist es gelungen«, Leddin wies zu einem Offizier hinüber, der Schmidt neugierig beobachtete, »das bundeswehreigene Grundnetz für unsere Zwecke einsetzbar zu machen. Seit Kurzem haben wir wieder Kontakt zu einigen der verlorenen Polizeistationen und Hilfseinheiten sowie zum Pionierbataillon 3.«

»Ist das alles?«

Leddin schluckte. »Wir haben an unsere Leute rausgegeben, dass jeder da, wo er ist, tun soll, was er kann.«

Schmidt sog den Rauch seiner Zigarette tief ein und schwieg. Die Luft im Raum wurde stickiger, der Qualm über dem Tisch verdichtete sich zu einer Wolke. Sein Blick traf den hochrangigen Soldaten, der am anderen Ende des Tisches saß.

»Was genau kann die Bundeswehr leisten, Herr Hauptmann?«, rief er ihm zu.

»Wenig spezifiziert bisher«, antwortete der Angesprochene

und stellte sich als Heinrich Beckmann, OvD in der Boehn-Kaserne in Hamburg-Rahlstedt, vor. »Die Standortkommandantur benachrichtigte uns um 2 Uhr, dass die Polizei Hamburg Katastrophenalarm ausgelöst hat. Man bat um Unterstützung bei der Rettung von Menschen. Wie genau die Hilfeleistung aussehen sollte, wurde nicht gesagt. Das 3. Pionierbataillon in Harburg ist bereits seit letzter Nacht im Einsatz, um die Deiche zu sichern und ...«

»Was genau wollen Sie sagen, Herr Hauptmann?«

»Wir sind nicht für zivile Rettungseinsätze gerüstet, Herr Senator.«

»Konkreter bitte.«

»Zu wenig Hubschrauber, zu wenig Männer. Wir bräuchten Decken, Schlauchboote und so weiter in großer Anzahl.«

»Was wird noch benötigt?«

»Sturmboote, um zu den Häusern zu gelangen.«

Schmidt wandte sich an den Mann vom Technischen Hilfswerk. »Wo sollen die Hubschrauber landen, damit die Sachen schnell ins Überflutungsgebiet gebracht werden können?«

Der Angesprochene überlegte. »Im Jenischpark in Othmarschen ist genug Platz zum Landen. Etwas abschüssig allerdings. Eine weitere Möglichkeit ist das Heiligengeistfeld in der Nähe der Reeperbahn ...«

»Gut, bereiten Sie alles vor.« Schmidt blickte zu einem Vertreter des Bezirks Altona, zu dem der elbnahe Jenischpark mit seinen Villen gehörte. Er kannte den Mann von einem Parteitag, konnte sich aber nicht an seinen Namen erinnern. »Sie leisten Unterstützung.«

Jemand vom Roten Kreuz hob eifrig die Hand. »Es gibt keine funktionsfähige Straßenverbindung mehr nach Wilhelmsburg rüber. Die Autobahn nach Süden steht unter Wasser. Auch der Elbtunnel ist vollgelaufen.«

»Die Elbbrücken?«

»Dicht mit Flüchtenden. Selbst unsere Leute kommen da nur schwer durch. Flucht ist nur Richtung Harburg möglich. Wir haben dort Auffanglager einrichten lassen. Man müsste das den Leuten sagen.«

Ein Feuerwehrmann meldete sich. »Wir und das THW schicken seit etwa 1 Uhr Schlauchboote raus, um die Betroffenen aus ihren Häusern und von den Dächern zu holen.«

»Wie viele Menschen sind von den Überflutungen betroffen?«

Leddin schluckte. »Mindestens zwanzigtausend.«

»Über wie viele Opfer reden wir?«

Die Antwort war Schweigen. Es konnten Tausende sein.

»Anzahl der Männer im Einsatz?«

Als wieder keiner der Anwesenden antwortete, nickte Schmidt.

»Verstehe.« Er drückte die Zigarette in dem Ascher vor sich aus. »Wir werden uns weiter auf die Rettung der Menschen konzentrieren. Alles andere steht hintenan.« Er sah zu Beckmann. »Wie lange benötigen Sie, um die Verbindung aller Einsatzzentralen wiederherzustellen und in die überschwemmten Gebiete eine stabile Fernsprechverbindung zu legen, Herr Hauptmann?«

»Aktuell versuchen wir, einen Teil über das Grundnetz aufzubauen. Sofern wir die Funkwagen der Polizei und Einrichtungen des Luftschutzfernmeldedienstes mit einbeziehen, müssten wir gegen 11 Uhr fertig sein.«

»Ich erwarte Vollzugsmeldung.«

Leddin stieß gereizt das Radiergummi eines Bleistifts immer wieder auf die Tischplatte. Ihm schien es überflüssig zu sein, dass all die Dinge, die er schon wusste, noch einmal für den Neuen durchgekaut werden mussten.

Schmidt ließ sich nicht beirren. Er schaute zu einem Vertreter des Roten Kreuzes, bei dem es sich wohl um einen Sanitäter handelte. Der Mann hatte einen ganz passablen Überblick über die Dinge, die vor Ort benötigt wurden. In nur wenigen Sekunden war klar, dass mehr Wolldecken und frisches Trinkwasser herbeigeschafft werden mussten, da nicht nur die Gas-, sondern auch die Wasserversorgung zusammengebrochen war.

»Die Verpflegung der Einheiten vor Ort und der Evakuierten muss geregelt werden«, sagte er. »Decken, Matratzen, wir brauchen alles. Vor allem Kleider. Die Geretteten sind klitschnass.«

»Der Senat wird über die Presse einen Aufruf an die Bevölkerung herausgeben, dass dringend Spenden benötigt werden«, erklärte Schmidt. »Richten Sie Sammelstellen dafür ein.«

Der Mann notierte den Befehl auf einem Stück Papier.

Schmidt wandte sich an den Vertreter der Hochbahn, der ihm schräg gegenübersaß.

»Wie bringen Sie die Leute in Sicherheit?« Als der Angesprochene zu lange zögerte, beantwortete Schmidt seine Frage selbst. »Sie setzen alle Busse ein, die Sie erübrigen können, um die Menschen zu den Sammelstellen und Evakuierungslagern zu bringen.« Er wies zu dem Mann vom Roten Kreuz. »Geben Sie ihm eine Liste, wo was eingerichtet wird, damit die Fahrer wissen, wohin mit den Leuten.«

Ein kühl dreinblickender Herr meldete sich. »Karstens, Gesundheitsbehörde. Wir brauchen dringend Medikamente und Material für hygienische Maßnahmen. Die Menschen müssen sich duschen und auf die Toilette gehen können. Wenn wir hier wirklich von mehr als zwanzigtausend Betroffenen reden, kann ich schon jetzt garantieren, dass die Auffanglager nicht auf diese Menschenmengen vorbereitet sind. Eine solche Katastrophe hatten wir nicht erwartet.«

Schmidt zeigte auf Hauptmann Beckmann. »Sie stellen Kontakt zu Ihren Einheiten her, die helfen können, dass Sanitäranlagen aufgebaut werden.«

»Jawoll, Herr Senator!«, rief Beckmann.

»Die Liste mit den benötigten Medikamenten geben Sie mir.« Schmidt hielt dem Mann von der Gesundheitsbehörde eine Hand entgegen, der tat, was man ihm sagte. Schmidt reichte die Liste Werner Eilers, der halb hinter ihm stand. Er raunte ihm ein Wort zu. »SACEUR.«

Kommentarlos nahm Eilers das Papier an sich.

Schmidt stand auf. »Sie wissen, was zu tun ist, meine Herren. Um 9 Uhr abends erwarte ich Sie hier zur großen Lagebesprechung und Befehlsausgabe mit allen Bundeswehrkommandeuren, allen Führern der Freiwilligenverbände und allen zivilen Leitungsstellen. Dort werden wir das Vorgehen für die Nacht koordinieren.« Er griff nach seiner Zigarettenschachtel. »Vorher werde ich mir allerdings einen Überblick von der Lage verschaffen. Besorgen Sie mir einen Hubschrauber.«

»Es ist noch dunkel draußen, Herr Senator«, sagte Leddin. »Sie werden nichts erkennen können. Außerdem dürfen keine Maschinen bei diesem Sturm starten.«

Schmidt verzog keine Miene. »Ich erwarte den Piloten in einer Stunde, sofern er einen Start für verantwortbar hält.«

Auf dem Flur drehte sich Schmidt zu Werner Eilers um. »Ist Ruth schon da?«

»Deine Sekretärin ist bei ihren Eltern. Die Bahnverbindung ist gestört. Sie wird nicht vor Montag hier sein können. Ich wüsste aber jemanden, der einspringen kann. Eigeninitiativ und pfiffig, würde ich sagen. Sicherlich kein Ersatz für Ruth, jedoch besser als so manch andere.«

Sie eilten in die Eingangshalle, wo der Beamte von vorhin noch immer mit Schmidts Mantel über dem Arm dastand wie ein Garderobenständer. Schmidt nahm ihm den Mantel ab und eilte zu den Treppen. Schwungvoll rannte er, immer zwei Stufen auf einmal nehmend, hoch. Werner Eilers folgte ihm.

»Sorg dafür, dass für die nächste Lagebesprechung alle Leute herbeigeschafft sind, die wir brauchen. Und sag im Rathaus Bescheid, dass ich dem Senat um 11 Uhr Bericht erstatten werde. Mach Druck bei der Flugsicherung wegen des Helikopters. So schnell wie möglich sollen sie die Freigabe erteilen, sofern es verantwortbar ist.«

Kaum war der Senator aus dem Raum gegangen, fragte jemand, was der denn da gucken wollte. »Ist doch alles voll Wasser.«

Leddin lachte auf und sammelte seine Zettel ein. »Das machen die Großen immer so. Steigen in ein Flugzeug und tun wichtig. Das ist keine Heldentat. Das kann jeder.«

»Typisch Politiker«, grummelte einer.

»Lassen Sie uns endlich arbeiten!«, rief Leddin den übermüdeten Männern zu. »Wir haben genug Zeit vertrödelt.«

8 Uhr, Fliegerhorst Faßberg, Niedersachsen

Ungeduldig hatten sie darauf gewartet, dass sie losfliegen durften. Die Sikorskys und Sycamores standen betankt und beladen bereit. Einzig der Wind wollte sich nicht legen.

Nervös checkten sie ein weiteres Mal ihre Maschinen, während sie mit einem Ohr dem Funk lauschten.

Georg ging zu den anderen Piloten. »Hört zu. Wir müssen selbst entscheiden, ob wir fliegen wollen oder nicht. Die Leitzentrale geht nach Handbuch. Wir sind diejenigen, die das Kind schaukeln sollen. Unsere Maschinen. Unsere Entscheidung.«

»Wem willst du etwas beweisen, Georg?«, fragte jemand.

»Da stehen Leute auf den Dächern. Kinder, Frauen, Alte«, entgegnete er. »Es ist unser Job, zu helfen. Also?«

Die Männer blickten zum roten Windsack am Flugfeld hinüber.

»Die haben in Hamburg noch immer über fünfundsechzig Knoten«, meinte einer von ihnen. »In Böen auch mehr. Der Sturm pustet uns die Locken aus der Perücke.«

»Schaffst du das oder nicht?«, wollte Georg wissen. »Du musst nicht, wenn du nicht willst.«

Bald darauf hoben sie mit ihren Maschinen ab. Der Flug selbst war kein großes Problem für Georg und die anderen, auch wenn die Böen die Hubschrauber ständig vom Kurs abdrängten, sodass sie gegensteuern mussten.

Schwieriger würde die Landung in Hamburg werden, von wo die Flugleitung noch immer satte zwölf Beaufort gemeldet hatte. Eigentlich sollte ein Hubschrauber ihrer Klasse nicht bei Windgeschwindigkeiten von über fünfzig Knoten starten, aber was wussten Handbücher schon?

Die Route zum Flughafen Hamburg-Fuhlsbüttel dauerte bei diesem Wetter kaum mehr als siebzig Minuten, trotzdem ging es Georg viel zu langsam. Er wusste nicht, was ihn und die anderen erwartete. Sie alle waren nervös.

Die Sikorskys waren mittelgroße Transporthubschrauber. Sicherlich würden hauptsächlich diese Maschinen für den Nachschub eingesetzt werden. Bei der Rettung wären sie auch sehr nützlich, denn sie konnten mehr Leute auf einmal aufnehmen als die wendigeren Sycamores. Die hatten nur eine Kapazität von maximal drei Passagieren. Dennoch hoffte Georg, ins Überflutungsgebiet geschickt zu werden. Das wäre ihm lieber, als nur Teil eines Lieferdienstes für Rettungswesten zu sein.

Einen Feigling hatte Helga ihn genannt. Nein, er war kein Feigling. Und er würde es ihr beweisen.

So manchen dürfte das Donnern der Hubschrauber über seinem Dach an diesem späten Samstagvormittag vor die Tür gelockt haben. Jedenfalls sah Georg unten auf den Straßen Leute stehen, die zu ihnen hochschauten. Er wusste, dass ihr Auftauchen beeindruckte und zugleich erschreckte. Sie flogen Richtung Nordnordwest und ließen Munster und die Lüneburger Heide links liegen. Als sie kurz darauf Seevetal überflogen, korrigierten sie auf Nord.

Zu ihrer Rechten schob sich eine blassweiße Sonne durch die Wolkendecke, aus der vereinzelte Schneeflocken fielen. Kaum hatten sie den Geesthang der Harburger Berge erreicht, wo das Gelände zur Elbe hin abfiel, sahen sie die Wasserwüste vor sich. Der Flusslauf, wie in ihren Karten verzeichnet, war nicht mehr zu erkennen. Stattdessen glitzerte im milchigen Morgenlicht eine weite Ebene, aus der einzelne Häuser wie eckige Inseln hervorlugten.

»Scheiße«, murmelte Georg.

Schweigend folgten sie der Autobahn, die ohne Vorwarnung im Wasser verschwand, nur um mehrere Hundert Meter weiter aus den Fluten wieder aufzusteigen.

»Da sind Leute auf den Dächern.« Sein Luftrettungsmeister und Co-Pilot Ulli Berger deutete hinunter. Sie donnerten über Wilhelmsburg. Deutlich konnten sie Menschen auf dem Dach eines Hochhauses erkennen, die weiße Fahnen schwenkten.

Es war nicht leicht, sich zu orientieren.

»Da, die Speicherstadt!«, rief Berger und zeigte auf 2 Uhr, wo mehrere Reihen roter Gebäude im Wasser standen. Die Kaianlagen waren verschwunden.

Sie überflogen die Alster. Nördlich der Elbe schienen keine Überflutungen zu sein. Schon hatten die den Flughafen Hamburg-Fuhlsbüttel erreicht, wo man für sie einen Apron vor einem Hangar im Südosten vorgesehen hatte.

Unten standen die Techniker. Sie waren bereits in der Nacht mit allem notwendigen Material und Werkzeug in Lkws aus Faßberg losgefahren. Jetzt wiesen sie die jeweiligen Maschinen ein, für die sie zuständig waren.

Schräg versetzt landeten die Sycamores und Sikorskys vor dem Hangar. Kaum standen die Rotorblätter still, rollten Tankwagen herbei, um die Maschinen aufzutanken. Mannschaften begannen, Fracht in einige Sikorskys zu laden.

Im Eiltempo lief Georg mit den anderen Piloten in die fliegerische Einsatzzentrale, die in den Nebenräumen des Hangars eingerichtet worden war. Hier erfuhren sie, dass ihr Auftrag darin bestand, die Hilfsmannschaften von Feuerwehr und THW im Katastrophengebiet dabei zu unterstützen, Menschenleben zu retten. Einige Einheiten erhielten den Befehl, weiteres Material und Decken zu holen, um sie zu provisorischen Landeplätzen zu bringen. Einer davon lag im Jenischpark von Blankenese. Georg kannte den Park. Er und Helga waren im letzten Sommer dort spazieren gegangen.

Zurück bei der Sycamore montierte gerade ihr Techniker Klaus Killing, ein leicht übergewichtiger Spaßvogel aus Münster, den Blister hinterm Pilotensitz ab. Das war eine speziell geformte Tür, die wie eine durchsichtige Beule aussah. Sie störte während der Rettung von Menschen, wenn die Winde eingesetzt werden musste, die draußen am Helikopter befestigt war. Killing löste mit zwei Handgriffen die Stifte, um die Tür aus den Scharnieren zu heben. Mit der Tür unterm Arm ging der Techniker grinsend an Georg und Berger vorbei.

»Vergesst nicht eure Schals, Jungs. Das wird da oben ordentlich pustig.«

Georg und Berger kletterten rein.

Gerade machte Georg seine Eintragungen ins Bordbuch, als ein Funkspruch hereinkam. Er griff zum Steuerknüppel und bediente den Knopf für die Funkverbindung. »Lima Charlie, one-zero-five, höre.«

Eine schnarrende Stimme gab ihnen einen Auftrag.

»Bitte wiederholen.« Georg meinte, nicht richtig verstanden zu haben.

»Holt drei Passagiere beim Polizeihaus ab. Ein gewisser Herr Schmidt und seine zwei Begleiter warten dort auf euch. Er will über das Gebiet fliegen, um sich einen Überblick zu verschaffen.«

»Wann?«

»Sofort.«

Fassungslos sah Georg Berger an. »Sind wir jetzt unter die Taxifahrer gegangen, die Besichtigungstouren für Politiker machen?«

»Befehl ist Befehl. Bringen wir es einfach hinter uns.« Der Kamerad nickte zum ausgebauten Blister. »Wieder einbauen?«

»Nein. Sollen die Herren doch frieren. Umso schneller werden sie zurück in ihre warme Stube wollen, und wir können mit der richtigen Arbeit beginnen.«

Berger zuckte mit den Schultern. »Wie du meinst.«

Nach außen hin ruhig, kochte es in Georgs Innerem, als die Sycamore wieder abhob. Er fragte sich, was er falsch gemacht haben könnte, dass man gerade ihn mit einem derart unwichtigen Befehl losschickte, wo da draußen Leute erfroren.

Berger dirigierte ihn zum Landeplatz, den sie nur vier Minuten später erreichten. Es war eine große Kreuzung zwischen einem Hochhaus und einer Art Barockschlösschen, von dem Georg wusste, dass es die Musikhalle war.

Polizisten stoppten den Verkehr, als Georg langsam hinunterging. Er musste höllisch aufpassen, dass die Rotorblätter keine Ampeln oder Bäume touchierten, denn hier in der Stadt wehte der Wind mächtig hart und war wegen der vielen Häuser schwer einzuschätzen.

Kaum hatten die Reifen den Asphalt berührt, liefen drei Männer geduckt auf sie zu. Sie nahmen auf den Sitzen hinter Georg und Berger Platz. Auf ihren Schößen lagen Landkarten.

Georg gedachte, diese Besichtigungstour so kurz wie möglich zu halten, denn das war nichts weiter als Zeitverschwendung. Dass man ihn zu dieser alles andere als besonderen Ruhmestat abberufen hatte, während seine Kameraden Menschenleben retteten, war für ihn kaum zu ertragen. Am liebsten hätte er geflucht.

»Wohin?«, rief er über die Schulter.

»Fliegen Sie erst mal los«, meinte einer.

Georg grinste, als er den Motor wieder hochfuhr. Die würde dahinten verdammt frieren.

Wenige Minuten später passierten sie die Landungsbrücken und überflogen die Elbe, deren Ufer auf der anderen Seite ins Endlose zu gehen schien. Es war streckenweise völlig unklar, wo der Fluss seinen eigentlichen Lauf hatte.

Noch immer fegte der eisige Wind kleine Wellen über das Wasser. Die Hafenanlagen waren allesamt überflutet. Den Güterbahnhof auf der Veddel konnten sie nur anhand der Waggons erahnen, die in Reihen aus den Fluten schauten.

»Kreisen Sie über dem Hafen! Zweimal!«, befahl der Mann mit dem dunklen Haar und dem Seitenscheitel.

Georg neigte den Knüppel zur Seite und flog eine weite Schleife.

Danach schickte der Mann ihn Richtung Wilhelmsburg. Das Bild, das sich ihnen aus dieser niedrigen Höhe bot, war verstörend. Menschen winkten auf den Dächern ihrer Häuser voller Verzweiflung mit weißen Tüchern.

»Soll ich runter?«, fragte Georg nach hinten.

»Nein. Fliegen Sie weiter. Geben Sie über Funk eine Lagebeurteilung durch.«

Berger meldete Anzahl und ungefähren Ort der Eingeschlossenen. Egal, wohin sie flogen, überall das gleiche Leid. Mehrstöckige Häuser ragten aus dem eisigen Braun. Dazwischen Kanäle, die an Venedig erinnerten. Ab und zu waren Einsatzfahrzeuge zu sehen. Laster und Busse rauschten durch die Fluten, wo es nicht so tief war. Dort, wo laut Georgs Karte Gartenkolonien liegen sollten, war nur noch Wasser, aus denen Baumkronen wie dürre Finger stachen. Die meisten Häuser waren fortgerissen worden. Reste von Mauern und Dächern schoben sich gegeneinander. Aber nicht nur die, auch

Schuppenteile, Hausrat und Autos dümpelten umher. Wo bis gestern noch Gebäude gestanden hatten, war jetzt nichts. Sie sahen Menschen, die sich an den Ästen kahler Bäume festhielten, während Personen auf den höher gelegenen Straßen versuchten, zu helfen. Schlauchboote bahnten sich einen Weg zu den Leuten.

Über Funk hörten Georg und Berger die Meldungen der anderen Helikopter, die Notrufe, die Verzweiflung. Die Kameraden retteten Leben. Und sie?

Wir kurven Katastrophentouristen herum, dachte Georg bitter.

»Und nun elbabwärts«, sagte der Mann. »Die ersten Deichbrüche waren in Finkenwerder.«

Sie flogen nach Westen. Überall das gleiche Bild. Menschen in Not. Tote Kühe, je weiter sie in die ländlichen Gegenden des Alten Landes kamen, wo im Sommer die Apfelbäume weiß blühten. Würde nach dieser Nacht hier je wieder ein Baum Blüten tragen können?

Der Elbdeich war an unzähligen Stellen zerrissen, wie eine Schnur, die ein Irrer zerfetzt hatte. Georg schluckte. Er hatte nicht mit so viel Verwüstung gerechnet.

Es schien nicht nur ihm so zu gehen. Auch die Männer hinten waren sprachlos.

»Zurück zur Veddel.« Kurz darauf wies der Mann, der offenbar das Sagen hatte, zu einem Deichstück, das an eine befestigte Straße stieß. »Da runter, landen.«

Georg knirschte mit den Zähnen. Die halbe Stunde, die er sich für diesen Ausflug vorgenommen hatte, war längst vorbei. Sachte setzte er die zweitausendfünfhundert Kilo schwere Sycamore ab und hoffte, der aufgeweichte Deich unter den drei Rädern möge nicht abrutschen. Die Passagiere stiegen aus.

»Wie lange werden Sie brauchen?«, rief Georg ihnen nach.

»Eine Viertelstunde«, antwortete der Mann.

»Gut, ich lasse den Rotor laufen.« Es würde zu viel Sprit kosten, wenn er den Motor wieder anschmeißen musste.

Sie sahen den drei Passagieren nach, die zu einigen Häusern hinüberliefen, wo sich eine große Anzahl von Menschen versammelt hatte.

Ungeduldig warteten Georg und Berger, während sie dem Funkverkehr lauschten, der aus dem Lautsprecher über ihren Köpfen drang. Georg hob die Hand und drehte den Knopf nach rechts. Die Stimmen wurden lauter. Offenbar fiel es den anderen Piloten schwer, die Orientierung im Krisengebiet zu finden.

»... *Melde mindestens zehn Personen auf dem Dach eines Einfamilienhauses. Mehrere Kinder darunter.*«

»*Position?*«

»*Unklar. Überall Wasser. Weder die beiden Autobahnen noch Gleise oder größere Straßen sind erkennbar.*« Es knackte im Lautsprecher. »*Westlich einer Kirche, etwa eine halbe Meile. Korrigiere. Weitere Häuser mit Menschen auf den Dächern.*« Die Stimme stockte. »*Und in den Bäumen. Die Leute klammern sich an den Ästen fest.*«

»*Landeplätze in Sichtweite?*«

»*Negativ. Sehe auch keine Helfer oder Boote in der Nähe.*«

Stille im Äther.

»*Haben Sie eine Seilwinde zur Aufnahme von Opfern an Bord?*«

»*Negativ.*«

»*Aufnahme von Opfern trotzdem möglich?*«

Wieder Stille.

Dann kam ein klares »*Ja*«.

Sie hatten nur ein paar Helikopter in der Luft. Viel zu wenig, um all die Menschen zu retten. Wieder ging ein Notruf ein. Ihm folgte ein weiterer und noch einer.

»Und wir sitzen hier rum wie die Idioten.« Georg schaute auf seine Armbanduhr. »Wenn die nicht gleich zurück sind, hauen wir ab.«

Berger lachte.

»Ich meine es ernst.«

»Das kannst du nicht machen, Georg. Das sind irgendwelche hohen Tiere aus der Stadt. Du bekommst Ärger.«

Georg beobachtete den Sekundenzeiger auf dem Zifferblatt, wie er von einem Strich zum nächsten hüpfte. »Das sind nur Hanseln, die einen kostenlosen Abenteuerflug machen wollen. Fehlt nur noch, dass wir ihnen Cocktails mit Schirmchen servieren.«

Sein Kamerad hielt beide Hände hoch. »Okay, deine Verantwortung. Wenn sie jemandem den Arsch aufreißen, auf alle Fälle dir, nicht mir. Ich gehorche nur, Herr Leutnant.«

Grimmig schwieg Georg.

»Achtzehn Minuten. Das war's«, sagte er nach einer Weile. »Wir starten.«

Sein Co kippte ein paar Knöpfe. »Wir sollten wenigstens Bescheid geben, dass die Hanseln einen Wagen bekommen, damit sie hier wegkönnen.«

»Sollen schwimmen.«

Ein leichtes Rütteln ging durch den Helikopter, als sich die Rotorblätter schneller und schneller drehten. Langsam hoben sie ab. Georgs Kamerad warf einen letzten Blick zum Deich hinunter.

»Und? Kommen sie?«

»Nein.«

»Gut. Die Herren hatten ihre Chance.«

In einer sanften Kurve drehten sie in den Wind. Es hatte wieder leicht zu schneien begonnen.

»Und nun?«

»Holen wir so viele Leute wie möglich raus.« Georg wies auf eine weite Wasserfläche, aus der einzelne Hausdächer ragten. »Wir fangen dort drüben an.«

»Und wie willst du auf dem Dach landen?«

Georg lachte. »Gar nicht. Wir schweben wie die Engel hinüber und bitten unsere Passagiere herein.«

Berger schüttelte den Kopf. »Sag ich doch, du bist irre.«

10 Uhr, Hamburg-Wilhelmsburg

Als Erika die Augen öffnete, erschrak sie. Sie lag in einem Bett, das sie nicht kannte. Erst langsam kehrten die Erinnerungen an die letzte Nacht zurück. Sie und Jens, wie sie auf den Stufen im Treppenhaus saßen und gemeinsam schwiegen. Irgendwann war es zu kalt geworden, und sie gingen in die Wohnung seiner Eltern, wo er darauf bestand, dass sie in seinem Bett schlief und er auf dem Sofa. Sie hatte nur die Schuhe ausgezogen und war sofort in einen unruhigen Schlaf gefallen.

Von irgendwo im Haus hörte sie Stimmen. Was für eine verrückte Nacht das gewesen war. Erika hoffte, dass jetzt alles vorbei war und sie heimkonnte. Mühsam schwang sie die Beine aus dem Bett, stieg in ihre feuchten Schuhe. Sie erhob sich vom Bett und schloss die Schlafzimmertür auf.

Es war schrecklich kalt in der Wohnung. Im Wohnzimmer entdeckte sie Jens, der am offenen Fenster stand und rauchte.

Sie nahm die Wolldecke vom Fußboden auf und ging zu ihm. »Guten Morgen.«

»Das ist kein guter Morgen«, murmelte er und deutete nach unten.

Ihr Blick folgte seinem Finger. »Mein Gott!«

Das Wasser war nicht abgelaufen, wie sie gehofft hatte. Deutlich konnte sie die Strömung erkennen, die um Verkehrsschilder und Stromkästen floss. Die Flut hatte Autos mit sich gerissen, sie ineinander verkeilt und an der gegenüberliegenden Hauswand aufgetürmt. Mülltonnen schwammen umher, Holzbalken und Unrat.

Erika hielt die Luft an. So schlimm hatte sie es sich nicht vorgestellt.

Ein nasser Streifen an den Hauswänden auf der anderen Straßenseite zeigte, dass das Wasser in der Nacht noch viel höher gestanden hatte.

»Ich habe mal nachgerechnet«, sagte Jens mit ernstem Gesicht. »Die Ebbe hat längst eingesetzt. Ich verstehe nicht, warum das Wasser nicht richtig abläuft.«

Unten fuhr ein Mutiger auf einem Fahrrad durch die Fluten. Die Reifen des Drahtesels waren nicht mehr zu sehen.

»Der Strom funktioniert nach wie vor nicht«, sagte Jens und nahm einen tiefen Zug von der Zigarette. »Ich wollte Kaffee für uns machen.«

Sie schwiegen.

»Aus dem Wasserhahn kommt nur braune Brühe. Und der Rotkäppchensekt ist auch warm.«

Sie entdeckten ein Schlauchboot mit drei Soldaten an Bord, das um die Ecke glitt. Die Männer staksten durchs Wasser. Jemand auf der anderen Straßenseite rief ihnen etwas zu. Erika konnte nicht verstehen, was es war, denn der Wind pfiff durch die Straße.

»Und jetzt?«, wollte sie von Jens wissen.

»Wir müssen das Beste daraus machen, bis Hilfe kommt. Wir brauchen Wasser und Essen. Irgendetwas zum Heizen wäre auch schön.« Er aschte ab. »Herr Finstermeier hat keine Medikamente mehr. Ist alles in seiner Wohnung. Da kommen wir nicht rein.«

»Was benötigt er denn?«

»Etwas fürs Herz. Er hat den Namen vergessen.«

Immer mehr Leute lehnten wie sie in ihren Fenstern. Auf

dem Dach an der Ecke stand ein Junge von vielleicht sechzehn Jahren direkt an der Kante. Er fotografierte die Szenen in der Straße. Zum Glück sah er nicht die Leiche, die gerade dicht unter ihm vorbeischwamm.

Jens drückte die Zigarette am Fenstersims aus. »Kommst du mit?«

»Wohin?«

»Wir sollten herausfinden, ob Leute in der Nähe in Not sind. Menschen, denen wir vielleicht helfen können. Viele hier sind alt.«

Sie schaute zur Straße hinunter. »Ich befürchte, wir werden das Haus nicht verlassen können. Das Wasser steht zu hoch. Und die Strömung ...«

»Wir könnten über das Dach ins Nachbarhaus gelangen.«

Er sah sie lange an. »Machst du mit?«

Sie nickte. »Klar.«

10:20 Uhr, Laubenkolonie *Alte Landesgrenze e. V.*, Hamburg-Wilhelmsburg

Eng umschlungen hockten sie auf den Dachpfannen, die Füße gegen die Regenrinne gestemmt. Milchig weiß war die Sonne vorhin hinter grauen Wolken aufgegangen. Schneeflocken rieselten vom Himmel herab.

Um sie herum stand das Wasser, so weit das Auge reichte. Von den Nachbarhäusern war nichts mehr zu sehen, auch von ihrem Häuschen nicht. Dabei hatte Otto Kollwitz noch gestern Nachmittag das Loch im Dach geflickt. Gierig hatte die Flut alles mit sich genommen. Die Hilfeschreie der Nacht waren längst verstummt. Einzelne Bäume stachen aus dem Wasser. Hier und da hing ein Stuhl im Geäst oder eine nasse Gardine.

Unter ihnen gurgelte das Braun ununterbrochen weiter. Der Leib einer toten Katze zog vorbei. Holzstühle und Hausrat dümpelten wie besoffen im Wasser. Alles Dinge, die einmal für jemanden eine Bedeutung gehabt hatten. Menschen, von denen niemand wusste, ob sie an diesem eisigen Morgen des 17. Februar noch lebten.

Als eine Puppe vorbeischwamm, fuhr seine Alma entsetzlich zusammen.

»Es ist nur ein Püppchen, Liebes«, beruhigte er seine Frau und streichelte ihren Rücken, während leise Tränen über sein Gesicht liefen.

Seit es heller geworden war, versuchte Otto, den Wasserstand abzuschätzen, indem er zu einem ganz bestimmten Telefonmast hinüberschaute. Der dunkle Rand im Holz diente ihm als Marke. Er kniff die Augen zusammen, weil er seine Brille im Haus liegen gelassen hatte und nur schlecht etwas erkennen konnte.

Ja, das Wasser sank, leider viel zu langsam. Wenn die Elbe es wieder mit sich in die Nordsee genommen hätte, müsste es auch hier verschwinden. Warum ging es nur so zögerlich zurück? Selbst der Wind hatte ein wenig nachgelassen.

In Almas Armen schlotterte der Hund. Zum Glück war der Kleine nur halb groß, sodass er sich dicht unter dem nassen Mantel im Schoß seiner Frau verstecken konnte. Leise redete sie auf das hellbraune Tier ein. Alma zitterte nicht. Sie schien die eisige Kälte nicht mehr zu spüren. Sorgenvoll sah Otto die beiden an.

Er war müde, doch er wusste, er durfte nicht einschlafen. Wer bei diesen Temperaturen schlief, starb. Trotzdem hatte sich in ihm eine unsägliche Müdigkeit festgesetzt, die jeden seiner alten Knochen durchströmte, seine schlaffen Muskeln noch schwächer machte und seinen eisernen Willen zunehmend zermürbte.

Wie schön musste es sein, den einen letzten langen Schlaf zu finden?, überlegte er und spürte die Sehnsucht danach in seinem Herzen. Wie viel Leid hatten er und seine Frau in ihrem Leben gesehen und erlebt? War es nicht Zeit, dass es endlich endete? Er wollte die Augen schließen, als sein Blick auf Alma fiel. Er konnte sie nicht allein lassen. Noch nicht.

Wieder strich er über ihren Rücken, hoffend, dass ihr auf diese Weise ein wenig wärmer werden würde.

»Der Kleine ist eingeschlafen«, flüsterte sie und legte den Kopf an seine Schulter.

»Woher wissen wir eigentlich, dass es ein Er ist? Hast du nachgesehen?«

»Nein. Aber ich weiß es. So wie damals.«

Otto dachte an seine Söhne. Früher, als die beiden noch nicht geboren waren, hatte Alma ganz sicher gewusst, dass es Jungs werden würden. Frauen wussten so etwas auf eine geheimnisvolle Weise. Vielleicht auch nicht, er war ein Mann und hatte von diesen Dingen keine Ahnung. Dennoch konnte er deutlich erkennen, dass sie ihr Herz an den Kleinen verloren hatte, den sie voller Wärme betrachtete, wie Otto es lange nicht mehr bei ihr erlebt hatte.

»Ich glaube, er ist schon recht alt, Liebste«, gab er zu bedenken, denn er wollte ihr weiteren Kummer ersparen, falls der Hund in ihren Armen starb.

»So wie wir.«

»Vielleicht hat er sich erkältet und muss irgendwann von uns gehen.«

»Nicht hier und nicht heute.« Alma kraulte das Tier. Kurz wedelte der Schwanz wie zur Bestätigung hin und her. »Siehst du. Er lebt.« Sie lächelte.

»Liebste, wenn jemand uns rettet, wirst du Heinz vielleicht zurückgeben müssen, falls seine Besitzer noch leben.«

»Das werde ich nicht.« Sie sagte es mit einer fürsorglichen Zärtlichkeit und sanfter Bestimmtheit.

»Nein?«

»Nein. Er bleibt bei uns. Egal, was passiert.«

Damit war es entschieden. Und Otto wusste, dass nichts auf der Welt sie davon abbringen konnte. Sie würde um den Kleinen kämpfen, als wäre es ihr Kind.

»Außerdem heißt er Caesar und nicht Heinz. Er ist schließlich kein Milchmann.«

»Bist du dir sicher?« Grinsend wies er zur weißen Schnauze

des neuen Familienmitglieds. »Für mich sieht es sehr danach aus, als hätte er an der Milchkanne genascht.«

Seine Frau knuffte ihn liebevoll in die Seite.

Da begann die Luft um sie herum zu vibrieren. Der Hund in Almas Armen schreckte auf und fiepte. Das regelmäßige Donnern näherte sich und ließ die Luft erzittern. Otto blickte sich um. Etwas Großes flog aus der Morgensonne heraus, direkt auf sie zu. Er kniff die Augen zusammen.

»Ein Hubschrauber!«, rief er und winkte. »Hierher! Hier sind wir!«

Otto betete, dass das knatternde Ding nicht abdrehen möge, um zu anderen Häusern zu fliegen, wo bestimmt auch Leute froren. Er musste seine Alma und den Kleinen ins Warme bringen.

Der Helikopter hielt direkt auf die Reste von Volkers Häuschen zu. Volker, der sie gerettet hatte und ertrunken war. Und die Anneliese. Otto hörte noch immer ihren überraschten Schrei, als sie in ihrem Pelzmantel ins Nichts fiel. Sie hätten nicht sterben dürfen. Alma und er wären dran gewesen. Sie hatten ihr Leben gelebt, aber nicht diese beiden jungen Menschen. Wie konnte Gott nur so etwas Schreckliches zulassen?

»Hier sind wir! Hier!«, schrie Otto aus Leibeskräften.

Der Hubschrauber drehte bei. Am Heck prangte das Kreuz der Bundeswehr. Ein Mann kniete in der offenen Tür des Helikopters und brüllte ihnen etwas zu.

»Ja, es geht uns gut! Keine Verletzten!«, antwortete Otto gegen den Lärm. »Liebes!«, rief er Alma zu. »Sie schicken einen Gurt runter, den legen wir dir um, damit sie dich hochziehen können! Gib mir Heinz!«

»Nein! Er kommt mit mir.«

Otto wusste, wann er verloren hatte.

Zusammen schauten sie nach oben, wo der junge Mann an

einem eigentümlichen Gerät herumhantierte, das außen am Heli befestigt war.

—

Berger beugte sich hinaus, um das Seil der hydraulischen Winde zu ergreifen. Den Gurt hatte er bereits in der Hand. Mit geübtem Griff hakte er ihn ein und ließ das Seil langsam hinunter, um die beiden Alten auf dem Dach hochzuholen. Die ersten zwei Meter lief alles glatt. Unversehens stockte die Winde und blieb stehen.

»Verdammt!«

»Was ist?«, hörte er Georg übers Intercom in seinem Helm.

»Irgendwie will das Ding nicht.« Er ruckte am Seil. »Nichts zu machen. Die müssen wir von Killing nachher checken lassen. Abbruch?«

Schweigen. Dann hörte er wieder die Stimme seines Freundes. »Sag ihnen, sie sollen auf den First klettern.«

»Unsinn! Das Fahrgestell ist im Weg. Du kannst nicht auf gleiche Höhe gehen und sie reinklettern lassen.«

»Ich weiß. Sag ihnen, sie sollen auf den Schornstein krabbeln. Ich stelle mich im Fünfundvierzig-Grad-Winkel davor. Das Rad wird das Dach nicht berühren. Vertraue mir.«

»Du bist verrückt.«

»Also? Kannst du das schaffen?«

Berger wurde übel. Das, was Georg vorhatte, war das Kunststück für einen verdammten Zirkus, nicht für einen ordnungsgemäßen Einsatz.

»Was machen wir, wenn einer von beiden ins Wasser fällt?«

»Frag sie, ob sie es sich zutrauen.«

Berger tat, was ihm der Leutnant aufgetragen hatte.

—

Otto hielt sich die Hand hinter sein gutes Ohr.

»Was sollen wir?«, schrie er nach oben.

»Ich glaube, sie wollen, dass wir da hochklettern«, erklärte Alma. »Das Ding mit dem Gurt ist wohl kaputt.« Sie sah ihn an. »Ich denke nicht, dass ich das kann, Liebster.« Der Hund in ihrem Arm jaulte ängstlich.

Otto lächelte. »Doch, du kannst das. Gib mir den Lütten. Ich schiebe dich hoch. Dann kletterst du auf den Schornstein und gibst dem jungen Mann die Hand. Er hilft dir rein.«

»Und du?«

»Ich folge euch.« Er hoffte, sie würde ihm glauben.

Zögerlich reichte sie ihm das Tier. Sie erhob sich wankend. Er hielt sie am Arm fest. Langsam schwebte der Helikopter in Position, schräg zum Dach, sodass die offene Tür fast genau vor dem Ende des Schornsteins stand.

Der Wind, den das Monstrum verursachte, blies Otto die Mütze vom Kopf. Im hohen Bogen landete sie im dreckig schwarzen Wasser. Er schluckte.

»Auf geht's, meine Schöne. Wir treffen uns zu unserem ersten Flug. Das hast du dir immer schon gewünscht, Urlaub mit einem Flugzeug.«

»Nein, habe ich nicht. Außerdem ist das kein Flugzeug.«

Auf allen vieren kroch sie die Dachpfannen hinauf, während Otto mit einer Hand den Hund hielt und mit der anderen ihren Hintern hochdrückte.

»Nun sei nicht so!«, rief er ihr hinterher. »Du hast mir mal gesagt, dass du in die Alpen willst!«

»Doch nicht mit einem Flugzeug. In den Bergen gibt es ja gar keine Flugplätze, glaube ich.«

»Nein, aber Berge. Heute kannst du schon mal das Klettern üben.«

»Ach, hör mit den Albernheiten auf«, keuchte sie.

Er lachte. Erleichtert sah er, dass sie den First erreicht hatte. Rittlings setzte sie sich darauf. Der Hund in seinem Arm strampelte.

»Lass gut sein, Heinz«, sagte er zu dem Tier. »Wenn das eine schafft, dann unsere Alma.«

Zusammen beobachteten sie, wie sich seine Frau am Schornstein hochzog. Umständlich kletterte sie hinaus, während sich der junge Mann ihr aus der Tür der Maschine entgegenstreckte, um sie am Arm zu fassen.

Wenn jetzt eine Böe kommt, wird sie meine Alma einfach vom Dach fegen, dachte Otto voller Angst.

Er bekam die alte Frau einfach nicht zu fassen, weil der Wind die Sycamore immer wieder vom Haus fortdrückte. »Gib mir noch einen halben Meter, Georg. Ich habe sie fast.«

Sachte schob sich der Hubschrauber weiter an den Schornstein heran. Gefährlich nah geriet dabei der rechte Reifen an das Dach, drohte es zu rammen.

»Tiefer.«

Sie hatten nicht viel Zeit, denn das Glücksfenster, wie Georg es nannte, war bei jedem Einsatz sehr klein. Es war der eine Moment, wo eine Rettung funktionieren oder misslingen konnte. Man musste das Glück nutzen, solange es währte, hatte er gesagt. In Wahrheit, vermutete Berger, war sein Freund wie im Fieber. Er nahm den Einsatz verdammt persönlich.

»Himmel! Nicht so tief!«, brüllte er, als ein Ruck durch den Helikopter ging, weil das Rad doch die Dachpfannen touchierte. »Geben Sie mir Ihre Hand!«, rief er der alten Frau zu, die auf dem Schornstein kniete.

Sie schüttelte den Kopf und blickte ängstlich zu ihrem

Mann hinunter, der mit dem Hund im Arm ebenfalls die Schräge hinaufkletterte.

»Caesar!«, hörte Berger sie rufen und wusste nicht, wer von beiden da draußen gemeint war. Der Mann oder das Tier?

Erst als auch der alte Herr auf dem First saß und ihr den Hund gab, war sie bereit umzusteigen. Berger schnappte sich das Vieh und holte es am Schlafittchen rein. Er griff nach dem Arm der Frau und zog sie zu sich. Mit einem großen Schritt war sie an Bord.

»Setzen Sie sich dorthin!«, rief er und wies zu einem der beiden heruntergeklappten Sitze. »Anschnallen.«

Schwankend hangelte sie sich hinüber. Kaum hatte sie sich auf den Sitz fallen lassen, als der Hund auf ihren Schoß sprang. Nun konnte sich Berger um ihren Ehemann kümmern, der ebenfalls auf den Schornstein geklettert war. Gerade wollte er ihm seine Hand reichen, als eine heftige Böe den Hubschrauber zur Seite drückte und der Mann ins Leere griff.

Für eine Sekunde blieb Bergers Herz stehen. Der Alte ruderte mit den Armen und kämpfte um sein Gleichgewicht.

»Otto!«, schrie die Frau hinter Berger auf.

Er griff nach dem Handgelenk des Mannes. Eine weitere Böe erfasste die Sycamore. Jetzt hing der Alte strampelnd über dem Dach. Der Sicherheitsgurt, in dem Berger hing, verhinderte, dass er hinausstürzte.

»Hoch!«, schrie er und packte den Mann mit beiden Händen, während sein Kamerad den Hubschrauber links überrollen ließ, damit der Schwung den neuen Passagier hereinhob.

Es gelang.

Schwer keuchend ließ sich der Alte auf den Boden neben Bergers Füßen fallen. Berger krallte sich an der Türöffnung fest.

»An Bord!«, rief er mit zitternder Stimme.

Der Hund bellte. Weinend tastete die Frau nach ihrem Mann, der zum freien Sitz kroch und sich schnaufend setzte. Er war schneeweiß im Gesicht. Die drei drängten sich, so eng es ging, aneinander und zitterten gemeinsam.

Berger spürte, dass seine Knie schlotterten. Er wankte zu seinem Platz und ließ sich fallen. »Ich such mir 'nen neuen Job. Bin zu alt für das hier.«

Georg wies zu einem anderen Haus, auf dem zwei weitere Personen zu erkennen waren. »Die noch.«

»Nein. Wir haben zu viel Ballast. Außerdem ...« Berger zeigte auf die fast leere Tankanzeige. »Sei vernünftig.« Er griff zum Funkgerät. »Ich mache Meldung, okay?«

Ohne ein Wort drehte Georg grimmig ab.

Wenige Minuten später hatten sie die Kontrollzone des Flughafens erreicht.

»Hamburg tower, this is Lima Charlie one-zero-five, six miles south, request do enter CTR.«

»You're cleared to enter CTR.«

Kurz darauf kamen die Hallen und die Startbahn in Sicht.

»Clear to land. Apron, south dispersal«, hörten sie in ihren Helmen über die Towercom.

Unter ihnen tauchte der Hangar auf. Mehrere Maschinen standen bereits auf dem Hallenvorfeld. Georg hielt nach ihrem Techniker Killing Ausschau.

Berger entdeckte ihn zuerst. »Da!«

Langsam ging die Sycamore runter. Kaum waren sie gelandet, eilten auch schon zwei Sanitäter herbei, um den beiden Alten aus dem Helikopter zu helfen.

Bevor die Frau die Sycamore verließ, legte sie eine Hand auf Bergers Schulter. »Ihre Mutter muss sehr stolz auf Sie sein, junger Mann. Danke.«

Berger tippte an seinen Helm. »Dafür nicht. So sagen Sie hier doch, oder?«

Sie nickte. Mithilfe der Sanitäter kletterte sie hinaus.

»Mach das nie wieder mit mir«, zischte Berger seinen Freund an. »Nie wieder, hörst du?«

10:15 Uhr, Polizeihaus, Karl-Muck-Platz, Hamburg

Sie musste etwas essen. Unbedingt. Marions Magen zog sich zusammen, Säure stieg ihre Speiseröhre hinauf. Zu viel Kaffee, eindeutig. Sie rückte den Stuhl zurück. Sofort wurde ihr schwummrig. Schnell stützte sie sich auf der Tischkante ab und wartete, bis es besser ging. Sie hatte seit Ewigkeiten nicht mehr richtig geschlafen und seit Stunden nichts Anständiges gegessen. Kein Wunder, dass ihr blümerant wurde.

Sie schloss die Augen. Sofort sah sie das Bild ihrer Mutter vor sich. Erschreckt riss sie die Lider wieder auf. Ihr Herz ging schnell. Zu schnell. Sie brauchte Luft!

Erst überlegte sie, hinunter in den Hof zu gehen, doch was sie noch mehr benötigte als frische Luft, waren ein paar Minuten Ruhe. Unten im Hof würden zu viele Leute herumlaufen. Daher beschloss Marion, sich auf den Weg in die zehnte Etage zu machen, wo es eine Terrasse gab. Gisela hatte sie einmal heimlich mit dorthin genommen, um ihr die Aussicht auf die Stadt zu zeigen. Allerdings war das Stockwerk den höheren Beamten und dem Polizeipräsidenten vorbehalten. Marion hoffte, dass die heute Wichtigeres zu tun hatten, als das Panorama dort oben zu genießen.

Sie ging in das Büro von Frau Müller, um sich die Erlaubnis zu holen, den Schreibsaal zu verlassen. Weil ihre Vorgesetzte nicht am Platz saß, gab sie sich die Erlaubnis selbst, während hinter ihr die Kolleginnen auf ihren Schreibmaschinen tippten, Ordner anlegten oder Durchschläge abhefteten. Sogar Gisela war noch da. Es sei ihre Pflicht als Mensch und gebürtige Hamburgerin, in dieser schweren Zeit für die Unglücklichen auf der anderen Elbseite da zu sein. Seit Gisela dem schmucken Senator begegnet war, war der Arbeitselan in ihr erwacht. Süffisant hatte sie Marion noch gefragt, warum diese nicht endlich Feierabend machte. Doppelschichten waren für Frauen ungesund.

Ich habe kein Zuhause mehr, in das ich fahren könnte, hätte Marion ihr am liebsten ins Gesicht geschleudert. Stattdessen hatte sie geschwiegen.

Still nahm sie ihren Mantel vom Haken und erklomm langsam die Stufen des Treppenhauses. Oben angekommen, ging sie den Gang entlang, an dessen Ende eine Glastür war. Sie hatte Glück, die Tür stand offen.

Als sie hinaustrat, schlug ihr eiskalter Wind entgegen, riss an ihren Haaren, zerrte an ihrem Mantel. Es kümmerte sie nicht. Die Menschen auf den Dächern in Wilhelmsburg oder Waltershof froren mehr als sie.

Am Geländer entdeckte sie einen Mann. Er rauchte eine Zigarette, dabei ging sein Blick ernst über die Silhouette der Stadt. Marion kannte ihn nicht. Er trug keine Uniform. Vielleicht war er ein Mitarbeiter des Polizeipräsidenten. Schon überlegte sie, sich zurückzuziehen. Die Luft hier draußen tat ihr gut. Und es war genug frische Luft für sie und den Fremden da. Also blieb sie.

»Ob Sie so nett wären, mir auch eine zu geben?«, rief sie unsicher zu ihm hinüber und nickte zu der Zigarettenschachtel in seiner Hand.

Es war ihr egal, ob er annahm, sie wäre ein leichtes Mädchen, wie ihre Mutter immer sagte, sobald sie bemerkte, dass eine Frau rauchte. Diese Nacht war die schlimmste ihres

Lebens gewesen. Eine Nacht, in der sie wahrscheinlich alles verloren hatte. Nicht nur ihr Zuhause, denn sie hatte noch immer nichts von ihrer Mutter oder den Nachbarn gehört. Sie wusste nur, dass der Deich bei ihrer Siedlung mindestens zweimal gebrochen war und alles meterhoch unter Wasser stand. Die Leute, so hatte sie aus dem Funkraum erfahren, hatten sich auf die Dächer ihrer Häuser gerettet. Nur war ihre Mutter betrunken und gehbehindert. Wie hätte sie das schaffen sollen? Mehrmals hatte Marion, einem Impuls folgend, nach Wilhelmsburg rüber wollen, doch schon die Frage, wie sie dort hinkommen sollte, hatte sie ratlos gemacht. Der Kommissar hatte recht, sie war im Polizeihaus mehr von Nutzen.

Der Mann drehte sich zu ihr um und hielt ihr eine Packung Attika hin.

Fröstelnd ging Marion zu ihm und fingerte umständlich eine Zigarette heraus. Er entzündete für sie ein Feuerzeug, dessen Flamme er mit einer Hand vor dem Wind schützte. Sie nahm die Zigarette zwischen die Lippen, sog den Rauch tief in sich hinein. Sofort musste sie husten. Es dauerte, bis sie wieder Luft bekam.

»Ihre Erste?«

Statt einer Antwort nahm sie noch einen Zug. Nicht zu tief. Diesmal ging es besser. Sie hustete fast gar nicht.

Ihr Blick ging über die kahlen Bäume der Wallanlagen. Von hier oben konnte sie bis zum Hafen schauen, wo die Ausleger der Kräne in den grauen Himmel hinaufragten. Marion verschränkte die Arme vor der Brust, weil ihr trotz des Mantels kalt war.

Die Kälte tat gut. Sie biss ihr unter die Haut. Wenn es wehtut, weiß man, dass man lebt, dachte sie. Also lebe ich. Nur was war mit den anderen?

»Meine Mutter«, sagte sie, ohne den Fremden anzusehen. »Ich weiß nicht, wie es ihr geht.« Zum ersten Mal sprach sie die Worte aus, die ihr wie ein Kloß im Hals saßen, wie ein endloser Schrei in ihren Ohren gellte. Die Angst raubte ihr jeglichen anderen Gedanken, drohte sie zu ersticken. Erstaunt stellte sie fest, dass sie keine Kraft mehr hatte, darüber auch nur zu weinen.

»Wo?«

»Wilhelmsburg.«

»Ist groß. Wenn sie in einem der Hochhäuser wohnt, ist sie bestimmt zu den Nachbarn in die höheren Etagen gelaufen. Da stehen nur die Erdgeschosse unter Wasser.«

Er hatte eine tiefe und weiche Stimme. Marion dachte, dass es schön sein musste, sich in diese Stimme zu legen, um zu vergessen.

Sie nickte und nahm einen weiteren Zug. Die Asche schnippte sie über das Geländer, wie sie es im Fernsehen gesehen hatte.

»Meine Mutter kann nicht mehr laufen. Wir wohnen in der *Alten Landesgrenze*.« Sie lächelte matt, als sie seinen fragenden Blick bemerkte. »Das ist eine Laubenkolonie, gleich hinterm Spreedeich, wissen Sie? Häuschen aus Holz und Pappe, Schrebergärten mit Dauerwohnrecht. Aber alles ganz hübsch. Mein Vater hat unser Haus gebaut. Er starb vor einigen Jahren. Jetzt gibt es nur noch Mutti und mich.« Sie ließ die Kippe zu Boden fallen und trat sie mit dem Schuh aus. »Alles unter Wasser. Drei Meter hoch.« Endlich schossen die Tränen in ihre Augen, der Mann vor ihr verschwamm. »Und ich weiß nicht, wo meine Mutti ist«, schluchzte sie.

Sie weinte, ohne aufhören zu können. Er reichte ihr ein Stofftaschentuch mit den Worten, sie könnte es behalten. Danach zog er sich unter einem Vorwand zurück.

Als Marion kurz darauf in den Waschraum der Damen im ersten Stock trat, spürte sie, dass ihre Wangen noch immer rot waren. Wie hatte sie sich nur so gehen lassen können? Ihr Auftritt auf der Terrasse war entsetzlich peinlich gewesen. Sie schniefte ein letztes Mal in das fremde Taschentuch und stopfte es in die Manteltasche. Hoffentlich war er nur ein Gast im Haus und gehörte nicht zum Polizeistab. Sie wollte ihm niemals wiederbegegnen.

Vielleicht sollte sie kündigen.

»Wie unangenehm!«, rief sie ihrem Spiegelbild zu, das sie über dem Waschbecken hinweg anglotzte. Tiefe Ringe lagen unter ihren verweinten Augen.

»Was ist unangenehm?«, hörte sie Giselas Stimme hinter sich.

Im Spiegel sah Marion ihre Kollegin aus der Toilettenkabine treten und den Rock über der Strumpfhose zurechtzupfen. Schnell wischte sich Marion die letzten Tränen aus dem Gesicht.

»Du siehst grauenhaft aus.« Gisela schob sie beiseite, wusch sich die Hände und prüfte gleichzeitig ihr eigenes Erscheinungsbild. Aus ihrer Handtasche nahm sie einen Kamm, um sich die Haare aufzutoupieren, dabei fixierte sie Marion. »Du weißt schon, dass ich deinetwegen noch immer hier bin, obwohl ich längst Feierabend haben könnte.« Sie richtete eine Strähne. »Ich mag mir gar nicht ausmalen, was mein Mann dazu sagt. Die ganze Nacht war ich weg, wie eine ...« Ihr fiel kein damenhaftes Wort ein. »Und du bist schuld.«

»Ich?«

Gisela holte einen Lippenstift aus der Tasche und zog in sattem Evarot die dünnen Lippen nach. »Ja, wenn du mehr im Schreibbüro wärst und weniger im Funkraum oder bei Herrn Leddin herumlungern würdest, hätten Frau Müller und wir anderen unsere Arbeit längst erledigt.«

»Das ist Unsinn. Die Lageberichte müssen stündlich verfasst und verteilt werden.« Marion drückte den Rücken durch und drängte ihrerseits die Kollegin ein wenig beiseite, um sich vor dem Spiegel notdürftig zurechtzumachen. »Außerdem hast du laut und deutlich gesagt, wie wichtig deine Arbeit in dieser Nacht ist. Du erinnerst dich? Sturmflut und so.« Sie legte ein freches Grinsen auf und ging mit den Fingern durch ihr windzerzaustes Haar.

Ja, sie sah wirklich schrecklich aus. Die roten Augen und die verwischte Wimperntusche, kein Lippenstift, und ihr Kamm lag in der obersten Schublade ihres Schreibtisches.

Gemeinsam musterten sie sich im Spiegel. Die eine erschöpft und müde, die andere hübsch und wütend.

Jemand öffnete die Tür zum Waschraum.

»Sagen Sie mal, Frau Scheuer, gedenken Sie eigentlich heute noch einmal zurückzukommen, oder muss ich alles allein machen?« In der Tür stand Frau Müller.

Gisela fuhr herum. »Das ist ungerecht! Die tut überhaupt nichts. Ständig treibt sie sich herum, statt ihre Arbeit zu erledigen.« Dabei wies sie mit ihren rot lackierten Fingernägeln auf Marion.

Schon rechnete Marion damit, einen Anranzer von ihrer Vorgesetzten zu bekommen. Stattdessen lächelte sie. Das hatte Marion bei der Müller noch nie gesehen.

»Ach ja, Fräulein Klinger. Gut, dass ich Sie hier treffe.«

Alarmiert schaute Marion sie an.

»Soeben ist der Herr Senator zurückgekommen. Er fragte nach Ihnen.«

»Nach mir?«

Die Müller machte einen Schritt vor und zog sie am Arm auf den Flur hinaus. »Ja. Er erwartet Sie in seinem Büro. Und nun auf, auf nach oben.«

Aus dem Augenwinkel bemerkte Marion Giselas erst überraschten, dann eisigen Blick.

»Das ... das muss ein Irrtum sein, Frau Müller«, stotterte Marion.

Ihre Vorgesetzte schien anderer Ansicht zu sein und dirigierte sie Richtung Treppenhaus. »Er hat explizit Sie angefordert, Fräulein Klinger. Ich weiß nicht, warum, aber er tat es. Wahrscheinlich benötigt er eine Sekretärin, bis Frau Wilhelm zurückkehrt. Machen Sie meiner Abteilung ja keine Schande!«

Damit ließ sie Marion an den Treppen stehen und ging zurück ins Schreibbüro.

Das Vorzimmer des Herrn Polizeisenators war verwaist. Durch das Fenster fiel schüchtern kaltes Morgenlicht in den Raum. Dieser Morgen war anders als all jene zuvor, denn die Stadt hatte sich in den letzten Stunden verändert. Die Menschen wussten es nur noch nicht.

Marion ging zu der mit Leder bezogenen Tür, hinter der sie das Büro von Helmut Schmidt vermutete. Zaghaft klopfte sie, wartete, horchte, ob jemand sie hereinbat. Nichts geschah.

Dass sie hier war, musste ein Missverständnis sein. Sicher hatte Frau Müller das falsch verstanden. Oder wollte sich die Leiterin des Schreibbüros einen Scherz mit ihr erlauben? Nein, Frau Müller neigte nicht zu Scherzen.

Gerade hob Marion noch einmal die Hand, um zu klopfen, als die Tür von innen geöffnet wurde. Schnell tat sie einen Schritt zurück, um dem Herrn Platz zu machen, der heraustrat. Es war Werner Eilers.

»Ah, da sind Sie ja, Fräulein Klinger. Kommen Sie. – Helmut, das ist die junge Dame, von der ich sprach.« Er zog sie ins Büro.

Der Senator war ein drahtiger Mann von etwa eins fünfundsiebzig, mit Seitenscheitel und ernstem Blick. Warum sie erleichtert war, dass er dort hinter seinem Schreibtisch saß, konnte sie nicht sagen. Es war einfach so.

Kurz sah er von den Papieren auf. »Regierungsdirektor Eilers hat Ihnen gesagt, worum es geht?«

Bevor sie den Kopf schütteln konnte, entschuldigte der sich bei ihr für den Überfall. »Frau Wilhelm, die Sekretärin des Senators, ist noch nicht im Haus. Wir rechnen nicht vor Montag mit ihr …«

»Irrelevant, Werner«, unterbrach Schmidt ihn und wandte sich wieder Marion zu. »Seit wann arbeiten Sie in meinem Haus?«, wollte er im Ton eines strengen Lehrers wissen.

»Seit dem Tag, an dem auch Sie hier angefangen haben«, erwiderte sie, weil ihr vor lauter Aufregung das Datum nicht einfiel, und japste noch hastig ein »Herr Senator« hinterher.

»Na, dann haben wir ja einiges gemein.« Er suchte etwas auf seinem Schreibtisch, als hätte er sie bereits vergessen. Dabei schob er Unterlagen von links nach rechts, hob eine Mappe hoch, suchte dort.

Werner Eilers räusperte sich.

Eine Uhr in der Ecke tickte, während Marion Schmidt beobachtete.

»Wie sieht es drüben aus, Herr Senator?«, fragte Marion, als sie die Stille nicht mehr ertrug. Jeder im Haus wusste, dass der Senator überstürzt das Polizeihaus verlassen hatte, um sich mit einem Hubschrauber in das überschwemmte Gebiet zu begeben. Er musste wissen, was dort los war.

Schmidt antwortete nicht, sondern öffnete eine Schreibtischschublade, tat, als hätte er ihre Frage nicht gehört.

Marions Knie wurden weich. »So schlimm?«

Er nickte. Ihr wurde übel.

»Wir haben sehr viel zu tun, Fräulein Klinger. Als Erstes verbinden Sie mich mit Rogge und Norstad.«

Sie kannte die Namen nicht, wollte gerade fragen, wer diese Herren waren, als Werner Eilers vortrat. »Was willst du denn von Norstad, Helmut?«

»Das, was wir jetzt am dringendsten brauchen – Hilfe.«

»Unsinn, das schaffen wir auch allein.«

»Nein, tun wir nicht. Ich war da.« Erleichtert zog Schmidt eine grünliche Zigarettenschachtel hervor.

Werner Eilers schüttelte missbilligend den Kopf. »Willst du das nicht mit den Leuten unten besprechen? Sie warten auf dich.«

»Nein, will ich nicht. Außerdem gedenke ich nicht, mit leeren Händen in die Lagebesprechung zu gehen.« Schmidt sah Marion auffordernd an.

Sie begriff. Schnell eilte sie zurück ins Vorzimmer und schloss die Tür hinter sich.

Unsicher stand sie vor dem ordentlich aufgeräumten Schreibtisch von Ruth Wilhelm, den sie erst in der letzten Nacht wegen einer Telefonnummer durchsucht hatte. Die Liste lag noch immer auf der rotledernen Schreibunterlage.

Ihr Blick wanderte zur Tür. Wenn Herr Eilers herauskam, musste sie ihn fragen, wer die Herren Norstad und Rogge überhaupt waren. Sie überlegte, das gelbe Telefonbuch zur Hand zu nehmen. Ob es viele Rogges in Hamburg gab? Norstad klang irgendwie dänisch. Hoffentlich war er kein Däne. Sie kannte nicht einmal die Nummer für die Auslandsvermittlung.

Sie nahm die Liste vom Tisch, die mit Kürzeln und Telefonnummern versehen war. Die meisten Nummern hatten eine Hamburger Vorwahl. Die Liste war nicht einmal alphabetisch sortiert, sondern offensichtlich nach Ressorts, Abteilungen, Ämtern gegliedert. Dennoch konnte sie weder einen Herrn Rogge noch einen Herrn Norstad darauf finden oder ein Kürzel, das Aufschluss gab.

»Er wird mich rausschmeißen, bevor ich überhaupt angefangen habe«, murmelte sie.

»Das glaube ich nicht.« Werner Eilers war aus dem Büro des Senators getreten. »In der oberen rechten Schublade ist eine Kladde. Da bewahrt Ruth die Nummern auf, die sie aus Helmuts Zeit in Bonn hat. Sie war schon damals seine Sekretärin, als er noch Bundestagsabgeordneter war. Suchen Sie Norstad unter dem Kürzel SACEUR.« Er schaute auf seine Uhr. »Er müsste bereits in seinem Büro sein. Der General ist ein Frühaufsteher.«

Marion riss die Schreibtischschublade auf und fand eine schwarze Kladde, wie sie in der Schule benutzt wurde. »Was ist SACEUR?«

»Das ist der Supreme Allied Commander Europe«, erklärte Eilers. »Der Senator kennt den Oberkommandierenden der Alliierten Kräfte aus seiner Zeit als Mitglied im Verteidigungsausschuss.« Er sah Marion alarmiert an. »Ich hoffe, Sie sprechen ein ordentliches Englisch.«

»Ich habe letztes Jahr bei der 1. Bundes-Fachausstellung für Sport- und Gebrauchtboote eine amerikanische Besuchergruppe betreut.« Was sie selbst als etwas Besonderes in ihrem kleinen Leben erlebt hatte, schien Eilers wenig zu beeindrucken. Sie klappte die Mappe auf und fand dort handschriftlich festgehaltene Namen und Telefonnummern. »Gibt es eine Zeitzone am Standort von SACEUR, die ich beachten muss?«

Eilers lachte. »In Wiesbaden? Nein, eher nicht. Außerdem kann Norstad ganz passabel Deutsch. Reden Sie trotzdem auf Englisch mit ihm. Das freut ihn.«

Er zwinkerte Marion zu und wollte schon zurück ins Büro des Senators gehen.

»Und wer ist Herr Rogge?«, rief sie ihm hastig nach.

»Konteradmiral Bernhard Rogge, Befehlshaber der Marine, zuständig für den Wehrbereich I, also Schleswig-Holstein und Hamburg. Kieler Vorwahl. Sie finden ihn in der Liste unter R.« Milde lächelte er, und Marion fühlte sich sehr, sehr klein. »Vorher aber General Norstad. Wenn der grünes Licht gibt, wird Rogge weniger Probleme haben zuzustimmen.«

»Warum sollte General, ähm, Konteradmiral Rogge dagegen sein?«

»Er wird nicht dagegen sein. Er wird sofort helfen wollen. Nur steht im Grundgesetz, die Bundeswehr darf nicht auf deutschem Boden eingesetzt werden. Wenn Helmut und Rogge das beschließen, ohne dass der Verteidigungsminister…«

»Franz Josef Strauß?«

»…oder der Bundeskanzler…«

»Ludwig Erhard.« Marion wurde schwummerig. Große Namen wie diese hörte sie bloß im Radio.

»…oder der Herr Bundespräsident…«

»Heinrich Lübke.«

Eilers grinste. »Richtig. Also, bevor die nicht informiert wurden und zustimmen sowie einige andere Leute ihr Jawort geben, zum Beispiel das Parlament, passiert nichts.«

»So viel Zeit haben wir nicht!«

»Richtig, Fräulein Klinger. Und darum werden wir nicht fragen, sondern handeln.«

»Was geschieht, wenn jemand das dem Herrn Senator übel nimmt?«, hakte Marion nach.

»Dann reden wir schlimmstenfalls von Hochverrat.« Eilers machte eine Pause. »Und jetzt wissen Sie auch, warum Sie die

Herren ans Telefon holen müssen, während ich überlege, was zu tun ist, damit uns das alles nicht um die Ohren fliegt.«

Mit diesen Worten kehrte er zurück zum Senator.

»Oh«, hauchte Marion nur und schluckte.

10:30 Uhr, Laubenkolonie *Alte Landesgrenze e. V.*, Hamburg-Wilhelmsburg

Uwe hatte aufgehört zu fragen, warum keiner kam, um sie zu holen, als er unvermittelt aufsprang.

»Da! Mama, schau mal!« Mit dem Finger wies er auf ein Ding, das knatternd über den Himmel auf sie zuflog. Aufgeregt hüpfte er auf dem Dach herum. »Ein Hubschrauber!«

Karin blinzelte in die milchige Sonne hinein, während Klein-Uschi in ihren Armen schlief. Im ersten Licht des neuen Tages hatte sich ihnen das ganze Ausmaß der Flut gezeigt. Überall Wasser, wohin sie blickten. Dort, wo zuvor Gärten und Häuschen gestanden hatten, gab es nur noch Trümmer. Warum gerade ihre Laube nicht untergegangen war, wusste Karin nicht. Sie hatte Soldaten in Schlauchbooten gesehen, die ein Stück entfernt die Leute aus den Häusern gerettet hatten. Bis zu ihnen war niemand vorgedrungen.

Ab und zu wehte der eisige Wind Wortfetzen vom Damm herüber, wo sie in der Nacht die Lichtfinger von Taschenlampen entdeckt hatte. Helfen konnte von dort niemand. Sie waren zu weitab.

Karin war unendlich müde. Sie zitterte vor Kälte am ganzen Körper. Um ihrer Kinder willen gab sie nicht auf. »Uwe, komm her. Du fällst sonst ins Wasser.«

Der Junge reagierte nicht. Stattdessen starrte er fasziniert zu dem knatternden Ding, das über die weite Wasserfläche schwebte, als suchte es etwas. Er winkte. »Hallo! Hier!«

Der SAR-Hubschrauber näherte sich. Uwes Winken wurde heftiger.

»Die Piloten können dich nicht hören, Junge. Setz dich zu uns. Wir müssen uns gegenseitig wärmen.«

Da drehte der Hubschrauber ab.

»Mama!«, schrie Uwe auf. »Die fliegen wieder weg!«

»Vielleicht werden sie woanders dringender gebraucht. Wir drei sind ja noch alle gesund.«

»Das ist nicht gerecht.« Mit hängenden Schultern kam er zu ihr und setzte sich. Er schniefte, seine Lippen waren blau. »Ich will auch in einem Hubschrauber fliegen.«

»Sie holen uns. Bestimmt.« Karin wusste, dass ihre Worte nicht überzeugend klangen, aber Kinder glaubten nun einmal, was Erwachsene sagten, zumindest in diesem Alter. »Alles wird wieder gut. Und zu deinem Geburtstag kriegst du von Papa und mir einen Hubschrauber. Den lässt du dann auf dem Deich fliegen.«

Sie musste eingenickt sein, denn ein Knattern in der Nähe ließ sie zusammenschrecken. Doch es war kein Hubschrauber. Uwe hatte das Schlauchboot als Erster entdeckt. Wieder sprang er auf und rannte zur Dachkante.

»Vorsicht, Junge!«, rief sie. Mühsam erhob sie sich, ohne Klein-Uschi abzusetzen. Die Kleine war wach und schaute sie fragend an. »Gleich sind wir wieder im Warmen.« Schweigend legte die Kleine ihre eiskalte Wange auf ihre Schulter. Karin sandte ein Stoßgebet gen Himmel.

Sie und die Kinder waren nicht ertrunken oder erfroren, so wie einige ihrer Nachbarn. Das Schlauchboot mit den drei Männern näherte sich. Fast hatten sie sie erreicht. Jetzt mussten sie über dem Schuppen mit dem Holzstapel sein. Einer der Soldaten rief ihnen ein »Moin!« herüber.

»Hat jemand Lust auf eine kleine Bootstour?«

Uwe sprang auf und ab. »Ich! Ich!«

Dort, wo vorher der Kaninchenstall gewesen war, stieß das Boot an die Wand. Der Soldat erhob sich, griff nach der Regenrinne und zog das Gefährt, so gut es ging, ans Haus.

»Sehr gut! Also flott an Bord, die Herrschaften!«, rief er scheinbar vergnügt und streckte Uwe die Arme entgegen.

Mit einem mutigen Hüpfer sprang der Junge vom Dach. Fast hätte der Soldat das Gleichgewicht verloren. Karin fuhr zusammen. Einer seiner Kameraden hielt die beiden fest, damit sie nicht ins Wasser fielen.

»Nicht so eilig, junger Mann«, lachte der erste und setzte Uwe hinter sich. »Nun die Damen.«

Karins Knie waren weich wie Butter, als sie sich an den Rand des Dachs hockte und dem Soldaten ihre Tochter reichte. Er nahm Klein-Uschi entgegen und platzierte sie neben ihren Bruder. Die beiden konnten kaum über die wulstige Umrandung des Boots schauen. Dann half der Mann Karin hinunter.

»Danke«, sagte sie leise. Mit tauben Beinen ließ sie sich neben die Kinder fallen.

Schwungvoll stieß einer der Soldaten das Schlauchboot vom Haus ab, die beiden anderen paddelten los.

»Wir bringen Sie rüber zur Autobahn«, sagte der Soldat, der ihnen hereingeholfen hatte. »Eine Einheit vom Roten Kreuz bringt Sie und die Kinder in die nächste Sammelstelle. Da gibt es auch etwas Warmes zu essen und trockene Kleidung.«

Erschöpft nickte Karin. Sie waren gerettet, endlich.

»Wie heißen Sie?«, fragte sie den Soldaten. Sie wollte wissen, wem sie und die Kinder ihr Leben zu verdanken hatten.

»Oskar Meinecke, Hauptgefreiter.« Er wies zu dem Brillenträger am Heck. »Fritz Giesenberg, Gefreiter, und Jupp von Frieberg. Er kommt aus Bayern. Spricht aber passabel Deutsch.« Er grinste.

Sie lächelte die jungen Männer matt an, als ein Ruck durch das Boot ging. Sie überfuhren soeben jene Stelle, wo Karin und die Nachbarinnen im Frühjahr immer ihre Teppiche ausklopften. Ein Pfeifen war zu hören. Blubbernd stiegen Luftblasen im Wasser auf, und die Wände des Schlauchboots verloren Luft, wurden immer schlaffer.

»Herrgott, Sakrament!«, brüllte der Bayer. »Wir saufen ab!«

Der Gefreite mit dem Namen Jupp wies voraus. »Dort drüben! Der Baum!«

Mit schnellen Zügen versuchten sie, zu den nackten Ästen zu gelangen, die etwa zwanzig Meter vor ihnen aus dem Wasser kragten, doch das Boot sackte immer tiefer. Karin riss die Kleinen an sich.

»Wir schaffen es nicht!«, rief der Hauptgefreite, der eben noch gelächelt hatte.

Er sprang hinaus. Das Wasser ging ihm bis über die Schultern. Seine Kameraden folgten, hoffend, dass weniger Gewicht das Boot länger oben halten würde. Vergeblich schoben sie Karin und die Kinder zum Baum. Schon schwappte die braunschwarze Brühe ins Gummiboot.

Karin schrie auf. Im nächsten Moment versank das Schlauchboot schmatzend im kalten Wasser. So schnell es ging, nahm einer der Männer Uwe auf die Schultern und ein anderer Klein-Uschi.

»Mami! Ich will zu meiner Mami!«

»Ich komme schon, Kleines«, japste Karin. Sie fühlte weichen Boden unter ihren Füßen, betete, in keinen der vielen Gräben zu versinken, die die Kolonie durchzogen. Sie schwamm los, um schneller voranzukommen, spürte, wie die

Strömung an ihr zerrte und zog. Sie schluckte Wasser, musste husten, glaubte kaum noch, dass sie es bis zum Baum schaffen würde, als eine kräftige Hand sie erfasste.

»Los! Die Kinder sind schon oben.«

Der Soldat mit dem Namen Oskar half ihr auf den untersten Ast. Sie kletterte hoch, dorthin, wo die beiden anderen Männer mit ihren Kindern in den Armen saßen.

Karins Hände waren ohne Gefühl. Sie rutschte ab. Ein entsetzlicher Schreck durchfuhr sie. Schnell krallte sie sich an einem Ast fest, holte tief Luft, versuchte, ihre Angst fortzudrücken. Mit letzter Kraft zog sie sich weiter hinauf.

»Werden die Äste halten?« Ihre Zähne schlugen bei jedem Wort aufeinander.

»Bestimmt. Hier sind wir erst einmal sicher. – Jupp, kannst du etwas sehen? Irgendwelche Kameraden in der Nähe?«

»Auf 2 Uhr sind welche auf dem Deich!«, rief der Bayer.

Weit entfernt kreisten Hubschrauber.

Sie hatten nichts, um sich bemerkbar zu machen. Triefend nass hockten sie in den Ästen, während um sie herum der Wind ging. Er war nicht mehr so stark wie noch in der Nacht, nur bitterkalt. Die Soldaten knöpften ihre Regenjacken auf. Obwohl sie selbst froren, nahmen sie Uwe und Klein-Uschi dichter zu sich und legten den Stoff um die Kinder, damit wenigstens der Wind sie nicht noch mehr auskühlen konnte.

»Is halt a wenig frisch heit«, brummte Jupp.

Mit ausgestrecktem Arm konnte Karin den Fuß ihrer Tochter über ihrem Kopf erreichen und streichelte ihn.

»Dahinten, bei der Straße!«, rief der Soldat ganz oben. »Ich glaube, sie versuchen, uns zu helfen! Laufen alle aufgeregt hin und her.«

»Hört ihr, Kinder?«, sagte Oskar zu ihnen. »Gleich werden wir gerettet. Bestimmt.«

Karin schloss die Augen, während sie sich am Baum festklammerte.

Marion hatte General Norstad sofort am Telefon und stellte zum Senator durch. Das Telefonat dauerte keine Minute. Anschließend hatte sie Konteradmiral Rogge in der Leitung. Danach sandte sie ein Fernschreiben an das Verteidigungsministerium und eines an den Wehrbereich I, in denen offiziell um Hilfe gebeten wurde. Die Dinge müssten eine gewisse Restordnung haben, hatte Werner Eilers gemeint.

Bald darauf starteten auf dem Flughafen von Köln-Bonn Rettungshubschrauber der Briten und Amerikaner, beladen mit Wolldecken, Medikamenten, Sandsäcken und Soldaten. Zum ersten Mal seit Jahren würde wieder ausländisches Militär auf deutschem Boden im Einsatz sein. Diesmal galt es, keinen Krieg zu gewinnen, sondern Menschenleben zu retten.

Die Einheiten, die Konteradmiral Rogge befehligte, hatten sich bereits von Kiel aus Richtung Hamburg in Marsch gesetzt, um mit Sturmbooten und Material zu helfen. Pioniere rollten mit schwerem Räumgerät an. Sie sollten die Deiche sichern, Behelfsstraßen und -brücken bauen, damit die Helfer zu den Eingeschlossenen gelangen konnten.

Marion wurde schwindelig von all den Informationen, die sie umgehend an Schmidt weiterreichte. Da wurde die Tür zum Büro des Senators aufgestoßen. Werner Eilers und Helmut Schmidt rauschten heraus. Im Vorbeigehen warf der Senator eine grünliche Zigarettenpackung in einen Papierkorb, der neben Marions Schreibtisch stand.

Eilers trat zu ihr. »Rufen Sie in der Fahrbereitschaft an. Helmut hat seine Ersatzzigaretten im Wagen liegen lassen.«

Marion griff zu der Liste mit den internen Anschlüssen im Haus. Ihr Finger glitt über die Nummern und Abkürzungen.

»Es ist die eins-sieben-sieben-null. Sein Fahrer sitzt bestimmt unten und spielt Skat. Er soll mit den Glimmstängeln in den Besprechungsraum kommen.«

»Danke.« Marion legte die Liste beiseite und hob den Hörer vom Telefon ab. Es klingelte in der Leitung.

»Seit wann sind Sie hier, Fräulein Klinger?«

»Seit dem Tag, an dem auch der Herr Senator ...«

»Das meinte ich nicht. Wann haben Sie gestern angefangen zu arbeiten?«

Es klingelte noch immer. Ohne den Hörer vom Ohr zu nehmen, beantwortete Marion wahrheitsgemäß die Frage. »Meine Doppelschicht endete Freitagnachmittag. Um 22 Uhr kam ich wegen des Alarms zurück. Seitdem bin ich hier.«

»Sie hatten eine Doppelschicht und sind nach kaum mehr als sechs Stunden wieder im Dienst? Und das auch noch seit«, er überlegte, »über zwölf Stunden? Na, das wollen wir lieber nicht den Herren von der Gewerkschaft erzählen. Sind Sie in der Gewerkschaft?«

Marion schüttelte den Kopf.

»SPD?«

»Ich helfe manchmal im Laden in der Georg-Wilhelm-Straße aus, wenn Frau Pitscheider es wieder im Rücken hat.«

»Werner, kommst du?«, kam es vom Flur.

»Sie sollten sich eine Mütze Schlaf gönnen, Fräulein Klinger.« Schnell lief Eilers hinaus und schloss die Tür hinter sich.

Gewerkschaft? SPD? Nein, sie half bei Frau Pitscheider aus. Selbst in Marions Ohren hatten ihre Worte erbärmlich geklungen. Sie war nirgends engagiert, war nicht einmal Kassiererin in der Laubenkolonie. Anders Dieter, der Gewerkschaftler und Vereinsvorsitzende, der auch noch ehrenamtlich beim THW anpackte. Und sie? Marion hatte sich bisher nie Gedanken um Politik gemacht. Bis heute. Dass diese Stadt jeden Tag aufs Neue einwandfrei funktionierte, war für sie immer eine Selbstverständlichkeit gewesen. Niemals hatte sie darüber nachgedacht, welche Entscheidungen nötig waren, um Hamburg am Leben zu halten. Nie hatte sie sich damit beschäftigt, welch ausgeklügeltes System von Menschen, Regeln und Organisationen notwendig war, um so vielen Leute ein Zuhause und Arbeit zu geben. Und noch nie hatte sie sich darum gekümmert, was passierte, wenn all das zusammenbrach, weil Strom und Gas ausfielen, Hamburger in Lebensgefahr waren oder Tausende von Helfern koordiniert werden mussten.

An diesem Schreibtisch spürte sie zum ersten Mal einen Hauch vom großen Ganzen. Und es beeindruckte sie. Die Erkenntnis, dass sie furchtbar naiv gewesen war, schob sie eilig zur Seite.

Dennoch fragte sie sich insgeheim, wie es hatte sein können, dass die Menschen vor der Flut nicht gewarnt worden waren. Und als die Deiche brachen, hatte niemand gewusst, was zu tun war. Spätestens als die Telefone ausgefallen waren, war jedem klar geworden, dass Chaos ausgebrochen war. Weder hatte Polizeioberrat Leddin einen genauen Überblick über die Lage erhalten, noch wusste jemand, wo die Hilfe gerade am dringendsten benötigt wurde. Und keinem im Einsatzstab hätte man die Schuld geben können. Es waren die Umstände, die das Nichtfunktionieren des Ganzen unbarmherzig zutage gefördert hatten.

Dass der Senator die Alliierten um Hilfe gebeten hatte und die Bundeswehr im großen Stil in Marsch gesetzt worden war, war die Rettung gewesen. Schmidt war ein unglaublicher Glücksfall für die Stadt. Doch würde Hamburg bei der nächsten Katastrophe wieder Glück haben?

Die Flut hatte alle kalt erwischt. Das durfte nicht noch einmal passieren.

»Fahrbereitschaft.«

Marion schreckte zusammen, als sie eine Männerstimme im Hörer hatte. Sie gab den Wunsch des Senators an den Fahrer durch und legte auf.

Hauptgefreiter Oskar Meinecke wusste, dass keiner von ihnen auf dem Baum lange überleben konnte, schon gar nicht die Kinder. Besorgt sah er zu seinen Kameraden. Fritz' Lippen wurden blau. Auch Jupp war in den letzten Minuten recht schweigsam geworden. Sie kauerten auf den dünnen Ästen und hofften nur noch.

»Uwe«, rief Oskar, »magst du Hubschrauber?« Müde nickte der Junge. Er musste unbedingt verhindern, dass die Kleinen einschliefen. »Ich habe einen Freund, der ist Hubschrauberpilot.« Er wies auf einen dunklen Punkt am Himmel, der knatternd über die Hausdächer flog. »Vielleicht sitzt er in dem dort und holt uns gleich ab. Rüdiger heißt er. Soll ich ihn dir vorstellen, wenn wir wieder im Warmen sind?«

Jupp grinste müde. Sein Kamerad wusste, dass es diesen ominösen Freund bei den Piloten überhaupt nicht gab. Der Junge hörte dennoch interessiert zu.

Oskar fabulierte weiter. »Er hat einen Hund. Der heißt wie er Rüdiger. Und wenn die Frau vom Rüdiger ihren Mann ruft, dann kommt immer der Hund. – Möchtest du auch einen Hund haben, Uwe?«

Wieder nickte der Junge.

»Ich auch!«, rief die Kleine. »So einen wie Lassie. Der wohnt bei Oma und Opa im Fernseher.«

Erleichtert erkannte Oskar, dass die Kinder wieder munter wurden. Er redete und redete, fragte, ob sie schon schwimmen konnten oder Kirschen mochten. Willig antworteten sie. Währenddessen blickte Oskar nach unten zu dem Ast, wo eben noch die Mutter der beiden gesessen hatte.

Der Ast war verwaist.

Sein Magen krampfte sich zusammen, hastig schaute er über das eisgrau glänzende Wasser. Eine Kiste, ein Tisch, Kleider, tote Hühner und eine umgekippte Badewanne zogen an ihnen vorbei. Nirgends war die Frau zu sehen, die sie eben noch gerettet hatten.

»Wo ist meine Mama?«, hörte er Klein-Uschis Stimme über sich.

Oskar wollte antworten, aber er konnte nicht.

10:40 Uhr, Hamburg-Wilhelmsburg

Sie hatten ihn aus dem Wasser gezogen. Das war das Einzige, woran sich Dieter schemenhaft erinnerte. Sein Bein. Irgendetwas hatte es eingeklemmt, als das Floß unter seinen Füßen auseinandergebrochen war. Eine der Tonnen musste ihn am Kopf erwischt haben. Der Verband um seinen Schädel und die dumpfen Schmerzen darin waren der Beweis.

Jetzt lag er auf einem Feldbett, ohne zu wissen, wie er hierhergekommen war. Fetzen vager Erinnerung irrten durch sein Hirn. Kinder, die weinten. Leute, die ihn zu einem Auto schleppten. Ein Mann im weißen Kittel.

Dieter drehte vorsichtig den Kopf. Er stöhnte.

In der Nähe standen weitere Feldbetten. Alle waren belegt. Geschäftiges Treiben bei den Männern und Frauen, die dazwischen umherliefen, Verbände anlegten, Spritzen verabreichten, beruhigend auf Angehörige einredeten. Das hätte ein Feldlazarett sein können, wie Dieter es aus dem Krieg kannte, als die teils zerstörten Krankenhäuser die Verletzten nicht mehr aufnehmen konnten und im Freien versorgen mussten. Doch der Ort war kein Zelt. Die Kreidetafel an der Wand, wo die ersten Buchstaben des Alphabets in Schönschrift gemalt auf geraden Linien standen, sagten ihm, dass er sich in einer Grundschule befand.

Er wollte sich aufsetzen, als Schwindel ihn überfiel. Schwer sank er zurück. Sein Mund war trocken.

Dieter spannte die Muskeln im Rest seines Körpers an, um herauszufinden, ob er noch funktionierte. Außer Bein und Kopf schien er einigermaßen in Ordnung zu sein.

Er wagte einen neuen Versuch, sich aufzusetzen. Mit etwas Konzentration funktionierte es. Langsam ließ er die Beine aus dem Bett gleiten. Sein Schädel brummte höllisch, als hätte er den allerschlimmsten Kater seines Lebens.

Eine Schwester trat zu ihm. Sie lächelte nicht. Warum auch, es gab nichts zu lächeln.

»Können Sie sich an Ihren Namen erinnern?«

Er überlegte kurz. Dann antwortete er, und sie notierte es auf einem Block, fragte nach Geburtsjahr und Wohnadresse und informierte ihn darüber, dass er eine Gehirnerschütterung hatte und die nächsten Stunden besser hierblieb, bis ihn jemand abholte.

»Wen soll ich informieren lassen, dass Sie hier sind?«

Dieter schüttelte den Kopf. »Niemanden. Ich suche meine Frau und meine Kinder. Sie waren in unserem Häuschen, als das Wasser kam.« Er wollte aufstehen, aber sie drückte ihn zurück auf das Bett. »Sie bleiben hier. Sobald der Doktor sagt, dass Sie gehen können, können Sie gehen.«

»Ich muss meine Familie suchen«, flehte Dieter.

»Auch wenn wir dringend das Bett brauchen, Herr«, sie schaute auf ihren Block, »Krämer, in Ihrem Zustand schaffen Sie es nicht einmal auf die Straße.«

Sie hatte recht. Stöhnend sank er zurück ins Kissen.

»Es werden gerade Stellen eingerichtet, wo die Leute nach Angehörigen suchen können«, sagte sie in versöhnlicherem Ton.

»Wie damals im Krieg«, murmelte er matt, denn für ihn fühlte sich all das genauso an.

»Ja.« Sie holte tief Luft. »Geben Sie mir die Namen und

Geburtsdaten Ihrer Familie, und ich leite das Gesuch weiter. Sollten sie in einem Krankenhaus sein, werden wir sie finden. Währenddessen ruhen Sie sich hier aus.«

»Danke«, flüsterte er erschöpft und nannte der Schwester die gewünschten Daten. »Klein-Uschi ist erst drei, und Uwe geht in die Grundschule.« Der Klang ihrer Namen trieb ihm die Tränen in die Augen. Die Frau hörte ihn nicht mehr. Sie war schon gegangen.

Ungeduldig beobachtete er in der nächsten Stunde die Tür, in der Hoffnung, dass sie zurückkehrte. Er hörte Stimmen im Flur. Menschen weinten. Vor den Fenstern fuhren im Minutentakt Rettungswagen vor.

Irgendwann hielt er es nicht mehr aus und stemmte sich auf. Diesmal ging es besser. Der Schwindel kam nicht sofort. Mit in den Händen aufgestütztem Kopf saß er eine Weile auf der Kante des Feldbetts und wartete, dass die Welt aufhörte, sich zu drehen. Dann erhob er sich, wankte, hielt sich an einem Stuhl fest, der ins Kippen geriet, stolperte und fiel jemandem in die Arme.

»Sie sollen liegen bleiben.«

»Haben Sie sie gefunden?«, krächzte Dieter und suchte im Gesicht der Schwester die Wahrheit.

»Ich bin mir sicher, man wird Ihre Familie finden, Herr Krämer.« Sie wollte ihn zum Feldbett zurückschieben.

»Mir geht es gut.« Er wand sich aus ihrem Griff und richtete das Krankenhaushemd, das er trug. »Geben Sie das Bett jemand anders. Wo sind meine Sachen?«

»Sie sind nass.« Prüfend sah die Frau ihn an.

»Ich brauche was zum Anziehen, irgendetwas.«

»Wie Sie meinen. Am Ende des Gangs haben wir eine Kleiderkammer eingerichtet. Die Leute bringen uns, was sie haben. Vielleicht ist etwas für Sie dabei.«

Mit einem gemurmelten »Danke« torkelte er barfuß hinaus, bedacht darauf, dass das Hemd hinten nicht aufging.

Die Tür zur improvisierten Kleiderkammer stand offen. Leute strömten hinein und heraus. Dieter schlurfte zu einer Frau, die an einem Tisch Pullover zusammenlegte.

»Moin. Ich brauche was zum Anziehen.«

»O ja, ich sehe es.« Sie ließ den Pulli sinken, ging zu einer Kleiderstange, an der Hosen auf Bügeln hingen, und wies zu einem Regal mit Unterwäsche, Socken und Schuhen. »Nehmen Sie sich, was Sie brauchen.« Sie zeigte zu einer Wolldecke, die man in einer Ecke aufgehängt hatte. »Dort können Sie sich anziehen. Schals, Mützen und Mäntel sind dahinten.«

Dieter nahm das Erste, was ihm in die Hände fiel, und begab sich in die Umkleidekabine, wo er sich eilig anzog. Die Hose war zu weit. Weil er keinen Gürtel fand, holte er einen Schlips zum Festbinden. Das Hemd war aus Polyester und wirkte modern. Auch wenn Dieter Pink nicht mochte, zog er es schnell über. Socken für die Stiefel brauchte er nicht. Er griff sich einen alten US-Army-Mantel aus Leder. Aus eigener Erfahrung wusste er, dass diese Dinger warm hielten. Während er ihn sich überwarf, dachte er an Karin und die Kinder. Wo waren sie? Er hoffte, nein, er betete, dass sie sich gerettet hatten und irgendwo auf ihn warteten.

Er ging zu der Dame zurück, die konzentriert Kleidungsstücke aus einer Plastikwanne fischte, um sie aufzuhängen oder auf einen der Tische zu legen.

»Was schulde ich Ihnen?«

»Gar nichts. Draußen gibt es Erbsensuppe und frisches Brot. Dazu einen anständigen Kaffee mit Sahne. Stärken Sie sich. Ich glaube, Sie haben es nötig.«

Als er hinausging, schaute er in den tiefgrauen Himmel hinauf, aus dem einzelne Schneeflocken rieselten. Es war bitterkalt. Kälter als alles, was er je gefühlt hatte. Er fragte sich, ob er dieses eisige Gefühl je aus seiner Seele bekommen würde.

Er humpelte zu einem großen Zelt hinüber, wo man Tische und Stühle aufgebaut hatte. Ein älterer Herr teilte aus einer Feldküche großzügig Erbsensuppe in Teller und reichte sie den Wartenden.

Dieter stellte sich an. Vor ihm stand eine Frau mit einem etwa zehn Jahre alten Mädchen. Sie redete entweder auf das Mädchen ein oder drückte es an sich, als hätte sie Angst, es könnte sich in nichts auflösen. Die Kleine war blass, ihr Blick leer. Dieter wollte sich nicht ausmalen, was sie in der letzten Nacht erlebt haben mochte.

Als er dran war, fragte er den Mann mit der Kelle in der Hand, wo jene Leute hingebracht wurden, die gerettet worden waren.

»Kommt drauf an, wo sie gefunden wurden.«

»Wir wohnen in der Nähe vom Spreehafen.«

»Ich weiß nicht genau. Aber jemand sagte vorhin, dass es eine Sammelstelle in der Schule die Straße runter gibt. Von dort werden alle mit Bussen auf Notunterkünfte verteilt, sofern sie nicht verletzt sind.«

Dieter dankte. Er humpelte zu einem Tisch, an dem ein Mann tief gebeugt über einem Teller hockte und Suppe schlürfte. Dieter war nicht nach Reden zumute, also setzte er sich schweigend ans andere Ende des Tisches.

»Wo kommen Sie her?«, fragte der Mann. Über sein Gesicht ging eine tiefe Schramme, die rot leuchtete.

»Siedlung hinterm Spreedeich.«

»Wir hatten schon den Zaun erreicht, wissen Sie? Die Strömung, sie war zu stark. Ich konnte sie nicht festhalten, meine beiden Mädchen.« Der Mann fiel in sich zusammen, während er noch schneller seine Suppe aß, als könnte nur etwas Normales ihn davon abhalten auseinanderzubrechen.

»Das tut mir leid«, murmelte Dieter.

Aus dem Haus gegenüber traten Leute. Sie trugen Töpfe, die sie zu dem Mann mit der Gulaschkanone brachten, um alles hineinzuschütten. Eine Frau schenkte frisch aufgebrühten Kaffee aus. Ein Taxifahrer bot sich an, jeden kostenlos mit in die Stadt zu nehmen. Bevor er sich versah, war sein Wagen voll, und er rollte fort.

Dieter wollte nicht in die Stadt, sondern hierbleiben, um seine Familie zu suchen.

»Das Wasser! Das verdammte Wasser!«, schrie der Mann am Tisch.

Dieter zuckte zusammen.

»Es hat sie mir aus den Händen gerissen. Ich konnte nichts dagegen tun.« Sein Gesicht war tränennass, als er von seinem Teller hochschaute. »Sie waren noch so klein.«

Dieter schluckte. Was sollte er dazu sagen?

Wieder widmete sich der Fremde seiner Suppe, löffelte und löffelte, obwohl der Teller längst leer war. »Wie soll ich das nur meiner Frau erklären?«

Plötzlich sah Dieter die kleinen Mädchen und ihren Vater vor sich, wie sie gegen die Wellen kämpften, um Hilfe schrien, während sie sich an einen Maschendrahtzaun klammerten. Das Wasser jedoch nahm sich, was es wollte.

Von Neuem schwappte die Angst in Dieter hoch, dass es so auch seiner Familie ergangen sein könnte. Hastig schob er den Teller von sich und stand auf, als eine Frau in grauem Wintermantel, unter dem sie die Tracht einer Schwester des Roten Kreuzes trug, zu ihnen kam. Sie legte eine Hand auf den gebeugten Rücken des Mannes.

»Ich kümmere mich um ihn«, sagte sie sanft.

Dieter dankte ihr und stolperte auf die Straße.

Ein Stück entfernt entdeckte er einen Geländewagen, wie ihn das Militär benutzte. Ein grüner, unscheinbarer Munga vom THW. Dieter humpelte hinüber.

Der Fahrersitz war leer, der Schlüssel steckte. Dieter stützte sich am Wagendach ab, um sein Bein zu entlasten, und schaute sich um, konnte aber nirgends jemanden entdecken, der eine THW-Uniform trug. Seine Gedanken rasten. Er brauchte das Auto, um zurück nach Wilhelmsburg zu gelangen, wo Karins Schwester Ilse in einem der großen Häuser beim Stübenplatz wohnte. Vielleicht hatten seine Frau und die Kinder es bis dahin geschafft, bevor der Deich gebrochen war. Die Gebäude am Platz hatten mehrere Stockwerke und waren aus Stein. Er musste unbedingt zurück. Und der Wagen war seine Chance.

Dieter fragte die Leute auf der Straße, ob sie Männer vom THW gesehen hatten. Jedes Mal war Kopfschütteln die Antwort.

Er überlegte, ob er den Wagen einfach mitnehmen sollte. Vielleicht hatte er Glück. So wie damals bei Pastor Lampe, der niemals erfahren hatte, dass jemand sein Fahrrad geklaut und später heimlich zurückgebracht hatte. Doch so einfach würde es dieses Mal wohl nicht werden.

Wieder blickte er die Straße rauf und runter, auf der Suche nach einer anderen Lösung, als ein Auto zu stehlen. In seinem Inneren kämpften Vernunft und Panik um die Vorherrschaft. Es war die Angst, die gewann.

Gerade wollte er sich in den Wagen setzen, als ein Uniformierter aus einem nahen Hauseingang trat. Dieter erkannte an der Uniform, dass er Truppführer war und damit dem Gruppenführer Dieter Krämer untergeordnet, sofern man außer Acht ließ, dass er letzte Nacht degradiert worden war, weil er seine Leute wegen eines Telefonats verlassen hatte.

Nun, das musste der Jüngling vor ihm ja nicht wissen.

»Moin«, grüßte er den jungen Mann zackig. »Gruppenführer Krämer. Ihr Auftrag?«

Der Truppführer musterte ihn. Wahrscheinlich versuchte er, sich einen Reim auf die zusammengewürfelte Zivilkleidung zu machen. Zum Glück hatte Dieter noch seinen THW-Ausweis dabei. Trotz des Wassers waren deutlich sein Foto, das blaue Zahnrad mit den drei Buchstaben sowie Rang und Name zu erkennen.

Übertrieben salutierte der junge Mann. »Meisner, Josef, Ortsverband Nord. Hinterm Haus befindet sich ein Sammelknoten für die Haupttelefonleitungen. Alles durchgeschmort wegen dem Wasser. Das ist in die Schächte gelaufen. Wir sollen es notdürftig richten.«

»Wie viele seid ihr?«

»Zwei.«

»Wie lange wird das dauern?«

Der junge Mann zuckte mit den Schultern und verzog das Gesicht. »Das dauert mindestens noch vier oder fünf Stunden, bis wir alles getauscht und geprüft haben.«

»Funk habt ihr nicht im Wagen, oder?«

Der junge Mann schüttelte den Kopf. »Funk? Nee, so was Feines haben wir nicht. Sind ja nur die Strippenzieher.«

Natürlich wusste Dieter, dass sie kein Funkgerät dabeihatten. Wäre dem nicht so gewesen, wäre sein Vorhaben ganz schnell aufgeflogen. »Ich brauche euren Wagen, Kamerad. Schaffe es sonst nicht zur Einsatzbesprechung. Bin heute Morgen etwas nass am Deich geworden.«

Hier und jetzt wollte sich Dieter keine Gedanken darum machen, was passierte, wenn seine Lüge aufflog. Immerhin stellte er schon wieder seine Familie über das Wohl der Sache. Ihm war klar, dass er die längste Zeit beim THW gewesen war. Doch das interessierte ihn gerade nicht. Er wollte nur seine Kinder zurückhaben. Und Karin.

»Nehmen Sie sich ruhig den Munga, Herr Gruppenführer. Vor heute Abend sind wir hier eh nicht fertig. Lassen Sie ihn einfach zurückbringen, wenn Sie ihn nicht mehr brauchen.«

Dieter salutierte und stieg ein.

10:45 Uhr, Flughafen Hamburg-Fuhlsbüttel

Georg Hagemann füllte gerade das Flight Log aus, während Berger mit Techniker Killing über die Winde sprach und die Sycamore hinter ihnen betankt wurde. Wenn Killing die Sache mit der Winde schnell in den Griff kriegte, konnten sie in spätestens fünfzehn Minuten wieder in der Luft sein.

»Ich brauche einen starken Kaffee!«, rief Berger kurz darauf Georg zu. »Kommst du mit?«

»Ja.«

Gemeinsam gingen er und sein Luftrettungsmeister zum Hangar, wo ein Tisch mit Getränken bereitstand. Kaum waren sie in der Halle, trat der OvD zu ihnen.

»Das hat Folgen!«, brüllte der Hauptmann mit hochrotem Kopf. »Wissen Sie überhaupt, wen Sie da in der Pampa ausgesetzt haben, Hagemann? Wissen Sie das eigentlich?«

Neben Georg hob Berger abwehrend die Hände. »Dieser Anschiss ist deiner. Ich habe nur Befehlen gehorcht.«

»Feigling.«

»Richtig. Aber ein Feigling mit einer sauberen Akte.«

Nur die Tatsache, dass er nicht noch mehr Ärger haben wollte, hielt Georg davon ab, dem grinsenden Berger eins auf die Lippe zu geben, als der OvD auch schon vor ihnen stand. Vorbildlich zackig ließ Georg die Hand zum Gruß an den Kopf fahren und meldete sich bei seinem Vorgesetzten vom Einsatz zurück, während Berger gemächlich zum Tisch schlenderte, um sich einen Becher Kaffee einzugießen und den Anschiss aus sicherer Entfernung zu genießen.

»Was, Hagemann, war an dem Auftrag so schwer zu verstehen? Sie sollten jemanden abholen und zurückbringen. Mehr nicht.«

»Melde gehorsamst, zwei Überlebende und einen Hund gerettet.«

»Wechseln Sie nicht das Thema, Leutnant!« Der Offizier wies zur Einsatzzentrale hinüber. »Da ruft mich jemand aus dem Polizeihaus an und sagt, Sie haben den Senator bei Ihrem Abflug vergessen. Sind Sie des Wahnsinns?«

»Irgendwelche Politiker herumzukutschieren, während unter mir die Leute ertrinken und erfrieren? Das kann ich nicht.«

»Quatsch! Sie wollten sich großtun, angeben.« Der Hauptmann starrte ihn an.

Sicherheitshalber blickte Georg zu Boden, damit der Mann seine Wut nicht sah. »Wir haben nicht genügend Maschinen im Einsatz, Herr Hauptmann. Das reicht vorne und hinten nicht.«

»Ausreden!«

Georg hob den Kopf. »Nein. Auf den Dächern sind noch Hunderte Menschen und erfrieren. Dieser Politiker sitzt garantiert schon wieder im Warmen.«

»Wir sind nicht die Einzigen im Einsatz, Hagemann. Jemand hat das Marinefliegergeschwader Kiel-Holtenau in Marsch gesetzt. SACEUR schickt Einheiten, und es wird eine Luftbrücke zwischen Köln-Bonn und uns eingerichtet. Mindestens zwanzig Sikorskys sind mit Wolldecken, Essen, Schlauchbooten, Männer und Sturmbooten unterwegs. Die Rettung läuft an. Sie, Leutnant, werden ab sofort nicht mehr den Helden mimen, verstanden?«

Georg stockte. Wollte sein Vorgesetzter ihm gerade sagen, dass er überflüssig war? Sollte er abkommandiert werden wegen der Sache mit dem Politiker?

»Leute stehen auf den Dächern, Herr Hauptmann. Sie brauchen jeden Piloten, den Sie finden können. Bitte, lassen Sie mich wieder raus.«

Der Mann musterte ihn lange, während er die Hände aneinanderrieb und hineinpustete. »Richtig, Hagemann. Leider ist es für Sie vorbei. Der Senator will Sie nämlich sehen.«

Georg zuckte zusammen. »Ich soll vor einem Politiker kuschen?«

»Jetzt reicht's, Befehl ist Befehl!«, schnauzte der Hauptmann. »Polizeihaus. 21–100. Seien Sie gefälligst pünktlich. Ich werde auch dort sein und versuchen, das Schlimmste zu verhindern.« Er machte eine Pause. »Und bis dahin, Hagemann, holen Sie mir so viele Menschen von den Dächern wie möglich, verstanden?«

Erleichtert warf Georg die Hand an die Stirn. »Jawohl, Herr Hauptmann.«

Dann rannte er zu seinem Helikopter zurück.

»Los, Berger!«, brüllte er gegen den Wind. »Kaffee kannst du auch später trinken. – Halb voll reicht«, wies er den Mann am Tankstutzen an und wartete ungeduldig, dass der Tankwagen endlich fortfuhr.

Ein eiliger Check mit dem Techniker, und schon begannen sich die Rotorblätter langsam zu drehen, während Berger das Flight Log wieder um den Oberschenkel schnallte und mit einem Kugelschreiber Eintragungen darin machte.

»Schade!«, rief er. »Ich hatte gehofft, sie erschießen dich standrechtlich!«

»Vielleicht nächstes Mal.« Lachend startete Georg die Sycamore, um zurück nach Wilhelmsburg zu fliegen. »Wir machen dort weiter, wo wir vorhin die Leute eingesammelt haben.«

Helga hatte sich geirrt. Er war kein Feigling. Und sein Kind würde später einmal stolz auf ihn sein.

11:10 Uhr, Hamburg-Wilhelmsburg

Auf der anderen Straßenseite entdeckten sie eine Frau am offenen Fenster. Sie hielt ein schreiendes Baby im Arm. Sichtlich verzweifelt rief sie Jens zu, dass sie für das Kleine keine Milch im Haus hatte, und selbst wenn, könnte sie sie nicht aufwärmen. In der Schlucht zwischen ihnen stand das Wasser noch immer zu hoch, um zum Laden gelangen zu können. Nach dem Einsetzen der Ebbe hätte der Wasserspiegel eigentlich sehr viel niedriger sein müssen. Jetzt kam bereits die nächste Flut und mit ihr die Angst der Menschen, die restlichen Deiche könnten auch noch brechen.

Jens eilte zu Frau Klüver, um nach Milch zu fragen. Seit Stunden versuchten er und Erika, zu helfen, wo sie nur konnten.

»Wie alt ist denn das Kleine? Ist es der Lütte von der Elsa?«

Jens wusste es nicht.

»Wenn es der Lütte von der Elsa ist, braucht das Kind spezielle Milch. Normale Milch würde dem Würmchen Bauchweh machen. Also, wie groß war das Kind auf dem Arm der Frau?«

Jens überlegte und zeigte mit den Händen eine Größe, wie Angler es tun, wenn sie über ihren Fang reden.

»Gut, dann ist es nicht das Lütte. Vielleicht jemand aus der Nachbarwohnung. Die Leute sind neu. Die kenne ich nicht.«

Frau Klüver öffnete den lichtlosen Kühlschrank, holte den letzten Liter Milch heraus und reicht ihn Jens.

»Nee, die Milch muss warm sein. Sie sagt, sie hat keinen Kohleofen, und ihr Elektroofen funktioniert ja nicht.«

»Tja, wenn man immer nur den Luxus will, hat man in Krisenzeiten das Nachsehen, sach ich ja man nur.« Frau Klüver ging zu ihrem alten Kohleherd und stellte einen Topf darauf. »Und wie, junger Mann, planst du, der Mutter die Milch zu bringen? Einfach rübergehen klappt nicht.«

»Haben Sie einen Wäscheboden oder so etwas?«, fragte Erika.

Die Nachbarin nickte. »Die Wäscheleine von oben? Gute Idee. Schlüssel hängt am Brett bei der Tür.«

Erika lief hinaus.

»Fummeln Sie mir die Leine nachher ordnungsgemäß wieder an die Haken, junges Fräulein!«, rief Frau Klüver ihr nach, als die Haustür auch schon zuklappte. »Nettes Mädchen, deine Freundin, Junge.«

»Ist gar nicht meine Freundin.«

Die Nachbarin drehte sich zu ihm um. »Nein? Sollte es aber. Sie kann anpacken, hat das Herz am rechten Fleck und ist sich nicht zu schade, das Kleid einer alten Frau zu tragen.«

Jens grinste. »Sie sind doch nicht alt, Frau Klüver.«

Die lachte. »Aus dir wird noch ein Charmeur, Junge. Ganz bestimmt. Kannst bei der Erika ja schon mal üben.«

Er schüttelte den Kopf. »Nee, die ist zum Üben viel zu schade.«

»Recht hast du, Junge.«

Zehn Minuten später stand Jens in Badehose im eisigen Wasser. Um den Bauch hatte er eine Wäscheleine gebunden, deren anderes Ende Erika und ein Nachbar festhielten. Jens hatte sich auf die Unterlippe gebissen, als er den ersten Schritt auf die Straße gemacht hatte, um nicht wie ein Mädchen aufjuchzen zu müssen. Scheiße, war das kalt.

Das Wasser reichte ihm fast bis zum Hintern. Peinlich. Der Gedanke, dass Erika und die anderen genau das sahen, während er hinübertapste, behagte ihm überhaupt nicht. Egal, das musste jetzt eben mal sein.

Die Flasche mit der warmen Milch hielt Jens über den Kopf und lief los. Er versuchte, nicht darüber nachzudenken, welch lächerliche Figur er gerade abgab. Stattdessen konzentrierte er sich darauf, es Schritt für Schritt heil auf die andere Seite zu schaffen, wo die Leute in der Tür bereits auf ihn warteten, darunter die Frau mit dem schreienden Kind im Arm. Ein Mann stand im Eingang, wo ihm das Wasser bis zu den Knien ging.

Langsam und mit Bedacht näherte sich Jens ihm. Kurz vor dem Hauseingang trat er ins Nichts. Der Boden war an der Stelle einfach fort. Jens spürte noch, wie sich die Wäscheleine um seinen Bauch schmerzhaft spannte. Eine Hand griff nach seinem Arm. Schnell zog man ihn wieder hoch. Prustend stolperte er die beiden Stufen zur Haustür hinauf.

»Danke«, keuchte er dem Mann zu.

Er reichte der Mutter die lauwarme Milch, die ihn spontan umarmte, den Inhalt der Flasche in ein Babyfläschchen füllte, diese prüfend an die Wange hielt und sie dann dem Kleinen gab, der hastig daran sog.

»Kommen Sie rein, junger Mann. Sie müssen sich aufwärmen«, sagte der Mann, der ihm eben geholfen hatte.

Man brachte Jens ins Treppenhaus. Jemand legte ihm eine Wolldecke um.

»Ich gehe gleich wieder zurück.« Jens dachte an Erika und hoffte, sie würde stolz auf ihn sein. Genug gefroren dafür hatte er auf alle Fälle.

Zähneklappernd machte er sich auf den Rückweg. Sein Sportlehrer hatte einmal zu ihm gesagt, dass man nicht zum

Helden geboren sei, sondern das Leben einen zum Helden mache. Oder auch nicht. Das müsse eine Entscheidung sein, die jeder für sich selbst treffe. Jens jedenfalls fühlte sich gerade wie ein Held, zwar wie ein unterkühlter, aber immerhin.

Zurück bei Erika wurde er sogleich belohnt. Sie umarmte ihn, obwohl er nass wie ein Pudel war. Ein halb nackter Pudel, wohlgemerkt.

Mit warmen Kleidern am Leib stand Jens bald darauf wieder bei Frau Klüver in der Küche, die stirnrunzelnd in den fast leeren Kühlschrank schaute. Sie hatte all das Essen darin an die Nachbarn und den alten Herrn Finstermeier verteilt, den sie immer im Blick haben musste, weil er ständig ausbüxen wollte, um in seine völlig zerstörte Wohnung zu gelangen.

»Normalerweise würde ich jetzt zum Kaufmann laufen«, sinnierte Frau Klüver halblaut und seufzte. »Hoffentlich sind die Straßen bald wieder frei. Gummistiefel habe ich ja noch.« Sie schloss die Tür. »Bis dahin werden wir einfach ein wenig hungern. Tut mir bestimmt gut.«

Jens schob sich eine letzte Scheiblette in den Mund und warf die leere Verpackung in den Mülleimer. Kauend verkündete er, eine Idee zu haben. Als er den Käse heruntergeschluckt hatte, blickte er in die Runde. »Unsere Häuserreihe hat doch ein durchgehendes Flachdach. Wir könnten es von hier bis zur Ecke schaffen. Dort gehen wir über die Dachluke des Nachbarhauses hinunter zur Straße. Von da ist der Weg zum Kaufmann nicht mehr weit.«

»Ich begleite dich«, entschied Erika. »Haben Sie Einkaufstaschen für uns, Frau Klüver? Ach ja, und etwas Geld.«

Kurz darauf drückte Jens die Luke hoch, und sie kletterten aufs Dach. Von hier oben konnte man das ganze Ausmaß der Katastrophe sehen. Hubschrauber donnerten über den Stadtteil und schienen hauptsächlich ein Stück weiter bei den Laubenkolonien beschäftigt zu sein. Es waren viele Hubschrauber. Jens zählte allein über diesem Teil von Wilhelmsburg sechs oder sieben.

»Was ist, wenn das Wasser wieder steigt?«, fragte Erika. »Denkst du, es werden noch mehr Deiche brechen?«

Er zuckte mit den Schultern. »Keine Ahnung. Der Wind hat zumindest nachgelassen.«

Nebeneinander liefen sie über das Dach, vorbei an Antennen und Schornsteinen.

»Irgendwie ging der Abend anders aus, als du gedacht hattest, oder?«, fragte sie unvermittelt.

»Ähm, wie meinst du das?« Jens ahnte, dass die Sache jetzt peinlich werden könnte. Brigitte. Ja, er hatte mit ihr etwas geplant, nur so weit war es dank des Sturms überhaupt nicht gekommen. Leider. Oder auch nicht.

Fragend schaute Erika ihn an.

»Ähm ...«

»'tschuldigung. Blöde Frage.«

Sie hatten das Ende des Dachs fast erreicht. Im Boden war eine Fensterluke. Sie war verschlossen.

»Oh.« Das hatte Jens bei seinem Plan nicht bedacht.

»Und nun?«

»Klopfen, rufen, so etwas in der der Art.«

Erika schüttelte den Kopf. Statt zu rufen oder zu klopfen, ging sie zum Rand des Dachs und beugte sich hinunter. Schon wollte er sie warnen, sie solle vorsichtig sein, als sie offenbar jemanden entdeckt hatte.

»Hallo, Sie da! Könnten Sie uns mal die Dachluke aufmachen?« Dann bedankte sie sich und kam zurück. »Ich dachte mir, dass nicht nur wir am offenen Fenster stehen, um zu sehen, was unten passiert.«

Sie warteten. Der Wind ließ sie frösteln.

»Weißt du«, begann sie noch einmal, »so schrecklich all das auch ist, irgendwie, also, was ich sagen will, ist eigentlich, dass ich das gar nicht so schlecht finde, verstehst du?«

Erstaunt sah Jens sie an. »Wie bitte?«

»Was ich meine, ist, dass du im Club, nun ja, ich glaube, du hattest nur Augen für die Brigitte.« Erika lachte verlegen. »Klar, sie ist ja auch hübsch.« Sie wickelte sich tiefer in den Mantel und blickte zu ihren Füßen. »Es tut mir irgendwie leid, dass alles so gekommen ist. Nur wegen des Sturms war Brigitte nicht hier, und du musstest mit mir die Nacht zusammen verbringen.«

Jens kratzte sich am Kopf. Er musste zugeben, dass die letzten Stunden mit Erika bestimmt besser gewesen waren als eine Nacht mit der lockeren Brigitte.

Er und Erika hatten viel geredet, sogar bei Kerzenschein. Er wusste schon jetzt eine Menge über sie und sie über ihn. Dinge, über die er niemals mit einem Mädchen geredet hätte. Mit ihr aber fühlte es sich ganz normal an. Völlig selbstverständlich.

Er schluckte. »Ähm, darf ich dich ... küssen?«

Sie nickte.

11:30 Uhr, Überflutungsgebiet

Sie waren ohne Pause im Einsatz. Kurzes Auftanken. Technikcheck. Dann starteten sie erneut. Der Sturm versuchte ständig, sie mit fünfundsechzig Knoten vom Kurs abzudrängen. Georg und Berger redeten nur noch das Nötigste miteinander. Einzelne Worte oder zwei.

»Da drüben! Auf 4 Uhr!« Sein Co-Pilot wies nach Westen. »Drei Personen. Liegend.«

Die Sycamore hielt direkt auf das flache Gebäude zu, dessen Dach nur knapp aus dem Wasser ragte. Georg ging tiefer. Die Rotorblätter wirbelten das Wasser unter ihnen auf und schoben kreisrunde Wellen vor sich her.

Sie standen keine fünf Meter vor dem Haus, auf dem sich niemand regte.

»Mist!«, rief Berger. »Das sind ja Kinder!«

Georg starrte die kleinen Gestalten an. Sie trugen Nachtzeug. Der Älteste musste um die elf oder zwölf Jahre alt sein, die anderen beiden vielleicht vier und acht. Dicht lagen sie beieinander. Es schien, als schliefen sie.

Berger schnallte sich ab, drehte seinen Sitz und hangelte sich nach hinten, um den Haltegurt anzulegen.

Im Lärm der Rotorblätter meinte Georg, ihn rufen zu hören. Behutsam positionierte er die Sycamore über den Kindern. So weit wie möglich ging er hinunter, in der Hoffnung, dass Berger sehen konnte, ob sie noch lebten. Der Abstand zwischen den Reifen seines Helis und dem Dach betrug weniger als einen Meter. Er durfte nicht aufsetzen. Die Laube würde wie ein Kartenhaus unter dem Gewicht der Maschine zusammenbrechen.

Warum sprang Berger nicht hinunter? Vielleicht lebte eines der Kinder noch! Sie könnten sie an Bord holen und direkt ins Krankenhaus fliegen. Zehn Minuten würde das nur dauern, nicht länger.

Georg ging tiefer. Da schob eine unsichtbare Hand die Sycamore beiseite. Berger schrie auf. Schnell zog er den Steuerknüppel zur Seite, steuerte gegen. Die Maschine geriet ins Schlingern. Die Rotorblätter köpften eine Baumspitze zu ihrer Linken.

Georg fluchte durch die Zähne, umklammerte das Gelenk der anderen Hand, mit der er den Stick festhielt. Um Himmels willen, nur keine hektischen Bewegungen. Die Böe schüttelte sie durch, drückte sie noch mehr zur Seite, als wollte ein Riese den Hubschrauber wie eine lästige Fliege fortscheuchen. Georg griff zum Pitch. Sie mussten an Höhe gewinnen!

Vier Meter, fünf, sechs. Ihr Heli gab der Böe nach, ließ sich forttreiben.

Der Schreck hatte Georg fast die Luft genommen. Er drehte die Maschine.

Berger kam zu ihm, brüllte: »Willst du mich umbringen? Es hat nicht viel gefehlt, und ich wäre rausgefallen!«

»Unsinn. Du hast deinen Gurt.«

Berger ließ sich auf seinen Sitz fallen. »Musstest du so dicht runter? Das eine Rad hat die Teerpappe hochgerissen.«

Tatsächlich war ein Teil des Dachs aufgeschlitzt, keinen halben Meter von den schlafenden Kindern entfernt, die sich nicht gerührt hatten. Wut überfiel Georg. Wo waren die Eltern? Warum waren die Kleinen allein? Jemand hätte sich kümmern müssen!

Er hörte Bergers Stimme wie aus weiter Ferne, der über Funk Meldung machte. »Okay, lass uns weitermachen.«

»Nein, wir nehmen die Kinder an Bord.«

»Bist du bescheuert? Wir müssen die Lebenden retten. Für die Kleinen können wir nichts mehr tun.«

Georg dachte an Helga und das Ungeborene. Er würde ein guter Vater werden und in einer solchen Nacht sein Kind niemals allein lassen. »Wir versuchen es noch einmal. Ich gehe runter. Du springst aufs Dach und holst die drei rein. Dann bringen wir sie ins Krankenhaus.«

»Sie sind tot, Georg.«

»Die Eltern müssen wissen, was passiert ist.« Er spürte einen Kloß im Hals.

»Du machst schon wieder einen Fehler, Kamerad.« Berger zeigte auf die Tankanzeige. »Wir brauchen mindestens eine Dreiviertelstunde, bis wir zurück sind, um die Leute zu retten.« Er wies Richtung Westen, wo weitere Häuser standen und Menschen auf Rettung hofften.

Georg konnte den Blick nicht von den Kindern wenden, deren gefrorene Kleider im Wind der Rotoren flappten. Sie waren erfroren. So einfach. So schrecklich.

»Hör zu, du hast die Sache mit diesem Schmidt vergeigt. Dürstet es dich nach noch mehr Ärger? Ich dachte, du willst in die Fläche? Das geht nicht, wenn du nicht funktionierst und nur mit dem Bauch denkst. Die nehmen keinen Querschläger für eine F-104, das kannst du mir glauben.«

Georg saß da und schwieg.

»Los, mach schon.« Berger klang ungeduldig.

Georg wusste, dass er recht hatte. Er warf den toten Kindern einen letzten Blick zu. Dröhnend setzte sich der Helikopter wieder in Bewegung.

11:50 Uhr, nahe Stübenplatz, Hamburg-Wilhelmsburg

Wasser, wohin man sah. Hier im nördlichen Teil von Wilhelmsburg stand es fast einen Meter hoch. Wenn sich Dieter Krämer nicht irrte, kehrte gerade die Flut zurück. Vielleicht war sie auch schon durch. Er wusste es nicht. Jedenfalls würde das Elbwasser durch die Brüche erneut hereinlaufen. An den nassen Hauswänden konnte er sehen, bis wohin es in der letzten Nacht gegangen war. Die erhöhten Erdgeschosswohnungen mussten bis zur Hälfte unter Wasser gestanden haben.

Die Auslagen in den Schaufenstern waren fortgespült und die Ladentüren eingedrückt worden. An einem Lampenpfahl waren mehrere VW Käfer und ein Laster wie zu einer abstrusen Skulptur aufrecht ineinander verkeilt. Überall schwammen Stühle und Tische umher, sammelte sich Schutt in Ecken und Hauseingängen.

Ein Mann schob ein Fahrrad durch das kalte Wasser. An einem groben Paketband zog er eine Zimmertür wie ein Floß hinter sich her, auf dem ein menschlicher Körper lag, abgedeckt mit einer geblümten Gardine.

Was geschah hier mit ihnen allen? Und würde es jemals wieder besser werden? Konnte man diese Angst je vergessen?

Immer mehr Wasser schwappte in den Munga, dessen Türen nur aus Stoff und mit einem Plastikfenster versehen waren. Im Fußraum stand bereits die braune Brühe, und Dieter ahnte, dass es nur eine Frage der Zeit war, bis der kleine Jeep stehen blieb.

Er trat das Gaspedal durch. Das Wasser spritzte zu beiden Seiten des Wagens hoch. Er musste es unbedingt bis zum Stübenplatz schaffen. Im dritten Stock wohnte Karins Schwester Ilse. Er hoffte inständig, dass seine Familie bei ihr war. Die Telefone in der Gegend funktionierten nicht. Und selbst wenn, hätte seine Frau ihn überhaupt nicht erreichen können.

Plötzlich kippte der Wagen zur Seite. Der Munga versank im Boden.

Dieter begriff. Ein Loch, mitten in der Straße!

Er hatte es unter dem Wasser nicht gesehen. Der Sand unterm Kopfsteinpflaster musste von der gewaltigen Strömung in der Nacht fortgespült worden sein. Ein letztes Mal röhrte der Motor auf. Dann schwieg er.

Mit einem großen Schwall drang noch mehr dreckiges Wasser in den Jeep, riss die Seitenverkleidung fort. Sofort stand Dieter das Wasser bis zur Brust. Er wusste, wenn er hier nicht schnell genug herauskam und der Sandboden im Loch weiter absackte, war er verloren.

Mit hektischen Bewegungen befreite er sich hinter dem Lenkrad und krabbelte auf die Beifahrerseite, die weiter oben lag. Von dort versuchte er, hinauszugelangen, während der Wagen immer tiefer im Matsch versank.

Dieter riss die Stofftür fort und kletterte nach draußen. Er ließ sich ins Wasser fallen und paddelte wie ein Hund. Der lederne Armeemantel und seine Wollkleidung zogen ihn unbarmherzig hinab.

Nur knapp schaffte er es, wieder festen Boden unter die Füße zu bekommen. Er schleppte sich auf die Straße zurück und rappelte sich auf. Dennoch ging ihm die Flut an dieser Stelle bis zum Oberschenkel.

Er rannte zum nächstbesten Hauseingang. Die Tür hing nur noch in einer Angel. Angeschwemmter Müll dümpelte im Treppenhaus. Er kämpfte sich zur Treppe, als er von oben Schritte hörte. Zwei Frauen eilten ihm entgegen.

»Wir haben Sie vom Fenster aus gesehen!«, rief die eine und griff unter seinen Arm, um ihm ins Trockene zu helfen.

Die andere, eine Matrone um die fünfzig mit einer Winterjacke, unter der ein Blümchenkittel hervorlugte, griff ebenfalls beherzt zu. »Komm' Se man mal nach oben. Is zwar arschkalt, aber wenigstens trocken.«

»Danke. Ich schaffe das schon allein.« Sein kaputtes Bein fühlte sich dank der Temperaturen kalt an, das minderte den Schmerz.

Gemeinsam liefen sie in den zweiten Stock hinauf. Im ganzen Treppenhaus stapelten sich Möbel. Ein Akkordeon stand auf einer Schallplattentruhe neben einem Kühlschrank. Offenbar hatten die Leute ihr Hab und Gut in Sicherheit gebracht.

Die Frauen schoben Dieter durch eine offene Wohnungstür. In der Küche saßen ein alter Mann und etwa zehn Personen auf Stühlen und einer Eckbank. Jemand wollte ihm einen Platz frei machen, doch die Frau mit dem Blümchenkittel drängte ihn weiter.

»Nix da, der tropft mir mein' schön' PVC nass.« Sie öffnete eine Tür am Ende des Korridors. Es war das Badezimmer. »Ausziehen. Ich bringe was Trockenes von mei'm Mann.«

»Können Sie mir sagen, wie es drüben am Stübenplatz aussieht?«, rief Dieter ihr zu, bevor sie die Tür schloss.

»So wie immer, nur nasser.« Sie lachte.

»Kann man irgendwie dorthin gelangen? Über die Dächer zum Beispiel?«, wollte er durch die geschlossene Tür wissen, während er seinen Mantel aufknöpfte und sich auszog.

»Wenn Se fliegen könn', is dat keen Problem.« Er hörte sie davonschlurfen.

Die Verletzung an seinem Bein blutete. Dieter sah im Spiegelschrank über dem Waschbecken nach, ob darin Verbandszeug war. Als er nichts fand, nahm er ein Handtuch vom Haken und wickelte es um die Wunde. Schlimmer konnte es kaum werden.

Die Kleider, die die Frau ihm brachte, waren für einen Mann gedacht, der doppelt so breit war wie er. Zum zweiten Mal an diesem Tag musste er mit den geliehenen Sachen fremder Leute herumlaufen.

Bevor er in die Küche zurückkehrte, kämmte sich Dieter das nasse Haar. Er erkannte den Mann im Spiegel nicht. Seine Wangen waren eingefallen, eine Schramme zierte seine Stirn. Es ärgerte ihn, dass er so dicht vor dem Ziel in dieses verdammte Loch hatte fahren müssen.

Als er in die Küche trat, reichte ihm die Frau mit dem Kittel eine Flasche Bier. »Tee oder Kaffee haben wir nicht. Aus dem Hahn fließt nur brackiges Wasser.«

»Bier geht.« Dieter ließ sich auf den freien Stuhl fallen.

»Ganz schön schiet, was?«, grummelte ein alter Mann. Er trug eine Wollmütze.

Dieter nickte und trank die Flasche in ein paar Zügen halb leer.

»Na, und was wollen Sie drüben am Stübenplatz?«, fragte die Kittelfrau.

»Ich suche meine Familie.«

Von draußen drang das Knattern eines Helikopters zu ihnen, der sich rasch näherte.

»Das sind die Amis«, behauptete der alte Mann, ohne hinauszusehen.

»Gar nicht«, zwitscherte ein Mädchen von etwa acht Jahren, das gebannt hinter einem Vorhang stand und mit seinem Bruder aus dem Fenster in den Himmel schaute.

Dieter hatte die beiden bisher gar nicht bemerkt.

»Die sind von uns. Da steht *Heer* drauf«, erklärte der Junge stolz. »Und grün sind sie auch.«

Eine Frau trat ein. Sie hielt einen Suppenteller in der Hand. Alle drehten sich zu ihr um.

Die Kittelfrau nahm ihr den Teller ab. »Hat er was gegessen?«

Die Frau schüttelte den Kopf. »Das Fieber steigt.«

»Kein Wunder bei der Beule«, kommentierte der Alte und zog eine Pfeife aus der Tasche mitsamt Tabak. »Dabei hett de Jung noch Glück hett, so doll, wie die Tür ihm an den Schädel gerasselt is.«

»Wart mal, Anna!«, rief die Kittelfrau ihr nach, als sie sich schon wieder abwenden wollte. »Ick glöv, ick heff hier noch irgendwo Butterkeks' rumlegen.« Sie reckte sich und zog aus einem oberen Fach im Küchenschrank eine gelbe Packung heraus. »Giv dat mal de Lütten. Dat hölpt.«

Müde dankte die Frau und ging.

Betretenes Schweigen legte sich über die Runde.

Dann erzählte die Kittelfrau Dieter, dass Anna und ihre Kinder im Erdgeschoss wohnten. »Sie un' die Lütten sün fast tod gohn. Justameng als sie sich in Sicherheit bringen wullt, kummt dat Woter durch de Dör. Harald, wat ihr'n Ältesten ist, hett de Dör an' Kopp kregen. Armer Jung. Bewusstlos is he wehn. Ober nu hett he sich regen. Ober so richtig mitkregen deiht he nix.«

»Und geblutet hat der Harald«, fügte das Mädchen am Fenster hinzu. »Das Wasser war ganz rot.«

»Kann niemand Hilfe holen?«, wollte Dieter wissen.

Der Alte lachte auf. »Telefon geiht nich, und rufen hölpt

ock nix. De Soldoten hebbt twee annere wegbröcht. Ober wedderkumm sün se nicht, de Soldoten. De Kinners luschern achter de Gardine.«

»Wohnt vielleicht ein Arzt in der Nähe?«

Kopfschütteln war die Antwort.

»Den in den anderen Häusern geht es auch nicht besser als uns«, meinte jemand.

Besser als denen in den Gartenkolonien garantiert, dachte Dieter bitter. Sofort schämte er sich für den Gedanken. Die Leute hier hatten letzte Nacht sicherlich auch Angst gehabt. Sie hatten einfach nur Glück, dass sie in einem Steinhaus mit mehreren Etagen wohnten.

»Wir haben weiße Tücher aus den Fenstern gehängt«, erklärte die Kittelfrau und goss sich aus einer Flasche ohne Etikett eine klare Flüssigkeit in ein Schnapsglas. Sie leerte es mit einem Schluck und stellte die Buddel auf den Tisch. »Langt zu.« Die anderen Erwachsenen bedienten sich ebenfalls. »Dass die einen Krankenwagen schicken, glaube ich nicht. Das Wasser steht ja noch viel zu hoch. Vielleicht geht es in ein paar Stunden besser. Müssen uns halt gedulden. Armer Junge.« Sie genehmigte sich noch einen Klaren. »Dabei ist ein Krankenhaus ganz in der Nähe. Drüben in der Mannesallee.«

»Ist doch nur eine Frauenklinik«, meinte jemand. »Die könnten dem Lütten nicht helfen.«

»Hat Ihre Nachbarin keinen Ehemann?«

»Witwe. Seit zwei Jahren. Warum?« Fragend sah die Kittelfrau ihn an.

»Ich habe eine Erste-Hilfe-Ausbildung gemacht«, erklärte Dieter. »Vielleicht kann ich was tun.« Er stand auf. »Wo finde ich die Frau?«

»Eine Etage höher.«

Man begleitete ihn in eine Wohnung, die offenbar dem alten Mann gehörte. Die Einrichtung war spartanisch, der Ohrensessel im Wohnzimmer verschlissen. Keine Blumen vor dem Fenster. Der Geruch alter Leute hing in der Luft. Fraglos fehlte hier die Hand einer Frau, um all das gemütlicher zu machen. Dieter ging ins Schlafzimmer.

Dort saß die Mutter auf dem Rand eines Ehebetts, das nur auf einer Seite bezogen war. Vier Kinder lagen auf der Matratze. Ein Zwillingspärchen von etwa zwei Jahren, das friedlich am Fußende schlief, und ein kleines Mädchen, das am Daumen lutschte. Der blasse Junge unter der Decke war sechs oder sieben Jahre alt. Jemand hatte um seinen Kopf einen Verband gebunden. Sein Gesicht war schweißnass. Die Mutter beugte sich über ihn, um ihm mit einem feuchten Tuch die Stirn zu kühlen. Als sie Dieter eintreten hörte, drehte sie sich zu ihm um.

»Ich glaube, es wird schlimmer.« Sie weinte still.

Er legte eine Hand auf die heiße Stirn des Kindes. »Haben Sie Fieber gemessen?«

Sie schüttelte den Kopf. Es war auch nicht nötig. Selbst ein Laie konnte sehen, dass der Junge sofort in ein Krankenhaus musste. Von draußen hörte man das Knattern eines Helikopters, der dicht über das Haus flog.

»Wir müssen ihn aufs Dach bringen«, entschied Dieter. »Einer der Piloten muss ihn mitnehmen.«

Die Kittelfrau wollte widersprechen, aber er ignorierte sie. Stattdessen wandte er sich an den Alten in der Tür. »Ist das ein flaches Dach?«

»Jo, nur kann da so 'n Riesending nich drauf landen, junger Mann.«

»Sie glauben gar nicht, was die alles können.« Dieter wandte sich an die Mutter. »Ziehen Sie Ihrem Sohn etwas

Warmes an.« Der Frau in der Tür sagte er, sie sollte ein weißes Betttuch herbeischaffen. »Sie und Ihr Nachbar werden mit mir nach oben gehen und den Helikoptern Zeichen geben.« Er sah die Angst in den Augen der Mutter. »Mit etwas Glück ist Ihr Harald in spätestens einer halben Stunde im Krankenhaus.«

Sie schluckte. »Aber muss ich nicht mitkommen?«

»Nein. Bleiben Sie bei den Kleinen. Wenn wir es schaffen, den Helikopter auf uns aufmerksam zu machen, fliege ich mit dem Jungen ins Krankenhaus und sorge dafür, dass man sich so schnell wie möglich bei Ihnen meldet. Einen Hubschrauberlandeplatz haben nur die Krankenhäuser in Eppendorf und St. Georg. In einem von beiden werden wir ihn abgeben.«

Sie nickte und zog ihr Kind an, während Dieter den Namen des Jungen, Geburtstag und Adresse auf einem Stück Papier notierte, das der Alte ihm gebracht hatte.

»Wenn de vuns Krankenhus anropen tun, dann bi mi. Ick bün de Enzige mit 'nem Telefonanschluss in't Huus. Klemke, Rudolf, min Nom. Ick bliff mit 'm Stohl op de Flur und holt Wache. Wenn dat dann bimmeln deiht, bün ick al dor.«

Dieter notierte die Nummer.

Keine fünf Minuten später stand er mit dem Kind im Arm auf dem Dach und starrte zu dem Helikopter, der über der Frauenklinik Mannesallee kreiste. Der Stübenplatz lag in Sichtweite dahinter.

Fast hätte er Karin und die Kinder gefunden. Fast. Nur ein paar Hundert Meter hatten ihn von der Gewissheit getrennt, dass es seiner Familie gut ging.

Doch der Junge in seinen Armen brauchte Hilfe. Jetzt und sofort.

Drüben hob der Helikopter vom Dach des Krankenhauses ab und hielt direkt auf ihn zu.

12 Uhr, Hamburg-Wilhelmsburg

Polizeiwachtmeister Horst Wagner spürte seinen Körper kaum noch. Er hatte es tatsächlich geschafft, die alte Frau auf dem Küchentisch zu überreden, ins Boot zu steigen. Sie war verwirrt und rief ständig nach ihrem vor vielen Jahren verstorbenen Mann.

Horst versprach der alten Frau, er würde sich um ihren Mann kümmern, flehte, sie möge vernünftig sein und durchs Fenster ins Boot steigen, damit sie ... Ja, warum eigentlich? Er fragte sie nach Kindern und Enkeln, nach Namen und anderen Belanglosigkeiten. Erst als er herausfand, dass der Sohn der Frau ebenfalls Horst hieß und er sich mit vollem Namen vorstellte, ließ sie sich helfen.

Seither fuhr er mit dem Feldwebel und den beiden anderen Soldaten immer wieder hinaus, um die Leute von den Dächern zu bergen, vor allem an den Orten, an die die Hubschrauber nicht herankamen, weil Stromleitungen im Weg waren oder hohe Bäume.

Halb benommen hatte er angepackt, wo nötig. Irgendwann hatte er nichts mehr gespürt. Alles an ihm war taub. Auch seine Seele. Er verschwendete keinen Gedanken an Rolfs Tod, sondern sah nur noch die Menschen, die vor ihm waren. Tot oder lebendig.

Unter den Männern im Sturmboot fühlte sich Horst seinem Freund näher. Rolf, der hinausgefahren war, um Leben zu retten. Jetzt tat er es für Rolf. Er, der immer auf Nummer sicher ging. Er, den sie in der Schule Bangbüx genannt hatten. Er, der Polizist geworden war, damit niemand ihm mehr Angst machen konnte. Er, der immer gehofft hatte, ein guter Polizist zu sein, musste nun erkennen, dass er ein schlechter Freund gewesen war. Er selbst hätte in dem Schlauchboot sterben müssen, nicht Rolf.

Solange es noch dunkel gewesen war, hatten der Feldwebel und sie sich am Schein der Feuerflamme beim Gaskraftwerk orientieren können, die orangegelb gegen den Nachthimmel brannte wie eine Fackel. Offenbar hatte man das Gas abfackeln müssen, weil das Werk nicht mehr am Netz war.

Jede Fahrt in die Schwärze hinein war ein Gang in die Hölle, denn sie wussten nicht, was sie erwartete. Mit den ersten Strahlen der weißlich aufgehenden Sonne fuhr ihnen allen der Schreck noch tiefer in die kalten Glieder, als klar wurde, wie schlimm *Vincinette* tatsächlich gewütet hatte.

Nachdem er und die anderen mit zwei jungen Leuten zurückgekommen waren, die sie aus einer Gaststätte geholt hatten, aßen Horst und die Männer schnell einen Happen, bevor sie wieder hinaus wollten.

Weder Horst noch die anderen hatten das Angebot angenommen, sich etwas Schlaf zu gönnen. Sie hörten, dass die Amis und die Engländer gekommen waren, um zu helfen. Im selben Moment flogen drei große Hubschrauber aus Norden über ihre Köpfe. Da hätte Horst am liebsten geweint. Sie waren nicht mehr allein mit alldem.

Mit etwas Mut und Warmem im Bauch machten sie sich wieder in ihrem Sturmboot auf den Weg. Horst schaute auf seine Armbanduhr. Sie war stehen geblieben, als die Flut ihn ins Wasser gerissen hatte. Die eine Sekunde, als Rolf starb.

Mit Bedacht staksten sie an Telefonmasten und Bäumen

vorbei, die aus dem Wasser ragten. Bäume, an denen im Frühling weiße Blüten leuchteten und im Herbst rote Äpfel wuchsen. Er konnte sich nicht vorstellen, dass jemals einer wieder blühte. Die Schönheit der Natur war mit der letzten Nacht verschwunden und würde sich so bald nicht mehr hervortrauen.

Die Hilferufe von den Häusern waren mittlerweile verklungen. Ihre Aufgabe bestand nun darin, Überlebende zu suchen, die sich nicht hatten bemerkbar machen können oder wollen. Langsam lief das Wasser ab. Trotzdem stand es in der Laubenkolonie noch fast zwei Meter hoch.

»Dort drüben!«, rief einer der Soldaten und zeigte zu einem einzelnen Baum unweit eines intakten Deichstücks, das nach hundert Metern an einer befestigten Straße endete.

»Was ist das?«, fragte Horst.

»Vielleicht eine Wolldecke«, vermutete einer der Soldaten.

Es war nicht ungewöhnlich, dass sich Hausrat in den Ästen verhedderte. Und so befahl der Feldwebel, man solle es hängen lassen und zu einem nahen Gebäude fahren, dessen Dachspitze noch aus dem Wasser ragte, um Überlebende zu suchen.

Da fiel Horst ein Junge auf dem Deich auf. Er war acht oder neun Jahre alt. Etwas an dem Kind irritierte Horst, denn es bewegte sich nicht. Stattdessen blickte es starr zu der Wolldecke im Baum.

»Was hat der Kleine?«, fragte Horst einen der Soldaten. Er kniff seine müden Augen ein wenig zusammen, um besser sehen zu können, was das Kind so erschreckte. »Lassen Sie uns dichter ranfahren. Etwas stimmt nicht.«

Der Soldat, der das Sturmboot lenkte, änderte den Kurs, während die anderen auf aus dem Wasser ragende Stangen oder Zaunpfähle achteten, die das Gefährt zum Kentern hätten bringen können.

»Kleiner!«, rief Horst dem Kind zu. »Hallo! Wie heißt du?« Deutlich war zu erkennen, dass die Beine des Jungen zitterten. Er klammerte sich am Lenkrad seines Fahrrads fest. Tränen liefen ihm unaufhörlich über die Wangen. »Junge! Hörst du mich?«

Sie fuhren näher. Jetzt wussten sie, was das Kind bis ins Mark erschreckte.

Das, was sie für eine Wolldecke gehalten hatten, war ein kleines Mädchen von vielleicht vier Jahren. Eisgefroren baumelten ihre geflochtenen Zöpfe herunter, während sein kleiner Körper, gewickelt in eine Decke, kopfüber in den Ästen hing. Seine blauen Fingerchen umschlossen einen Zweig.

Horst und die Männer erschraken. Das Schauspiel nahm ihnen jedes Wort. Mit einem Ruck riss sich Horst von dem schrecklichen Bild los. Er wusste, dass das Grauen den Jungen fest in seinen Klauen hielt. Das Kind konnte nicht davor fliehen.

Horst zog seine Pistole aus dem Holster und richtete den Lauf in den eisgrauen Himmel. Er schoss.

Heftig zuckte das Kind zusammen. Fast wäre ihm das Fahrrad aus den Händen geglitten. Er stolperte.

»Lauf nach Hause!«, rief Horst ihm zu.

Aus angstverzerrten Augen starrte der Kleine ihn an. Nur langsam schien er aus seiner Hölle herauszufinden. Dann ging ein Ruck durch seinen dünnen Körper, und er wendete das Fahrrad. Im Laufen versuchte er, sich auf den Sattel zu schwingen, wäre dabei fast gestürzt, konnte sich gerade noch fangen, sprang auf und trat in die Pedale, so hart er nur konnte.

Das Sturmboot hatte den Baum erreicht. Schweigend sahen sie zu dem erfrorenen Mädchen hinauf.

»Bringen wir die Kleine an Land«, sagte Horst leise.

Sie machten sich an die Arbeit.

Lange schaute Horst dem Wagen nach, der das Mädchen bald darauf fortbrachte. Neben dem Kind waren in einem Haus weitere vier Leichen geborgen worden. Einem Wunder war es gleichgekommen, als man eine Frau lebend aus der Zwischendecke ihres Hauses hatte retten können. Sie hatte in die Schlafzimmerdecke ein Loch geschlagen, um sich einen Weg auf das Dach zu bahnen, weil die Wassermassen die Haustür versperrten. Auf halbem Weg war sie wahrscheinlich vor Erschöpfung ohnmächtig geworden. Die Retter hatten ihre Hilfeschreie gehört.

Horst fragte sich, wie die Menschen diese schrecklichen Bilder aus ihren Köpfen bekommen sollten, um irgendwann wieder ruhig schlafen zu können. Er wusste es nicht.

Eine Frau trat zu ihm und legte ihm eine Decke über die Schultern. »Schlimm?«

Horst nickte. Sie nahm seinen Arm und wollte ihn zu einem Krankenwagen führen.

Er drehte sich aus ihrem Griff. »Danke, das ist nicht nötig. Mir geht es gut.«

Sie legte den Kopf schief. »Das denke ich nicht. Ihr Kopf. Sie bluten.«

Jetzt erst spürte Horst, dass etwas Nasses an seinem Hals hinunterlief. Ein heftiger Schmerz zuckte durch seine linke Schulter. Die Kleine, sie war mitsamt dem Ast, den sie abgebrochen hatten, schwer in das schaukelnde Boot gestürzt. Dabei musste er sich verletzt haben.

»Sie haben genug getan für die Leute. Ab sofort kümmere ich mich um Sie.«

Müde nickte er.

13:25 Uhr, Überflutungsgebiet

Konzentriert kreisten Georg Hagemann und Berger über dem Einsatzgebiet. Sie überflogen Deichbrüche, so breit, dass man ganze Häuser oder Züge darin hätte versenken können. An einer Stelle stand von einem Bauernhaus nicht einmal mehr die Hälfte. Eigentümlich schief ragte das hohe Reetdach aus den Fluten, gehalten von einzelnen, dünnen Balken, während der Großteil der Wände fehlte.

Die Kadaver von verendeten Tieren dümpelten im Wasser. Soldaten brachten die aufgeschwemmten Leiber zu Sammelstellen, wo Laster die Tierkörper fortbrachten. Georg meinte, auch tote Menschen gesehen zu haben, die die Strömung mit sich nahm. Oft schillerte die Fläche unter ihnen in Regenbogenfarben, weil Heizöl aus den Häusern ausgelaufen war oder Benzin aus umherschwimmenden Autos.

Sie hörten die Meldungen der anderen Helikopter. Immer öfter entdeckten sie Sikorskys am Himmel, die den Briten oder Amis gehörten. Die meisten von ihnen trugen jedoch das Emblem der Bundeswehr.

Ein Notruf von der Einsatzzentrale kam herein. Offenbar gab es in der Frauenklinik Mannesallee eine Patientin, die dringend nach Eppendorf ins Krankenhaus geflogen werden musste. Georg nickte, woraufhin Berger den Notruf bestätigte.

»Lima Charlie one-zero-five. Sind auf dem Weg.«

»Wir haben kein Gestell für die Trage an Bord.«

»Ja und? Dann klappen wir die Sitze hoch.«

Über Wilhelmsburg funktionierte es besser mit der Orientierung als am Reiherstieg oder in Waltershof, weil mehrstöckige Wohnhäuser die Position der Straßenzüge erahnen ließen. Auch war es hier leichter, die Leute aufzunehmen, weil die meisten Dächer nicht nur flach waren, sondern auch bis über die Baumkronen gingen, sodass Georg keine Angst haben musste, wieder einen davon zu rasieren.

»Da drüben!« Berger hielt auf seinem Schoß die Flugkarte des Gebiets und zeigte auf ein längliches Gebäude in einer Nebenstraße. Auf dem Dach wartete bereits das Klinikpersonal neben einer Trage. »Das müsste es sein!«

Keine höheren Häuser. Keine Bäume. Keine Funk- oder Telefonmasten.

»Gut, ich gehe runter«, sagte Georg.

Während Berger im Haltegurt an der offenen Tür stand, ließ er die Sycamore Zentimeter für Zentimeter an Höhe verlieren.

»Weiter runter, sonst bekommen wir die Trage nicht rein!«, rief Berger.

Georg wurde mulmig zumute. Als er es eben bei den Kindern versucht hatte, dicht über dem Dach zu schweben, wäre es fast schiefgegangen.

Er griff zum Pitch und senkte die Maschine ab. Jetzt bloß keine Böe, dachte er. Hinter ihm kniete Berger in der offenen Tür. Helfer schoben die Trage herein. Irgendwie schafften sie es, das sperrige Ding mit der darauf angeschnallten bewusstlosen Frau zu verstauen.

Wütende Wortfetzen wehten zu Georg herein. Schräg hinter ihm stand ein Arzt an der offenen Tür und diskutierte mit Berger. Offenbar wollte der Mann die Patientin begleiten, was aus Platzgründen nicht ging. Die Diskussion des uneinsichtigen Medizinders machte Georg nervös. Sie hätten längst unterwegs sein können. Endlich gab sein Co-Pilot das Zeichen zum Abflug. Erleichtert griff Georg zum Pitch, und die Sycamore gewann an Höhe.

Berger kletterte über die Frau zurück an seinen Platz und drehte den Stuhl um hundertachtzig Grad nach hinten, damit er die Patientin im Blick behalten konnte.

»Mitten in der OP fiel der Strom aus«, erklärte er. »Und im Keller sind denen die Notgeneratoren abgesoffen. Die mussten sie wieder zunähen. Konnten sie nur notdürftig versorgen.«

»Wohin?«

»Eppendorf.«

Georg schob den Stick nach links. Sie drehten gen Norden, wo die Universitätsklinik auf der anderen Elbseite lag. Unweit von dort wohnte Helga. Da entdeckte er zu seiner Rechten einen Mann auf einem Dach. Zwei Leute hinter ihm winkten mit einem Betttuch, während er nur dastand und zu ihnen hoch starrte. In seinen Armen hielt er ein leblos scheinendes Kind.

Georg änderte den Kurs.

»Was ist?«

Er nickte hinunter. »Auf 3 Uhr. Jemand ist auf einem Dach. Er hat ein Kind im Arm. Wir nehmen es mit.«

Berger schüttelte den Kopf. »Die Frau muss in die Klinik. Außerdem haben wir genug Last aufgenommen. Wo willst du das Kind hinsetzen?«

»Du gehst mir auf die Nerven, Kamerad«, zischte Georg. »Ich sage, wir gehen runter und nehmen es mit.«

»Und wenn es tot ist?«

»Und wenn nicht?«

Berger schwieg.

»Genau.«

Um sich einen Überblick zu verschaffen, hielt Georg den Hubschrauber so, dass er durch das Sichtfenster zwischen seinen Beinen alles sehen konnte. Die beiden mit dem Betttuch hatten sich zurückgezogen. Der Mann mit dem Kind stand nun allein dort. Er wirkte unverletzt. Etwas sagte Georg, dass er es hier mit keinem ängstlichen Typ zu tun hatte. Das war gut.

»Frag ihn, was los ist, Berger.«

»Zu Befehl«, brummte sein Co und kletterte umständlich über die Patientin zur offenen Tür.

Es fiel Georg nicht leicht, die Sycamore in Position zu halten. »Was sagt er?«

Statt einer Antwort ließ Berger das Seil mit der Winde hinunter, damit der Junge aufgenommen werden konnte.

»Was sagt er?«, wiederholte Georg.

»Schwere Kopfverletzung. Sieht nicht gut aus.« Dann entspann sich auch hier eine Diskussion. »Er will mit!«, rief Berger schließlich, als Georgs Unruhe in Wut umzuschlagen drohte.

»Wer?«

»Der Mann. Hab ihm gesagt, dass das nicht geht.«

»Und?«

»Er will mir das Kind nicht geben.«

»Wie bitte?« Georg sah sich den Kerl genauer an. Der wirkte verdammt entschlossen.

»Okay. Ich gehe weiter runter. Wir nehmen beide an Bord. Du steigst aus und wartest, bis ich zurück bin. Frische Luft wird dir guttun. Wenn du schon auf dem Dach bist, finde heraus, ob es noch mehr Verletzte in dem Haus gibt, die Hilfe brauchen.«

»Bist du irre? Und wer kümmert sich um die Frau während des Flugs?«

Georg warf einen Blick über die Schulter. »Die Patientin schläft. Tu, was ich gesagt habe. Du raus, Mann und Kind rein.«

»Ich denke, dass das ...«

»Verdammt, machen Sie, was ich sage, Herr Hauptfeldwebel! Um den Rest kümmere ich mich.«

Fluchend sprang Berger aus der Sycamore auf das Dach.

Georg wartete, bis er spürte, dass die zwei Passagiere an Bord waren. Der Mann mit dem Kind im Arm hangelte sich auf Bergers Sitz.

»Danke!«, rief er gegen den Lärm an. »Der Kleine hat hohes Fieber und eine schwere Kopfwunde.«

Als sie wieder stiegen, sah Georg seinen Kameraden kopfschüttelnd auf dem Dach stehen. Georg drückte den Knopf am Stick und machte Meldung über Funk. Man solle beim Landeplatz auch Personal für ein verletztes Kind bereithalten. Er erhöhte die Geschwindigkeit auf hundertfünfundachtzig Stundenkilometer. Sie würden in weniger als vier Minuten bei der Klinik auf der anderen Elbseite sein.

»Mein Kamerad ist Ihretwegen wütend auf mich!«, rief er dem Mann neben sich zu. »Ich hoffe, Sie haben einen verdammt guten Grund, warum er da draußen auf dem Dach ist und Sie auf seinem Platz sitzen.«

»Ich habe es der Mutter versprochen.«

»Das ist alles?«

»Ja.«

»Sind Sie der Vater?«

Der Mann schüttelte den Kopf. Das Kind in seinem Arm wimmerte leise, und Georg wusste, dass er das Richtige getan hatte. Jedenfalls was den Kleinen anging.

Unter ihnen glitzerte das Wasser im Licht einiger verirrter Sonnenstrahlen, die niemanden wärmen konnten. Wären die letzten Stunden nicht gewesen, man hätte meinen können, über einer idyllischen Seenlandschaft zu fliegen.

Sie passierten die Elbe, das Rathaus und die Alster zu ihrer Rechten. Nichts auf dieser Seite des Flusses ließ ahnen, welch schreckliche Katastrophe in der vergangenen Nacht die Stadt heimgesucht hatte.

Kurz darauf schwebte die Sycamore über einem weitläufigen Gelände mit einzelnen Backsteinhäusern und Baracken, die wie hingeworfen verstreut zwischen Rasenflächen lagen.

Sachte ließ Georg die Sycamore zu Boden gehen, als auch schon das Klinikpersonal mit einem Rollgestell herbeieilte. In der offenen Tür erschienen zwei Pfleger und ein Arzt.

Georg löste den Gurt und half, die Patientin hinauszuschaffen. Mit einem Satz sprang er auf den Rasen und nahm dem Mann den verletzten Jungen ab. Halb bewusstlos fiel der Kopf des Kleinen auf seine Schulter. Die Haut des Kindes fühlte sich wie Pergament an und war fiebrig trocken. Der Junge legte seine Arme um Georgs Hals.

»Papa«, hauchte er mit heißem Atem.

Georg wurde fast schwindelig bei dem Wort. Als eine Schwester das Kind abnehmen wollte, schüttelte er den Kopf. »Lassen Sie. Ich trage ihn auf die Station.«

»Nein«, sagte sie bestimmt und nahm ihm den Jungen ab. »Wir passen gut auf ihn auf. Wie heißt er?«

Der Mann vom Dach zog einen Zettel aus der Tasche. »Die Mutter hat alles aufgeschrieben, auch wo Sie sie erreichen können. Sie hat noch drei weitere Kinder. Harald ist ihr Ältester.«

»Sie sind der Vater?«

Der Mann verneinte. »Es war reiner Zufall, dass ich da gewesen bin.«

Die Schwester legte eine Hand auf die Stirn des Jungen. »Mir scheint, der Kleine hatte großes Glück.«

Dann eilte sie mit ihm auf dem Arm zu einer Baracke.

»Warten Sie!«, rief Georg ihr nach.

Mit wenigen Schritten hatte er sie erreicht und riss das Fliegerabzeichen seiner SAR-Einheit von der Brust. Er reichte ihr das gestickte Schild. »Geben Sie es dem Kleinen, wenn er wieder aufwacht. Und sagen Sie ihm, dass er mit einer Bristol 171 Sycamore der Luftwaffe geflogen ist, SAR-Staffel Faßberg.«

Sie nahm das Emblem. »Das wird ihn bestimmt freuen.«

Als das Kind in einer der Baracken verschwunden war, reichte Georg dem Fremden die Hand. »Leutnant Georg Hagemann.«

»Dieter Krämer. Ich suche meine Familie. Bitte helfen Sie mir.«

15:50 Uhr, Polizeihaus, Karl-Muck-Platz, Hamburg

Werner Eilers hatte sie gebeten, die Anfragen der Presseleute zu bearbeiten. Die Meute stand draußen im Flur und wartete darauf, den Senator sprechen zu können. Der hatte jedoch beschlossen, nur eine Gruppe ausgewählter Journalisten dürfe an den Lagebesprechungen teilnehmen. Die anderen mussten bis zur Pressekonferenz warten, die im Anschluss an die Befehlsausgaben stattfanden.

Dass die ersten Reporter bei Tagesanbruch im Polizeihaus aufgetaucht waren, zeigte Marion, dass endlich auch der Letzte in der Stadt begriffen hatte, was passiert war. Jeder musste helfen und mit anpacken. Und die Aufgabe der Journalisten war es, das so schnell wie möglich alle wissen zu lassen.

Viele der Männer auf dem Flur gaben sich Mühe, Marion von ihrer Wichtigkeit oder ihrem Charme zu überzeugen, in der Hoffnung, über die Sekretärin zu den Auserwählten des Senators gehören zu können. Ihre neue Rolle irritierte Marion, doch sie hatte keine Zeit, darüber nachzudenken. Sobald einer der Presseleute den Kopf in das Büro von Frau Wilhelm steckte, bat sie ihn wieder hinaus. Mal energischer, mal freundlicher.

Außerdem hatte Werner Eilers gesagt, sie sollte dafür sorgen, dass Bürgermeister Nevermann schnellstmöglich aus den Bergen zurückkam, wo er sich in einem Kurhotel erholte. Nicht, dass Schmidt ihn benötigt hätte, nur es gehörte sich einfach, hatte Eilers grinsend erklärt und von höherer Politik gesprochen.

Da die Telefonverbindungen noch immer nicht verlässlich funktionierten, hatte Marion den Bürgermeister über Umwege und mithilfe der Bundeswehr von der Lage in Hamburg informieren müssen. Sobald sich der Wind über der Stadt legte, würde ihn die Luftwaffe nach Fuhlsbüttel bringen. Das konnte allerdings noch dauern.

20:30 Uhr, Flughafen Hamburg-Fuhlsbüttel

Solange er in der Luft gewesen war, hatte er die Sache verdrängen können. Ja, er hatte sie schon fast vergessen. Nun aber trat ein Gefreiter zu ihm, als sie in Fuhlsbüttel zum Tanken standen und Georg gerade überlegte, wo er eine Kleinigkeit zu essen herbekommen könnte.

Der Soldat salutierte. »Leutnant Hagemann, der OvD erinnert Sie daran, dass Sie zum Rapport im Polizeihaus erscheinen sollen. 21–100.«

»Danke, Gefreiter«, erwiderte er zackig.

Berger, der nur wenige Meter neben ihm stand, hob die Brauen. »Tja, jetzt kriegst du den Rüffel deines Lebens.«

Georg schwieg. Er nahm seine Sachen und marschierte zur Baracke. Hoffentlich würde es nur ein Rüffel sein und kein Disziplinarverfahren. Er überlegte, ob er erwähnen sollte, dass er und Berger Menschen aus Lebensgefahr gerettet hatten. Und einen Hund. Das fühlte sich ziemlich gut an, reichte jedoch nicht, um das Magengrimmen zu vertreiben.

Er wusste nicht, ob der Politiker nachtragend war oder ob er Einfluss genug hatte, um ihn aus der Truppe rausschmeißen zu lassen. Gehört jedenfalls hatte er bisher noch nie von einem Helmut Schmidt. Den Namen würde er sich allerdings für den Rest seines Lebens merken.

Er lief zum Büro, um die Flugunterlagen abzugeben. Falls sie mich aus der Truppe werfen, dachte Georg, hat Helga das, was sie immer hat haben wollen – einen vorzeigbaren Zivilisten als Vater für ihr Kind, keinen Soldaten. Wer weiß, vielleicht liegt hinter allem ja ein tieferer Sinn, den ich einfach nur noch nicht verstanden habe. In Erwartung allergrößten Ärgers zog er die Barackentür auf, bereit, ein wenig Reue und Einsicht vor jedem zu zeigen, der es sehen wollte.

20:50 Uhr, Polizeihaus, Karl-Muck-Platz, Hamburg

Marion fragte sich, ob der Senator immer so war. Er wirkte wie ein General mitten in der Schlacht, der es mit einem übermächtigen Feind zu tun hatte. Dennoch behielt Schmidt stets einen kühlen Kopf, wie es schien. Anweisungen gab er stets nur einmal, ohne zu fragen, ob sie wusste, was sie zu tun hatte. Er ging einfach davon aus.

Die Telefonnummern von Bezirksamtsleitern und Behördenvertretern herauszufinden, war kein Problem mehr, aber die Journalisten abzuwehren, die in einer großen Traube im Flur standen und wissen wollten, was hinter der verschlossenen Tür passierte, war nicht einfach.

Einem besonders dreisten Vertreter der Zunft hatte sie mit einer Polizeieskorte an die frische Luft gedroht, wenn er nicht endlich von ihrem Schreibtisch verschwände, auf den er sich mit einer Pobacke gesetzt hatte, um als Erster zu erfahren, was der Herr Senator plane.

Draußen vor der Tür wurde es laut. Männerstimmen. Rufe. Marion erhob sich und öffnete die Tür.

Etwa zehn Reporter warteten dort. Einige hielten Blöcke und Bleistifte in der Hand, einer ein Mikrofon.

»Stimmt es, dass Seuchengefahr besteht?«, wollte ein Mann wissen. »Was sagt der Senator dazu?«

Kopfschüttelnd schloss sie die Tür und kehrte zum Schreibtisch zurück.

Seuchengefahr für die Stadt. Natürlich musste man damit rechnen. All das dreckige Wasser war bestimmt auch ins Grundwasser gelangt. Und dann die vielen toten Tiere überall und das ausgelaufene Heizöl aus den Häusern, von den Industrieanlagen ganz zu schweigen.

Marion schloss die Augen und massierte sich die Schläfen. Seit über achtundvierzig Stunden war sie nun auf den Beinen. Entsetzliche Müdigkeit kroch durch ihre Muskeln hinauf in ihren schmerzenden Schädel.

Es war fast dreißig Stunden her, dass sie ihre Mutter im Streit verlassen hatte. Stunden der Angst, die sie weit mehr erschöpft hatten als die Arbeit. Ihre anfängliche Sorge um die Mutti rutschte seit den ersten Meldungen über die Deichbrüche am Spreehafen immer tiefer in kreischende Panik ab. Die Hilflosigkeit raubte ihr fast den Verstand. Dennoch arbeitete sie weiter, denn dank des Kommissars begriff sie, dass nicht nur sie litt. Dort draußen waren Zigtausende von Menschen, die alles verloren hatten. Diese Erkenntnis half ihr, die letzten Stunden weiterzumachen. Die Sorge um ihre Mutter verbannte sie in den hintersten Winkel ihrer Seele.

Erträglicher war es erst geworden, seit sie am Schreibtisch von Ruth Wilhelm saß und Senator Schmidt im Minutentakt Anweisungen gab, die sie ablenkten. Fort war die Furcht dennoch nicht gewesen. Und jetzt schwappte sie wie Galle wieder hoch.

Sie musste wissen, ob man ihre Mutter gefunden hatte.

Marion griff zum Telefon, um ein weiteres Mal bei der Meldestelle des Roten Kreuzes anzurufen. In den Auffangstellen sammelte man die Namen der Eintreffenden und Verletzten. Es war nur schwer durchzukommen. Jeder in der Stadt schien mit irgendjemandem über die wenigen funktionsfähigen Leitungen telefonieren zu müssen.

Zeitung und Radio forderten die Leute bereits auf, die Telefonleitungen nicht unnötig zu belasten. Trotzdem hörte sie das Besetztzeichen wieder und wieder.

Wütend warf sie den Hörer zurück auf die Gabel und starrte die Tür zum Flur an, hinter der die Reporter auf den Senator lauerten. Wo war ihre Mutter? War sie schon tot? Pioniere hatten begonnen, die Toten zu bergen. Gehörte zu jenen Leichen auch eine Gertrud Klinger?

Wieder griff sie zum Hörer. Sie wählte die Nummer, die sie mittlerweile auswendig kannte. Diesmal hatte sie Glück. Gerade wollte sich Marion nach ihrer Mutter erkundigen, als sie innehielt. Vielleicht sollte sie ihrem Anliegen mehr Nachdruck verleihen.

»Hier das Büro des Polizeisenators. Verbinden Sie mich mit Ihrem Vorgesetzten.« Die Art, wie sie die Worte sagte, klangen in ihren Ohren ein wenig nach Helmut Schmidt. Klare Anweisungen. Nicht erst vorsichtig anfragen. Nein. Knapp, kurz, direkt.

Erstaunt stellte Marion fest, dass der Mann in der Leitung sie tatsächlich mit jemandem verband.

»Mittelbacher. Mit wem habe ich das Vergnügen?«

»Hier das Sekretariat von Senator Schmidt im Polizeihaus«, antwortete Marion und ließ dabei bewusst ihren Namen aus. Was sie hier tat, war nicht in Ordnung. Sie nutzte ihre zufällige Position, um sich daraus einen persönlichen Vorteil zu verschaffen. Sie zögerte. Sollte sie auflegen? Nein. Wenn man ihr den Kopf abriss, wollte sie ihnen auch einen Grund geben.

Gerade setzte sie an, dem Mann Namen und Geburtsdatum ihrer Mutter zu nennen, mit dem vagen Hinweis, dass man im Polizeihaus zeitnah eine Rückmeldung über den Verbleib der Gesuchten wünsche, als eine Hand auf die Gabel des Telefons fiel und die Leitung unterbrach.

Erschrocken sah Marion auf. Vor ihr stand der Kommissar.

»Es ist besser, die Arbeit nicht mit Privatem zu vermischen«, sagte er mit ernstem Blick.

Sie spürte, wie ihre Wangen heiß wurden. Langsam legte sie den Hörer zurück auf die Gabel. »Ich weiß. Es tut mir sehr leid … Es ist nur … meine Mutter und ich, wir wohnen im Katastrophengebiet. Ich habe seit gestern nichts mehr von ihr gehört.«

»Junge Frau«, entgegnete er, »Sie dienen in diesem Büro der Stadt und den Menschen, die wegen des Sturms in Not geraten sind. Lassen Sie sich nicht davon ablenken. Was immer Ihrer Mutter geschehen ist, ist bereits geschehen. Je besser Sie Ihre Arbeit machen, umso besser für alle. Auch für Ihre Mutter.«

Marion schluckte. Sie wusste, dass er recht hatte. »Werden Sie mich verraten?«

Statt einer Antwort lächelte er und hielt ihr eine Brotdose hin. »Sie haben noch nichts gegessen, stimmt's?«

»Ich habe keinen Hunger.«

»Sagen Sie das nicht, Fräulein. Riechen Sie erst einmal.« Er öffnete den Deckel. »Mettwurststullen mit Gurke.« Zufrieden lächelte der Kommissar, als Marion schnupperte. »Nehmen Sie. Ich besorge Ihnen auch noch einen Kaffee mit viel Zucker und Sahne.«

»Warum tun Sie das für mich?«, wollte sie wissen, während sie zugriff und herzhaft in den Klapper biss. Ihre Mutter hätte Zeter und Mordio geschrien, weil sie wie ein Gossenkind mit vollem Mund sprach.

»Dachte mir, ich schaue mal nach, ob Sie wieder irgendwo auf dem Boden liegen und ich helfen kann.«

Sein breites Lächeln erinnerte sie an ihren Vater. Es tat ihr gut, dass jemand da war und sich um sie sorgte.

»Das ist nett von Ihnen«, sagte sie kauend. »Und was ist der wahre Grund?«

Sein Lächeln verschwand. »Was meinen Sie, Fräulein?«

»Warum sind Sie so freundlich zu mir? Es gibt im Haus viele andere Leute, die auch seit über zwölf Stunden arbeiten.«

»Aber keiner sieht aus wie meine Tochter. Nicht einmal Leddin oder der Herr Senator.« Er lachte.

Marion hielt im Kauen inne. »Ihre Tochter? Wo ist sie?«

Er zögerte. »Wir reden nicht mehr miteinander.«

»Das tut mir leid.«

Er zuckte mit dem Mundwinkel, als wollte er sagen, dass das nichts Großes sei. Seine Augen jedoch blickten traurig. »Vielleicht war es meine Schuld. Ich weiß es nicht.«

»Fragen Sie sie.«

Er schüttelte den Kopf. »Geht nicht. Wir sprechen ja nicht mehr miteinander.«

Langsam kaute Marion weiter, um sich vor einem mitleidigen Kommentar zu drücken. Sie wusste nicht, wie sie ihn hätte trösten sollen. »Ich finde, das Leben ist zu kurz, um miteinander zu schmollen. Streiten Sie sich, wenn es sein muss. Das ist besser, als die beleidigte Leberwurst zu mimen.«

Er hob die Brauen. »Sie reden wie meine Tochter.«

Marion lächelte. »Sind Sie schon lange bei der Polizei?«

Er zögerte. »Nun ja, also wenn man es genau nimmt, bin ich das gar nicht mehr.«

Alarmiert sah sie ihn an. Hatte sie es falsch verstanden, als er sagte, er sei Kommissar? War er etwa einer der Reporter? Eilers hatte sie gewarnt. Die Kerle seien zu allem fähig, wenn sie exklusive Informationen haben wollten.

»Seit siebzehn Tagen bin ich Pensionär.« Er lächelte entschuldigend. »Zu Hause wartet niemand auf mich. Und irgendwie habe ich Heimweh nach dem Geruch von abgestandenem Kaffee, Bohnerwachs und Linoleum. Die Kollegen haben nichts dagegen, wenn ich ab und zu hereinschaue. Ich störe ja auch niemanden.«

Das Telefon neben ihr klingelte. Schnell aß Marion auf, wischte sich den Mund mit dem Handrücken ab und hob den Hörer hoch.

»Vorzimmer des Senators, Klinger am Apparat.« Die Worte kamen ihr so selbstverständlich über die Lippen, dass sie sich wie eine Betrügerin fühlte. Weder der Tisch noch das Büro gehörten ihr. Und fast hätte sie eben gelogen, nur weil der Zufall ihr die Chance dazu gegeben hatte.

»Fräulein Klinger …« Sie erkannte die Stimme des Wachhabenden beim Empfang. »Ich habe hier einen Leutnant von der Hubschrauberstaffel. Er soll zum Senator, sagt er.«

Der Kommissar winkte ihr im Hinausgehen zu. Sie winkte zurück. Dann wandte sie sich dem Wachhabenden in der Leitung erneut zu.

»Was möchte er denn vom Senator?«

»Das fragen Sie ihn lieber selbst.«

Ihr Blick ging über den mit Zetteln übersäten Schreibtisch, die beiden Blätter Papier mit dem Durchschlagbogen dazwischen, die Liste mit all den Dingen, die sie noch zu erledigen hatte. Himmel! Und eine neue Schachtel Zigaretten hatte sie dem Senator auch nicht besorgt.

»Ich komme runter!«, rief sie in den Hörer und legte auf.

Keine drei Minuten später sprang sie aus dem Paternoster. Ein Hüne von einem Mann in blauer Fliegeruniform stand verloren im Foyer. Die Uniformmütze unterm Arm, wartete er sichtlich nervös zwischen all den Leuten, die herein- und hinauseilten. Er hatte blonde Haare und war etwas älter als sie. Sie trat auf ihn zu und reichte ihm die Hand. Seine Finger waren warm und weich.

»Guten Tag. Mein Name ist Marion Klinger. Ich bin ...« Fast hätte sie gesagt, sie sei die Sekretärin des Senators, doch sie konnte sich gerade noch zurückhalten. »Ich sitze im Vorzimmer des Herrn Senator. Kann ich etwas für Sie tun?«

»Leutnant Georg Hagemann. Melde mich zur Stelle.«

Fragend legte sie den Kopf schief. »Das ist nett. Und warum?«

»Na ja, ich bin der Pilot, der Ihren Chef auf der Veddel hat sitzen lassen.«

»Sie haben was?« Marion meinte, seine Worte nicht richtig verstanden zu haben.

Er zuckte zusammen. »Hat er das nicht erzählt?«

Sie schüttelte den Kopf.

Unsicher lächelte er. »Hat wohl gerade Wichtigeres zu tun, oder?«

»Davon können Sie ausgehen, Herr Leutnant. Und warum sind Sie hier?« Seine Leidensmiene hätte sie fast zum Lachen gebracht. »Verstehe. Sie wollen sich bei ihm entschuldigen.«

Der Pilot überlegte. »Nun ja, eigentlich ist es der OvD, der darauf besteht, dass ich das tue. Wenn es allerdings gerade nicht passt, kann ich auch wann anders, eventuell später vorbeikommen. Vielleicht, wenn es nicht so hektisch ist.«

Irgendwie tat er ihr leid.

»Davon ist vorerst nicht auszugehen. Kommen Sie bitte mit.« Sie geleitete ihn zur Treppe. »Je schneller dran, desto schneller davon.« Sie meinte ihn seufzen zu hören. »Der Herr Senator hat gleich eine Lagebesprechung. Ich werde Sie in den Sitzungsraum bringen. Wenn sich eine Gelegenheit ergibt, können Sie sich ja entschuldigen. Und wenn nicht, gehen Sie wieder und sagen diesem OBT ...«

»OvD, Offizier vom Dienst.«

»Ja, genau, dem sagen Sie, dass Sie es versucht haben, aber der Senator leider zu beschäftigt gewesen ist, ja?«

Erleichtert nickte der Pilot. »Ich wäre jetzt lieber draußen, um zu helfen, statt hier.«

»Das kann ich gut verstehen. Helfen hält einen davon ab, verrückt zu werden.«

Im ersten Stock folgten sie mehreren Männern, die in den großen Sitzungsraum strömten, wo gleich die Lagebesprechung des Katastrophenschutzstabs stattfinden sollte.

»Arbeiten Sie schon lange für den Herrn Senator?«, wollte der Leutnant beiläufig wissen. »Wie ist er denn so? Als Mensch, meine ich.«

Sie grinste und fragte sich, wie dieser ausgewachsene Mann bloß so ängstlich sein konnte, als ihr einfiel, welche Macht Schmidt hatte. Immerhin waren SACEUR-Einheiten auf seinen Wunsch hin angerückt, um zu helfen. Über Hamburg waren mittlerweile mehr als achtzig Hubschrauber verschiedener europäischer Länder und jene der Luftwaffe im Dauereinsatz. Dabei war Helmut Schmidt nur ein kleiner Senator in einer unbedeutenden Stadt. Vielleicht irrte sie sich auch. Vielleicht waren weder der Mann mit den Zigaretten noch die Stadt, der er diente, unbedeutend.

»Sie werden ihn ja gleich kennenlernen, Leutnant.« Sie führte den Piloten in den Raum. »Bleiben Sie hier. Wenn er erscheint, sprechen Sie ihn nicht an. Er spricht Sie an, wenn er es für nötig hält.«

»Werden Sie bleiben?«

»Stenotypistinnen sind in solchen Runden eher selten.« Als sie seinen bedröppelten Gesichtsausdruck bemerkte, legte sie ihm eine Hand auf den Oberarm. »Keine Angst, Sie schaffen das. Gute Piloten stehen bei Senator Schmidt gerade sehr hoch im Kurs. Er braucht Sie und Ihre Kameraden. Außerdem habe ich bisher noch nicht mitbekommen, dass er jemanden frisst.«

»Nein? Warum nicht?«

»Er hat zu wenig Zeit.«

Der Pilot lachte.

Gerade wollte sie sich fortdrehen, als ihr noch etwas einfiel. »Leutnant Hagemann, wo genau sind Sie Ihre Einsätze geflogen?«

»Im Norden von Wilhelmsburg und auf der Veddel. Da haben wir die meisten Leute eingesammelt.«

Marions Herz machte einen Satz. Gleichzeitig wurde ihr Mund trocken. »Haben Sie zufällig eine ältere Frau gerettet? Sie ist gehbehindert, färbt ihre Haare und heißt Gertrud Klinger.«

Er schüttelte den Kopf. »Eine Verwandte?«

»Ja.« Marion kehrte zurück in das Büro, das nicht ihr gehörte.

Oben wartete Werner Eilers bereits auf sie. Er reichte ihr einen Zettel mit Namen darauf. »Diese Journalisten dürfen bei der Lagebesprechung im Raum anwesend sein. Sorgen Sie dafür, dass die Herren im Sitzungsraum sind, wenn Helmut kommt, damit er gleich anfangen kann.«

Sie nahm das Papier entgegen. »Dieser Name hier heißt Lahn?«

»Zahn. Peter von …«

Die Tür neben ihnen ging auf, und der Senator lugte heraus. »Werner, komm doch mal rein.«

Eilers hob die Brauen und folgte der Anweisung. »Am besten Sie auch, Marion. Das klingt nach Arbeit.«

Schnell griff sie nach ihrem Stenoblock und den Bleistiften. Dann lief sie den Männern hinterher.

Der Senator wirkte angespannt. »Wir müssen die Toten

schneller aus den Häusern holen. Die Pioniere haben aber zu wenig Taucher. Vorschläge?«

Marion hob die Hand, als wäre sie in der Schule. »Es gibt Tauchvereine.«

Schmidt sah sie stirnrunzelnd an. »Zivilisten?«

Sie zuckte mit den Schultern. »Wenn nichts anderes da ist, müssen wir nehmen, was wir haben.«

»Wie viele Sporttaucher gibt es denn in der Stadt?«

Marion erinnerte sich an das vergangene Jahr, als sie die amerikanischen Besucher über das Messegelände geführt hatte. Man interessierte sich sehr für das Hochseeangeln und das Tauchen in Deutschland und war am Ende ein wenig enttäuscht wieder abgereist. »Es gibt zwei Vereine, die groß genug sind, um zu helfen. Ich rufe dort an und stelle den Kontakt zu den Rettungseinheiten in Wilhelmsburg her.«

Schmidt und Eilers tauschten einen Blick.

Eilers grinste. »Hab dir ja gleich gesagt – pfiffig.«

Marion tat, als hätte sie das Kompliment nicht gehört.

»Das wird nicht reichen«, setzte der Senator wieder an. Kurz glaubte sie, er meinte ihre Pfiffigkeit. Doch der Mann war in Gedanken schon drei Schritte weiter.

»Wie wäre es mit den Dänen?«, schlug Eilers vor. »Deren Rettungsdienst *Falck* hat bereits seine Hilfe angeboten.«

Schmidt nickte, offenbar zufrieden mit der Idee. »Kümmern Sie sich mal darum, Fräulein Klinger.«

Marion fragte ihn nicht mehr, wie sie irgendetwas anstellen sollte. Der Senator wusste es ja selbst nicht so genau. Sie machte sich erst einmal eine Notiz. Alles Weitere würde sich später ergeben.

Es klopfte an der Tür, und ein Uniformierter trat ein. »Krisenstab vollzählig im Sitzungssaal angetreten. Bürgermeister Nevermann eingetroffen.«

Der Senator erhob sich. »Mitkommen.«

Eilers und er hatten fast das Büro durchquert, als Schmidt Marion ein knappes »Sie auch, Fräulein Klinger« zuwarf.

Im Sitzungssaal hatten sich die Herren überall im Raum verteilt. Dicht gedrängt saßen etwa dreißig Männer am Tisch. Die meisten lehnten an der Wand, darunter Leutnant Hagemann, der sich sichtlich freute, Marion so schnell wiederzusehen.

Am Kopfende hatte Bürgermeister Nevermann Platz genommen. Er trug noch seinen Reisemantel. Sein Filzhut lag vor ihm auf dem Tisch. Anders als alle anderen wirkte er erholt und ausgeschlafen. Neben ihm saß Polizeipräsident Bruhl. Die beiden Herren unterhielten sich.

Marion war die einzige Frau im Raum.

Schmidt grüßte die Runde und setzte sich.

Als Ruhe eingekehrt war, hob Nevermann zu einer Rede an. »Wir alle haben diese schwere Situation zu bewältigen, und ich darf sagen, dass ich Ihre Maßnahmen zum Wohle der Stadt willkommen heiße. Wir sollten …«

»Lass gut sein, Paul. Davon verstehst du nichts«, unterbrach Schmidt ihn.

Marion war nicht die einzige Person, die meinte, nicht recht gehört zu haben.

Der Abgekanzelte ließ sich nicht aus der Ruhe bringen. Milde lächelte der ältere Herr den jungen Politiker am anderen Ende des Tisches an. »Wir wissen schon, dass ich der Bürgermeister bin, oder, Helmut?«

Alle lachten. Auch Schmidt.

Unbeeindruckt fuhr der Senator fort, ohne sich die Zügel aus der Hand nehmen zu lassen. Seine Fragen kamen wie Pistolenschüsse. »Wie lange brauchen Sie dafür?« – »Wann funktioniert das?« – »Wie viele Männer haben Sie vor Ort?« – »Was benötigen Sie?«

Und gnade jedem, der nicht anständig vorbereitet war und ins Schwafeln verfiel. Mit wenigen Worten stampfte der Senator ihn in Grund und Boden, ohne dabei zu persönlich zu werden. Marion war sich sicher, dass sich derjenige bei der nächsten Lagebesprechung entweder von einem Kompetenteren vertreten lassen würde oder seine Hausaufgaben gemacht hätte.

Überhaupt ging alles recht militärisch zu. Doch niemand muckte auf. Im Gegenteil, besonders die Soldaten schienen sich in der Runde zunehmend wohler zu fühlen. Reserveoffizier Schmidt und die Männer von der Bundeswehr waren ganz auf einer Linie.

Die Hubschraubereinsätze hatten sich im Laufe des Tages von der unmittelbaren Rettung aus Lebensgefahr in Richtung Versorgung der Bevölkerung mit dem Nötigsten verlagert.

Jetzt sprach der Vertreter der Gesundheitsbehörde etwas an, das eine bleierne Stille im Raum entstehen ließ. »Wir haben über hundert Menschen nur noch tot bergen können. Unsere Lagerkapazitäten in den Krankenhäusern sind jedoch bereits erschöpft. Da ist kein einziges Fach mehr frei.«

Marions Herz zog sich zusammen. Ob ihre Mutter in einem der Kühlfächer lag? Sie hielt die Luft an.

Es war ja nicht immer schlecht mit Mutti gewesen. Sie erinnerte sich an die Barkassenfahrten im Hafen oder die Ausflüge ins Alte Land zur Apfelblüte oder das Schlittschuhlaufen auf den zugefrorenen Gräben ihrer Siedlung, nachdem der Krieg zu Ende gewesen war. Für einen Besuch auf der Eisbahn in Planten un Blomen hatte das Geld nur ein einziges Mal gereicht. Mutti hatte ihr danach einen heißen Kakao gekauft.

Planten un Blomen, schoss es Marion durch den Kopf. Sie hob die Hand.

»Wie wäre es mit einer Schlittschuhbahn zum Kühlen der Toten?«, sagte sie spontan, ohne dass jemand ihr das Wort erteilt hätte.

Der Senator und die Herren blickten sie überrascht an. Es war ihr unangenehm. Ihre Mutter hatte schon früher bemängelt, dass Marion für ein Mädchen zu vorlaut sei. Für einen Rückzug war es zu spät.

Sie räusperte sich. »Wir könnten die Toten in Planten un Blomen aufbahren. Dann müssten die Angehörigen nicht zu jedem Krankenhaus einzeln fahren, auf der Suche nach ... Es wäre zentral. Die Daten könnten schneller erfasst werden.«

Schmidt runzelte die Stirn. Er wandte sich an den Einsatzleiter des Roten Kreuzes, einen agilen Fünfzigjährigen mit Halbglatze. »Können Sie auf der Eisbahn eine provisorische Leichenhalle einrichten?«

Zögerlich nickte der Mann. Der Gedanke, dort Leichen zu lagern, wo Kinder Schlittschuh liefen, wollte nicht recht passen.

»Wir müssen nehmen, was wir haben«, erklärte der Senator den Anwesenden. »Alle noch zu identifizierenden Toten bringen die betroffenen Hilfseinheiten zwecks Aufbahrung dorthin.«

»Und wer soll die Toten herrichten?«, wollte jemand wissen. »Der Anblick ... Das sieht nicht schön aus. Wir können das den Hinterbliebenen nicht zumuten.«

Wieder ergriff Marion das Wort. »Die Bestatter in der Stadt?«

Ihren Vorschlag tat Schmidt nur mit einem verächtlichen »Zivilisten« ab.

»Gut, also Soldaten«, entgegnete sie.

»Die sind alle draußen im Einsatz, Fräulein«, gab ein hoher Militär barsch zu bedenken und sah sie an, als wäre sie eine dumme Gans, die keine Ahnung von gar nichts hatte.

Schmidt überlegte, dann hatte er eine praktikable Lösung. Er wandte sich an General Rogge vom Wehrbereich I. »Wir rekrutieren die Männer, die wegen Disziplinarmaßnahmen im Karzer sitzen. Wer will, bekommt den Rest der Strafe erlassen. Nehmen Sie die leichten Fälle.«

»Das wird hart für die Jungs«, kommentierte jemand am Tisch.

Schmidt drehte sich zu ihm. »Nicht härter als das, was Ihre Kameraden seit gestern tun.«

Gerade wollte Marion den Raum verlassen, als Werner Eilers sie am Arm festhielt. »Warten Sie, er ist noch nicht fertig. Er hat bestimmt noch was in petto.«

Sie blieb mit Eilers in der Tür stehen und wartete. Der Einsatzleiter des Gesundheitsamts berichtete knapp von der Lage im Alten Land und Finkenwerder. Dort, wo Hamburgs Grenze zu Niedersachsen lag, gab es viele stolze Bauernhöfe. Man lebte von der Viehzucht und dem Obstanbau. Von da holte sich Hamburg einen Teil seines Trinkwassers. Jetzt, da ganze Landstriche überflutet, Bauernhäuser unter den Wassermassen zusammengebrochen waren und überall totes Vieh im Wasser lag, stellte sich ein neues Problem. Er sprach das Wort Seuchengefahr aus.

Kurz entstand ein weiteres Mal bedrückte Stille im Krisenstab, die Schmidt mit einem energischen »Bitte konkreter« vom Tisch fegte.

»Das Grundwasser ist allein schon durch das Elbwasser verunreinigt. Die Kadaver und Leichen machen den Ausbruch von Typhus und Ruhr wahrscheinlich.«

Der Senator wurde ein wenig blass, wie es Marion schien, doch er ließ sich den Schreck nicht anmerken. »Gegenmaßnahmen?«

»Impfen. Gefahr besteht vor allem für Kinder und Alte. Wasser abkochen.«

»Betroffene Gebiete?«

»Die gesamte Stadt und wohl auch Teile des Umlands.«

Schmidt wandte sich an die Männer von der Presse, die sich Notizen machten oder ein Foto schossen. »Haben Sie das gehört, meine Herren? Sagen Sie Ihren Lesern, es darf kein Wasser mehr getrunken werden, das zuvor nicht abgekocht wurde.«

Eifrig kratzten Stifte über Papier. Einer der Reporter meldete sich, wollte noch einmal nachhaken.

»Ich sage Dinge nie zweimal, junger Mann. Wenn es für Sie zu schnell ging, kommen Sie nachher auf die Pressekonferenz.« Er wandte sich an die Leiter der Bezirke der Stadt, die mit am Tisch saßen. »Aufstehen.«

Überrascht erhoben sich die Männer.

»Sie auch.« Schmidt wies zum Einsatzleiter des Roten Kreuzes. »So, jetzt kennen Sie sich. Bis zum morgigen Schulbeginn werden Sie genügend Impfstoff herbeigeschafft und auf die Schulen verteilt haben, damit alle Kinder geimpft werden können. Ich erwarte Vollzugsmeldung.«

Die Männer nickten und setzten sich wieder.

Zehn Minuten später löste der Senator die Sitzung auf. Er ging zu Eilers und Marion. »Ruft sofort eure Familien und Freunde an. Sie sollen den Nachbarn sagen, dass sie nur abgekochtes Wasser benutzen dürfen. Ich rufe Loki an, damit sie unsere Nachbarn im Neubergerweg warnt.«

Schon hatten er und die anderen Männer den Raum verlassen. Der Einzige, der noch blieb, war Leutnant Hagemann. Zögerlich trat er zu Marion.

»Wäre er eine Frau, würde ich sagen, er hat Haare auf den Zähnen«, meinte er.

»Tscha, nur ist er ein Mann, also sprechen wir hier von Führungsstärke.«

Zusammen gingen sie in den Flur hinaus.

»Ungerecht irgendwie«, sinnierte der Pilot laut. »Ich fand es übrigens mutig, dass Sie den Vorschlag mit der Eisbahn gemacht haben. Ich weiß nicht, ob ich mich das getraut hätte.«

Marion sog die Luft ein. »Ja, das war wirklich ein wenig zu dolle gewesen.«

»Ihrem Chef gefiel die Idee gut, glaube ich.«

Bescheiden nickte sie. »Ich bringe Sie hinunter ins Foyer.«

Überrascht blieb er stehen. »Denken Sie denn, dass er mich nicht mehr sprechen will?«

Kurz überlegte sie. »Nein. Er hat Sie längst vergessen. Sollte es nicht so sein und er fragt nach Ihnen, lasse ich es Sie wissen. Wo kann ich Sie erreichen?«

»Hubschrauberstaffel Faßberg, Leutnant Georg Hagemann. Vorerst bin ich hier stationiert. Versuchen Sie es bei unserer Einsatzzentrale.« Lange sah er sie an. »Ich würde mich, ehrlich gesagt, sehr freuen, wenn er nach mir fragt, ähm, also, ich meine, weil ich dann ja noch einmal vorbeikommen dürfte.«

Sie standen im Foyer und schauten sich an, während die Leute um sie herum die Treppe hochliefen, der Wachhabende Besucher hierhin oder dorthin schickte, Presseleute herumlungerten, Polizisten zum Einsatz eilten oder müde zurückkehrten. Deutlich war der Sturm draußen auf dem Platz zu hören. Seine tödliche Kraft hatte er längst verloren.

Der Leutnant hatte hellblaue Augen.

Marion wusste nicht, was sie sagen sollte. Deshalb reichte sie ihm die Hand. »Es war nett, Sie kennengelernt zu haben.«

»Ganz meinerseits.« Er ließ ihre Hand nicht los.

Da trat ein Schatten zu ihnen. »Hagemann. Sind Sie hier fertig?«

Wie aus dem Nichts war der OvD aufgetaucht. Der Leutnant zuckte zusammen und salutierte.

»Jawoll, Herr Hauptmann.«

»Und, was hat er gesagt?« Der Offizier ignorierte Marion.

»Nichts, Herr Hauptmann.«

Sie drehte sich zum Vorgesetzten des Piloten. »Es kann sein, dass der Herr Senator Ihren Leutnant zu einem späteren Zeitpunkt noch einmal sprechen möchte. Während der Lagebesprechung ergab sich keine Gelegenheit. Vielleicht morgen? Ich werde mich bei Ihnen melden.«

Amüsiert registrierte sie, dass diese Aussicht dem OvD nicht zu gefallen schien, wohl aber seinem Leutnant.

Gemeinsam verließen die Männer in zackigem Schritt das Polizeihaus. Ein eigentümliches Kribbeln ging durch Marions Magen, als sie dem Piloten nachschaute.

Sonntag, 18. Februar 1962

0:30 Uhr, Hamm, Südosten von Hamburg

Nachdem Dieter den Jungen der Krankenschwester gegeben hatte, hatte er sich eine Zeit lang nicht mehr so hilflos gefühlt. Noch vom Krankenhaus aus rief er seine Schwiegereltern an, um zu fragen, ob sich Karin bei ihnen gemeldet hatte. Doch sein Schwiegervater verneinte es mit zitternder Stimme. Außerdem sei er auf dem Weg zu seiner Frau. Karins Mutter sei nach Dieters nächtlichem Anruf vor Sorge ganz außer sich gewesen und hätte einen Schwächeanfall erlitten.

»Sie haben sie ins Krankenhaus St. Georg gebracht.« Der vorwurfsvolle Unterton in seiner Stimme war nicht zu überhören.

»Kann ich heute bei euch übernachten?«, fragte Dieter. Nach dem, was er auf dem Deich gesehen hatte, war klar, dass er nicht nach Hause konnte, denn er hatte kein Zuhause mehr, in das er und seine Familie zurückkehren konnten.

»Wäre ein Hotel nicht besser?«

»Ja, natürlich. Du hast recht.« Dieter war zum Heulen zumute. Gerne hätte er aufgelegt.

Man konnte nicht so gut miteinander, weil Karins Eltern schon damals andere Pläne mit ihrer einzigen Tochter gehabt hatten. Zum Beispiel der junge Briefträger, der immer um sie herumscharwenzelte. Heute war er Beamter mit Pensionsanspruch und kein Werftarbeiter. Dieter verübelte es ihnen nicht. Jeder war, wie er war.

Er hörte ein Räuspern in der Leitung. »Der Schlüssel liegt unter der Matte. Ich werde bis morgen früh bei meiner Frau bleiben.«

Halbherzig dankte er seinem Schwiegervater und wollte sich auf den Weg nach Hamm machen, als ihm ein handgemaltes Schild am Eingang des Krankenhauses auffiel. Danach sollten sich Besucher, die ihre Verwandten vermissten, im Untergeschoss melden, wo man ihnen weiterhelfen würde.

Dieter starrte den Wegweiser an der Wand an. Im Keller lag die Pathologie. Fluchtartig hatte er das Krankenhausgelände verlassen, ohne sich noch einmal umzudrehen.

In der Nacht schmerzte sein Bein höllisch. Seit Stunden lag er auf dem Sofa seiner Schwiegereltern und kämpfte um den Schlaf, der nicht kommen wollte. Also stierte er in die Dunkelheit. Die Angst um seine Familie bohrte sich von Minute zu Minute tiefer in seine Eingeweide, drohte ihm den Verstand zu rauben. Er hatte als halbes Kind den Krieg erlebt, aber das hier war schlimmer. Es gab niemanden, den er hassen oder dem er die Schuld geben konnte. Die Katastrophe war einfach passiert. Das Wasser hatte keinem schaden wollen und auch nicht der Sturm. Es war ihnen egal, wer ihretwegen ersoff.

Dieter versuchte, sich auszumalen, wo seine Familie gerade sein mochte. Vielleicht schliefen Uwe und Uschi friedlich bei Freunden oder in einer Notunterkunft, während sich Karin bestimmt um ihn sorgte.

Sosehr er sich auch an dieser Hoffnung festhalten wollte, es gelang ihm nicht. Die Bilder in seinem Kopf wurden mit jeder Minute schrecklicher, die die Standuhr auf dem Flur wegtickte. Er warf die Wolldecke beiseite und setzte sich auf.

Das Licht der Straßenlaternen fiel gegen die Zimmerdecke. Hier in Hamm hörte er keine Sirenen oder kreisende Helikopter. Ab und an fuhr unten ein Auto vorbei. Die Stille war unerträglich.

Humpelnd schleppte er sich in den Flur hinaus, wo er einen Kugelschreiber und in Zettel gerissenes Papier für Notizen gesehen hatte.

Über den niedrigen Couchtisch gebeugt, schrieb er auf, wo er am nächsten Tag nach Karin und den Kindern suchen wollte. Die Liste war kurz.

Ein Sanitäter hatte ihm erzählt, dass die Geretteten erst in Sammelstellen gefahren wurden, um von dort per Bus auf die Notunterkünfte in der Stadt verteilt zu werden. Wer verletzt war, den brachten sie in eines der Krankenhäuser. Viele Leute kamen privat unter. Ein zentrales Register, wer wo ein Obdach gefunden hatte, existierte noch nicht.

Er wusste nicht, wie viele Notunterkünfte es überhaupt in der Stadt gab. Einige meinten, es seien fünf, andere sprachen von fünfzig. Er würde jede einzelne davon morgen aufsuchen. Jede einzelne. Er würde seine Familie finden. Er musste!

Allein in der Wohnung von Karins Eltern, das stete Ticken der Standuhr im Nacken, das ihm mit ihrem Ticktack-Ticktack Sekunde um Sekunde vorwarf, versagt zu haben …

Dieter warf die Hände vors Gesicht. Er hätte bei ihnen bleiben müssen.

Tränen liefen über seine Wangen, als er heftig zu schluchzen begann.

12 Uhr, Polizeihaus, Karl-Muck-Platz, Hamburg

Marion meinte, mit den Kleidern an ihrem Leib zu verschmelzen. Seit Freitag lief sie in diesem Rock und dieser Bluse herum. Ihre Füße schmerzten in den spitzen Schuhen, aber sie traute sich nicht, sie unterm Tisch auszuziehen, weil sie sich sicher war, nie wieder hineinschlüpfen zu können, sollte sich die Tür öffnen und der Senator mit irgendwelchen Leuten eintreten.

Gerade hatte sie im Keller angerufen und den Fahrer informiert, dass der Herr Senator nach Langenhorn chauffiert werden wollte, um sich frische Kleidung anzuziehen und zu duschen, als das Telefon klingelte.

Sie griff nach dem Hörer und hoffte, jemand würde ihr sagen, wo ihre Mutter war. Doch statt des Roten Kreuzes meldete sich ein Herr mit sonorer Stimme, dessen Name Marion vage bekannt vorkam.

»Geben Sie mir mal den Helmut.«

»Es tut mir leid, der Herr Senator ist gerade im Rathaus zu einer Sondersitzung. Kann ich Ihnen weiterhelfen?«

»Na gut«, grunzte der Anrufer verärgert. »Ich habe fünf Raupen. Die können Sie haben.«

Eigentlich sollten sich die Leute bei den zivilen Einsatzstellen melden, wenn sie etwas spenden wollten. Die Telefonnummern wurden seit heute früh über Radio und Zeitung bekannt gegeben. Der Senator hatte auf der gestrigen Pressekonferenz den Reportern eindringlich klargemacht, dass jede Hilfe benötigt würde, auch die von Privatpersonen. Nur Raupen? Was sollte man denn damit anfangen?

Wahrscheinlich war der Anrufer bereits mit seinem ungewöhnlichen Angebot bei den veröffentlichten Nummern gescheitert und hatte sich kurzerhand jene der Polizeibehörde besorgt, um sich mit dem Büro des Senators verbinden zu lassen. Ein dreister Verrückter, dachte Marion und überlegte, wie sie ihn abwimmeln könnte. Sie hatte keine Zeit für Späße dieser Art.

»Ich danke Ihnen sehr, dass Sie dem Herrn Senator Ihre Raupen überlassen möchten, allerdings ...«

»Helmut braucht Raupen, Fräuleinchen. Glauben Sie mir.«

Sie seufzte. »Geben Sie mir bitte Ihren Namen und Ihre Telefonnummer. Ich werde sehen, was ich für Sie tun kann.«

»Sie wissen nicht, was eine Raupe ist, richtig?«, bohrte er nach.

Jetzt hätte sie sagen können, dass sie früher in der Schule immer gut aufgepasst hatte und daher wusste, dass es sich um Schmetterlingslarven handelte, doch sie wollte das Gespräch nicht unnötig in die Länge ziehen.

»Das sind Baumaschinen, Fräuleinchen. Eine Mischung aus Bagger und Radlader mit Schaufeln vorne dran. Verstehen Sie das? Ich habe die größte Baufirma der Stadt. Wenn der Senator will, dann habe ich auch noch zwei Saugbagger und drei Planierraupen. Sagen Sie es ihm.«

»Oh«, hauchte sie und schloss kurz die Augen. Also keine Schmetterlinge. Wie peinlich. »Verzeihen Sie.« Mit hochrotem Kopf ließ sie sich den Namen des Herrn und seiner Baufirma nennen. »Ich werde mich sofort darum kümmern. Man wird sich gleich bei Ihnen melden.«

»Na, geht doch«, grummelte er und legte auf.

Mit dem Zettel in der Hand lief sie über den Flur zu Werner Eilers' Büro und betete, der Anrufer möge ihr Unwissen für sich behalten. Sie fand den Regierungsrat in seinem Büro, wo er mit einigen Herren konferierte.

»… bisher hundertvierundfünfzig Tote geborgen. Aber es werden mehr«, hörte sie den einen gerade sagen. »Am schlimmsten hat es die Behelfsheime in Wilhelmsburg erwischt. Von dort werden die meisten Leichen geliefert …«

Die Männer bemerkten Marion, wie sie dort in der Tür stand, die Hand vor den Mund gepresst. Sie sprachen von ihrem Zuhause und all den anderen Laubenkolonien.

»Was ist, Fräulein Marion?«, wollte Werner Eilers wissen.

Wortlos hielt sie ihm den Zettel hin. Was hatte sie nach der letzten Nacht erwartet? Dass sich alles als schrecklicher Albtraum herausstellte? Ha!

Er blickte auf das Papier in seiner Hand. »Raupen?«

Gerade wollte sie ihm erklären, dass es sich hier nicht um Schmetterlingslarven handelte, als er aufsprang.

»Hervorragend! Geben Sie das an die Einsatzzentrale des THW weiter. Die wissen, wo die Maschinen eingesetzt werden müssen. Wir können damit die Löcher in den Deichen sehr viel schneller schließen.«

»Ist das Wasser endlich mit der Ebbe abgelaufen?«, fragte Marion.

Er schüttelte den Kopf. »Nicht überall. In Wilhelmsburg läuft es zu langsam ab. Da steht es noch immer an einigen Stellen bis zu anderthalb Meter.« Als er ihre Erschütterung bemerkte, trat er zu ihr. »Es gibt aber auch Gutes zu berichten, Fräulein Marion. Beim Roten Kreuz gehen unglaubliche Geldsummen ein. In wenigen Stunden hat man schon über eine Million Mark an Geldanweisungen ausgezahlt. Und es wird mehr. Helmut will den Senat überreden, jedem Betroffenen ein Handgeld von fünfzig Mark zu geben. Die Menschen spenden kofferweise Kleider in den Sammelstellen. Diejenigen, die alles verloren haben, werden von wildfremden Leuten eingeladen, bei ihnen zu wohnen.« Eilers lächelte. »Es ist kolossal, wie geholfen wird. Jeder packt mit an. Keiner drückt sich.« Er legte eine Hand auf ihren Arm. »Das ist doch ein gutes Zeichen, oder?«

»Ja«, sagte sie leise.

»Wollen Sie nicht nach Hause gehen, Marion? Sie sind schon viel zu lange auf den Beinen.«

Gerne wäre sie in ihre Siedlung gefahren, um zu sehen, was ihr Herz nicht glauben konnte, nur wusste sie, dass es sinnlos war. Sie würde nicht einmal bis zum Haus ihrer Mutter vordringen können, falls es überhaupt noch stand. Nein, sie war eine jener obdachlosen Personen, die kein Dach mehr über dem Kopf hatten. Davon musste sie sich nicht erst überzeugen. Es war besser, im Polizeihaus zu bleiben. Hier war es wenigstens warm. Außerdem war das der Ort, wo das Rote Kreuz anrufen würde, wenn sie auf irgendeiner Liste den Namen Gertrud Klinger fanden. Anders erreichen konnte man sie zurzeit nicht.

»Es gibt noch so viel zu tun«, sagte Marion und verließ den Raum. Sie fühlte sich wie ein Geist, leer, eine unscheinbare Hülle aus Nichts. Dennoch hatte Werner Eilers recht. Sie war hundemüde. Nach der großen Lagebesprechung hatte sie sich letzte Nacht für zwei Stunden in ein verwaistes Büro begeben und dort einige Stühle zurechtgerückt, um darauf zu schlafen. Ihr Rücken schmerzte, und müde war sie noch immer.

Zurück im Vorzimmer des Senators schaute sie das schweigende Telefon auf dem Schreibtisch an und spürte, dass ihr die Augen zufielen. Vielleicht sollte sie sich tatsächlich ein halbes Stündchen hinlegen. Mehr brauchte sie bestimmt nicht. Das unbequeme Lager von letzter Nacht gedachte sie nicht noch einmal aufzusuchen. Doch wo sonst konnte sie sich kurz ausruhen?

Sie ging in das Büro des Senators. Dort stand unter einem Gemälde ein ledernes Sofa. Der Herr des Hauses war gerade bei der Senatssitzung und würde danach zu seiner Frau Loki nach Langenhorn fahren, um sich umzuziehen und vielleicht kurz hinzulegen.

Die Ledercouch wirkte sehr bequem. Sie überlegte, dass sie die Tür zum Vorzimmer offen lassen könnte, damit sie das Telefon hörte, falls es klingelte. Sie hatte einen leichten Schlaf und würde sicherlich wach werden, sollte jemand hereinkommen.

Zögerlich legte sich Marion auf das Sofa. Sie hoffte, dass niemand sie erwischen möge, da waren ihre Lider auch schon zugefallen, und sie schlief ein.

―

Sein Schwiegervater war gegen Mittag heimgekehrt. Dieter hatte Kaffee aufgesetzt. Schweigend saßen sie am Küchentisch und stierten in ihre Kaffeetassen. Karins Vater redete nie viel, ganz anders als seine Frau. Dieter glaubte zu wissen, was sein Schwiegervater gerade dachte: Warum hast du meine Tochter allein gelassen?

Aber der alte Mann sagte nichts. Stattdessen machte Dieter sich selbst Vorwürfe.

»Nur weil Uschi krank wurde, hätten wir Karin nicht fortschicken dürfen«, meinte sein Schwiegervater mit belegter Stimme.

»Aber ihr wusstet doch nicht, dass die Deiche brechen würden.«

»Nein. Wussten wir nicht. Trotzdem.« Karins Vater nahm

einen Schluck Kaffee. »Ich habe bei der Polizei angerufen. Die wissen nicht, wo meine Tochter und die Enkelkinder sind.«

»Ich weiß. Ich habe es auch schon versucht.« Dieter nahm zwei Löffel Zucker für seinen Kaffee und rührte um. »Sie sammeln die Toten jetzt auf der Eisbahn in Planten un Blomen. Ich könnte mal hingehen. Willst du mit?«

Überrascht sah er, dass seinem Schwiegervater die Tränen kamen. Schnell schaute er wieder in seine Tasse. Es war ein offenes Geheimnis in der Familie, dass Karins Vater früher bei der SS gewesen war. Seine Familie hatte er immer mit harter Hand regiert, so wie er es selbst gelernt hatte. Im Alter von über sechzig Jahren schien sich die Menschlichkeit in ihm zu regen. Jedenfalls wenn es um das eigene Fleisch und Blut ging.

»Ich gehe zur Eisbahn«, beschloss Dieter. »Und wenn sie da nicht sind, klappere ich alle Notunterkünfte ab. Irgendwo müssen sie sein.« Er erhob sich vom Tisch und legte seinem Schwiegervater eine Hand auf die Schulter. »Ich werde sie finden, versprochen.«

Der alte Mann nickte stumm. »Ich sage Karins Mutter einfach, dass du sie heute finden wirst, ja? Und wenn du sie gefunden hast, kommt ihr alle ins Krankenhaus, damit wir wieder eine Familie sind.«

14:30 Uhr, Flughafen Hamburg-Fuhlsbüttel

Er war hundemüde. Selbst in der Grundausbildung hatten seine Vorgesetzten es nicht geschafft, ihm das letzte bisschen Leben so aus den Knochen zu schütteln, wie es dieser verdammte Sturm gekonnt hatte.

Seit gestern Morgen waren Georg und seine Kameraden mit ihren Helikoptern unterwegs gewesen, um erst Menschen zu retten und dann Wasser und Medikamente in die überfluteten Gebiete zu bringen. Er flog Schwerverletzte in Krankenhäuser und warf Kartons mit Babymilchpulver auf Dächer, nahm Lebensmittel im Jenischpark auf, um sie mit der Winde über den Eingeschlossenen abzuseilen. Dazwischen schliefen er und Berger nur kurz, während ihre Maschine notdürftig gewartet und betankt wurde. Manchmal bekamen sie und die anderen nur auf einer Pritsche in einem Abstellraum oder auf einem Sofa in einer Kneipe Schlaf. Aber das war in Ordnung für sie.

Georg erinnerte sich, dass jemand im Heim mal zu ihm gesagt hatte, dass das Leben nun einmal kein Himmelbett war. Dem konnte er nur zustimmen. Und so flog er wieder und wieder hinaus. Jede Minute Schlaf erschien ihm vertan. Was hätte er in der Zeit alles ausrichten können?

Sein Vorgesetzter hatte ihn im Blick gehabt, deshalb der Befehl zum Ausruhen. Seit der Sache mit dem Polizeisenator ließ sein Offizier ihn nicht mehr aus den Augen. War wohl auch besser so. Dumm, wie er war, hätte er sich nur wieder in die Nesseln gesetzt oder schlimmstenfalls ein Malheur mit seiner Sycamore riskiert.

Jetzt saß Georg am Rollfeld auf einer Schmieröltonne und trank Kaffee aus einer Thermoskanne, während seine Maschine ein Stück weiter betankt wurde. Ihm blieben zehn ruhige Minuten. Seit das Schlimmste vorüber war und keine Leute mehr aus Lebensgefahr gerettet werden mussten, entspannte sich die Lage zusehends.

General Norstad würde demnächst einen Teil der ihm unterstellten Soldaten zurück zu den Standorten beordern, weil die Hamburger und ihre Bundeswehr mit der Sache zunehmend besser zurechtkamen. Das jedenfalls hatte Georg eben in der Kantine gehört.

Und so war es auch. Aus der Luft hatte Georg gesehen, wie Pioniere die Deiche mit Sandsäcken füllten, zivile Einheiten die verkeilten Wagen fortschafften und in einigen Stadtteilen die aufgerissenen Straßen bereits geflickt wurden. Es schien ihm, als könnte es den Hamburgern gar nicht schnell genug gehen, wieder in ein normales Leben zurückzukehren.

Georg fragte sich, wie das nach solch einer Katastrophe überhaupt möglich sein sollte.

Becker schlenderte betont lässig aus dem Hangar herüber. Cooler Gang wie James Dean. In der Hand hielt er eine Zeitung. »Hier, lies mal.«

Die Überschrift, in Rot und fett, ließ Georg grinsen. »Wir sind Helden?«

»Logo. Das habe ich schon immer gesagt.« Becker nahm die Zeitung zurück und faltete sie ordentlich zusammen. »Das zeige ich meinem Alten. Vielleicht hört er endlich auf zu meckern, weil ich nicht in seine Schlachterei wollte.«

Der Tankwagen bei der Sycamore rollte zum nächsten

Helikopter. Georg goss den Rest Kaffee aus, die Pause war vorbei. »Hat sich einiges in den letzten Tagen geändert.«

»Wem sagst du das?« Becker stopfte das Papier in die Jackentasche. »Und? Was sagt dein Mädchen dazu, dass sie einen echten Helden als Freund hat?«

Helga. Er hatte sich noch immer nicht bei ihr gemeldet. »Hatte keine Gelegenheit, sie fragen.«

Becker verzog das Gesicht. »Ich kenne deine Flamme ja nicht, aber wenn meine Jutta von mir tagelang nichts hört, wird sie ganz schön zickig.«

»Helga und ich, also, wir haben uns zum Abschied gestritten. Kann sein, dass sie froh ist, nix von mir zu hören.«

»Streit? Ja und? Die Damen lieben es, wenn wir uns entschuldigen. Wie Kätzchen schnurren sie dann, glaub mir. Das funktioniert immer.«

Georg lachte. Becker spielte den Lebemann à la Heinz Rühmann, in Wahrheit erinnerte ihn sein Kamerad eher an diesen kleinen österreichischen Schauspieler Hans Moser – krächzende Stimme, leichter Sprachfehler, linkischer Gang und ein schiefes Gesicht. Beckers Erfahrungen in der Frauenwelt waren überschaubar. Kein Wunder, dass der sich lieber an seine Jutta hielt, als es mit anderen Damen zu versuchen. Die Jutta an der Hand war besser als die Loren auf dem Dach, pflegte Becker zu sagen. Dennoch hatte sein Kamerad recht. Es nützte nichts. Er musste Helga anrufen, um sich mit ihr zu treffen.

»Die hat dir längst verziehen«, munterte Becker ihn auf und klopfte auf seine Jackentasche. »Und dass wir plötzlich Helden sein sollen, spricht für dich.« Er fuhr sich durch die Haare. »Das nächste Mal, wenn ich Jutta besuche, bekomme ich eine Belohnung, hat sie gesagt. Weil ich so mutig bin.« Er grinste süffisant.

Georg hob abwehrend die Hände. »Bitte keine Details.«

»Dort drüben ist ein Telefon. Ich halte die Stellung, bis du zurück bist.« Becker schlug ihm auf die Schulter. »Los, zisch ab.«

Nach kurzem Zögern lief Georg los. Die Dinge wurden bekanntlich nicht dadurch erträglicher, dass man darüber nachdachte. Daher war es nur folgerichtig, den Anruf zu machen. Höchstwahrscheinlich würde es nicht halb so schlimm werden, wie er befürchtete.

Er ging am Bürofenster seines Einsatzleiters vorbei, der gerade telefonierte. Als der Hauptmann ihn entdeckte, winkte er Georg durch das geschlossene Fenster zu, er möge hereinkommen. Widerwillig änderte Georg die Richtung und trat zu seinem Vorgesetzten vor dessen Schreibtisch.

»Sagen Sie mal, Leutnant Hagemann«, fragte der, als Georg strammstand. »Ist es Ihnen noch immer ernst damit, in die Fläche zu gehen?«

»Jawohl, Herr Hauptmann.«

Der Mann blickte kopfschüttelnd auf ein Schreiben, das vor ihm auf dem Tisch lag. »Sie möchten uns also verlassen, um einen dieser Abfangjäger zu fliegen?«

»Jawohl, Herr Hauptmann.« Georg spürte, wie sein Puls anstieg.

»Na ja, könnte wohl was für Sie sein.« Der Hauptmann reichte ihm das Schreiben. »Aber sagen Sie nicht, ich hätte Sie nicht gewarnt. Sie müssen da ganz von vorne anfangen. Und nicht jeder schafft die Ausbildung. So mancher hat schon beim ersten Looping in seine Atemmaske gekotzt.«

»Jawohl, Herr Hauptmann.« Georg griff nach dem Papier und starrte es an.

»Ab nächstem Ersten sind Sie in Nörvenich zur Ausbildung stationiert. Wenn Sie sich ein wenig plietsch anstellen, schaffen Sie es vielleicht bis nach Wittmund, ins Luftwaffengeschwader 71 *Richthofen*. Wenn Sie es tatsächlich schaffen, dass man Sie auch nur eine F-104 putzen lässt, sind Sie verdammt weit gekommen.«

»Jawohl, Herr Hauptmann.«

»Ich erwarte nur Bestleistungen von Ihnen, Hagemann. Machen Sie uns keine Schande.«

»Nein, Herr Hauptmann.«

Sein Vorgesetzter erhob sich und reichte Georg die Hand über den Schreibtisch. »Gratuliere. Wenn Sie sich im Lockheed-Trainingslager in Kalifornien nicht allzu dämlich anstellen, sitzen Sie tatsächlich irgendwann in einem dieser Starfighter und lehren die Russen das Fürchten. Machen Sie Ihren Job gut, junger Mann.«

»Danke, Herr Hauptmann.« Benommen riss Georg die Hand an die Stirn und verließ zackig den Raum.

Dann lief er den Gang hinunter, bis eine Tür mit Glasfenster ihn stoppte. Sein Herz ging schnell. Er sah aufs Rollfeld hinaus, wo gerade ein Sikorsky startete. Endlich durfte er die F-104 fliegen. Überschall. Mach 2.2. Es dröhnte in Georgs Ohren, als hätte er die Triebwerke in seinem Kopf angeworfen. Kalifornien.

Helga! Sofort sackte sein Herz zu Boden, als hätte es einen Motorschaden. Er überlegte, ob er ihr die Sache mit einer Solderhöhung schmackhaft machen könnte oder mit einem Besuch in Amerika, wenn er dort irgendwann einmal den letzten Schritt seiner Ausbildung absolvieren würde. Er wusste, sie würde Nein sagen.

In seinen Ohren begann es zu pfeifen, als ein lauter Knall ihn zusammenfahren ließ, als wäre er abgestürzt. Georg fuhr herum. Jemand hatte einen schweren Aktenordner zu Boden fallen lassen, den er eilig wieder aufhob.

»'tschuldigung, Herr Leutnant.«

Georg brauchte einen Augenblick, um sich zu sammeln. Kurz hatte er ihn erspäht, den Traum am Horizont, der ihm zugelächelt hatte wie eine Sphinx, nur um sich sofort in Luft aufzulösen. Wütend erkannte er, dass das Schicksal herzlos zu ihm war.

Nur würde er sich nicht in Selbstmitleid ergehen. Er würde zu dem stehen, was er entschieden hatte. Er war kein Feigling, der sich davonmachte, wenn es brenzlig wurde.

Er würde Helga einen famosen Verlobungsring kaufen, noch bevor sie zurück in die Kaserne mussten. Irgendetwas mit einem glitzernden Stein. In der Mönckebergstraße gab es all diese edlen Läden, dort ließ sich bestimmt etwas finden. Genug auf dem Sparbuch hatte er. Und morgen früh öffneten die Banken in Hamburg wie überall um 8 Uhr.

Georg drückte das Kreuz durch und lief hinüber zu einem Telefon, das in einer Ecke an der Wand hing. Er starrte auf den schwarzen Kasten, zögerte. Schließlich griff er nach dem Hörer.

»Hier Liebermann, wer spricht?« In der Leitung war die Stimme von Helgas Nachbarin, weil Helga keinen eigenen Anschluss hatte.

»Guten Tag. Hier ist Georg Hagemann, ich ...«

»Oh, der Herr Leutnant! Wie nett, von Ihnen zu hören.«

Derart freundlich, ja, schon begeistert hatte sie ihn noch nie begrüßt. Im Gegenteil.

»Ich habe den Artikel über Sie in der Zeitung gelesen.« Sie kicherte. »Na ja, nicht von Ihnen direkt, aber von den Soldaten, die uns hier in Hamburg geholfen haben. Da waren Sie sicher auch dabei, oder?«

»Ähm, ja.« Eigentlich wollte er sagen, dass er Helga zu sprechen wünschte, doch die Frau plapperte und plapperte, wie dankbar man in der Stadt sei, dass so viele junge Männer gekommen seien, um zu helfen. Sie habe unzählige Hubschrauber am Himmel gesehen.

»… Bestimmt sind Sie auch geflogen, Herr Leutnant. Also, nicht Sie, sondern Ihr Hubschrauber. Fliegen Sie einen dieser großen Grünen oder die kleinen? Ich kenne mich damit ja nicht so aus …«

Es brauchte eine Weile, bis Georg in dem Redeschwall eine Lücke fand.

»Könnte ich bitte Fräulein Wittenberg sprechen?«, unterbrach er sie.

»Das Fräulein Helga? Natürlich. Ach, wie wird sich die Deern freuen, von Ihnen zu hören. Warten Sie bitte. Ich hole sie gleich mal rüber.«

Im Hintergrund quietschte kurz darauf eine Tür, und jemand betätigte eine Klingel. Er hörte die Nachbarin klopfen und Helgas Namen rufen. Während er wartete, beschloss Georg, dass er Helga noch nichts von der Sache mit der neuen Ausbildung erzählen würde. Erst sollte sie den Verlobungsring an ihrem Finger haben und Ja zu seinem Antrag sagen, dann würde er sie damit überraschen. Wahrscheinlich würde sie ihm den Kopf abreißen. In diesem Fall musste er eben auf Kalifornien verzichten. Versuchen wollte er es zumindest.

»Wittenberg am Apparat.«

»Hallo, Liebste. Hier dein Georg.«

Stille in der Leitung.

»Helga?«

»Jaja, ich bin hier. Wie geht es dir?«

»Gut. Wir haben das Schlimmste hinter uns. Jetzt heißt es, die Leute mit Trinkwasser und Medikamenten zu versorgen. Es ist nicht mehr so anstrengend wie am Anfang. Ich bekomme sogar manchmal Schlaf.« Er lachte, sie nicht.

»Geht es danach zurück nach Faßberg?«

»Ja.«

»Gut.«

Irritiert fragte er sich, was sie damit meinen könnte.

»Also, ähm, ich habe am kommenden Wochenende frei. Können wir uns sehen? Ich hätte eine Überraschung für dich.« Wenn er es recht überlegte, sogar zwei. Nur dass die zweite ihr wohl nicht so gut gefallen würde wie der Ring, den er zu kaufen beabsichtigte. Sicherheitshalber würde er aus dem Diamanten einen Brillanten machen. Das würde zwar sein Erspartes bis auf den letzten Pfennig auffressen, aber mit Helga als seine baldige Frau wäre es ja so etwas wie eine Investition in die Zukunft. Der Ring bliebe sozusagen in der Familie, wenn sie heirateten. »Hallo? Bist du noch am Apparat?«

»Du, Georg, also, ich kann am Wochenende leider nicht«, sagte sie endlich. »Meine Cousine aus Berlin ist zu Besuch. Sie wird mindestens zwei Wochen bleiben, vielleicht auch länger.«

Enttäuschung ging durch seinen Magen. Einerseits, weil Helga keine Zeit für ihn hatte, andererseits, weil sie nicht im Geringsten so begeistert von seinem Anruf schien wie eben noch ihre Nachbarin. Da fiel ihm ein, dass die Nachbarin wohl gerade neben seiner Helga stehen könnte, und er begriff, warum Helga so zurückhaltend klang. Wer mochte es schon, wenn Fremde beim Turteln zuhörten?

»Gut, also, ich melde mich in den nächsten Tagen noch einmal bei dir, Liebste, in Ordnung?«

»Jaja, das ist eine gute Idee. Passt bestimmt besser.«

»Ich liebe dich«, sagte er leise.

»Tschüss dann.«

Klick.

Montag, 19. Februar 1962

9:15 Uhr, Polizeihaus, Karl-Muck-Platz, Hamburg

Der Duft von Kaffee wehte in ihren Traum. Er vermengte sich mit dem Klopfen eines Spechts, der seinen Schnabel in rasanter Geschwindigkeit gegen ihren Kopf schlug. Dass es nicht schmerzte, irritierte Marion mehr als die Frage, was das Tier auf ihrer Schulter wollte. Sie meinte Stimmen zu hören.

Plötzlich war Marion hellwach. Sie fuhr auf, schaute sich um. Schreibtisch, Ledersofa, Dunkelheit vor dem Fenster. Müsste es nicht heller sein? Eben war es doch gerade erst Mittagszeit gewesen. Auf ihren Beinen lag eine karierte Decke.

Sie war sich sicher, dass diese vorhin noch nicht dort gelegen hatte. Auf dem Couchtisch stand eine Tasse Bohnenkaffee. Er roch herrlich würzig. Wer hatte ihn dahin gestellt?

Durch die geschlossene Tür zum Vorzimmer hörte sie Schreibmaschinenklappern. Das war also der Specht in ihrem Traum gewesen. Die Armbanduhr sagte ihr, dass sie nicht nur eine halbe Stunde geschlafen hatte, sondern länger. Sehr viel länger.

Sie hielt die Uhr ans Ohr. Nein, sie war nicht stehen geblieben.

»O Gott!«, rief sie.

Marion sprang auf. Die Decke rutschte zu Boden. Schnell hob sie sie wieder auf und legte sie ordentlich zusammen. Sie richtete Kleidung und Haare, soweit das ohne Spiegel möglich war. Als sie vor der Tür zum Vorzimmer stand, verharrte sie, um den Moment hinauszuzögern, der vor ihr lag. Hatte der Senator sie etwa auf seinem Sofa liegen sehen? Oder Werner Eilers? Es war alles so unendlich peinlich. Sicherlich würde man sie jetzt hinauswerfen, mit der Begründung, dass man sie nicht fürs Schlafen bezahlte.

Ihr Magen knurrte hörbar, als sie die Klinke der Verbindungstür hinunterdrückte.

»Ah, da ist sie ja, das Dornröschen vom Polizeihaus!«, rief die Frau am Schreibtisch munter.

Marion versuchte, herauszuhören, ob die Worte hämisch gemeint waren. Wahrscheinlich schon. »Verzeihen Sie ... ich hätte nicht so lange ... Es sollte nur eine halbe Stunde sein.«

Sie fragte sich, wer die Frau an der Schreibmaschine sein mochte. Sie hatte eine gewisse Idee. Die Unbekannte trug einen Pagenkopf und schien nur wenig älter als Marion. Sie strahlte ein Selbstbewusstsein aus, um das Marion sie beneidete. Die Art, wie sie das Papier mit dem Durchschlag von der Walze zog, Kohlepapier und Kopie vom Original trennte und alles ordnungsgemäß ablegte, war souverän und ließ keinen Zweifel daran bestehen, wer vor ihr saß.

»War der Herr Senator heute Morgen schon hier?«, fragte Marion. Sie musste sich schnellstmöglich auf den aktuellen Stand bringen, entweder um vor Scham im Boden zu versinken oder im Großraumbüro bei Frau Müller mit ihrer Arbeit weitermachen zu können.

»Ich bin ihm vorhin begegnet, als er sich auf den Weg zum Hubschrauber gemacht hat.« Sie schüttelte den Kopf. »Hätte ihn fast nicht erkannt, wie er mir da in Armeemantel und Mütze entgegenkam.«

»Es ist kalt in den Dingern«, erklärte Marion. »Keine Heizung. Außerdem fliegen sie mit offener Tür, um mehr sehen zu können.«

»Ja, das sagte er mir auch.«

Marion trat näher und streckte die Hand über den Tisch. »Marion Klinger, mein Name. Ich nehme an, dass Sie Frau Wilhelm sind.«

Die Frau nickte und nahm die gereichte Hand. »Ich hörte, Sie haben mich hier ganz famos vertreten, Fräulein Klinger. Regierungsrat Eilers schien recht stolz auf seine Entdeckung zu sein.«

Sie sahen sich an. Die eine ausgeruht und voller Tatendrang. Die andere verschwitzt und aus irgendeinem Grund noch immer müde.

Schon wieder knurrte Marions Magen. Sie blickte sich im Büro um, das für einige Stunden ihr Arbeitsplatz gewesen war. Die Unordnung, die sie am Mittag hinterlassen hatte, war fortgeräumt. Bleistifte und Radierer, Filzschreiber und Kulis lagen ordentlich in einer offenen Schublade mitsamt Locher und Hefter. Eine peinliche Stille hing im Raum.

Marion überlegte, ob sie sich dafür entschuldigen sollte, dass sie im Reich von Ruth Wilhelm gewildert hatte. »Ich denke, ich gehe wieder hinunter.«

»Moment bitte.«

Marion drehte sich in unheilvoller Ahnung um.

»Warum haben Sie hier geschlafen und nicht zu Hause?«

»Es ... es tut mir leid, Frau Wilhelm, ich ...«, stotterte Marion und überlegte fieberhaft, ob sie zugeben sollte, dass sie auf einen Anruf vom Roten Kreuz wartete. »Ich konnte nicht, weil ... Ich wohne in Wilhelmsburg in einer der Gartenlaubenkolonien. Im Funkraum hörte ich, dass ...« Sie schluckte, konnte es nicht aussprechen. Ihr Albtraum war nicht zu Ende, er ging weiter. Tränen liefen ihr übers Gesicht.

Mit wenigen Schritten war Ruth Wilhelm bei ihr und nahm sie in den Arm. »Verzeihen Sie, dass ich gefragt habe.

Das war höchst unsensibel von mir. Ich hätte es mir denken können.«

Schluchzend stand Marion da und wusste nicht, was sie tun sollte. Sie hatte kein Zuhause mehr. Und sie hatte entsetzliche Angst um ihre Mutter und um all jene, mit denen sie die letzten Jahre so glücklich in ihrem kleinen Paradies hinterm Deich gelebt hatte. Dieter und Karin mit Klein-Uschi und Uwe. Die Tiedemanns, obwohl sich die Anneliese immer zu fein war, mit den Nachbarn einen Plausch zu halten. Die Kollwitzens. Das Bild von Opa Kollwitz tauchte vor ihr auf, wie er mitten im Sturm auf dem Dach seines Häuschens gesessen und mit dem Hammer in der Hand die Teerpappe festgenagelt hatte. Hoffentlich ging es allen gut.

Marion löste sich aus den Armen von Ruth Wilhelm. »Wie viele Tote sind es bis jetzt?«

Zögerlich nannte die Sekretärin des Senators eine Zahl.

Marion glaubte, die Beine unter ihr würden wegknicken. »So viele?«

»Viel weniger, als alle befürchtet hatten«, versuchte die Frau, sie zu trösten. »Laufen Sie hinunter in die Kantine und gönnen Sie sich ein ordentliches Frühstück.«

»Und dann?«, fragte sie kaum hörbar.

Ruth Wilhelm überlegte, kehrte zum Schreibtisch zurück und beugte sich zu einer Handtasche, die neben ihrem Stuhl stand. Sie zog einen Schlüsselbund heraus. Mit wenigen Griffen hatte sie einen einzelnen aus dem Ring gelöst, den sie Marion reichte.

»Vorerst wohnen Sie bei mir«, entschied sie.

Überrascht sah sie Ruth Wilhelm an. »Bei Ihnen? Aber das ist nicht nötig. Ich kann in ein günstiges Hotel gehen.«

»Keine Widerworte.« Die Frau am Schreibtisch notierte ihre Adresse auf einen kleinen Zettel und gab ihn ihr. »Ich sorge dafür, dass ein Fahrer aus der Bereitschaft Sie zu mir nach Hause bringt. Wir haben die gleiche Kleidergröße. Also, Sie und ich. Nicht der Fahrer.« Sie lächelte Marion an. »Nehmen Sie sich etwas Passendes aus dem Schrank. Wenn meine Nachbarin Frau Brenneke fragt, wer Sie sind, sagen Sie, Sie sind meine Schwester.«

»Ich soll lügen?«

»Nein, natürlich nicht. Aber die Frau ist überzeugt, dass wir alle von den Russen ausspioniert werden. Sie ist ein wenig…«, mit dem Finger tippte sie sich an die Stirn. »Besser, sie meint, meine Schwester verschafft sich Zutritt zu meiner Wohnung, als eine russische Spionin.«

Marion verstand und betrachtete den Schlüssel in ihrer Hand an. »Warum sind Sie so nett? Sie kennen mich doch gar nicht.«

Ruth Wilhelm lachte hell auf und warf den Kopf zurück. »Natürlich kenne ich Sie. Sie sind Marion Klinger. Das haben Sie mir gerade gesagt.«

Sie nickte stumm und schloss die Hand um den Schlüssel.

»Liebe Marion, Sie haben die schlimmste Nacht hinter sich, die ich mir vorstellen kann. Während ich bei meiner Familie war und den Geburtstag meines Vaters gefeiert habe, haben Sie alles verloren. Trotzdem haben Sie hier meine Arbeit gemacht. Ich möchte Ihnen dafür danken. Und ich möchte mich für Ihren Einsatz revanchieren.« Sie lächelte. »Nehmen Sie mein Angebot ruhig an, und bleiben Sie in meiner Wohnung, bis Sie wissen, wie es weitergehen soll.«

Stumm dankte Marion ihr. Bevor sie ging, musste sie aber noch etwas fragen. Sie schluckte. »Hat zufällig das Rote Kreuz für mich angerufen?«

Ruth Wilhelm legte die Stirn in Falten.

»Es ist ... Ich habe dort nach meiner Mutter gefragt. Gertrud Klinger. Sie wollten zurückrufen, wenn sie sie gefunden haben.«

Die Sekretärin des Senators schüttelte den Kopf.

»Danke«, sagte Marion leise und verließ das Vorzimmer des Herrn Senators.

9:30 Uhr, Planten un Blomen, Hamburg

Es war Montag. Wer die Stadt nicht kannte, hätte meinen können, dieser Wochenanfang würde sich nicht von all den anderen seiner Art in Hamburg unterscheiden. Dennoch kroch Marion eine eigentümliche Dunkelheit über den Rücken, die mehr war als nur der kalte Nieselregen dieses Morgens am 19. Februar.

Mit dem Schlüssel zu Ruth Wilhelms Wohnung in der Tasche, ging sie im Foyer am Wachhabenden vorbei. Sie benötigte keinen Wagen. Wohin sie allerdings jetzt wollte, wenn nicht in die Wohnung von Schmidts Sekretärin, war ihr vollkommen unklar.

Sie trat aus dem Gebäude und verharrte mitten im Arkadengang. Es nieselte.

Da kam ihr jener nette Polizist entgegen, mit dem sie sich vor einigen Tagen in der Kantine unterhalten hatte. Er schien sie zu erkennen, obwohl sie heute jemand anders war. Normalerweise hätte sie ihn gegrüßt, vielleicht sogar gefragt, wie es ihm gehe. Stattdessen liefen sie ohne ein Wort des Grußes aneinander vorbei, jeder auf seine Weise tot.

Marion taumelte hinüber zur Ampel und wartete.

In ihrem Rücken lag das Polizeihaus, das sie seit Freitag nicht verlassen hatte. Ein hoher Backsteinbau, klare Linien, effizient, ehrfürchtig. Vor ihr hingegen erhob sich die verschnörkelte neobarocke Musikhalle, die Marion schon immer an ein Traumschlösschen erinnert hatte. Beide Bauten starrten einander an, als könnten sie nicht verstehen, was der andere auf diesem Platz zu suchen hatte. Jeder beanspruchte den Ort für sich, obwohl sie fast zur selben Zeit gebaut worden waren. Ein stilles Kräftemessen zwischen Altem und Neuem.

Marion fragte sich, ab wann man merkte, dass eine neue Zeit begonnen hatte. War es wirklich nur die Architektur, die es einem sagte? Oder war es die jähe Gewissheit, dass die Selbstverständlichkeiten von gestern heute nicht mehr zählten?

Es war nur wenige Tagen her, dass ihr Leben von belanglosen Fragen durchwoben gewesen war. Hatte sie wirklich mit Seifert, Günter zum Faschingsfest gehen wollen? Warum hatte Dieter damals Karin geheiratet und nicht sie? Sollte sie überhaupt heiraten? Würde der Tag kommen, an dem sie ihrer Mutter etwas recht machen konnte? Ob ihr gebleichtes Haar so stand wie der Lilo Pulver? Was sollte es morgen zu Mittag geben? Warum hatte sie keine Freundin, die war wie sie?

Und jetzt, nur wenige Stunden später, kamen ihr diese Dinge entsetzlich belanglos vor. Sie hatte alles verloren, was sie je besessen hatte. Sie hätte ihrer Mutter eine bessere Tochter sein müssen. Marion stand an der Ampel und starrte ins Nichts.

Wie im Dunst sah sie Leute an sich vorbeieilen, die Straße überqueren, den eigenen Geschäften nachgehen. Andere stellten sich neben sie, warteten auf Grün, hasteten über die Straße, verschwanden. Ein ständiges Warten, Gehen und Warten. Sie aber konnte sich nicht bewegen, sondern stierte nur das mal rote und mal grüne Licht auf der gegenüberliegenden Straßenseite an. Marion fühlte sich unendlich leer.

Irgendwann sprach jemand sie an. Ein Mann. Sie kannte die Stimme. Langsam drehte sie sich zu ihm um. Es war der Pilot. Der Name, er wollte ihr nicht einfallen.

Sie spürte, dass er sie am Arm fortführte, hinüber zu

den Bäumen der alten Wallanlagen. Dort im Park gab es eine Bank. Mit einem Taschentuch wischte er die Sitzfläche trocken. Kraftlos ließ sie sich darauf fallen.

»Können Sie mich hören?«, fragte er.

Marion nickte. In der Luft lag das Salz der Nordsee, das die letzte Flut mitgebracht hatte. Ihr wurde übel. Die Elbe war es, die mit dem Sturm gekommen war, um die Deiche zu zerstören. Sie hatte den Fluss immer geliebt. Jetzt hasste sie ihn. Er und dieser verdammte Orkan hatten Menschen getötet, Leben zerstört. Es war schlimmer als der Krieg gewesen, denn auf den hatte man sich wenigstens vorbereiten können. Ein Zittern ging durch ihren Körper.

Der Mann neben ihr redete. Sie verstand die Worte nicht. In ihr flackerte nur das Gefühl, dass sie eigentlich nicht hier war. Auf dieser Bank saß nur ihre Hülle, sie selbst war weit fort. Autos fuhren an ihnen vorbei. Busse. Eine Straßenbahn ratterte zur Haltestelle, wartete und rollte weiter.

Es kostete Marion viel Kraft, zurück in ihren Körper zu kommen. »Verzeihen Sie. Was sagten Sie?«

»Wir werden demnächst wohl abgezogen.« Offenbar hatte er das bereits gesagt. »Unsere Staffel fliegt zurück nach Faßberg. Die Arbeit ist fast getan.«

»Sie gehen?«

Er nickte. »Ich wollte mich noch bei Ihnen bedanken. Deshalb bin ich zum Polizeihaus gekommen. Ich sah Sie an der Ampel stehen. Ist alles in Ordnung?«

»Wofür bedanken?«

»Sie waren sehr nett, als ich«, er grinste, »mir fast in die Hose gemacht hätte, weil ich solche Angst vor Ihrem Senator Schmidt hatte.«

Sie lächelte matt. »Das müssen Sie nicht. Er will nur, dass alles irgendwie funktioniert.«

Leutnant Hagemann stützte seine Unterarme auf die Beine und schaute auf den nassen Sandweg zu seinen Füßen. »Für einen Politiker hat er die Sache ziemlich gut gemacht. Ich habe gehört, wie er mit Konteradmiral Rogge geredet hat. Mann, wenn ich mir das erlaubt hätte, so mit einem Vorgesetzten zu reden, hatte man mich standrechtlich erschossen oder aus dem fliegenden Helikopter geworfen. Und ich bin nicht einmal ein Zivilist.«

Marion erinnerte sich an die Art, wie der Senator die Sitzungen geleitet hatte. Da waren Worte wie Feind gefallen, den man zurückdrängen müsse. Auch andere militärisch anmutende Formulierungen waren durch den von Zigarettenrauch geschwängerten Raum gedonnert.

»Ich glaube nicht, dass man Sie aus dem Hubschrauber geworfen hätte«, erwiderte sie. »Ich denke, dass der Senator richtig gehandelt hat. Wenn er erst abgewartet hätte, bis die Befehlskette unter all den Leute klar gewesen wäre, wäre zu viel Zeit vergangen und sehr viel mehr Menschen umgekommen.«

Sie schwiegen eine Weile.

Marion war dem Piloten dankbar, dass er sie zur Bank geführt hatte. Seine Stimme hatte sie zurückgeholt. Langsam wurde ihr Kopf wieder klarer, was vielleicht auch an dem Nieselregen liegen mochte, der stetig aus dem Himmel fiel. Sie spürte, wie die Nässe auf ihren Schultern lag und den Rücken des Mantels zu durchtränken drohte. Wer friert, der lebt, sagte sie sich und schob eine Strähne zurück unters Kopftuch.

»Danke«, flüsterte sie.

Er drehte sich zu ihr. »Wofür?«

»Dass Sie mich an der Ampel eingesammelt haben.«

»Das musste ich. Schließlich bin ich nur Ihretwegen hier.«

Seine Worte klangen wie ein Kompliment. Das gefiel ihr.

»Was werden Sie tun?«, fragte er.

»Meine Mutter. Ich weiß nicht, ob sie …« Das Wort blieb ihr im Hals stecken. »Ich habe in allen Krankenhäusern der Stadt angerufen und beim Roten Kreuz.« Ihre Augen wanderten den Sandweg entlang, der sich unter kahlen Bäumen wand. Sie wusste, was am Ende des Wegs, auf halber Strecke zum Bismarck-Denkmal, lag – die Eisbahn im Planten un Blomen. Der Ort, von dem sie selbst vorgeschlagen hatte, dass man dort die Leichen aufbahren sollte.

Er folgte ihrem Blick, schien zu verstehen, was sie dachte. »Manchmal ist es besser, zu wissen, woran man ist.«

Stumm nickte sie.

»Möchten Sie, dass ich mitkomme?«

»Ja, bitte.«

Er reichte ihr einen Arm. Langsam gingen sie nebeneinander zu jenem Ort, wo die Toten warteten, dass jemand ihnen einen Namen gab.

Marion fragte sich, was sie tun würde, wenn sie ihre Mutter dort fände. Würde sie weinen? Ohnmächtig werden? Oder nur fortgehen, weil sie jetzt Gewissheit hatte?

Bilder von früher flackerten durch ihren Kopf. Mama, wie sie Vanillepudding für sie kochte, weil sie eine gute Note aus der Schule mit nach Hause gebracht hatte. Mama, die lachte, weil Papa ihr etwas Nettes gesagt hatte. Mama, wie sie Wäsche im Garten aufhängte. Mama, die ihr eine Geschichte vorlas, damit die kleine Marion in der Nacht schöne Träume hatte. Marion schämte sich, dass sie mit ihrer Mutter in den letzten Jahren so barsch umgegangen war. Nun war es zu spät.

Sie erreichten den Eingang der Eisbahn, vor der sich eine Menschentraube gebildet hatte. Es waren vielleicht zwanzig oder dreißig Leute. Einige weinten, andere versuchten, zu trösten. Jemand schoss Fotos und wurde von einer Frau weggejagt, obwohl er mit seinem Presseausweis wedelte. Die Verzweiflung an diesem Ort schmeckte in Marions Mund nach Blut. Ein großes Schild am Staketenzaun erklärte, was die Besucher dahinter erwartete.

»Haben Sie Ihren Personalausweis dabei, Marion?«, fragte ihr Begleiter.

Sie zog das graue Büchlein aus der Handtasche und reichte es ihm. Er ging damit zu einem Soldaten, der an einem Tisch beim Eingang saß und die Formalitäten erledigte.

Da trat eine Frau durch die Pforte und drückte sich ein Taschentuch vor den Mund, um nicht aufweinen zu müssen. Der Soldat, der sie herausführte, trug eine schwarze Armbinde.

Marion schluckte.

Der Pilot kehrte zurück. »Wir können.«

Sie passierten den Eingang.

Alles hier war still. Nur der Lärm von der Straße drang zu ihnen.

Marion und Georg Hagemann gingen an Bänken vorbei, auf denen sich die Leute normalerweise ihre Schlittschuhe anzogen. Nun saß dort eine Krankenschwester und wiegte einen Mann, der bitterlich weinte. Der Kloß in Marions Hals wurde immer dicker. Schon meinte sie, keine Luft mehr zu bekommen.

Auf dem Eis hatte man ein großes Zelt aufgebaut. Durch einen Vorhang ließ ein Soldat sie mit ernster Miene ein. Die Toten lagen auf Planen, direkt auf dem Eis.

Es riecht gar nicht nach Tod, dachte Marion, ohne recht zu wissen, wie der eigentlich roch. Vorsichtig, als hätte sie Angst, die Verstorbenen zu wecken, lief sie mit gefalteten Händen über einen Holzsteg, der auf dem Eis lag, zwischen den Reihen entlang.

Das Herrichten der leblosen Gestalten war den Soldaten nicht bei jeder Leiche gelungen. Aufgedunsene Körper, gebrochene und verrenkte Gliedmaßen, offene weiße Wunden. Die Augen waren geschlossen.

Das war gut so, denn Marion hätte es nicht ertragen, wenn sie sie angesehen hätten. Sie tastete zur Seite, um zu wissen, ob der Pilot noch neben ihr war. Er nahm ihren Arm.

Plötzlich blieb sie stehen. Zu ihren Füßen lag eine Frau.

Die sonst so sorgfältig gemachte Dauerwelle klebte an ihrer grauweißen Haut. Lidschatten und Wimperntusche waren verschwunden. Sie trug ihren Pelzmantel, mit dem sie stets in der Siedlung herumstolziert war, während sie das gepuderte Näschen immer ein wenig zu hoch in die Luft gehalten hatte. Wie ein räudiges Tier hing der Nerz jetzt an ihrem Körper, zerschlissen und voller Matschklumpen.

Marion warf die Hand vor den Mund.

Der Soldat trat zu ihr. »Kennen Sie die Frau?«

Marion nickte. Nun hatte der Tod ein Gesicht. Es war jenes einer Frau, die noch so viel vom Leben erwartet hatte und die der Tod verhöhnte, indem er sie wie eine Streunerin präsentierte.

Marion wollte etwas sagen. Sie musste sich räuspern, um die Stimme wiederzufinden. »Das ist Anneliese Tiedemann. Sie wohnte in unserer Siedlung. Ihr Mann heißt Volker. Er ist Autohändler.«

Der Soldat blätterte ein paar Seiten auf seinem Klemmbrett um und machte einen Eintrag. Sein Finger glitt über eine Liste. »Der Ehemann wurde bereits identifiziert.«

Aus großen Augen sah Marion ihn an. »Volker? – Mein Gott!«

Auf jedem Gartenfest hatte er die besten Witze erzählt und dem ein oder anderen Gast nach dem dritten Korn auch mal einen Gebrauchtwagen angedreht. Alle hatten Volker gemocht, selbst wenn er oft ein wenig zu laut und gesellig dahergekommen war.

»Wurden noch andere aus der Gegend gefunden?« Ihre Stimme war kaum mehr als ein Flüstern.

»Das weiß ich nicht. Wir haben die Liste nach Eingang angelegt, nicht nach dem Auffindeort. Aber vorhin wurde mit dieser Frau eine weitere Leiche, ähm, Tote hierher verbracht.«

Marions Knie wurden weich. Schnell legte Georg Hagemann einen Arm um sie.

»Möchtest du dich setzen?«, wollte er wissen.

Sie schüttelte den Kopf. Wenn es ihre Mutter war, würde sie es besser jetzt als später erfahren. Langsam gingen sie in eine andere Reihe. Marion versuchte, nicht zu den abgedeckten Kinderleichen zu schauen, die ein Stück weiter lagen.

Kurz darauf standen sie vor einem Körper, dessen nackte Füße unter der Plane hervorlugten. Mit allergrößter Anstrengung glitt Marions Blick von dort über die Beine bis hinauf zum Gesicht.

»Karin!«, entfuhr es ihr. Hastig griff sie nach dem Arm des Piloten, der sie gerade noch auffangen konnte, als ihre Beine nachzugeben drohten.

Ihre Schulfreundin lag da, als würde sie schlafen. Die Hände schienen unter der Plane gefaltet zu sein. Sie trug nur ein Nachthemd mit einer Wolljacke darüber.

Marion riss sich von Georg los und rannte zu den Kindern hinüber. »Uwe, Klein-Uschi, sind sie auch hier?«

»Wie alt sind die Kinder?«, wollte der Soldat wissen.

Marion starrte auf die kleinen Körper zu ihren Füßen, deren Gesichter unter den Planen verdeckt waren. Sie musste sich konzentrieren.

»Uwe ist sieben, Klein-Uschi vier«, keuchte sie. »Ich dachte, sie sind bei ihren Großeltern in Hamm! Zusammen mit ihrer Mutter.« Sie warf einen Blick über die Schulter, hinüber zu Karin. »Was haben sie in der Kolonie gemacht?« Sie dachte an Dieter, und ihre Kehle schnürte sich zu.

Georg zog Marion zu sich heran. »Atmen. Tief einatmen. Es hilft nichts, wenn du ohnmächtig wirst.«

Sie nickte und atmete, obwohl sich auch noch ein eiserner Ring um ihre Brust legte. Die Luft, sie wollte einfach nicht in ihre Lunge strömen.

Der Soldat blätterte in seinen Listen. Dann hob er den Kopf. »Wir haben nur zwei Jungen, die bisher nicht identifiziert werden konnten. Der eine ist zu jung und der andere zu alt.«

»Und ein Mädchen?«

Der Soldat schüttelte den Kopf. »Keines im passenden Alter.«

»Gott sei Dank«, entfuhr es Marion. Ihr Herz raste. Sie hörte Georg beruhigend auf sie einsprechen, während sie sich an ihn presste, weil sie Angst hatte, der Boden unter ihren Füßen könnte verschwinden und Dunkelheit sie verschlingen.

»Die Kinder sind nicht hier, Marion. Und deine Mutter auch nicht. Das sind doch gute Nachrichten, oder?«

»Ja, das ist gut.« Auch wenn ihr schwummrig wurde, kehrte sie noch einmal zurück zu Karins Leiche. »Hat niemand sie bisher …?«

»Nein, wie gesagt, sie wurde vorhin erst zu uns gebracht«, antwortete der Soldat. »Kennen Sie ihren Namen?«

»Karin Krämer. Ihr Mann heißt Dieter. Er denkt, seine Familie wäre bei den Schwiegereltern in Hamm.« Marion wandte sich zu Georg. »Dass die Kinder nicht hier sind, bedeutet, sie könnten noch leben, oder?« Sie sah den Soldaten an. »Haben Sie eine Liste mit den Namen der bereits identifizierten Kinder?«

Der Mann war hin- und hergerissen. »Sind Sie mit den Kindern verwandt?«

Marion schüttelte den Kopf.

»Dann darf ich Ihnen das nicht sagen. Befehl.«

Georg trat einen Schritt vor. »Einen Blick darauf werfen kannst du schon, Kamerad, oder? Prüfe nur, ob Uwe oder Ursula Krämer auf der Liste stehen. Bitte. Mehr wollen wir nicht wissen.«

»Sie ist verwandt?«

»Sie ist die Patentante der Kleinen«, log Georg.

Der Soldat fuhr über die Bartstoppeln. Auch er musste länger nicht geschlafen haben. »Gut. Wartet da drüben bei den Bänken. Ich komme gleich.«

Georg und Marion setzten sich dorthin, wo eben noch die Krankenschwester den weinenden Mann getröstet hatte.

»Deine Mutter ist nicht hier.« Besorgt schaute er sie von der Seite an. »Die Frage ist nur, wo sie sein könnte …«

»Sie duzen mich«, bemerkte Marion. »Schon die ganze Zeit.«

Er zuckte zusammen. »Verzeihen Sie, das ist mir … ich wollte Ihnen nicht zu nahe treten. Es war mir gar nicht bewusst, dass ich so unhöflich … das ist mir nur so rausgerutscht.«

»Ich fand es schön.« Sie lächelte matt. Und es stimmte. Er war bei ihr, hatte sie gestützt und getröstet. Sie hatte nicht viele Freunde, auf die sie sich verlassen konnte, schon gar keine Männer. Sein Gesicht war eine Spur rot geworden. Sie reichte ihm die Hand. »Marion.«

Seine Mundwinkel verzogen sich zu einem Lächeln. Er nahm die Hand in seine. »Georg.«

»Danke, dass du mit mir gekommen bist, Georg.« Sie holte tief Luft. »Allein hätte ich mich nicht getraut. Aber wenn meine Mutter nicht hier ist, wo ist sie? Ich habe gestern Abend alle Krankenhäuser in der Stadt kontaktiert. Nichts. Und das Rote Kreuz weiß auch nichts. Sie muss irgendwo sein.« Fast hätte sie hinzugefügt: tot oder lebendig. Der Gedanke, dass der Körper ihrer Mutter noch nicht gefunden worden sein könnte, verursachte ihr Übelkeit. »Ob die Elbe sie mit sich genommen hat?«

Bevor er antworten konnte, trat der Soldat zu ihnen. Georg stand auf.

»Es wurden keine Kinder mit diesem Namen hergebracht. Die Liste ist nicht aktuell, weil auch welche in den Krankenhäusern sterben. Und es werden immer noch Tote im Überflutungsgebiet geborgen.«

»Wo könnten die Kleinen sein, wenn sie noch leben?«, wollte Georg wissen.

»In einem der Hospitäler oder in einer der Notunterkünfte, schätze ich. Wenn die Kinder allein sind, hat die Polizei sie vielleicht auch ins Kinderheim gebracht.«

Marion zuckte zusammen, sodass der Mann schnell hinzufügte, dass das nur getan wurde, wenn sich so schnell keine nahen Verwandten finden ließen. »Aber Sie sagten ja, dass es Großeltern gibt.«

»Man muss den Vater informieren. Dieter Krämer. Er ist beim THW als Gruppenleiter. Seit Freitagabend ist er im Katastropheneinsatz.« Sie wollte zu ihm, erzählen, was sie eben gesehen hatte, doch sie hätte bestimmt nicht die richtigen Worte gefunden. Es war besser, wenn jemand anders ihm die schreckliche Nachricht überbrachte.

Der Soldat notierte. »Ich werde Ihre Angaben weiterleiten. Mehr kann ich leider für Sie nicht tun.«

»Danke.«

Eilig lief Marion zum Ausgang und drängte sich durch die

Menge der Wartenden vor dem Zaun. Georg folgte ihr. Ein Stück weiter hatte er sie eingeholt.

»Möchtest du einen Spaziergang machen?«, fragte er. »Es ist so schönes Sommerwetter heute. Perfekt für einen Gang zum alten Bismarck-Denkmal.«

Über ihnen hingen tiefgraue Wolken. Sie musste grinsen.

13 Uhr, Notunterkunft, Hamburg-Harburg

Es war bereits Mittagszeit, als Dieter in der Notunterkunft eintraf. Das Schulgebäude lag ein wenig von der Straße entfernt. Eine Handvoll Jungen spielte auf dem Hof davor Fußball. Mehrere Mädchen übten in der Nähe mit Springseilen. Alles wirkte so erschreckend normal. Uwe war nicht unter ihnen. Vielleicht war es, weil sich Kinder weniger Sorgen um die Zukunft machten. Den Erwachsenen, die ihm auf dem Weg zum Eingang begegneten, jedenfalls war der Kummer ins Gesicht geschrieben.

Dieter trat in den Schulflur, der streng nach Bohnerwachs roch. Sogleich fiel ihm die Wand mit den Aushängen auf, die er schon von den anderen Notunterkünften her kannte. Hier suchten Menschen ihre Nachbarn oder Verwandte, boten Hilfe an oder günstige Unterkünfte. Eine Gruppe Kinder rannte an ihm vorbei die Treppe ins obere Geschoss hinauf. Dieter überflog die Anschläge unter der Rubrik *Vermisstensuche*.

Mehrere hastig gemalte Schilder wiesen den Weg zur Kleiderausgabe am Ende des Korridors im Erdgeschoss, zur Antragsberatung im Klassenraum der 2 d und zur Kantine in der Aula. Dieter folgte jenem mit dem Wort *Anmeldung*.

Hinter einem Schultisch saß eine ältere Frau mit grauem Haar, die mit einem roten Stift auf einer Liste Name durchstrich.

»Guten Tag. Ich heiße Dieter Krämer und suche meine Frau Karin und meine beiden Kinder Uwe und Uschi. Sie sind sieben und vier Jahre alt.«

Kurz blickte sie auf. »Haben Sie es schon beim zentralen Einwohnermeldeamt versucht?«

»Nein.«

»Verständlich«, erklärte sie. »Es wurde ja heute Morgen erst eingerichtet, damit die Leute schneller ihre Familien wiederfinden können und nicht von einer Notunterkunft zur nächsten fahren müssen. Waren Sie schon in Planten un Blomen?«

Er schüttelte den Kopf. Er hatte dort gestanden, doch es war ihm unmöglich gewesen, hineinzugehen. Sie lebten. Sie mussten leben!

Die Frau griff zu einem hölzernen Karteikasten, in dem sich Pappkarten befanden. »Wie, sagten Sie, heißt Ihre Frau?«

»Karin. Karin Krämer.«

»Geboren?«

Er antwortete, ohne zu zögern. Nannte ihre Adresse und begriff zugleich, dass an dem Ort nichts mehr war. Kein Haus. Kein Garten. Kein Zuhause. Eine Adresse mit Hausnummer ohne Haus. Schweigend beobachtete er, wie die Frau den Kasten Karte für Karte durchging.

»Krämer, Krämer … Ich habe hier eine Gerlinde Krämer aus Finkenwerder.« Sie sah auf. »Sind Sie mit ihr verwandt?«

Er schüttelte den Kopf.

»Schade.« Flink gingen ihre Fingerspitzen über den Rand der Pappe. Sie schüttelte den Kopf. »Es tut mir leid. Ich habe hier keine Karin Krämer.«

Dieter stützte sich mit einer Faust auf den Tisch und wedelte mit der anderen Hand zu einem weiteren Kasten. »Vielleicht haben Sie sie falsch abgelegt.«

»Das sind leere Karten.«

»Und wenn jemand den Namen versehentlich mit C geschrieben hat? So etwas passiert manchmal, wissen Sie?« Dabei beugte er sich über den Tisch, hinter dem sie saß.

Statt einer Antwort legte sie den Kopf schief. Ihr Mund wurde immer schmaler. »Versuchen Sie es im Einwohnermeldeamt beim Neuen Wall oder in Planten un Blomen.«

Er richtete sich auf und murmelte eine Entschuldigung. »Stört es Sie, wenn ich mich hier umsehe?«

Sie wandte sich ihrer Liste zu. »Nein. In der Aula gibt es Kaffee und Brötchen. Probieren Sie es da zuerst, bevor Sie durch die Klassenräume laufen, wo unsere Gäste auf Feldbetten hausen müssen, bis jemand sie abholt oder wir ihnen ein Zimmer zuweisen können.«

»Wissen Sie, wohin die Leute gegangen sind, nachdem sie hier waren?«

»Nein. Die meisten gehen einfach. Einige melden sich ab. Es hängen Listen mit Hotels und Privatunterkünften aus. Jeder sucht sich raus, was passt. Die meisten nehmen Angebote in der Nähe ihres alten Wohnorts.«

»Danke.«

Mit einem leisen »Tschüss« verabschiedete er sich und ging zurück auf den Flur. Draußen folgte er dem Schild zur Kantine. Die Doppeltür in den Saal stand weit offen. Es war Mittagszeit. Stimmengewirr begrüßte ihn.

Die Aula war ein hoher Raum mit einer Bühne am schmalen Ende, die mit einem dunkelroten Samtvorhang versehen war. Davor hatte man Tische und Stühle aufgebaut, an denen Männer und Frauen vor ihren Tellern hockten und aßen. Ein Stück weiter verteilten Helfer aus großen Töpfen Erbsensuppe und Graubrot sowie Kaffee und grünen Wackelpudding mit Vanillesoße. Jemand lachte, andere fielen ein.

Dieters Blick wanderte über die Tischreihen. Er schaute in jedes Frauengesicht, hoffend, seine Karin zu finden. Langsam schlurfte er zu einer Frau hinüber, die Kaffee ausschenkte. »Guten Tag.«

»Moin, moin, was kann ich Ihnen Gutes tun?«

Dieser Tag, dachte er, ist für mich alles andere als gut, ebenso wie der gestrige oder die Nacht davor. »Einen Kaffee, bitte.«

Die Frau nahm eine Tasse und ließ aus einer Kanne schwarzen Kaffee hineinlaufen. »Mit Milch und Zucker?«

Dieter nickte.

Mit dem Kinn deutete sie zu einem Tisch in der Mitte des Raums. »Dort drüben ist noch Platz für Sie.«

»Danke.«

Dieter ging hinüber und setzte sich zu den Leuten. Man tauschte die neusten Informationen aus, die am Brett im Flur hingen, sprach über Menschen, die man kannte und die nicht wiederkommen würden, und über jene, die geholfen hatten und denen das Schicksal dennoch übel mitgespielt hatte.

»… Er hat dreiundzwanzig Menschen in der Nacht gewarnt. Ohne ihn hätte das Wasser alle überrascht. So konnten sie sich gerade noch retten. Und dann …« Die Frau, die das erzählte, machte eine bedeutungsvolle Pause. »… musste er zusehen, wie die Flut sein Haus mit sich riss. Drinnen war seine Frau. Er konnte ihr nicht mehr helfen. Heute früh hat er sie in Planten un Blomen identifiziert.«

»Mein Gott, der Ärmste.« Fassungslos schüttelte eine ältere Dame den Kopf. »Dabei hat er so vielen das Leben gerettet.«

»Er hätte sich um sich selbst kümmern sollen«, entgegnete ein junger Mann und löffelte seinen Wackelpudding.

»Wenn jeder so denken würde wie Sie, wären noch viel mehr Menschen umgekommen!«, rief die Frau vom Ende des Tisches.

Die anderen stimmten zu. Jemand murmelte, dass es nicht immer die Besten sind, die überlebten.

»Der Senator Schmidt, wenn der nicht gewesen wäre, sähe es viel schlimmer aus«, wechselte einer schnell das Thema zu etwas, wo man sich einig war.

»Ohne den wäre ich kapeister gegangen«, sagte eine Frau. »Ich saß auf dem Dach, halb erfroren. Irgendwann kamen die Engländer und haben mich runtergeholt.« Die Erinnerung an die Nacht ließ sie frösteln. »Gute Jungs sind das. Unsere auch.« Sie schniefte. »Ich hatte schon mit allem abgeschlossen.«

Jeder am Tisch wusste, was sie meinte.

Eine Hand legte sich auf Dieters Schulter. »Herr Krämer?« Er fuhr herum. Vor ihm stand Opa Kollwitz.

Dieter sprang auf und nahm die Hand des alten Mannes, die er heftig schüttelte. »Sie leben? Mein Gott! Sie leben. Wissen Sie, wo meine Frau ist? Wo sind Uwe und Klein-Uschi? Haben Sie sie gesehen?«

Ein Schatten überzog das Gesicht des Nachbarn. Dieter meinte, er würde den Boden unter den Füßen verlieren. Er hatte es geahnt. Nein, gewusst. Tief in seinem Inneren hatte er gewusst, dass er zu spät gekommen war.

Opa Kollwitz hatte schon wieder ein Lächeln in sein faltiges Gesicht geschoben. »Folgen Sie mir. Ich habe eine Überraschung für Sie.«

Mit tauben Beinen ging Dieter dem Nachbarn hinterher, der sich mit Tippelschritten einen Weg zwischen den Tischen und Stühlen hindurchbahnte.

»Wir sind seit gestern Abend hier. Man kümmert sich wirklich gut um uns, bis wir nach Hause können.«

»Sie wollen zurück?« Dieter konnte es nicht glauben.

»Ja, wir werden unser Zuhause wiederaufbauen. Es mag ein wenig länger dauern als beim letzten Mal, aber wir werden es tun.« Opa Kollwitz klang ein wenig halsstarrig. Sie hielten auf eine kleine Tür neben der Bühne zu. »Zumal wir jetzt auch Zuwachs bekommen haben.« Er griente, als er Dieters fragenden Blick bemerkte. »Heinz-Caesar, unser neuer Liebling. Na ja, eigentlich ist er der von meiner Alma. Seit der Hund uns zugeschwommen ist, blüht sie auf. Ist das nicht eigenartig? Da muss erst ein Sturm alles wegfegen, nur damit sie wieder leben will.« Opa Kollwitz schüttelte den Kopf. »Verstehe man die Frauen.«

Er wies in eine Ecke des Nebenraums, wo eine kleine Treppe zur Bühne hinaufführte. Dort versuchten gerade zwei Kinder, einem Hund Kunststücke beizubringen, während Oma Kollwitz danebensaß und häkelte.

»Sitz, Heinz-Caesar!«, rief Uwe dem Tier zu und hielt einen Zeigefinger mahnend über den Kopf des Hundes, der schwanzwedelnd zu Klein-Uschi lief und sich um den Befehl des Kindes nicht kümmerte. »Du sollst dich hinsetzen!«, moserte Uwe. Leider gehorchte der Vierbeiner ihm nicht, was an dem Keks liegen mochte, den Klein-Uschi in der Hand hielt.

Dieter wollte zu seinen Kindern rennen.

Opa Kollwitz hielt ihn am Arm zurück. »Sie waren die ganze Nacht auf dem Dach. Soldaten retteten sie in einem Schlauchboot, das kurz darauf unterging. Auf einem Baum mussten sie und ihre Mutter stundenlang zusammen mit den Männern auf Rettung warten.«

»Karin? Wo ist meine Frau?«

Wieder legte sich ein Schatten auf Opa Kollwitz' Gesicht. »Sie fiel ins Wasser. Die Soldaten meinten, es muss die Erschöpfung gewesen sein.«

Dieter hielt die Luft an.

»Es tut mir so leid, Ihre Karin ist nicht mehr.«

Ihm wurde schwindelig. »Die Kinder haben es gesehen?«

Der alte Mann nickte. »Es war reiner Zufall, dass wir den beiden in der Sammelstelle begegnet sind. Man wollte sie schon in ein Heim bringen. Das konnten Alma und ich nicht zulassen. Also haben wir den Polizisten gesagt, dass wir sie kennen und so lange bei uns behalten, bis ihr Vater sie abholt.« Er lächelte, obwohl er Tränen in den Augen hatte. »Und nun sind Sie da.«

»Danke, Opa Kollwitz.« Dieter nahm die Hand des Alten und drückte sie fest. Dann eilte er zu seinen Kindern.

»Papa!«, rief die Kleine überrascht, als Dieter neben ihr auf den Boden ging und sie an sich riss. Uwe fiel ihm um den Hals und klammerte sich fest.

Dieter kamen die Tränen, während Heinz-Caesar aufgeregt kläffend um sie herumlief.

11:30 Uhr, Alter Elbpark, Hamburg

Sie waren Richtung Elbe gegangen und hatten über Belanglosigkeiten geredet, um die Bilder von den Toten auf dem Eis abzuschütteln. Ob er schon öfter in Hamburg gewesen sei? Welche Bücher sie lese? Ob sie gerne reise? Er berichtete, dass er mal nach Italien gefahren war, und sie beneidete ihn darum.

Oben am Bismarck-Denkmal blieb Marion stehen. Unter ihnen floss die Elbe gemächlich dahin. Sie sah die Hafenkräne und Werften, entdeckte Barkassen und Schuten, die durch das graue Flusswasser schnauften. Wenn man nicht genau hinschaute, merkte man nichts mehr von dem Leid, das der Fluss ihr und all den anderen in nur einer Nacht angetan hatte. Es schien ihr, als hätte die Elbe schon vergessen, was sie Schreckliches angerichtet hatte. Wut überkam sie.

Ihr ganzes Leben hatte sie an der Elbe verbracht.

Als Kinder hatten sie barfuß im Wasser gestanden und die Füße tief im Schlick vergraben. Sie und ihre Freunde sammelten Treibholz, um daraus ein Lagerfeuer zu machen, das am Ende dermaßen rußte und räucherte, dass sie alle husten mussten. Ihren ersten Kuss bekam sie am Strand der Elbe. Er schmeckte salzig wie das Meer. Unzählige Male saß sie auf dem Deich und sah den Schiffen zu, wie sie Richtung Nordsee fuhren, hinaus in alle Länder dieser Welt. Auf dem Globus in ihrem Zimmer suchte sie mit dem Finger jene Orte, deren

Flaggen am Heck der stolzen Passagierschiffe und Frachter hingen. Der Fluss war ein Teil von ihr gewesen. Bis heute.

Abrupt drehte sich Marion um. »Ich kann ihn nicht mehr ertragen!«

Georg zuckte zusammen. »Wen? Mich?«

»Nein, nein, den Fluss.« Sie wedelte mit der Hand unbestimmt hinter sich. »Er hat so viel Leid gebracht. Es ist Zeit, dass ich fortziehe. Vielleicht in die Berge.«

Er grinste.

»Was ist?«

»Eine Hamburger Deern in den Bergen? Das funktioniert nicht.«

»Warum nicht?«

»Ich kenne jemanden, der das versucht hat.«

»Und?«, fragte Marion.

»Er kehrte nach einem Jahr zurück. Im Gepäck hatte er eine horrende Wasserrechnung.«

»Wasserrechnung? Warum das?«

»Er hat den Hahn immer laufen lassen. Meinte, das plätschert so schön wie zu Hause.«

Ungläubig sah sie ihn an. »Du veralberst mich?«

Sein Grinsen wurde breiter. »Nur ein bisschen.«

Sie knuffte ihn. »Du nimmst mich nicht ernst.«

»Doch. Aber Entscheidungen wie diese sollte man nicht aus dem Bauch heraus treffen. Das muss gut überlegt sein. Was ist mit deiner Arbeit? So eine aufregende Anstellung bekommst du so schnell nicht wieder.«

»Aufregend?« Marion dachte an den Stenoblock und die Schreibmaschine. »Vielleicht will ich ja gar nicht so viel Aufregung.« Er schien nichts dagegen zu haben, dass Frauen einer geregelten Arbeit nachgingen. Anders als der Mann ihrer Kollegin Gisela.

Sie schlenderten um das Denkmal herum, während Reichskanzler Bismarck über ihr stoisch den Fluss im Blick behielt und gleichzeitig dem Rathaus seine Kehrseite zeigte. Hamburg und der Reichskanzler, das war nie eine große Liebe gewesen. Lange her.

»Du magst keine Abenteuer?« Er wirkte überrascht. »Habe ich mich in dir etwa getäuscht?«

»Nein, so meinte ich das nicht«, erwiderte sie eilig. »Ich möchte nur nicht so werden wie die anderen Frauen in unserer Siedlung. Viele lernen einen Beruf und gehen arbeiten. Sobald sie aber heiraten und das erste Kind in der Wiege liegt, warten sie, ohne zu wissen, worauf. Auf einmal sind sie alt und grau, sitzen vor ihrem Häuschen und warten wieder. Dieses Mal auf den Tod.« Sie schluckte, als ihr einfiel, dass die meisten Häuser in ihrer Kolonie wohl fort waren. Nicht nur ihres. »Entschuldigung. Ich sage das nur, weil ich Träume habe, die sich niemals erfüllen werden.«

Er hakte sich bei ihr ein. »Erzähl. Was willst du mit deinem Leben anfangen?«

Sie war sich sicher, dass er das nur fragte, damit sie nicht wieder in der Dunkelheit verschwand. Tief holte sie Luft, was jetzt besser ging als noch eben in Planten un Blomen.

Gut, wenn er es so wollte, würde sie es ihm sagen. Wahrscheinlich würde er lachen, so wie alle anderen. »Ich will keine kleine Stenotypistin in irgendeinem Büro in der Stadt bleiben. Ich möchte reisen.«

»Oh, das klingt gut.«

»Ja?«

»Ja.«

»Weißt du, Georg, ich habe ein Sprachdiplom in Englisch und eines in Französisch. Beide habe ich in der Abendschule gemacht. Ob sie reichen, damit ich Übersetzerin werden kann, weiß ich nicht.« Sie wartete, dass er ihr davon abriet. Schließlich war sie nicht mehr die Jüngste. Wenn sie noch einen Mann abhaben wollte, musste sie sich beeilen. Entweder, oder. Beides ging nicht. »Ach«, wehrte sie ab, »ein Traum. Mehr nicht.«

Statt von dummen Luftschlössern zu reden wie ihre Mutter, nickte Georg. »Wenn es eine schafft, dann du.«

Sie strahlte ihn an. »Meinst du wirklich?«

»Natürlich. Und ich finde es mutig, dass du es versuchst. Weißt du, man sollte seine Träume nicht leichtfertig aufgeben. Ich weiß, wovon ich rede. Zu schnell sind die Träume verflogen, und man kann sie niemals wieder einfangen.«

»Aber es gibt welche, die hängen zu hoch, um je erreicht zu werden, Georg.«

»Ja, und? Da klettert man eben hoch und holt sie herunter. Bist du als kleines Mädchen nie mit den Jungs in die Bäume gegangen?«

»Doch schon, heimlich.«

»Siehst du, ich hatte recht. Und ich schätze, dass dein Traum am höchsten Ast hängt. So hoch, dass so manch anderer aufgeben würde, wenn er dort hinaufmüsste. Du jedoch wirst es schaffen. Kinderspiel. Kraxle auf deinen Traumbaum, und pflücke den schönsten deiner Träume!«

Sie gab ihm einen Kuss auf die Wange und strahlte ihn an. »Und wenn es nicht klappt, kann ich immer noch nach Hamburg zurück, um als Stenotypistin mein tristes Leben zu fristen. Ich habe es dann wenigstens versucht.«

»So ist es.«

Eingehakt gingen sie schweigend nebeneinander. Irgendwie kam Marion der Fluss gar nicht mehr so schrecklich vor.

»Und du?«, fragte sie irgendwann. »Welchen Traum hast du?«

»Ich hatte einen«, antwortete Georg finster.

Sie runzelte die Stirn. »Hatte? Was ist passiert?«

Er machte eine abwehrende Handbewegung. »Ach, er war nicht der Rede wert.«

Sie blieb stehen. »Ein Traum, der es nicht wert war, ein Traum zu sein? Das verstehe ich nicht.«

»Er ist fortgeflogen. Hat sich in nichts aufgelöst. Es war meine Schuld. Der Traum konnte nichts dafür.« Er ging weiter.

Sie lief ihm nach. »Erzähle.«

Er zögerte, weil es ihm offenbar schwerfiel, die richtigen Worte zu finden. »Ich wollte eine F-104 fliegen. Dafür habe ich monatelang Englisch gebüffelt, Bücher gelesen und mich auf die Ausbildung vorbereitet.«

»Eine F-104?«

»Das ist ein Jagdbomber. Sie nennen ihn Starfighter. Lockheed in Amerika baut ihn. Sechs Millionen Mark kostet so ein Teil. Und er fliegt Mach 2.2.«

»Oh, das klingt schnell, oder? – Warum hast du gesagt, du hattest diesen Traum? Hast du ihn nicht mehr?«

»Die Dinge ändern sich manchmal, auch wenn man es gar nicht wollte.«

»Du sprichst in Rätseln.«

Er steckte die Hand tief in die Jackentasche, als wollte er etwas herausholen, doch er tat es nicht. Marion spürte, dass zwischen ihnen unversehens eine gläserne Wand war. Er mied ihren Blick.

»Ich denke, wir sollten zurückgehen. Ich muss zu meiner Einheit. Darf mich nicht verspäten.«

Marion beschlich das Gefühl, dass sie etwas Dummes getan haben könnte. »Es tut mir leid, wenn ich dich mit dem Küsschen überfallen habe. Ich wollte nicht …«

»Nein, nein.« Er strich über seine Wange. »Der war nett. Ich muss nur gerade an etwas denken.«

»Woran?«

»Daran, dass mein Traum ein Traum bleiben wird.« Er seufzte schwer. »Jemand sagte mir kürzlich, ich müsse Verantwortung übernehmen und endlich mit beiden Beinen im Leben stehen, sonst sei ich ein Feigling.«

»Feigling? Du?« Marion lachte. »Unsinn. Du bist Pilot und hast die letzten Tage Menschenleben gerettet.« Sie versuchte, das merkwürdige Gefühl fortzulachen, das sie überfallen hatte. Ernst sah er sie an. Sie legte eine Hand auf seinen Arm. »Die Leute um uns herum sagen, dass wir so oder so zu sein haben. Auf alle Fälle anders, als wir sein möchten. Sie wollen, dass wir mit beiden Beinen im Leben stehen, damit wir nicht in Bäume klettern können, um unsere Träume zu pflücken. Sie haben unrecht.«

»Ich kann nicht. Ich darf nicht. Wenn ich hinaufklettern würde, wären einige Menschen sehr von mir enttäuscht. Ich muss Verantwortung für die Dinge übernehmen, die ich getan habe.«

»Wer Angst vor Träumen hat, lebt nicht«, erwiderte sie widerborstig.

»Ich verstehe, du bist nicht nur eine Traumpflückerin, sondern auch eine Philosophin.« Ein dunkler Schleier legte sich über seine Augen. Dann drehte er sich um und ging.

Verwirrt lief sie ihm hinterher. »Georg, was hast du?«

Er starrte vor sich hin, auf einen Punkt, den sie nicht sehen konnte. Endlich antwortete er. »Ich mag dich, Marion Klinger, weißt du das?«

Der Satz hätte ihr gefallen müssen, denn auch sie spürte es. Wie sehr sie ihn mochte und auf welche Weise, das war ihr bis jetzt noch nicht klar. Jedoch konnte sie das herausfinden. »Warum sagst du so etwas Nettes auf diese traurige Art?«

»Es wäre schön, wenn sich unsere Wege noch einmal kreuzen würden.«

Sie lachte, wollte ihm sagen, dass sie nichts dagegen hätte. Vielleicht ein Kinobesuch? Oder ein Konzert? Ein Spaziergang an der Alster? Eine Tasse Kaffee im Alsterpavillon?

»Wer weiß, wenn wir uns früher begegnet wären ...« Er vergrub die Hände in den Hosentaschen. »Aber die Dinge sind, wie sie sind. Ich kann sie nicht ändern.«

»Wovon redest du?«

»Davon, dass Träume für mich niemals in Erfüllung gehen werden. Für dich ja. Nicht für mich.«

Der Nieselregen war mittlerweile in einen Schauer übergegangen.

»Warum darfst du nicht träumen?«

Traurig sah er sie an. »Sei mir nicht böse. Es geht nicht. Ich wünsche dir alles erdenklich Gute.«

Er drehte sich fort und eilte Richtung U-Bahn-Haltestelle, als müsste er vor ihr fliehen.

Sprachlos stand sie da, während das Wasser aus ihren Haaren tropfte.

Sein Unterkiefer mahlte, während er die Hauptstraße Richtung U-Bahn entlangstapfte. Er war ein Idiot. Ein absoluter und totaler Idiot!

Zumindest war es grob unhöflich gewesen, sie einfach dort stehen zu lassen. Nur hatte er nicht anders gekonnt. Für sie hätte er alles stehen und liegen lassen, das wusste er, seit sie ihn in den Sitzungssaal geschoben hatte, wo er auf den Senator hatte warten sollen. Ihr Mut, in der Männerrunde die

Hand zu heben und einen Vorschlag zu machen, selbst wenn der vom Senator abgebügelt worden war, verlangte Respekt. Dieser Schmidt war auf der Sitzung mit allen so forsch umgesprungen, nicht nur mit ihr.

Marion wollte die Welt sehen. Allein dafür hätte er sie küssen können.

Wie anders sie doch war als Helga. Jene Frau, die er heiraten würde.

Das in Papier gewickelte Samtkästchen in seiner Jackentasche, das er vorhin bei einem Juwelier für horrende vierhundert Mark gekauft hatte, wog mit jeder Minute schwerer.

Er rannte über die Straße. Ein Auto hupte.

Georg fuhr aus seinen Gedanken. Der Fahrer pöbelte aus dem offenen Seitenfenster zu ihm herüber. Am liebsten wäre er hinübergegangen und hätte ihn zur Rede gestellt, ihm gesagt, dass er sich gerade mit einem der Männer anlegte, die am Wochenende unzählige Leben gerettet hatten, während andere breit und bräsig vor dem Fernseher gesessen hatten, um sich angesichts des Leids der Menschen auf den Dächern zu gruseln. Noch lieber hätte Georg ihm eins aufs Maul gegeben. Einfach so, ohne ein Wort.

Stattdessen entschuldigte er sich, weil er, ohne zu gucken, über die Straße gelaufen war.

Eigentlich hatte er noch zu Helga fahren wollen, um ihr den Ring zu geben und offiziell um ihre Hand anzuhalten. Die Lust darauf war ihm vergangen.

Träume pflücken? Was für ein lächerliches Geschwafel! Wie hatte Marion das nur ernst nehmen können? Er war ein Mann. Pilot, um genau zu sein. Kein Träumer. Verantwortung. Jawoll.

»Scheiße«, fluchte er.

Er wusste nicht, was er tun sollte. Es gab für ihn keinen

Ausweg aus der Misere. Er konnte Helga nicht mit dem Kind allein lassen. So einer war er nicht. Man müsste sich nur aneinander gewöhnen. Etwas anderes waren Ehen doch eigentlich nicht. Im günstigsten Fall würden sie als Freunde alt werden.

Er tastete nach dem Päckchen in der Jackentasche. Der Ring darin schien zu glühen, als wollte er ihm die Finger verbrennen. Schnell zog Georg die Hand wieder heraus.

Er war froh, dass es für ihn bald schon zurück in die Kaserne ging, denn er brauchte Zeit zum Denken.

Mittwoch, 21. Februar 1962

11 Uhr, Rathaus, Hamburg

Die Ränge im Plenarsaal der Bürgerschaft waren voll besetzt. Alle wollten hören, was wirklich passiert war. Jeder wollte den Neuen sehen, von dem die Presse bereits das Bild eines Helden zeichnete. Unten saßen die Abgeordneten der drei Parteien. Alle Stühle waren besetzt. Diese Sitzung war historisch, niemand wollte fehlen.

Viele im Saal und auf der Empore ahnten wohl, dass der Neue sein Amt mit einem Schwung angetreten hatte, der ihn weit nach oben katapultieren konnte – oder in die entgegengesetzte Richtung. Schon wetzte die Opposition die Messer. Man wartete auf einen günstigen Moment. Immerhin hatte sich der Schmidt nicht an die Gesetze gehalten. Da ließ sich doch etwas draus machen.

Präsident Dau saß in seinem hochlehnigen Stuhl, der sehr an einen Thron erinnern mochte, und hob den Kopf.

»Ich eröffne die Sitzung.« Nun las er seine Rede vor, der jene des Bürgermeisters folgen würde und dann die des neuen Polizeisenators. »... In der Schicksalsnacht zum Sonnabend zerbrachen nicht allein die Deiche unserer Stadt, es zerbrach auch unsere Zuversicht, die Urgewalt der entfesselten Elemente mit technischen Mitteln gebändigt zu haben. Nur schaudernd können wir der vielen menschlichen Tragödien gedenken, die sich in jener gespenstischen Mondnacht abgespielt haben, als die vom Orkan getriebenen Fluten mit unvorstellbarer Wucht über die Schutzlosen hinwegrollten, für sicher gehaltene Behausungen zu Tausenden zerschmetterten und zahllose Leben in ein eisiges Grab zogen. Wahllos hat der Tod zugegriffen, ganze Familien vernichtet, Eltern um ihre Kinder, Kinder um ihre Eltern gebracht … In dieser Stunde der Trauer erkennen wir voller Dankbarkeit das große Maß der Hilfsbereitschaft an, die hier, in den deutschen Landen und jenseits der Staatsgrenzen, so elementar erwuchs. Ohne sie hätte sich das Ausmaß der Katastrophe vervielfacht … Lassen Sie uns, meine Damen und Herren, in einer Minute des Schweigens aller derer gedenken, die an den Küsten und Strömen unserer norddeutschen Heimat Hab und Gut und Gesundheit einbüßten, und besonders jener, die in den Fluten ihr Leben verloren.«

Abgeordnete und Zuschauer erhoben sich, neigten das Haupt und falteten die Hände.

So mancher, bemerkte Dau, warf dabei dem neuen Polizeisenator einen scheelen Blick zu. Für einige hatte sich der Mann dort oben in den entscheidenden Stunden in unangemessen frecher Weise in den Vordergrund gespielt, nur um als Führungsperson aus der Katastrophe seinen eigenen politischen Nutzen zu ziehen. Man müsse diesen Jüngling rechtzeitig in die Schranken verweisen, sonst würde er übermütig werden, meinten einige. Hatte man das schon erlebt? Senator mit nur zweiundvierzig Jahren? Da könne man doch gleich einen Studenten zum Bürgermeister machen, ach was, eine Frau!

Die SPD-Abgeordneten hingegen grinsten mit unverhohlenem Stolz. Eine gewisse Ätsch-bätsch-Attitüde ließ sie immer wieder zu den Kollegen der anderen Parteien hinüberschauen. Politisch betrachtet würde der Kampf erst beginnen, wenn es die CDU tatsächlich schaffte, eine Klage gegen Helmut

Schmidt loszutreten. Der Strauß in Bonn schäumte bestimmt vor Wut. Und dem alten Adenauer könnte vielleicht der ein oder andere rheinische Witz im Hals stecken bleiben, wenn er an den Schmidt dachte. Sicherlich überlegte bereits so mancher sozialdemokratische Abgeordnete, ob er nicht mit dem Helmut am Rand einer Parteiveranstaltung mal ein persönliches Wort wechseln sollte. So von Genosse zu Genosse. Wer wusste schon, was aus so einem noch werden könnte?

Helmut Schmidt wartete geduldig auf seinen Auftritt. Heute, nur fünf Tage nach der Flut, würde er die traurige Aufgabe haben, Bericht über den Verlauf der Katastrophe zu erstatten. Eigentlich hätte sein erster Auftritt vor der Bürgerschaft seine Antrittsrede sein sollen. Helmut hatte sie mit seiner Frau Loki bei einer guten Flasche Rotwein entwickelt. Werner und Ruth hatten die Rede für äußerst gelungen gehalten. Tscha, und nun konnte er die Seiten in den Müll werfen. Stattdessen würde er einen möglichst akkuraten Bericht über das Unglaubliche verfassen, das der Stadt widerfahren war. An dieser Rede würde sich hier und heute entscheiden, ob er im Sommer noch Senator war oder man ihn in die politische Pampa schickte.

Selbstredend hatte er nicht den geringsten Zweifel daran, in jeder Minute der letzten Tage die richtigen Entscheidungen getroffen zu haben. Ob das die wichtigen Leute im Land auch so sahen? Er hoffte es.

Ja, er war mit seinem Kurs an Regeln und Gesetzen vorbeigedonnert, als kümmerten sie ihn nicht. Vor allem war er am Artikel 143 des Grundgesetzes hart entlanggesegelt, sodass der Bayer in Bonn sicherlich vor Begeisterung auf seinen dicken Bauch klatschte. Er schätze Strauß als geborenen Politiker, aber menschlich waren sie sich ferner als die Distanz Langenhorn-Timbuktu.

Seine Loki hatte überdies angedeutet, er hätte sich bei dem ein oder anderen in den letzten Tagen ein wenig im Ton vergriffen. Er wusste gar nicht, was sie genau gemeint hatte. Jedenfalls riet sie ihm, sich nicht gleich am Anfang Feinde im Senat zu machen. In solchen Sachen war sie die Klügere von ihnen beiden.

Präsident Dau hob den Kopf. »Meine Damen und Herren, ich danke Ihnen.«

Stühlerücken, Stoffrascheln, als sich die Abgeordneten wieder auf ihre lederbezogenen Stühle setzten.

»Wir kommen damit zum einzigen Punkt unserer Tagesordnung. Senator Schmidt, bitte treten Sie vor ...«

Er erhob sich. Mit den vier maschinegeschriebenen Seiten in der Hand ging er zum Rednerpult. »Herr Präsident! Meine Damen und Herren!«

Kurz und knapp. Korrekt und sachlich. So sollten sie ihn kennenlernen, und das in jeder Hinsicht. Bewusst hob er drei Dinge hervor: das schreckliche Ausmaß der Katastrophe, die lebensrettende Beteiligung der Bundeswehr bei den Hilfsmaßnahmen und die unbedingte Notwendigkeit einer Behörde, in der sämtliche Fäden im Katastrophenfall zusammenlaufen mussten.

Natürlich wusste jeder im Saal, dass Letzteres längst beschlossene Sache war und Mitte des Jahres eine neue Innenbehörde unter seiner Leitung ihren Dienst beginnen würde. Aber er konnte nicht anders, als es seinen Gegner noch einmal unter die Nase zu reiben, dass er recht gehabt hatte. Denn wäre die Flut nur ein Jahr später über sie hereingebrochen ...

»... wäre die Zahl der Opfer vielleicht geringer gewesen. Ich danke für Ihre Aufmerksamkeit.«

Erschöpft ging er zu seinem Stuhl auf der Senatsbank zurück. Die vergangenen Tage waren an ihm vorbeigerauscht wie ein reißender Fluss. Er hatte viel zu wenig geschlafen, fuhr nur zum Kleiderwechseln nach Langenhorn. Mit Loki konnte er kaum reden. Einmal mussten sie auf seinen Fahrer warten, was sie für eine kurze Partie Schach nutzten, die er verlor, unkonzentriert, wie er war. Sie schlug vor, er sollte sich ans Klavier setzen, um an etwas anderes zu denken. Nicht mal das *Präludium C-Dur* von Bach bekam er fehlerfrei hin.

Im Polizeihaus hingegen funktionierte er wie eine Präzisionsmaschine. Wie ein Puppenspieler hatte er die Fäden in der Hand gehalten, nur hingen an den Enden keine Puppen, sondern Menschenleben. Eine Verantwortung, die ihm erst jetzt in ihrer erschütternden Tragweite bewusst wurde.

Es war Mittwoch. Tag fünf nach *Vincinette*. Sie hatten alles erdenklich Mögliche und Unmögliche getan, um den Leuten zu helfen. Das Schlimmste war vorbei. Entbehrliche Truppenteile waren in die Kasernen zurückgeschickt worden. Die Aufräum- und Hilfsmaßnahmen stemmte die Stadt zum Großteil ab sofort allein. Das Leben konnte zurückkommen. Langsam, schleppend, wie ein Kriegsheimkehrer. Das Geschehene würde für viele Jahre weiter in den Herzen der Hamburger Bürger und Bürgerinnen stecken wie ein Splitter, selbst wenn die äußeren Schäden schon bald behoben sein würden.

Die Katastrophe hatte seine Stadt und ihre Menschen verändert. Auch ihn.

Er prüfte, ob er noch Zigaretten in der Jackentasche hatte. Erleichtert stellte er fest, dass dem so war. Jetzt hieß es zu hoffen, dass die Rede von Paul nicht allzu langatmig war. Als Erster Bürgermeister hatte er seit seiner Rückkehr aus den Bergen ein wenig farblos gewirkt, was er hier und heute sicherlich gedachte, wettzumachen.

Donnerstag, 22. Februar 1962

16 Uhr, Laubenkolonie *Alte Landesgrenze e. V.*, Hamburg-Wilhelmsburg

Wieder einmal hatte Marion in der Nacht kaum geschlafen. All die wirren Gedanken in ihrem Kopf wollten sich nicht ordnen lassen. Ständig wälzte sie sich auf dem Sofa in Ruth Wilhelms kleiner Wohnung hin und her. Noch vor dem Klingeln des Weckers war sie aufgestanden, um Kaffee zu kochen und das Frühstück für sich und Ruth vorzubereiten.

Marion hatte ein schlechtes Gewissen, bei ihrer neuen Freundin auf unbestimmte Zeit zu wohnen. Gestern Abend erst hatte sie erneut versichert, dass sie Ruths Gastfreundschaft nicht länger als nötig beanspruchen würde. Die hatte nur gelacht und gemeint, sie könne bleiben, so lange sie wolle. Dann hatten sie auf Du und Du getrunken.

Ruth hatte ihr erzählt, der Senat habe versprochen, den Flutopfern, wie man sie jetzt nannte, neue Wohnungen zu besorgen. Sie müssten nur etwas Geduld haben. Für so manchen in den Behelfssiedlungen ging auf diese Weise ein Traum in Erfüllung. Aber um welchen Preis?

Marion selbst hatte noch keinen Antrag gestellt. Die Veränderungen in ihrem Leben gingen ihr zu schnell vonstatten. Sie kam nicht mit. Sie war doch gerade erst zu Hause bei ihrer Mutter in der Laube gewesen. Plötzlich stand sie ohne Dach über dem Kopf da. Viel mehr schmerzte sie jedoch, dass sie von nun an ohne ihre Mutti war.

Es gab ein Handgeld von fünfzig Mark für jeden Betroffenen, ganz so, wie der Senator es dem Senat vorgeschlagen hatte. Marions brauner Geldschein, der das Lübecker Tor auf der einen Seite und einen ernst dreinblickenden Herrn mit Hermelinhut auf der anderen zeigte, lag in ihrem Portemonnaie. Sie würde sich davon irgendwann eine neue Existenz aufbauen müssen.

Noch hatte sie den Schein nicht angerührt, weil sie sonst vor sich hätte zugeben müssen, dass die Nacht vom 16. auf den 17. Februar tatsächlich passiert war. Das wollte sie nicht. Nicht heute. Vielleicht morgen, aber nicht heute.

In ihrem Kopf war eine taube Leere. Es fiel ihr sehr schwer, auch nur einen Gedanken zu fassen. Bis tief in die Nacht hatten sie und Ruth geredet. Dabei stellte sich ihre neue Freundin als kluge Frau heraus, die über ein gerüttelt Maß an Lebensweisheit verfügte. Auch sie hatte all ihr Können in Abendkursen gelernt, genau wie Marion. Auch sie hatte kämpfen müssen, weil die Dinge nicht immer so liefen, wie sie es erhofft hatte.

»Jedem Ende wohnt ein neuer Anfang inne«, dichtete Ruth einen Vers von Hermann Hesse um und drängte, Marion möge tun, wovor sie sich am meisten fürchtete: Sie solle dorthin fahren, wo sie einmal zu Hause gewesen sei, um sich anzusehen, was sie nur von den Bildern in der Zeitung oder den Berichten im Polizeihaus kannte.

»Dein unglückliches Herz muss die Tür hinter sich abschließen können, damit du eine neue Tür öffnen kannst«, hatte sie gesagt. »Und wer weiß, vielleicht begegnest du Leuten in eurer Siedlung, die wissen, wo deine Mutter ist?«

Mit schwerem Magenkneifen räumte Marion den Frühstückstisch ab, wusch und trocknete das Geschirr, um es in den Schrank zu stellen. Ruth war bereits im Polizeihaus. Sie selbst war bis zum Ende der Woche entschuldigt. Eine reine

Formalie, denn jeder wusste mittlerweile, dass Marion zu den Flutopfern gehörte.

Es hieß, die Gebiete in Wilhelmsburg waren wieder betretbar, nachdem einige Deiche gesprengt worden waren, damit das Wasser ablaufen konnte. Im Fernsehen war verlautbart worden, vereinzelt seien Plünderer in den Überschwemmungsgebieten unterwegs. Das konnte sich Marion nicht vorstellen. Sollte es tatsächlich Leute geben, die so herzlos waren, jenen, die fast alles verloren hatten, auch noch den Rest zu nehmen? Falls die Nachricht stimmte, betete sie, dass diesen Kerlen die Hände abfaulten.

Marion ging in den schmalen Flur, nahm ihren Mantel vom Haken und zog ihn an. Vor dem Spiegel knotete sie das Kopftuch fest. Prüfend schaute sie auf die alte Frau vor sich. Die Ringe unter ihren Augen waren selbst im schummrigen Licht der Flurlampe zu erkennen, der Lippenstift machte ihr Gesicht noch fahler. Erschöpft musste Marion gestehen, dass sie aussah, wie sie sich fühlte. Hohl.

Sie hatte niemandem etwas von Georg erzählt, auch nicht ihrer neuen Freundin Ruth. Sein eigentümliches Benehmen verwirrte sie noch immer. Für eine kurze Zeit hatte sie geglaubt, dank ihm nicht mehr allein zu sein. Wie sehr sie sich doch getäuscht hatte.

Marion schloss den obersten Knopf ihres Mantels, hob das Kinn und sagte sich still, dass es momentan Wichtigeres in ihrem Leben gab als Männer. Sie würde eh als alte Jungfer enden. Dabei tröstete sie sich, dass das sicherlich ein besseres Schicksal war als jenes, das so manch verheiratete Frau ertragen musste. Dennoch war da ein Stich in ihrem Herzen. Er hätte nicht einfach ohne ein Wort gehen dürfen.

Marion verließ die Wohnung von Ruth Wilhelm und machte sich auf den Weg nach Wilhelmsburg.

Marion war die Einzige, die einige Zeit später aus der Straßenbahn stieg, Haltestelle Fährstraße. Sie kannte den Weg seit Jahren, trotzdem fühlte er sich heute eigentümlich fremd an. Was würde sie vorfinden? Trümmer, sicherlich. Gemacht aus den Resten eines Lebens, das nicht mehr ihres war.

Einsam ging sie den Bahnsteig entlang, ohne recht zu wissen, wohin. Jeder Schritt tat ihr in der Seele weh. Es war, als besuchte sie einen Toten.

Zwanzig Minuten später stand Marion am Rand der *Alten Landesgrenze* und blickte den Hang hinunter, wo einmal hübsche kleine Lauben gestanden hatten, zwischen denen frisch gewaschene Wäsche an Leinen im Wind trocknete, Nachbarn am Gartenzaun unter blühenden Obstbäumen plauderten und über ihre Gemüsebeete fachsimpelten. Jetzt lag dort unten nichts als eine matschige Trümmerwüste. Nicht einmal der Krieg hatte so etwas angerichtet, zumindest nicht in einer Nacht.

Einzelne Menschen zogen durch die Ruinen. Leute schleppten nasse Möbel aus halb zerfallenen Häusern. Ein alter Mann lief umher und rief nach seinem Hund. Nur wenige Lauben waren in dieser Mondlandschaft. Die meisten Häuschen hatte die Flut mit sich genommen. Die Trümmer vieler Leben lagen überall herum.

Marion überlegte, ob sie sich einfach umdrehen und fortgehen sollte. Sie schloss die Augen und mahnte sich, nicht so ein Angsthase zu sein. Schlimmer kann es eh nicht mehr werden, dachte sie.

Der Weg hinunter war noch immer aufgeweicht. Überall standen tiefe Pfützen. Der Schlamm war knöchelhoch. Irgendwo weinte eine Frau. Marion lief weiter. Ein Kinderfahrrad lugte aus einem Graben, das Vorderrad war verbogen. Ein Kühlschrank lag mitten in einem Garten, bedeckt mit schwarzem Schlamm. In leeren Fenstern flatterten feuchte Gardinen im Wind. Der Matsch lag wie eine stinkende Decke zentimeterhoch auf allem, haftete an den letzten noch stehenden Wänden einiger Häuser, erstickte jeden Grashalm und jeden Strauch. Unzählige Bäume hatte es mitsamt Wurzel aus dem Boden gerissen. Ein VW Käfer lehnte aufrecht an einem Telefonmast, als hätte ein Riesenkind damit gespielt und ihn einfach vergessen.

Es war nur wenige Tage her, dass sie mit zwei Einkaufstüten diesen Weg entlanggegangen war. Nun wanderte sie durch eine Landschaft, die ihr fremder nicht hätte sein können. Da entdeckte sie mitten in den Trümmern eine gebeugte Gestalt, die versuchte, einen Dachbalken unter einem Schutthaufen zu ziehen.

»Opa Kollwitz?«

»Die Marion!«, rief der alte Mann und warf die Arme auseinander. »Alma! Liebes, Gertruds Tochter ist da! Sie lebt!«

Marion stiegen Tränen in die Augen. Wenn die Kollwitzens überlebt hatten, dann vielleicht auch ihre Mutter. Sie rannte dem Nachbarn entgegen, der sie herzlich in die Arme schloss. Hinter dem halb zusammengefallenen Haus trat seine Frau hervor. In viel zu großen Gummistiefeln tapste sie durch den Matsch, der bei jedem Schritt ein schmatzendes Geräusch von sich gab.

»Ach, Mädchen, Mädchen!«, rief Oma Kollwitz immer wieder. »Was hat der Herr nur mit uns gemacht?« Die alte Frau kämpfte mit den Tränen, als auch sie Marion umarmte.

Marion entdeckte einen kleinen Hund zu ihren Füßen, der sie schwanzwedelnd umrundete und dabei freudig kläffte. Sein Fell war vom Matsch ganz schmutzig.

»Wer ist denn das?« Sie bückte sich, um das Tier zu streicheln.

»Heinz«, sagte Otto Kollwitz.

»Nein, Liebster, das ist Caesar«, berichtigte seine Frau mit hochgezogener Braue.

»Er hört aber nur auf Heinz, Liebes.« An Marion gewandt erklärte Opa Kollwitz, dass ihnen der Kleine in jener Nacht zugelaufen, nein, zugeschwommen war. »Meine Alma ist ganz vernarrt in ihn. Ich glaube, mich hat sie schon vergessen«, meinte er mit einem Schmunzeln, woraufhin seine Frau ihm einen liebevollen Knuff gab.

Marion schaute zum Haus der Alten. Drei Wände waren noch da, das Dach war fort. Küchentisch und Stühle standen mitten im Garten sowie das Sofa und ein völlig verdreckter Ohrensessel, auf dessen Sitzfläche Opa Kollwitz' Radio lag. Eine Matratze lehnte schräg am Apfelbaum zum Trocknen.

Als könnte er ihre Gedanken lesen, sagte der Nachbar trotzig: »Wir gehen nicht weg, meine Alma und ich. Wir bleiben.«

»Wollen Sie denn nicht lieber eine von den Wohnungen nehmen, die der Senat zur Verfügung stellt?«

Die zwei schüttelten die Köpfe.

»Wir haben nicht zum ersten Mal alles verloren«, erklärte Oma Kollwitz und hakte sich bei ihrem Mann ein. »Mein Otto hat unser Häuschen das letzte Mal gebaut. Er wird es wieder tun.«

Erstaunt sah Marion die beiden an. Sie mussten schon weit über siebzig sein, mindestens. Woher, fragte sie sich, nahm das Ehepaar die Kraft, noch einmal von vorne anzufangen? Sie spürte, dass der kleine Heinz-Caesar an ihrem Bein hochsprang.

»Lass das, du kleiner Lümmel, du machst die Marion ja ganz schmutzig!«, rief Oma Kollwitz, woraufhin der Hund vergnügt fortlief, um gleich darauf mit einem nassen Handtuch zurückzukommen, das er Marion vor die Füße legte. Offenbar wollte er mit ihr spielen.

Opa Kollwitz erzählte ihr von dem Abenteuer im Hubschrauber. »Ich musste meine Liebste wie einen Elefanten am Hinterteil auf den First schieben. Ein ganz besonderer Moment.«

»Otto!« Marion blickte zu der dachlosen Ruine, die noch vor wenigen Tagen das Heim der Alten gewesen war. »Wie haben Sie sich denn auf das Dach gerettet?«

»Der Volker Tiedemann fand uns in letzter Sekunde. Er nahm uns huckepack und brachte uns zum Haus seiner Eltern«, antwortete Otto Kollwitz. »Da sind wir die Leiter hinauf und haben auf Rettung gewartet.«

»Er war so ein guter Junge«, murmelte Oma Kollwitz und erzählte, wie Volker am Rand des Dachs gesessen hatte, weil seine Anneliese vom Wasser fortgerissen worden war. »Der Anbau riss sich vom Haus. Einfach so. Der Volker saß darauf wie auf einem Floß, als der Schornstein auf ihn niederstürzte. Ich glaube, er war sofort tot. Jedenfalls rührte er sich nicht mehr, als das Dach ein Stück weiter zerbrach.«

Und ich saß im warmen Polizeihaus, dachte Marion beschämt, während die anderen um ihr Leben kämpfen mussten. Sie fühlte sich entsetzlich, wollte sich entschuldigen, weil sich alles falsch anfühlte, doch ihr fehlten die Worte. Sie erinnerte sich an Anneliese. Wie glücklich war Volkers Frau in ihrem Pelzmantel auf und ab stolziert, während sich die anderen hinter vorgehaltener Hand darüber lustig gemacht hatten. Arme Anneliese. Keiner von ihnen war sonderlich nett zu ihr gewesen, und das nur, weil sie aus der Großstadt stammte.

Marion fiel ihre Freundin Karin ein, wie sie schlafend zu ihren Füßen gelegen hatte. »Bitte, wissen Sie zufällig, ob Dieter hier war? Dieter Krämer. Haben Sie ihn gesehen?«

»Aber ja!«, rief Opa Kollwitz. »Er war in der Notunterkunft, wo wir vorläufig noch wohnen. Er hat die Kinder mitgenommen.«

Marion fiel ein Stein vom Herzen. »Sie leben?«

»Erst waren sie ganz verschreckt, bis sie unseren Heinz sahen.«

»Caesar!«

»Ganz vernarrt sind die Kinder in den Hund.«

»Wusste Dieter da schon, dass Karin tot ist?«

Opa Kollwitz schüttelte den Kopf. »Nein, er hat es erst von uns erfahren. Sie hätte doch niemals die Kleinen allein gelassen.«

Die beiden seufzten.

»Er will nicht mehr in die Kolonie zurück, hat er gesagt«, fügte Oma Kollwitz hinzu. »Ich kann es ihm nicht verdenken.«

»Weiß er schon, was er tun wird?«

»Die Kinder bleiben vorerst bei Karins Schwester Ilse. Sie wohnt am Stübenplatz. Von dort haben die Kinder es nicht weit bis zur Schule.«

»Und Dieter?«

Das Ehepaar zuckte mit den Schultern. Marion schluckte.

»Haben Sie zufällig etwas von meiner Mutter gehört?«, brachte sie endlich heraus.

Opa Kollwitz schüttelte stumm den Kopf.

»War sie nicht bei Ihnen oder auf einem der anderen Dächer?«

»Nein, Mädchen. Wir haben nur gehört, wie sie in der Nacht...«

Oma Kollwitz gab ihrem Mann einen heftigen Stoß in die Seite. Sofort schwieg er. Keiner sprach aus, was so entsetzlich offensichtlich war.

Ein unsicheres Lächeln huschte über Opa Kollwitz' Gesicht. »Und du? Was soll mit dir werden, Marion?«

Sie hob die Schultern. »Ich will sehen, ob im Haus noch etwas zu retten ist. Kleider vielleicht, Papiere.«

»Und dann?«

»Gehe ich fort.«

»Wohin denn, Mädchen?«

»Ich weiß nicht. Ins Ausland vielleicht.«

»Bayern?«, wollte Opa Kollwitz entsetzt wissen.

»Otto!«

Marion grinste. »Nein, noch weiter weg. Ich werde versuchen, meine Träume zu finden.«

Sie verabschiedete sich. Die beiden Alten winkten ihr nach.

Otto und Alma Kollwitz standen an den Resten ihres Gartenzauns. Zu ihren Füßen saß Heinz-Caesar. Gemeinsam schauten sie Marion nach, die langsam den Weg zur Laube ihrer Mutter ging, als müsste sie zu einer Beerdigung.

»Warum hast du mir nicht erlaubt, dass ich es ihr sage?«, wollte Otto wissen.

»Was?«

»Dass ihre Mutter um Hilfe gerufen hat und wir nicht helfen konnten.«

»Es hätte nichts gebracht. Die Gertrud ist tot. Das allein ist schon schrecklich genug. Du hast gesehen, wie sehr es das Mädchen mitgenommen hat, als es nur vom Tod der Tiedemanns hörte. Und die gehörten nicht einmal zu seiner Familie.«

Otto nickte. »Du hast recht, Liebes.«

»Es ist nicht richtig, dass die Jungen sterben und wir Alten überleben«, sagte sie leise.

Ihr Mann legte einen Arm um ihre Schultern. »Der liebe Gott wird sich etwas dabei gedacht haben. Ich weiß nur beim besten Willen nicht, was.«

Als Marion an Dieters Haus vorbeiging, blickten sie schwarze Fensterlöcher an. Die Rahmen fehlten. Die Haustür hing schief in der Angel. Die Schubkarre, die Uwe und sein Vater mit Holz gefüllt hatten, lag zerschmettert und verkeilt im nahen Graben, der Kaninchenstall in Trümmern im Gestrüpp. Ein schmutzig weißes Etwas darin. Mümmel. An der Fassade ging knapp unter dem flachen Dach ein dreckiger Strich entlang. Bis dahin hatte das Wasser also gestanden.

Marion versuchte, sich auszumalen, wie Dieter und die Kinder nun allein leben sollten. Es gelang ihr nicht. Normalerweise hätte sie helfen wollen, aber sie wusste, dass ihre Kraft kaum für sie selbst reichte. Jeder in der Kolonie musste irgendwie mit sich selbst ins Reine kommen. Auch sie.

Langsam lief sie weiter, bis sie die Reste ihres Zuhauses erreicht hatte. Die Fenster waren eingeschlagen. Die Haustür stand offen. Alles war von schwarzem Schlick bedeckt.

Schritt für Schritt bahnte sich Marion einen Weg durch das, was früher ihr Garten gewesen war. Die letzten Jahre war er immer mehr verwildert. Fast hätte sie so wie sonst nach ihrer Mutter gerufen, als sie über die Schwelle trat.

Ihr Blick ging durch ein unsägliches Chaos. Der Schrank in der Stube war umgestürzt, das Sofa auch. Überall Dreck und Müll, den das Wasser hereingeschwemmt hatte. Sogar ein kleiner Baum lag dort. Tisch und Stühle stapelten sich in einer Ecke der Küche, zerdrückt vom Kühlschrank. Nasse Reiseprospekte, aufgeweichte Frauenmagazine. Das Wandregal fehlte, ebenso ihre Bücher, von denen sie jedes einzelne gelesen hatte. Sie war so stolz auf ihre kleine Bibliothek gewesen. Nun waren sie alle fort.

Marion fand ein paar ihrer Kleider. Die meisten waren dreckig. Konnte man den Tod eigentlich nach dem Waschen noch riechen? Sie warf alles in einen Koffer. Die Papiere im Schuhkarton, die sie im Schrank aufbewahrt hatte, waren zum Glück nicht fortgespült worden, aber nass und darum unbrauchbar. Die Unterschriften auf ihren Abschlusszeugnissen waren verlaufen, die hervorragenden Noten kaum zu entziffern. Auch ihre Scheckkarte aus Pappe war aufgeweicht. Sicherlich konnte sie sich in der Sparkasse eine neue besorgen, ebenso ein Scheckheft. Und wegen der Zeugnisse würde sie in den nächsten Tagen in der Abendschule anrufen. Sie nahm alles mit.

Danach machte sie sich auf die Suche nach dem Schmuck, den ihr Vater ihr damals zur Konfirmation geschenkt hatte. Sie fand die Schatulle unter dem nassen Teppich, der immer vor ihrem Bett gelegen hatte.

Anschließend trat sie in das Schlafzimmer ihrer Mutter.

Auch hier herrschte Chaos. Sie entdeckte eine Flasche *Frauengold* in der Ecke und noch mindestens fünf weitere, die im Dreck unter dem halb umgedrehten Bett lagen. Die Mutti musste sie heimlich gehortet haben. Wahrscheinlich hatte Karin sie mit dem Zeug versorgt. Durch ein Loch in der Zimmerdecke über ihrem Kopf regnete es herein.

Mit Tränen in den Augen drehte sich Marion um. Als sie, mit dem Koffer in der Hand, die Haustür erreichte, trat sie auf etwas Buntes. Sie bückte sich und hob es auf. Lilli Palmer lächelte sie lasziv an, während sie eine Rose hielt. Es war das Magazin, das sie am Küchentisch gelesen hatte, kurz bevor sie den Wagen des THW entdeckt hatte.

Weidwund jammerte sie auf und ließ die aufgeweichte

Hochglanzzeitschrift fallen. Sie hätte ihre Mutter nicht verlassen dürfen!

Tränen rannen ihr übers Gesicht und wollten gar nicht mehr aufhören. Ein letztes Mal wandte sie sich zum Haus um. Dann ging sie fort. Sie würde nie wieder zurückkehren.

Sonntag, 26. Februar 1962

16:45 Uhr, Rathausmarkt, Hamburg

Schon von Weitem sah sie, dass sich auf dem Rathausmarkt eine unglaubliche Menschenmenge versammelt hatte. Alle strömten zum Rathaus hinüber. Jeder schien an diesem regnerischen Sonntag zur Trauerfeier zu wollen. Marion konnte es verstehen. Die Sturmflut hatte eine tiefe Wunde in die Seele der Stadt gerissen. Sie alle brauchten einander.

Kaum hatte Marion die Brücke passiert, als sie die hohe, mit schwarzen Bändern geschmückte Bühne vor dem Haupteingang entdeckte. Die Fahnenmasten auf dem trutzigen Sandsteingebäude waren auf halbmast geflaggt wie auch sämtliche sonstigen Masten in Hamburg.

Sie fragte sich gerade, wie sie ins Rathaus gelangen sollte, als hinter ihr die Glocken von St. Michaelis zu läuten begannen und alle anderen Kirchenglocken der Stadt einfielen. Die feuchte Nachmittagsluft vibrierte unter den wuchtigen Tönen. Marion konnte jeden einzelnen Schlag spüren, während sie sich weiter nach vorne drängte.

»Verzeihen Sie. Darf ich bitte kurz vorbei?«

Die meisten Menschen auf dem Platz duckten sich unter schwarzen Regenschirmen. Geduldig wartete man, dass die Feierlichkeiten begannen. Jeder hoffte auf ein tröstendes Wort, dass das Gewesene erträglicher machen konnte.

In den Zeitungen hieß es, Bundespräsident Lübke sei ebenso wie der regierende Bürgermeister von Berlin, Willy

Brandt, angereist, der den Bundesratspräsidenten vertreten sollte. Senator Schmidt stand nicht auf der Rednerliste.

Er hatte Marion vorhin ins Rathaus einbestellen lassen. Was immer er ihr sagen wollte, dass es keinen Aufschub duldete, machte Marion mit jedem Schritt, den sie sich dem Portal näherte, nervöser. Es hatte dringend geklungen. Leider kam sie nur langsam voran. Überall standen Menschen.

»Verzeihung, dürfte ich bitte ...? Danke.«

Eine gedrückte Stimmung lag über der Stadt. Die Wucht, mit der der Sturm die Menschen heimgesucht hatte, spürte jeder selbst zehn Tage später noch in den Knochen. Dreihundertfünfzehn Menschenleben hatte die Nacht vom 16. auf den 17. Februar gekostet und so viel Leid gebracht, wie Hamburg es seit den Bombennächten von 1942 nicht mehr erlebt hatte.

Aber die letzten Tage hatten auch gezeigt, dass jeder zu unsagbarer Gemeinschaft fähig war. Wer konnte, hatte mit angepackt und geholfen. Alle waren enger zusammengerückt. Fremde hatten sich gegenseitig getröstet und einander Mut zugesprochen. Man half, so gut es ging.

»Dürfte ich kurz durch? Danke ... Verzeihen Sie.«

Doch nicht nur in der Stadt selbst hatte man sich gekümmert. Auch die Welt zeigte, dass ungeachtet der schrecklichen Kriegsjahre noch immer Mitgefühl für die Deutschen möglich war. Die internationale Hilfe hatte die Hamburger in Erstaunen versetzt. Kürzlich war sogar ein Frachtschiff aus Griechenland im Hafen eingelaufen, an Bord Rosinen, die für die Schulkinder der Stadt gedacht waren. Der Korinthendampfer, wie ihn die Leute sogleich nannten, hatte die Kinder über die Impfaktion vom Montag schnell hinweggetröstet.

Dieses tiefe Gefühl der Verbundenheit hatte Marion letzte

Nacht endlich wieder schlafen lassen. Sie begriff, dass sie trotz allem nicht allein war.

Eilig drängte sie weiter zum Haupteingang. Ruths Anruf hatte sie erreicht, als sie sich gerade für die Feier fertig gemacht hatte. Ihre Freundin sagte nur, sie sollte ins Rathaus kommen. »Helmut will mit dir reden. Sofort.«

Es verwirrte Marion noch immer, dass Ruth den Polizeisenator manchmal Helmut nannte. Zwar war das Duzen bei den Sozialdemokraten üblich, es fühlte sich dennoch eigenartig an. Für den Senator wohl auch, denn der duzte bei den Genossen am liebsten in Kombination mit einem »Sie«. Da Marion auf ihre Frage, warum er sie unbedingt sehen wolle, keine Antwort erhielt, hatte sie sich umgehend auf den Weg gemacht und prompt ihren Schirm in Ruths Wohnung liegen lassen. Und natürlich nieselte es. Mal wieder.

Sie bahnte sich einen Weg an der kleinen Alster entlang, die zwischen der Binnenalster und dem Rathaus lag. Im nächsten Moment schreckte sie zusammen. Nicht weit entfernt entdeckte sie Dieter und die Kinder. Eine Frau war bei ihnen.

Abrupt hielt Marion inne, starrte die Frau neben Dieter an. »Karin?«

Sie glaubte, nicht mehr atmen zu können. Klein-Uschi saß auf dem Arm ihres Papas und kuschelte sich an seinen Hals. Ihr großer Bruder Uwe stand zwischen ihm und der Frau, die seine Hand hielt.

Wie konnte das sein? Sie hatte Karin tot auf dem Eis gesehen.

Marion stockte. Nein, das konnte unmöglich Karin sein. Vielleicht war es Ilse, Karins Schwester. Die Ähnlichkeit war frappierend. Kein Wunder, dass Marion sie verwechselt hatte.

Kurz überlegte Marion, hinüberzugehen, um ihr Beileid zu bekunden. Sie zögerte. Der wahnwitzige Gedanke, dass er jetzt wieder frei wäre, durchzuckte sie. Frei für sie. Aber es fühlte sich falsch an.

Dort drüben stand ein anderer Mensch als der, mit dem sie am Freitag noch gescherzt hatte. Der Mann, der ihretwegen einmal ein Fahrrad gestohlen hatte. Sein Blick war unendlich traurig, sodass es Marion schmerzte. Zugleich wurde ihr klar, dass er Karin tatsächlich geliebt hatte.

Marion begriff, dass sie in seinem Leben niemals eine wichtige Rolle gespielt hatte, so wie Karin. Nach all den Jahren sah sie es. Dieter war ein falscher Traum für sie gewesen.

Und sie selbst? Was sollte aus ihr werden? Die Mutti war tot, und Marion Klinger, die Gefangene, endlich frei. Ein bitterer Geschmack lag in ihrem Mund. So sollte sie nicht denken. So nicht.

Diese eine Nacht hatte alles verändert. Es wurde Zeit, dass sie das akzeptierte. Dazu gehörte auch, dass sie endlich einsah, dass Dieter nie für sie gedacht gewesen war. Dank seiner Kinder würde er lernen, mit dem Schmerz zurechtzukommen. Vielleicht würde er eines Tages eine neue Frau treffen, die ihn genauso glücklich machen konnte wie seine Karin.

Heute nahm auf diesem Platz jeder von irgendetwas Abschied, seien es geliebte Menschen, Hoffnungen oder Träume.

Ohne noch einmal zurückzusehen, ging sie weiter durch die Menge. »Entschuldigung, darf ich mal vorbeigehen? Danke...«

Ein breitschultriger Herr drehte sich zu ihr um. »Wohin wollen Sie denn so eilig, Fräulein Klinger?«

»Herr Kommissar! Was für eine nette Überraschung.« Sogleich wurde Marion bewusst, dass dieser freudige Ausruf an diesem Tag und zu dieser Stunde unangemessen war. Sie zuckte zusammen.

Er lächelte und trat einen Schritt zurück, um eine Frau an seiner Seite zu präsentieren. »Das ist meine Tochter Thea.« Marion und sie reichten sich die Hand, wobei der Kommissar glücklich lächelte. »Ich habe Ihren Rat befolgt und sie angerufen. Sie hatten recht, Fräulein Klinger. Das Leben ist zu kurz zum Schmollen.« Er legte seiner Tochter den Arm um die Schulter. Sie hatte das gleiche Lächeln wie der Kommissar.

Marion freute sich aufrichtig für den alten Mann, der ihr wie ein besorgter Vater zur Seite gestanden hatte. Sie beneidete die Tochter.

»Also? Wo soll es so eilig hingehen?«, fragte er noch einmal.

»Zum Senator. Er erwartet mich im Rathaus.«

»Oh, dann aber los. Der Schmidt ist ein ganz Zackiger. Der wartet nicht gerne.«

Sie winkte ihm zum Abschied zu. Es freute sie, dass er ein wenig Glück gefunden hatte.

Nur noch wenige Meter trennten sie von der Bühne. Seitlich machte sie eine Lücke in der Riege der Schupos aus, die in Reih und Glied vor dem Rathaus Position bezogen hatten. Ihre weißen Mützen bildeten einen sonderbaren Kontrast zum Grauschwarz um sie herum.

Einer der Beamten hielt auf Marion zu. »Na, wo wollen wir denn hin?«

Sie erklärte dem Wachtmeister, dass sie zu Polizeisenator Schmidt müsse, der sie im Rathaus erwarte.

»Das kann ja jeder behaupten, Fräulein.« Der Beamte schob sie zurück in die Menge. Sie protestierte. »Und selbst wenn es stimmt, der Schmidt hat gerade Wichtigeres zu tun, als junge Damen zu empfangen.«

»Ich arbeite im Polizeihaus am Karl-Muck-Platz.«

»Schön für Sie.«

Ein weiterer Beamter näherte sich. Marion erkannte ihn sofort. Es war Polizeimeister Wagner, mit dem sie sich damals in der Kantine so nett unterhalten hatte und der wie ein Toter an ihr vorbeigeschlichen war, als sie sich nicht anders gefühlt hatte.

Erfreut bemerkte sie, dass Polizeimeister Wagner wieder er selbst zu sein schien. Er reichte ihr die Hand.

»Moin, Fräulein Klinger!«, entfuhr es ihm begeistert. Da fiel ihm wohl ein, warum er und alle anderen heute schwarze Bänder an den Oberarmen trugen. Sogleich wurde er ernst. Er wandte sich an den Kollegen. »Lass gut sein. Die junge Dame ist bekannt.«

»Na, kaum bist du befördert, schon kriegste Damenbesuch«, sagte der grinsend und gab den Weg frei.

Als Polizeimeister Wagner Marions fragenden Blick bemerkte, lächelte er wieder und wies zu seinen Schulterklappen, auf denen je ein Stern mehr prangte als zuvor. »Außerordentliche Beförderung. Ab sofort Polizeiobermeister.«

»Herzlichen Glückwunsch. Das ist ja wunderbar.«

Der andere Beamte schlug Wagner auf die Schulter. »Der Kleine hat zwanzig Leute aus unmittelbarer Lebensgefahr gerettet. Die da oben konnten gar nicht anders, als ihn zu befördern. Helden sind derzeit nämlich sehr gefragt.«

»Ist er neidisch?«, fragte Marion, nachdem sich der Mann entfernt hatte.

»Möglich. Viele Kollegen haben in der Nacht eine Menge riskiert. Sie hätten auch eine Beförderung verdient.«

Marion beugte sich zu Wagner. »Herr *Polizeiobermeister*, ich frage mich, ob Sie mir helfen können? Ich soll zu Senator Schmidt. Ich weiß nur nicht, wie ich ins Rathaus gelange oder wo ich ihn finden kann. Das hat man mir leider nicht mitgeteilt. Auf alle Fälle erwartet er mich vor Beginn der Trauerfeier …«

»Oha, das wird knapp. Die Glocken läuten nicht mehr lange. Es geht gleich los.«

»Ich weiß. Denken Sie, Sie könnten mich zu ihm bringen?«

Wagner salutierte. »Ist mir eine Ehre, Fräulein Klinger.« Sie folgte ihm hinter der Bühne entlang. Als sie das Portal erreichten, blieb Marions Herz kurz stehen. Keine zwei Meter von ihr entfernt entdeckte sie Bundespräsident Lübke im Gespräch mit einigen Herren. Neben ihm warteten die Bürgermeister Willy Brandt und Nevermann darauf, dass der Festakt begann. Man unterhielt sich gedämpft. Den Senator konnte Marion in der Menge nicht entdecken. Vielleicht, so hoffte sie, war sie ja doch noch rechtzeitig gekommen.

Wagner und sie eilten durch die hohen Doppeltüren in die Halle, die die Hamburger hanseatisch bescheiden Diele nannten. Marion wusste, dass linker Hand der Flügel zur Bürgerschaft lag. Auf der rechten Seite ging es zu den Festsälen, den Senatsräumen und den Büroräumen des Bürgermeisters.

Polizeiobermeister Wagner instruierte einen der Rathausdiener, den Besuch des Senators schnellstmöglich hinaufzugeleiten, was der mit einem gequälten Nicken beantwortete und einem »Hab ja heute auch sonst nix zu tun«.

Ein »Tschüss« zum frischgebackenen Polizeiobermeister hinüber, dann stieg Marion hinter dem Livrierten die Steintreppen empor.

Die weiße Marmortreppe war mit einem dunkelblauen Läufer ausgelegt und hätte herrlich in jedes Schloss gepasst. Kurz schoss es durch ihren Kopf, dass schon Kaiser und Könige diesen Weg gegangen waren. Und jetzt sie. Ihre nassen Pumps schwebten lautlos über den dicken Teppich. Gerne hätte sie sich all diesen Pomp näher angeschaut, nur eilte der kleine Mann in der Livree so schnell voran, dass sie kaum hinterherkam.

»Da bist du ja!«, hallte Ruths Stimme von oben.

Marion hob den Kopf und entdeckte ihre Freundin hinter der römisch anmutenden Marmorbalustrade. Sie dankte dem Rathausdiener, der sich grummelnd umdrehte und wieder hinunterging. Rasch nahm Marion die Stufen, ohne zu rennen, was ihr an einem Ort wie diesem unangebracht erschienen wäre.

»Ich habe mich beeilt, aber die Straßen sind dicht«, entschuldigte sie sich bei ihrer Freundin. »Es scheint, als wäre die ganze Stadt auf dem Platz versammelt.«

»Ich weiß. Die Fernsehübertragung hat bereits begonnen. Es heißt, vor dem Rathaus stehen mehr als hundertfünfzigtausend Menschen.«

»So viele!« Marion nahm die letzten Stufen zu Ruth. »Bin ich zu spät? Was möchte der Herr Senator denn von mir?« Sie hatte sich seit dem Anruf den Kopf zermartert, warum er sie sprechen wollte. Bisher hatte sie mit ihm nicht ein persönliches Wort gewechselt. So ein Mensch war er nicht.

Eine üppig verzierte Eichentür öffnete sich. Mit großen Schritten traten Werner Eilers und Helmut Schmidt heraus. In der Hand hielt der Senator eine Zigarette, die er im Vorbeigehen in einem halbhohen Aschenbecher ausdrückte.

»Fräulein Marion, schön, Sie zu sehen.« Er reichte ihr die Hand. »Werde leider erwartet. Ruth wird Ihnen alles erklären.« Sogleich rauschte er die Treppe hinunter.

Draußen fielen die Kirchenglocken in Schweigen, und leise Töne drangen durch die dicken Wände. Das Bundeswehrmusikkorps stimmte den Trauermarsch aus Beethovens dritter Sinfonie an.

Schweigend blieben Ruth und Marion stehen.

Man würde gleich der dreihundertfünfzehn Toten gedenken, darunter fünf Soldaten, ein Polizist und sieben freiwillige Helfer. Marion dachte an Karin, die auf dem Eis gelegen hatte, und an Anneliese, die so stolz auf ihren Pelz gewesen war, und an Volker, der immer so lustig gewesen war. Sie alle waren tot. Es würde lange dauern, bis die letzten Wunden geheilt waren, falls sie es je taten.

Kaum waren die schweren Töne verklungen, begannen die Reden.

Ruth führte Marion zu einer Bank. »Ich muss dir etwas sagen. Und ich glaube, du solltest dich setzen. Heute Mittag klingelte mein Telefon.«

»Das dürfte nichts Ungewöhnliches sein«, sagte Marion, nachdem sie sich gesetzt hatte.

»Es war die zentrale Meldestelle vom Roten Kreuz.«

Marion hielt die Luft an. »Meine Mutter?«

Der Leichnam war noch immer verschollen. Marion hatte versucht, sich damit abzufinden, dass ihre Mutter irgendwo in der Nordsee die letzte Ruhe gefunden haben musste.

»Man hat am Tag nach dem Sturm eine Frau retten können, die bei dem Versuch, sich einen Weg durch die Decke ihres Zimmers zu schlagen, um aufs Dach zu gelangen, bewusstlos geworden ist.«

Marion warf die Hand vor den Mund. Das Loch im Schlafzimmer!

»Wo ist sie? Lebt sie?«

»Ja. Man konnte dich nicht früher informieren, weil die Frau tagelang ohne Bewusstsein gewesen ist. Danach konnte sie sich weder an ihren Namen noch an irgendetwas anderes erinnern. Die Ärzte sprechen von einer retrograden Amnesie. Gestern kehrte langsam die Erinnerung zurück.« Ruth wartete, um zu sehen, ob Marion die Worte begriff. »Heute früh fiel ihr wieder ein, wer sie ist und wo sie wohnte. Sie hat nach dir gefragt.«

Marion sprang auf. »Wo liegt sie?«

»In einem Krankenhaus in Lauenburg. Das ist auch der Grund, warum wir sie in Hamburg nicht haben finden können. Es geht ihr gut, sagte man mir.«

Marion spürte, wie Tränen über ihr Gesicht liefen. Ihre Knie wurden weich. Sie ließ sich zurück auf die Bank fallen. »Sie lebt.«

Ruth nickte. Sie fielen sich in die Arme.

»Ich ruiniere dein schönes Kostüm«, schniefte Marion, als sie sich von ihrer Freundin löste. Sie klaubte ein Taschentuch aus der Handtasche, um sich die Nase zu putzen.

»Helmut wollte sich bei dir für deinen Einsatz bedanken und dir die gute Nachricht persönlich mitteilen.« Ruth lächelte. »Jetzt bin ich den Genuss gekommen.« Sie zog einen Umschlag aus der Jackentasche. »Hier ist eine Fahrkarte erster Klasse nach Lauenburg. Der Zug geht um halb sieben. Ich habe für dich ein Hotelzimmer in der Nähe des Krankenhauses gebucht, damit du nicht in der Nacht zurückfahren musst. Die Rechnung bezahlt die Senatskanzlei.«

Marion schniefte. »Danke!«

Von draußen war die Stimme des Bundespräsidenten zu hören. »*... Wir alle wissen um Ihren Schmerz um die Verstorbenen. Wir fühlen uns ... mitverantwortlich dafür ... Gefühl der Verzweiflung ... Denken Sie nicht, Sie seien in Ihrem Leid allein ... Eine Nacht hat genügt, viele von Ihnen um den Preis jahrelanger Arbeit zu bringen.*«

Schweigend hörte die Menge die schnarrenden Worte, die sich auf der gegenüberliegenden Seite des Rathausmarkts an der Häuserwand brachen.

Millionen Menschen sahen an ihren Fernsehgeräten zu Hause die Übertragung, so wie so mancher in der einen Nacht *Familie Hesselbach* geschaut hatte, ohne zu ahnen, dass der Tod auf dem Weg zu ihm war.

Marion fühlte tief mit allen, die einen Menschen bei dieser Katastrophe verloren hatten. Sie selbst hatte Glück gehabt. Ihre Mutter lebte. Dennoch war da etwas, das mit jedem neuen Atemzug in ihr verblasste. Es war das zart aufkeimende Gefühl von Freiheit, das ihr in den letzten Tagen den Mut gegeben hatte, die vermeintlich zugeschlagene Tür hinter sich zu lassen, um den Weg frei zu machen für etwas Neues. Mit einem Mal lebte ihre Mutter. Damit würde alles wieder werden, wie es immer schon gewesen war. Marion spürte, wie Enttäuschung in ihr hochstieg. Sie schämte sich. Ihre Mutter lebte! Nur das zählte. Vielleicht bekämen sie ja eine Wohnung irgendwo in der Stadt, so wie der Senat es versprochen hatte. Marion setzte ein tapferes Lächeln auf. Eine Wohnung würde nur kaum etwas in ihrem Leben ändern.

»Ist alles in Ordnung, Marion?«, riss Ruth sie aus ihren Gedanken.

»Ja, natürlich.« Sie strich sich durch die regenfeuchten Haare. »Es ist nur ein wenig plötzlich gekommen.«

Sie schwiegen. Vor dem Rathaus brandete Applaus auf.

»Du hast noch etwas Zeit, bevor du zum Zug musst. Wenn du möchtest, kannst du hier oben bleiben und alles aus dem Fenster beobachten.«

Marion nickte. Ihre Freundin erhob sich und führte sie in einen altehrwürdigen Saal, an dessen gegenüberliegendem Ende ein eichener Holzthron mit einem Baldachin darüber stand, der von aufwendig geschnitzten Holzstühlen flankiert wurde. Sie dirigierte Marion in ein prächtiges Zimmer, das vom Saal durch eine hohe Doppeltür getrennt war. Dort wartete ein üppiges Büfett auf die Honoratioren der Stadt. Vielleicht waren ja auch Schnittchen für den Bundespräsidenten und Willy Brandt übrig.

Ohne einen Blick auf die Köstlichkeiten zu werfen, trat Ruth zu einem der bodentiefen Fenster. Marion stellte sich neben sie. Vor ihnen erstreckte sich ein Meer aus Köpfen und Schirmen. Es floss die Mönckebergstraße hinauf, so weit das Auge sehen konnte. Auch am Jungfernstieg drängten sie sich dicht an dicht. Hundertfünfzigtausend. So traurig der Anlass dieses Zusammentreffens war, Marion spürte in ihrem Herzen Dankbarkeit. Dort unten in der Menge hatten die wenigsten das Leid der Flutnacht am eigenen Leib erfahren müssen. Trotzdem waren sie gekommen, um zu zeigen, dass kein Unglück der Welt so schwer sein konnte, dass man daran endgültig zerbrach. Niemand war allein in diesen Tagen.

Georg suchte Helga in der Menge. Er wusste, dass sie irgendwo sein musste. Ihre Nachbarin hatte es ihm gesagt, als er vorhin unerwartet vor ihrer Tür gestanden hatte.

»Die Helga? Na, die wollte zur Trauerfeier auf den Rathausmarkt gehen«, meinte die Frau, woraufhin sich Georg ins nächste Taxi setzte. Er war sich sicher, dass seine Helga ahnte, sie könnte ihn heute hier finden, schließlich standen Abordnungen der freiwilligen Helfer und der Bundeswehr ordentlich aufgereiht links und rechts neben der Bühne. Bestimmt wollte sie ihn überraschen.

Und so war Georg zum Rathausmarkt gefahren. Zum ersten Mal trugen er und die anderen Soldaten ihre Uniformen in aller Öffentlichkeit. Befehl von oben. Nachdem jeder in der Presse hatte lesen können, was die Jungs von der Bundeswehr während der Sturmflut geleistet hatten, sahen die Leute die Truppe mit anderen Augen. Respekt hatte sich in die Blicke der Menschen geschlichen. Das tat gut.

Jetzt hatte Georg nicht mehr das Gefühl, er müsste sich

rechtfertigen für das, was er tat. Er hoffte, dass Helga ebenfalls ihre Meinung geändert hatte. Das würde ihre gemeinsame Zukunft leichter machen, denn er wollte weiter ein Pilot sein und kein Zivilist.

So oder so ähnlich hatte er es auch seinem Vorgesetzten vorhin berichtet und ihm dabei die Schachtel mit dem Verlobungsring gezeigt.

Der OvD hatte nur gegrinst und Georg bis Dienstag freigegeben. »Na, dann stürzen Sie sich man mal ins Unglück, Kamerad. Der Herr Verteidigungsminister will der jungen Liebe ja nicht im Weg stehen.«

Georg schob sich vor der Kaufhalle durch die Menge, während auf der anderen Seite des Rathausmarkts der letzte Redner ans Pult trat. Man verstand kaum eines der Worte, dennoch lauschten die Leute andächtig.

Ab und an meinte Georg, Helgas weiße Mütze entdeckt zu haben. Sofort drängte er sich in die Richtung, doch jedes Mal war es falscher Alarm. Er suchte weiter, wobei er in Rastern dachte, die er der Reihe nach abklapperte. Er wurde zunehmend nervöser. Wenn die Trauerfeier erst vorbei war, würden die Leute auseinandergehen, und er hätte Helga verpasst. Dabei war dieser Ort für einen Heiratsantrag bestens geeignet, denn nun musste sie ihn respektieren als das, was er war. Alle anderen taten es ja auch.

Kurz war er geneigt, auf das Straßenbahnhäuschen zu klettern, um sie vielleicht von dort oben in der Menge ausmachen zu können.

»Hallo? Sie da, Herr Pilot!«, hörte er jemanden hinter sich rufen.

Georg drehte sich um.

Auf einer Bank entdeckte er zwei Alte, von denen die Frau auf ihrem Schoß einen Hund hielt.

»Sind Sie nicht der nette junge Mann, der uns gerettet hat?«, wollte sie wissen.

»Guten Tag.« Georg trat näher, deutete einen Diener an und reichte den beiden die Hand. »Ja, ich kann mich an Sie erinnern. Das war recht knapp gewesen. Haben Sie sich von dem Schreck erholt?«

Der alte Herr nickte munter. »Aber ja. Meine Alma hatte sich viel mehr erschreckt als ich.«

Die Dame setzte den Hund ihrem Mann auf die Beine und stand auf. Ohne ein Wort zu sagen, nahm sie Georg in den Arm. »Danke, junger Mann. Danke.«

»Meine Alma und ich, wir hatten mit unserem Leben abgeschlossen, wissen Sie? Und dann kam erst Heinz-Caesar«, seine faltige Hand strich über den Kopf des Hundes, der Georg aus großen Knopfaugen ansah, »und danach Sie.«

Beifall brandete auf. Die Feier war beendet.

Schnell verabschiedete sich Georg. Es wurde wirklich Zeit, dass er Helga fand.

Er stemmte sich gegen den Strom in die Menge, die sich langsam auflöste. Viele Leute hielten Taschentücher in den Händen, tupften sich Tränen aus den Augen. Man sprach nur gedämpft, als bestünde die Gefahr, die Toten zu wecken.

Da entdeckte er sie.

»Helga!« Energisch drängte er sich zu ihr durch. »Helga!«

Endlich drehte sie sich um. Wie vom Donner gerührt erkannte sie ihn. Seine Überraschung war ihm offenbar gelungen.

»Was machst du denn hier?«, fragte sie. »Ich dachte, du bist bei deinen Soldaten in der Kaserne.«

Er stockte. »Der Senat hat unsere Staffel eingeladen, weil wir dabei waren. Wir sollen sogar irgendwann einen Orden bekommen. Das stelle man sich mal vor. Gestern noch sind wir die Schmutzkinder der Nation und heute Helden.«

Sie schwieg.

»Ich, ähm …«, sagte er. »Ich hatte dich vorhin abholen wollen, aber deine Nachbarin sagte, du bist schon hier.« Er ließ die Finger in seine Jackentasche gleiten, um den Ring hervorzuholen. Er hatte sich alles genau überlegt. Ganz so, wie sie es haben wollte. Er würde mit großer Geste vor ihr auf die Knie fallen, das Schächtelchen präsentieren und um ihre Hand bitten. Kitschig, ja, doch wenn sie es nun einmal so wollte … Für die Mutter seines Kindes war er sogar bereit, sich lächerlich zu machen.

Erst jetzt bemerkte er den Mann an Helgas Seite. Sie hatte sich bei ihm eingehakt. Georg entdeckte einen glitzernden Ring an ihrem Finger, den er vorher noch nie an ihr gesehen hatte.

Sie schluckte, er begriff.

»Deine Cousine, nehme ich an.« Georg musterte den Kerl. Der Heini war einen Kopf kleiner als er, dafür trug er einen Kaschmirmantel und einen aufgebürsteten Filzhut auf dem lichten Haar.

»Wolfram Ebert von Sauer, angenehm.« Die falsche Cousine reichte ihm die Hand, die Georg ignorierte.

»Was soll das, Helga?« Seine Stimme klang wie ein Reibeisen.

Sie hob das Kinn. »Nun, du bist selber schuld. Warum hast du dich nicht bei mir gemeldet und für dein schlechtes Benehmen entschuldigt?«

Seine Finger umkrallten die Schachtel in der Jacke. Ein Sturm brauste in seinem Kopf auf, ließ wirre Gedanken durcheinanderpurzeln, sodass er nicht wusste, was er sagen sollte.

»Ich war im Einsatz«, krächzte er. »Das habe ich dir am

Telefon gesagt. Ich habe Menschenleben gerettet, verdammt!« Die letzten Worte schrie er fast.

Der Zwerg neben ihr baute sich auf, was ihm höchstens einen Zentimeter mehr an Körpergröße gab. Georg schoss ihm einen götterähnlichen Blick entgegen, woraufhin der Winzling erschrocken einen Schritt zurücktrat.

Helga dafür einen vor. »Wehe dir!«

Wütend starrten sie sich an.

»Lass gut sein, Georg. Es ist besser so. Wir passen nicht zusammen«, meinte sie ein wenig milder. Sie drehte den Kopf zu ihrem Neuen. »Wolfram, komm.«

Sprachlos sah Georg ihr und dem Kerl hinterher, wie sie sich in den Strom der Menschen einreihten, der den Rathausmarkt verließ.

»Und was ist mit dem Kind?«, schrie Georg ihr nach. »Helga! Das Kind!«

»Fehlalarm!«, rief sie leichthin über die Schulter zurück.

Ihr Begleiter blieb stehen. »Was für ein Kind?«

»Nichts. Nur ein Irrtum«, antwortete sie und zog ihn weiter. Seite an Seite verschwanden die beiden in der Menge.

Georg stand da, unfähig, sich zu bewegen. Ein Irrtum? Wie konnte das sein? Hatte sie ihn an der Nase herumgeführt? Oder hatte sie etwas getan, von dem er hätte wissen sollen? Der Rathausmarkt um ihn herum begann, sich zu drehen. Helga hatte immer schon gewusst, was sie wollte. Und er war es offenbar nicht.

Seine Wut stieg ins Unermessliche. Sie hatte ihn ausgenutzt! Und er war darauf hereingefallen wie ein einfältiger Dummkopf! Warum hatte er nicht gemerkt, dass da noch ein anderer war? Seit wann kannte sie ihre »Cousine« eigentlich? War dieser eitle Lackaffe schon länger im Spiel? Was fand sie nur an diesem faden Weichling?

Georg sog die Regenluft ein. Wenn er eines beim Bund gelernt hatte, dann, dass er sich zusammenreißen konnte. Er war Offizier. Er war Pilot. Er würde hier nicht herumlaufen und brüllen, sich prügeln oder unflätig werden. Er nicht. Sein Fuß traf einen Papierkorb, der scheppernd drei Meter weiter zum Liegen kam. Die Leute drehten sich um. Schnell hob er den Flechtkorb wieder auf und stellte ihn an seinen Platz.

»'tschuldigung«, murmelte er.

Kopfschüttelnd gingen die Menschen weiter.

Die ganze Zeit hatte Helga ihn dazu gebracht, dass er tat, was sie wollte. Mein Gott, fast hätte er sein Leben weggeworfen, nur um sie zu heiraten. Für ein Kind, das es nicht gab! Georg wurde übel. Er stolperte zu einer Wand und lehnte sich dagegen. Noch nie war er so abserviert worden. Plötzlich kam ihm der Ring in der Jackentasche lächerlich vor. Er schloss die Augen, bis seine Gedanken nicht weiter im Zickzack liefen.

Schlagartig begriff er, dass er ein Glückspilz war, und zwar mehr als dieser arme Wolfram, die falsche Cousine, es je sein würde! Der Kleine würde sich noch umgucken, wenn Helga erst einmal mit ihm fertig war. Sie würde ihn heiraten, befehligen, ausnehmen, vervatern und alles aus ihm heraussaugen, was je einen Menschen ausgemacht hatte, bis nichts weiter von ihm übrig blieb als eine leere, möglichst lukrative Hülse.

Mit einem Mal war Georgs Wut verraucht, und tiefe Erleichterung überfiel ihn. Ja, er lachte sogar. Er lachte und lachte, konnte gar nicht mehr aufhören. Die letzten Besucher der Trauerfeier, die an ihm vorbeiliefen, sahen ihn erbost an. Jemand schimpfte, dass hier und heute ja wohl der falsche Ort sei, um sich zu amüsieren.

Recht hatte er, doch Georg konnte nicht anders. Es war ihm, als hätte ein Ungeheuer ihn fressen wollen, aber aus irgendeinem unerfindlichen Grund wieder ausgespuckt.

Jemand trat zu ihm. »Ist alles in Ordnung, Georg?«

Er hob den Kopf. »Marion!«

Besorgt schaute sie zu ihm hoch. Er riss sie zu sich und umarmte sie in aller Öffentlichkeit.

»Mein Gott, Georg, was ist in dich gefahren?« Ein wenig peinlich berührt blickte sie sich um.

»Alles und nichts!«, rief er. »Vor zwanzig Minuten noch war ich bereit, sämtliche Träume aufzugeben, weil ich eine vernünftige Entscheidung gefällt hatte.« Er küsste ihre Wange. »Vernünftig, aber falsch. Fast hätte ich den schlimmsten Fehler meines Lebens begangen.«

Sie neigte den Kopf leicht zur Seite. »Das verstehe ich nicht.«

»Ich weiß, das klingt eigenartig, doch es ist so. Ich habe Glück gehabt, weißt du? Unglaubliches Glück!« Er strahlte sie an. »Ich fühle mich, als ...« Er suchte nach Worten. Reden war noch nie seine Sache gewesen. Darum dauerte es ein wenig, bis ihm etwas Passendes einfiel. »Es ist, als könnte ich fliegen.«

»Aha.«

Sie verstand noch immer nicht, wie es schien. Wie auch? Vielleicht würde er ihr irgendwann erklären, warum er sie am Denkmal hatte stehen lassen müssen, obwohl er es gar nicht gewollt hatte. Oder weshalb er seit Tagen einen Verlobungsring in seiner Jackentasche herumtrug, der sich wie ein Mühlstein anfühlte. Es kostete ihn übermenschliche Mühe, den Sturm in seinem Inneren niederzukämpfen.

»Wie geht es dir?«, fragte er, um ein Thema zu finden, bei dem er nicht wie ein Irrer wirkte.

Sie zögerte. »Meine Mutter. Sie haben sie gefunden.«

»Lebt sie?« Er war bereit, Marion zu trösten, sollte dem nicht so sein.

Sie nickte.

»Das ist wunderbar!«, rief er erleichtert. Trösten war nicht so seine Sache.

»Ja, nicht wahr?«, entgegnete sie bedrückt. Ihr Lächeln wirkte aufgesetzt.

»Du freust dich nicht, oder?«

»Doch! Natürlich.« Sie presste ihre Handtasche an sich. »Aber ich weiß, dass jetzt alles sein wird wie früher. Ich werde mich um sie kümmern müssen. Sie wird mir in den Ohren liegen, dass ich nicht so bin, wie sie findet, dass ich sein sollte. Und ich werde mich schlecht fühlen. Das macht sie schon seit Jahren mit mir.«

»Warum?«

»Ich weiß es nicht. Nach Papas Tod war sie nicht mehr dieselbe.«

»Dann geh fort.«

»Nein. Sie braucht mich.«

»Unsinn! Sie ist erwachsen und kein Kind. Statt ihren Launen nachzugeben, solltest du sie stolz auf dich machen.«

»Das habe ich versucht. Ich arbeite und ernähre uns. Trotzdem sagt sie ständig, ich soll heiraten, egal, wen. Hauptsache, sie wohnt bei uns.« Marion seufzte. »Manchmal glaube ich, das Schicksal hat mich zu lebenslänglich verurteilt.«

Georg grinste. »Da hilft nur eines.«

»Was denn?« Ihre Stimme klang verzagt.

»Durchbrennen.«

»Durchbrennen?« Marion lachte. »Unsinn. Wohin denn? Etwa nach Faßberg?«

Es war ihr, als hätte Georg sie niemals am Bismarck-Denkmal im Regen stehen lassen. Als sie ihn eben in der Menge gesehen hatte, hatte ihr Herz einen Hüpfer gemacht. Sehr viel höher, als die Dieter-Hüpfer jemals gewesen waren.

Er lachte. »Nein, Faßberg reicht nicht. Ich dachte eher an etwas, das weiter weg liegt. Amerika, zum Beispiel.«

Mit offenem Mund sah sie ihn an. »Amerika?«

»Ja, der Hauptmann sagte mir, ich könnte meine Ausbildung zum Piloten ab kommendem Monat beginnen. Danach geht es nach Nörvenich und von dort nach Kalifornien.«

»Aber du bist schon Pilot.«

»Jagdbomber fliegen sich anders als Helikopter. Deshalb fange ich ganz von vorne an, damit sie mich am Ende auf einen Lehrgang für die F-104 schicken. Ich will Starfighter-Pilot werden.«

»Amerika?« Sie stockte. Er wollte fort? Warum? Sie hatte ihn doch gerade erst gefunden. »Das ist ja wunderbar«, sagte sie, ohne es zu meinen.

Er lächelte bescheiden. »Finde ich auch. Denkst du, ich sollte es tun?«

»Unbedingt«, antwortete sie, bevor sie darüber nachgedacht hatte. »Du musst es tun. Es ist dein Traum. Und wenn man die Chance hat, ihn zu verwirklichen, gibt es keine Frage. Du würdest dich ein Leben lang ärgern, wenn du es nicht tätest.« Er wollte sie verlassen. Schon wieder.

»Und? Kommst du mit?«

Überrascht sah sie ihn an. Sie war sich nicht sicher, ob sie richtig gehört hatte. »Ich?«

Er nickte. »Ja. Du.«

»Was ist mit meiner Mutter?«

Er überlegte. »Wir brauchen ja nicht gleich durchzubrennen. Ich muss ja erst die Ausbildung abschließen. Bis dahin haben wir noch Zeit, sie davon zu überzeugen, dass eine Tochter in Amerika außerordentlich vor den Nachbarn putzt. Denk mal an die vielen Postkarten, die sie erhalten wird. Spricht sie Englisch?«

Marion schüttelte den Kopf.

»Prima, dann will sie bestimmt in Deutschland bleiben, richtig?«

Marion lachte. Ihr fiel ein Stein vom Herzen. Er wollte sie gar nicht allein lassen. Trotzdem brauchte sie Zeit zum Nachdenken, denn da war plötzlich wieder das süße Gefühl von Freiheit, das sie verwirrte und ihr Hirn umsäuselte. Sollte es wirklich eine Möglichkeit geben, dass ihre Träume in Erfüllung gingen? Nur ein klein wenig. Es musste ja nicht alles und auf einmal sein. Eine Reise nach Übersee wäre weit mehr, als sie vor einer halben Stunde noch erwartet hatte. Selbst wenn es ihr einziges Abenteuer im Leben sein würde, hätte sie es zumindest gehabt.

»Wir werden aber nicht heimlich durchbrennen, so wie es dumme Teenager tun«, erklärte sie mit fester Stimme.

Weise nickte Georg. »Natürlich nicht. Dafür sind wir zu alt.«

»Richtig. Und deshalb werden wir sofort gehen.«

Nun war es an ihm, irritiert zu schauen. »Ach, und wohin?«

»Zu meiner Mutter. Du musst mir helfen, ihr zu erklären, dass ich Träume habe. Und dass ich gedenke, wenigstens ein paar davon wahr zu machen, egal, was sie sagt.«

»Glaubst du denn, sie wird auf mich hören?«

»Eben meintest du noch, wir hätten viel Zeit.« Sie lächelte.

»Nun«, Georg deutete eine Verbeugung an, »es ist mir eine Ehre, Fräulein Klinger, Sie aus den Klauen Ihrer werten Frau Mama zu retten.« Er gab ihr ein Küsschen auf die Wange.

»Bevor wir allerdings in die Höhle der Löwin gehen, muss ich etwas Dringendes erledigen.« Er zog ein in Seidenpapier

gewickeltes Kästchen aus der Jackentasche und zeigte es ihr.
»Falsche Frau, falsche Gravur.«

Ehe sie fragen konnte, was er damit meinte, nahm er ihre Hand.

»Und jetzt pflücken wir unsere Träume von den Bäumen.«

FAKTEN, FIKTION UND HINTERGRÜNDE

Die Schicksale der Menschen in diesem Roman sind fiktiv, basieren aber auf wahren Ereignissen. Aus Gründen des Respekts vor den Opfern der Sturmnacht habe ich ihre Erlebnisse in Teilen umgewidmet, meinen Figuren gegeben oder an andere Orte verlegt. Dennoch ist das Geschriebene so oder so ähnlich geschehen, in all seiner Grausamkeit und Härte.

An einigen Stellen musste ich die Chronologie der Begebenheiten dem Handeln meiner Figuren anpassen. So flog Senator Schmidt nach eigener Aussage nicht am Morgen des 17. Februar mit einem Helikopter über das Katastrophengebiet, sondern am frühen Nachmittag. Bürgermeister Nevermann traf erst am Sonntag in Hamburg ein und nahm dann an einer Lagebesprechung teil. Dass Schmidt ihm über den Mund gefahren sein soll, ist dagegen in mehreren Quellen verbrieft.

Zu **Helmut Schmidt** sei an dieser Stelle angemerkt, dass es mir eine unglaubliche Freude bereitet hat, Originalzitate von damals einzubauen. Wenn Sie also meinen, den Senator tatsächlich in den Zeilen sprechen zu »hören«, können Sie davon ausgehen, dass er es auch genauso gesagt hat.

Anders als oft angenommen, war übrigens nicht Helmut Schmidt der Erste, der die Bundeswehr damals anforderte, sondern **Polizeioberrat Martin Leddin**. Er leitete den ersten Einsatzstab, bis Schmidt eintraf und übernahm. Leddin hatte laut Bericht des Senators vom 21. Februar vor der Bürgerschaft bereits am 16. Februar ein Fernschreiben ans Verteidigungsministerium nach Bonn geschickt, mit der Bitte, das 3. Pionierbataillon Harburg einsetzen zu dürfen. Die Erlaubnis wurde erteilt. Dass die erste Unterstützung durch die Soldaten bei Weitem nicht reichen würde, konnte Leddin zu dem Zeitpunkt nicht wissen.

Helmut Schmidts besonderer Beitrag in diesem Zusammenhang war, dass er seine guten Kontakte unter anderem zu Konteradmiral Rogge (Wehrbereich I, Kiel) und General Lauris Norstad, dem Alliierten Oberkommandierenden in Europa (SACEUR), nutzen konnte, die er noch aus seiner Zeit im Verteidigungsausschuss kannte. Damit waren zeitweise statt nur zweihundertvierzig über siebentausendfünfhundert Soldaten mit geeignetem Gerät im Einsatz sowie Helikopter und unzählige andere Einheiten, darunter viele Pioniere.

Warum dieses Vorgehen im Nachhinein hitzig debattiert wurde, zeigt Artikel 143 des Grundgesetzes: *Die Voraussetzungen, unter denen es zulässig wird, die Streitkräfte im Falle eines inneren Notstandes in Anspruch zu nehmen, können nur durch ein Gesetz geregelt werden, das die Erfordernisse des Artikels 79 (Änderung des GG) erfüllt.*

Liest man diese Zeilen aufmerksam, wird klar, wie sehr Schmidt und andere in jener Nacht am Rande des Legalen gehandelt haben. Im Anschluss versuchten einige Gegner, dem jungen Schmidt daraus einen Strick zu drehen, so ein Weggenosse des ehemaligen Polizeisenators, aber sie scheiterten. Wohl auch wegen der Berühmtheit, die der erst zweiundvierzigjährige Schmidt landesweit in nur wenigen Tagen erreicht hatte.

Am schlimmsten von der Flutkatastrophe betroffen war unter anderem der Stadtteil **Wilhelmsburg**. Er liegt mitten in der Elbe, zwischen Norder- und Süderelbe. Das Gebiet dieser Insel umfasst rund fünfzig Quadratkilometer. Bei der Flut kamen durch die Deichbrüche dort zweihundertzweiundzwanzig der dreihundertfünfzehn Menschen ums Leben. Die Gründe hierfür sind vielfältig. Der wichtigste ist, dass Teile dieses Viertels unter dem Meeresspiegel liegen. Außerdem hatte man die Bombenschäden des Kriegs an den Deichen nur mit Trümmerschutt ausgebessert. Eine fehlende Pflege sowie das streckenweise Verlegen von Rohren und Stromleitungen darin schwächten die Deiche zusätzlich.

Wenn Sie mehr über den Stadtteil in jener Zeit wissen wollen, empfehle ich Ihnen unbedingt einen Besuch im **Museum Elbinsel Wilhelmsburg e. V.**

Die **Laubenkolonie,** in der Marion und die anderen lebten, gab es tatsächlich. Der Kleingartenverein 107 *Alte Landesgrenze e. V.* lag direkt hinter dem Klütjenfelder Hauptdeich, der das Wohngebiet vom Hafengebiet trennte. Als dieser Deich brach, hatten die Menschen in ihren kleinen Häusern keine Chance. Die Kolonie existiert heute nicht mehr.

Bevor *Vincinette* auf Land traf, wütete der Orkan in der Deutschen Bucht. Die drei **Feuerschiffe** dort hatten mit schwerem Seegang zu kämpfen. Jedoch riss die Ankerkette nicht bei *Elbe 1,* wie in diesem Buch beschrieben, sondern beim Feuerschiff *Elbe 3,* das vor Neuwerk lag. Ich habe mir die Freiheit genommen, *Elbe 1* für diese Szene zu wählen, da die Wellen so weit draußen in der Bucht die nötige Dramatik für mein erstes Kapitel boten. Dass *Elbe 3* damals über keinen Motor verfügte und nur mit Sturmbesegelung auf Position gehalten werden konnte, zeigt sehr schön, aus welchem Holz die Mannschaften der Feuerschiffe in den Sechzigern sein mussten.

Beide Feuerschiffe sind seit Langem außer Dienst gestellt und können heute als Museumsschiffe in Cuxhaven und Bremerhaven bewundert werden.

Übrigens befand sich das **Polizeihaus** bis 1962 am Karl-Muck-Platz (heute Johannes-Brahms-Platz) gegenüber der Musikhalle. Das fünfzehn Stockwerke hohe, im Stil der alten Kontorhäuser verklinkerte Gebäude gilt als das erste Hochhaus der Stadt. Es wurde Anfang des 20. Jahrhunderts erst als fünfstöckige, später als achtstöckige Version gebaut und erhielt sein heutiges Aussehen mit der beeindruckenden Fassade um 1930. Das Foyer mit vielen Art-déco-Elementen, farbenprächtigen Wandfliesen, einem Arkadengang und dem Treppenaufgang sind einen Besuch wert. Die wiederhergestellte Schönheit des Gebäudes, heute Brahms Kontor genannt, nutzten bereits viele bekannte Filmproduktionen als Kulisse.

Während der Sturmflut war hier die Einsatzzentrale der Polizei und der Ort, wo Helmut Schmidt seinen ersten Auftritt als neuer Polizeisenator hatte. Wer sich ein Bild davon machen möchte, schaue sich den Spielfilm *Die Nacht der großen Flut,* 2005, ARTE, mit Ulrich Tukur als Helmut Schmidt an.

Was ich nicht herausfinden konnte, war, in welcher Etage Schmidt 1962 seine Räume hatte. Es gibt hierzu unterschiedliche Aussagen, wonach es entweder der zweite Stock gewesen sein soll oder der zehnte beziehungsweise der vierzehnte infrage kämen. Ich habe mich für die zehnte Etage entschieden. Sollten Sie diesbezüglich sachdienliche Hinweise haben, freue ich mich über eine E-Mail.

Mitte 1962 zog die Polizei in das neu gebaute Hochhaus am Berliner Tor.

Im Roman erwähnte ich beiläufig die neue **Innenbehörde**. Sie wurde am 1. Mai 1962, also nach der Flut, in Hamburg als oberste Behörde für Polizei, Verfassungsschutz, Statistisches Landesamt, die Bezirksverwaltungen, die Senatskanzlei und den zivilen Bevölkerungsschutz errichtet. Hätte es diese übergeordnete Zusammenarbeit bereits im Februar 1962 gegeben, wären die Hilfsmaßnahmen für die Menschen im Überflutungsgebiet effizienter und schneller angelaufen. Die Flut machte also aufs Extremste deutlich, wie wichtig eine solche Behörde in Katastrophenfällen ist.

Erinnern Sie sich an Pastor Friedrichsen, der in seiner Kirche die Glocken per Hand läutete, um die Menschen zu warnen? Ausgedacht. Tatsächlich wurden damals schon die meisten Kirchen mit einem elektronischen Geläut betrieben, sodass niemand mehr im Sturm auf den Glockenturm musste. Dass Kirchenglocken in jener Nacht eingesetzt wurden, um Alarm zu schlagen, ist jedoch korrekt.

Ebenfalls der Wahrheit entspricht, dass eine Gruppe junger Luftwaffensoldaten des **12. LAR vom Fliegerhorst Altenwalde** in der Nacht des 16. Februar bei Cuxhaven ausrückten, um beim Deichschutz zu helfen. Unter ihnen war der zwanzigjährige Gruppenführer Bernd Friedrich, der an diesem Wochenende als Vertreter der UvD (Unteroffizier vom Dienst) eingesetzt worden ist. Er und seine teils erst am Tag zuvor vereidigten Männer sollten helfen, eine schwere Schadstelle im Deich mit gerammten Pfählen und Reisigbündeln abzusichern. Die reißenden Wellen spülten das Füllmaterial immer wieder fort. Erst nachdem er mit einigen Freiwilligen ins Wasser sprang, um vor der Schadstelle eine Art lebende Schutzwand zu bilden, konnte die Reparatur des Deichstücks nahe der Kugelbake erfolgreich beendet werden. Das Wasser war mit nur fünf Grad Celsius sehr kalt und der Einsatz der jungen Männer lebensgefährlich. Hätten sie es damals nicht getan, wäre höchstwahrscheinlich der Deich gebrochen und hätte Cuxhaven überschwemmt. So blieb der Stadt in der Elbmündung Hamburgs Schicksal erspart.

TATSÄCHLICHE PERSONEN

Wie in all meinen Büchern habe ich auch in *Als der Sturm kam* reale Persönlichkeiten auftreten lassen.

Helmut Schmidt war erst fünfundsechzig Tage als Polizeisenator im Amt. Seine Antrittsrede am 21. Februar 1962 vor der Bürgerschaft war zugleich die traurige Aufgabe, über die schlimmste Katastrophe zu berichten, die die Stadt bis dahin erlebt hatte. Wer über den Menschen und Politiker mehr wissen möchte, dem empfehle ich, einen Blick in das Helmut-Schmidt-Archiv in Hamburg zu werfen. Dort finden Sie bemerkenswerte Zeitzeugnisse, die ein sehr lebendiges Bild von dem Mann zeichnen.

Übrigens, Schmidt und das Rauchen. Er war seit seinem fünfzehnten Lebensjahr Raucher, Kettenraucher, um genau zu sein. Und wenn er keine Zigarette zur Hand hatte, mussten Schnupftabak oder Pfeife her. Wie mir jemand sagte, rauchte er am liebsten Mentholzigaretten der Marke Reyno White und davon gut zwei Schachteln am Tag. Das Menthol sollte den bitteren Rauch mildern, kühlen und eine schmerzlindernde, leicht betäubende Wirkung auf die Lunge und den Rachen haben. Das machte die Zigarette damals außerordentlich attraktiv, was wiederum eine hohe Krebsrate zur Folge hatte. Mentholzigaretten wurden bereits 1920 hergestellt und hundert Jahre später, also 2020, EU-weit verboten. Helmut Schmidt starb fünf Jahre vor dem Verbot im Alter von sechsundneunzig Jahren und, wie ein langjähriger Freund verriet, »bei bester Gesundheit«.

Werner Eilers war leitender Regierungsdirektor und Beauftragter für den Katastrophenschutz. Am 17. Februar wurde er gegen 4:30 Uhr angerufen und traf um 5:00 Uhr im Polizeihaus ein. Die Situation dort stellte sich für ihn nach eigener Aussage als unübersichtlich dar, sodass er etwa eine halbe Stunde später Helmut Schmidt anrief. In meiner Geschichte habe ich meiner fiktiven Figur Marion in dieser Angelegenheit eine besondere Rolle zukommen lassen.

Ruth Wilhelm, die Sekretärin des Senators, erschien am Montag nach der Flut im Polizeihaus zum Dienst. Ich habe mir die Freiheit genommen, diese kleine, agile Person, die später heiratete und den Namen Loah annahm, ein wenig mehr ins Rampenlicht zu setzen, obwohl ich fast keine Informationen zu ihr oder ihrer Rolle in der damaligen Situation finden konnte. Es war mir nicht einmal möglich, herauszufinden, wo Ruth Loah, geborene Wilhelm, 1962 wohnte. Sicher ist, dass sie 1933 in einen sozialdemokratischen Haushalt geboren wurde und kriegsbedingt nur sechs Jahre zur Schule gehen konnte. Alles, was für ihre spätere Tätigkeit als Sekretärin nötig war, brachte sie sich in Abendkursen an der Volkshochschule bei. Seit 1955 arbeitete sie für einen aufstrebenden jungen Politiker namens Helmut Schmidt. Wann genau aus Ruth Wilhelm Ruth Loah wurde, konnte ich nicht ermitteln. Auf alle Fälle waren sie und ihr Mann viele Jahre enger Teil der Familie Schmidt. Zwei Jahre nach dem Tod Loki Schmidts, der bekannten Ehefrau von Helmut Schmidt, verkündete der ehemalige Bundeskanzler 2012 in einer TV-Sendung mit Roger Willemsen, dass Ruth Loah seine neue Lebensgefährtin sei. Nach Schmidts Tod 2015 lebte sie in einem exklusiven Hamburger Seniorenheim an der Elbe, dem *Augustinum*. In aller Stille wurde sie 2017 auf dem Ohlsdorfer Friedhof beerdigt, wo ein Grabstein mit der Aufschrift *Loah* steht.

Ich habe mir die schriftstellerische Freiheit genommen, diese diskrete Frau zu einer guten Freundin meiner Protagonistin Marion zu machen.

Für meine fiktive Figur des Georg Hagemann stand der Helikopterpilot **Leutnant Dietrich Schmeidler** (1939 bis 2017) Pate, der damals tatsächlich Senator Schmidt im Überflutungsgebiet auf der Veddel zurückließ, um mit seiner Sycamore Bristol 171 Noteinsätze fliegen zu können. Daraufhin wurde er, wie er selbst sagte, von seinem Einsatzoffizier »entsprechend zusammengerüffelt« und sollte sich bei Schmidt melden. Der hatte allerdings Wichtigeres zu tun, als den Piloten zu maßregeln. Glück für Leutnant Schmeidler.

Man möge mir nachsehen, dass ich mir in diesem Buch eine gewisse schriftstellerische Freiheit bei der Figurengestaltung der historischen Persönlichkeiten erlaubt habe.

CHRONOLOGIE

15. Februar

Das Sturmtief *Vincinette* nähert sich aus nordwestlicher Richtung von Island her und fegt über die Nordseeküste hinweg. Zu diesem Zeitpunkt können Experten noch nicht absehen, dass es in den folgenden Tagen zu der größten Sturmflutkatastrophe seit 1825 kommen wird.

16. Februar

8:09 Uhr: *Vincinette* trifft Hamburg mit voller Wucht. Das Deutsche Hydrographische Institut (DHI) warnt für die kommende Nacht vor einer Sturmflut an der Küste. Am Vormittag drücken orkanartige Böen mit einer Stärke von zwölf Beaufort das Wasser in die Elbmündung hinein. Ab mittags gilt für Hamburger Feuerwachen und Polizei der Ausnahmezustand.

Am späten Nachmittag reißt auf dem Leuchtschiff *Elbe 3* in der Deutschen Bucht die Ankerkette. Eine Rettung des Schiffs, das keinen Antriebsmotor besitzt und nur unter Sturmbesegelung fuhr, ist erst am nächsten Tag möglich.

20:15 Uhr: Nach den Nachrichten läuft im Fernsehen die beliebte Sendung *Die Hesselbachs* mit der Folge *Telefonitis*. Noch glauben die Hamburger, die Sturmflut beträfe nur die etwa hundert Kilometer entfernte Küste. Ein tödlicher Irrtum.

21:29 Uhr fällt in Cuxhaven die automatische Pegelstandmessung aus. Es wird mit einer provisorischen Messlatte ein Stand von annähernd zehn Metern gemessen. Der Höhepunkt des Sturms tritt um 22:00 Uhr ein.

Zu diesem Zeitpunkt sind in Hamburg bereits neben den Feuerwehren und den Deichverbänden auch das Technische Hilfswerk und eine Pioniereinheit der Bundeswehr im Einsatz. Als die Ebbe das Wasser mit sich nimmt, glauben einige, dass das Schlimmste überstanden wäre, und die Feuerwehr will wieder einrücken. Da gehen neue beunruhigende Daten im DHI ein.

22:20 Uhr: Das Fernsehen sendet nach der *Tagesschau* eine Sturmflutwarnung. Zu diesem Zeitpunkt sind bereits viele Hamburger im Bett.

22:45 Uhr: Die Hamburger Polizei gibt Alarmstufe III aus. Kurz vor Mitternacht wird die Bevölkerung in den elbnahen Gebieten mit Blaulicht, Sirenen, Kirchenglocken und Einschlagen von Fensterscheiben sowie Schüssen gewarnt.

17. Februar

0 Uhr: Die Deiche und Schleusentore laufen über.

0:35 Uhr: Das in Harburg stationierte 3. Pionierbataillon rückt aus.

Innerhalb weniger Stunden werden mehr als sechzig Deiche brechen. Die Wassermassen überraschen die Menschen im Schlaf. Der erste Deichbruch kostet im Neuenfelder Rosengarten acht Menschen das Leben. Innerhalb kurzer Zeit brechen die Deiche in Cranz, Neuenfelde, Francop, Finkenwerder, Waltershof und Altenwerder bis hinunter nach Moorburg. Aber auch nördlich der Elbe stehen Gebiete unter Wasser. Am schlimmsten trifft es die Elbinsel Wilhelmsburg, wo viele Menschen in Laubenkolonien leben.

Kurz nach 1 Uhr: Strom, Telefone und Fernschreiber fallen aus. Eine Kommunikation unter den Einsatzzentralen und Helfern vor Ort ist, wenn überhaupt, nur sehr eingeschränkt über Funk möglich.

Die elbnahen Kraftwerke Tiefstack und Neuhof müssen abgeschaltet werden, weil sie überflutet sind. Das Gas wird abgefackelt.

Erst jetzt begreifen viele den Ernst der Lage. Es geht um Leben oder Tod.

2 Uhr: Der Deich zum Spreehafen bricht das erste Mal. In dieser Nacht sterben über zweihundert Menschen in Wilhelmsburg, darunter sechsunddreißig Kinder und viele ältere Menschen. Die meisten von ihnen konnten sich nicht mehr rechtzeitig aus den niedrig gelegenen Behelfsheimsiedlungen retten, die dort nach dem Krieg errichtet worden sind. Sie ertranken oder erfroren, obwohl mittlerweile tausendfünfhundert Soldaten und Polizisten zusammen mit den Trupps ziviler Hilfsdienste und etwa zweitausend Feuerwehrangehörigen im Einsatz sind.

3:02 Uhr: Die Revierwache 9 wird wegen der Wassermassen aufgegeben sowie die Feuerwehrwachen auf der Veddel, Wilhelmsburg und Steinwerder. Das ist die Zeit, in der die Flut etwa ihren Höhepunkt am Pegel St. Pauli von 5,70 Metern über Normalnull erreicht hat.

4:30 Uhr: Regierungsdirektor Werner Eilers wird angerufen und über die Lage informiert. Er ist unter anderem zuständig für den zivilen Katastrophenschutz. Als er eine halbe Stunde später im Polizeihaus eintrifft, wird schnell klar, dass es keine koordinierte Vorgehensweise in dieser Nacht gibt, da die Kommunikation zu den Einheiten vor Ort abgebrochen ist. Jeder da draußen handelt so, wie es die Situation erfordert.

6:20 Uhr: Werner Eilers ruft bei Senator Helmut Schmidt

in Langenhorn an. Entgegen seiner ersten Vermutung ist der Senator nicht mehr in Berlin, sondern bereits zu Hause. Zwanzig Minuten später erreicht Schmidt das Polizeihaus. Er erkennt schnell, dass den einzelnen Beteiligten der Gesamtüberblick fehlt. Energisch übernimmt er die Leitung, um Ressourcen zu ordern und Hilfsmaßnahmen einzuleiten.

7 Uhr: Erste Lagebesprechung des Katastrophendienststabs im Polizeihaus in unvollständiger Besetzung, da nicht alle Akteure erreicht werden können.

Gegen 7:30 Uhr: Es wird hell über Hamburg und das gesamte Ausmaß der Katastrophe klar.

Schmidt lässt sich im Laufe des Tages einen Hubschrauber bereitstellen. Pilot Dietrich Schmeidler holt ihn und zwei Begleiter mit einer Sycamore ab und fliegt nach Schmidts Anweisungen über das Überflutungsgebiet. Auf der Veddel setzt er den Senator ab, ohne zu ahnen, wer an Bord ist. Als die drei Männer nicht zur vereinbarten Zeit zurückkehren, hebt Schmeidler ab, um Menschenleben zu retten. Der Senator muss sich mit einem herbeizitierten Peterwagen begnügen.

Kurz darauf lässt sich Schmidt mit General Norstad (SACEUR) verbinden und bittet um Hilfe. Auch der Wehrbereich I mit Konteradmiral Rogge wird dringend um Sturmboote, Männer und Helikopter des Marine-Dienst- und Seenotgeschwader Kiel-Holtenau (heute Marinefliegergeschwader 5, MFG 5) gebeten. Letztere verfügen über einige Sikorskys H-34, die größer sind als die Sycamore Bristols. Gleichzeitig wird das Verteidigungsministerium in Bonn per Fernschreiber über diese Maßnahmen informiert.

11 Uhr: Sondersitzung des Senats.

Etwa um diese Zeit kann dank der Bundeswehr eine notdürftige Funkverbindung zu den überfluteten Gebieten wiederhergestellt werden.

Ab 12 Uhr: Rund siebentausendfünfhundert englische, holländische, belgische und amerikanische Soldaten sind im Einsatz. Mittlerweile sind über sechzigtausend Menschen vom Wasser eingeschlossen, zweihundertzwanzig Millionen Kubikmeter, das Sechzigfache der Binnen- und Außenalster, überflutet ein Sechstel Hamburgs. Über mehrere Tage müssen die betroffenen Gebiete ohne Wasser-, Gas- und Stromversorgung oder Telefonverbindung auskommen. Manche Gebiete stehen infolge der Flut bis zu vier Wochen unter Wasser.

Hubschrauberstaffeln beginnen mit der Rettung von über vierhundertfünfzig Menschen, die sich auf ihre Hausdächer geflüchtet haben. Daneben erfolgen Rettungen und Evakuierungen mithilfe von Schlauch- und Sturmbooten. Insgesamt tausendeinhundertdreißig Menschen werden aus unmittelbarer Lebensgefahr gerettet und circa zwölftausend Evakuierte auf fünfzig Auffanglager in Turnhallen und Schulen verteilt.

21 Uhr: Eine erste große Lagebesprechung mit Befehlsausgabe an alle Akteure findet statt. Die Presse ist anwesend.

18. Februar

0 Uhr: Transportflugzeuge der amerikanischen, englischen und deutschen Luftwaffe bilden eine Luftbrücke zwischen Köln-Bonn und Hamburg.

Etwa sechsundzwanzigtausend Helfer kommen zum Einsatz, darunter achttausend Bundeswehrsoldaten, sechstausend Soldaten von NATO-Streitkräften wie der US Air Force und der Royal Air Force, zweitausend Polizisten und zweitausend Feuerwehrmänner. Unterstützt werden sie von Tausenden freiwilligen Helfern der zivilen Hilfsorganisationen.

Auch zahlreiche Hamburger Bürgerinnen und Bürger engagieren sich beim Reparieren der Deiche und bei der Evakuierung der Menschen. In einer großen Solidaritätswelle werden Kleider und Essen gespendet und obdachlos gewordene Menschen aufgenommen.

19. Februar

Mittlerweile konnten hundertneunzehn Tote geborgen werden. Doch jeder ahnt, dass es noch viel mehr werden. Taucher beginnen, Leichen aus den überfluteten Häusern und Gebieten zu bergen. Tausende von Nutz- und Haustieren ertranken, über sechstausend Behelfsheime wurden zerstört oder schwer beschädigt, über zehntausend Wohnungen sind monatelang unbewohnbar und die Menschen obdachlos. Die finanziellen Folgekosten der Sturmflut von 1962 belaufen sich auf drei Milliarden Deutsche Mark.

19 Uhr: Auf der vierten Lagebesprechung des Einsatzstabs wird offiziell festgestellt, dass die akute Gefährdung von Menschen vorüber ist. Die vom Wasser eingeschlossene Bevölkerung in Wilhelmsburg und Altenwerder wird weiterhin per Hubschrauber versorgt, in den anderen Gebieten erfolgt die Hilfe nun per Boot. Die Besatzungen verteilen Trinkwasser, Essen und Säuglingsnahrung, Kleidung und Kohlen, Kochgeräte und Medikamente. Insgesamt werden per Hubschrauber rund zweitausenddreihundert Einsätze geflogen.

20. Februar

12 Uhr: Die Teilnehmer der Lagebesprechung beschließen, dass ein Großteil der Maßnahmen jetzt auf die zivile Verwaltung übergehen kann. Es werden drei Leitungsstäbe gebildet.

Besondere Aufmerksamkeit wird der Entwässerung von Wilhelmsburg gewidmet sowie der Schließung der noch offenen Deichlücken und der Sanierung der zerstörten Straßen.

21. Februar

Bis auf zwölf Helikopter verlassen alle Flugstaffeln Hamburg. Auch die Soldaten der anderen Einheiten werden größtenteils abgezogen.

Polizeisenator Schmidt erstattet im Rathaus vor der Hamburger Bürgerschaft über die bisherigen Maßnahmen Bericht. Einen Eindruck davon finden Sie in diesem Roman. Wenn Sie den genauen Wortlaut seiner Rede nachlesen möchten, schauen Sie gerne auf meiner Website unter www.anja-marschall.de vorbei.

26. Februar

17 Uhr: Mehr als hunderttausend Hamburgerinnen und Hamburger versammeln sich zehn Tage nach der Katastrophe auf dem Rathausmarkt, um in einer Trauerfeier der dreihundertfünfzehn Toten zu gedenken. Fünf von ihnen sind Soldaten, Polizisten und Helfer. Neben anderen Vertretern der Bundesregierung sind auch Bundespräsident Heinrich Lübke sowie der Berliner Bürgermeister Willy Brandt, als Vertreter des Bundesratspräsidenten, anwesend.

Zwischen 16:45 und 17 Uhr: Alle Kirchenglocken läuten in der Stadt. Das öffentliche Leben steht still. Im Hamburger Hafen wird die Arbeit komplett niedergelegt. In der ganzen Stadt wehen die Flaggen, wie bereits in den Tagen zuvor, auf halbmast. Beethovens Trauermarsch *Eroica* aus der Sinfonie Nummer 3 leitet die Gedenkveranstaltung ein.

1. März

Bei einem Trauerakt erfolgt auf dem Ohlsdorfer Friedhof eine Sammelbestattung von siebenundsiebzig Flutopfern in einer Ehrengrabstätte. Seit 1972 ist dieses Gelände als Flutmahnmal gestaltet.

Die Solidarität für die Opfer in den Wochen seit der Schicksalsnacht im Februar ist ungebrochen. Als das Ausmaß der Katastrophe deutlich wird, setzt eine für unmöglich gehaltene Welle der Hilfsbereitschaft ein, die in Sach- und Geldspenden aus dem In- und Ausland (rund vierzig Millionen Deutsche Mark) oder privat organisierter Nachbarschaftshilfe ihren Ausdruck findet. Die Bewohner der überfluteten Gebiete erhalten zügig staatliche Unterstützung. Zunächst ein Handgeld von fünfzig Deutsche Mark als Soforthilfe. Insgesamt werden für rund einunddreißigtausendfünfhundert Fälle etwa fünfzig Millionen Deutsche Mark aufgewendet. Tausende von Kindern, Müttern und älteren Leuten können dank großzügiger Spenden zur Erholung geschickt werden.

Und so hat auch das Gute und Menschliche damals seinen Platz. Die Hilfsbereitschaft all jener, die vom schweren Schicksal der betroffenen Hamburger und Hamburgerinnen hören, lassen so manchen Betroffenen nicht völlig verzweifeln. Der ungeheure Mut aller, die Frauen, Alte und Kinder vor den Fluten unter Einsatz ihres eigenen Lebens retteten, wird noch heute bewundert.

Vincinette schweißt die Menschen der Stadt zusammen und gräbt sich zugleich tief in die Erinnerungen der Stadt ein. Noch immer wird die Jahreszahl 1962 mit der Nacht vom 16. auf den 17. im Februar verbunden.

DANKSAGUNG

Ich habe schon viele Bücher geschrieben, doch dieses lag mir besonders am Herzen, denn es geht um einen einschneidenden Moment in der Geschichte meiner Stadt. Alle Hamburger haben *Vincinette* erlebt und durchlebt, ob sie nun mit Leib und Leben betroffen waren oder nicht. Auch meine Großeltern und meine Eltern, unsere Nachbarn und Freunde senkten noch Jahre später ihre Stimmen, wenn sie von jener Nacht sprachen. Ich war noch ein Kind und verstand nicht, warum die Gedanken der Erwachsenen mit einem Mal so düster wurden. Er später, als ich älter wurde, begriff ich das Leid.

Und so war es mir als Autorin ein besonderes Bedürfnis, endlich all das über das Maß reiner Fakten hinweg zu verstehen.

Für dieses Buch habe ich Zeitzeugen befragen können, aber auch Archivare und Politikgefährten des ehemaligen Bundeskanzlers. Ich habe in Bibliotheken recherchiert und im Internet, das hier große Hilfe geleistet hat, denn die Sturmflut von 1962 ist noch »jung« genug, um in Filmen und auf Websites mit viel Material dokumentiert zu werden.

Dennoch waren Menschen nötig, die mich mit ihrem Fachwissen so wunderbar unterstützt haben, dass ihnen mein besonderer Dank gilt. Darunter findet sich Peter Beenk, Archivar des *Museum Elbinsel Wilhelmsburg e. V.*, der die Flut damals am eigenen Leib erlebt hat und als Teil des Vorstands des Vereins mir in größter Detailtreue vieles von damals erzählen und zeigen konnte.

Eine veritable Quelle an Informationen fand ich im Archiv der *Helmut-Schmidt-Stiftung* dank der Archivarin Karin Ellermann, die mir mit größter Geduld alles zugängliche Material verschaffte. Dank ihr ahne ich, dass in dem Archiv noch viele weitere spannende Ideen für Romane versteckt sein müssen.

Meine ersten Recherchen führten mich an jenen Ort, wo *Vincinette* auf Land traf: zum Stadtarchiv von Cuxhaven. Auch den Mitarbeitern dort bin ich zu Dank verpflichtet, denn sie haben mir den Blick in eine Vielzahl von Zeitungsausschnitten und Materialien gewährt, die es sonst kaum noch zu finden gibt.

Für die wertvollen Hinweise zu der Arbeit der drei Feuerschiffe in der Deutschen Bucht danke ich Dr. Lars Kröger vom *Deutschen Schifffahrtsmuseum* in Bremerhaven, der mich vor dem ein oder anderen Fettnäpfchen bewahrte.

Last, but not least danke ich von Herzen den Herren Pasternak, Bertinetti und Hasenbrink vom *Fliegerhorst Ahlhorn*. Sie alle waren früher SAR-Piloten und wiesen mich im Hubschraubermuseum Ahlhorn unter anderem in die Technik und Funktionsweise einer Sycamore Bristol 171 derart geduldig ein, dass ich manchmal dachte, ich könnte so ein schmuckes Ding selbst fliegen. Leider gibt es nur noch ein Exemplar dieses Typs, das noch flugtauglich ist. Es steht in einem privaten Museum am Salzburger Flughafen und wird wartungstechnisch von Ahlhorn aus betreut.

Die ersten, die *Als der Sturm kam* in Händen hielten, waren jene kritischen und zugleich wohlwollenden Menschen, die mich seit vielen Büchern als Testleserinnen und Testleser begleiten. Dieses Mal lasen die Buchhändler Inke Ulrich, mein wunderbarer Ehemann Jürgen sowie Frauke Ibs vorab für Sie.

Jennifer Schade war zum ersten Mal dabei. Ich danke euch allen für eure Anregungen und das Mutmachen.

Den letzten Schliff erhielt mein Buch von meiner Lektorin Nadine Buranaseda. Sie ist eine erbarmungslose Wortwiederholungskillerin und die ewige Sucherin des guten Stils. Kaum einer schwingt die Dudenpeitsche so gekonnt wie sie. Sollte mir dennoch trotz aller Sorgfalt ein Fehler im Text unterlaufen sein, geht dieser voll und ganz auf mich. Und ich freue mich, wenn Sie mich darauf hinweisen.

EIN GANZ BESONDERER DANK

Das Leben als Autorin kann manchmal eine recht einsame Angelegenheit sein. Da sitzt man am Schreibtisch, grübelt, tippt, löscht und zweifelt voll Leidenschaft. Wenn dann die Nachricht eintrifft, man hätte ein Stipendium erhalten, das einen zu neuen Ufern führt, sind alle Stolpersteine vergessen. Nun kommt die Freude darüber, wenigstens für eine kurze Zeit neue Menschen kennenzulernen, weite Horizonte zu entdecken und eine frische Brise durch die Gedanken wehen zu lassen.

Und so möchte ich mich an dieser Stelle bei der Insel Juist bedanken und allen Menschen, die mich während meines Töwerland-Krimistipendiums so herzlich begrüßt haben. Insbesondere gilt mein Dank Thomas Koch von der Buchhandlung Juist-Buch, der vor vielen Jahren gemeinsam mit der von mir sehr geschätzten Autorin Sandra Lüpkes das Stipendium aus der Taufe gehoben hat.

Ein weiterer herzlicher und übergroßer Dank geht an die unglaubliche Inka Extra, Herz und Kopf der Villa Charlotte, unter deren Dach ich eine gemütliche Literatenklause beziehen durfte und die mich aufs Mütterlichste betüddelt und bekocht hat.

Danke Ihnen allen.

QUELLEN (AUSWAHL)

Eine persönliche Zusammenstellung der Ereignisse in **Cuxhaven,** mit interessanten Informationen, die es in Geschichtsbüchern so nicht nachzulesen gibt, finden Sie unter http://cuxhaven-seiten.de.

Protokoll der **4. Sonder-Sitzung der Bürgerschaft,** Bericht des Senats über die Hochwasserkatastrophe und die eingeleiteten Hilfsmaßnahmen, 21. Februar 1962 (ist in Teilen in diesem Buch enthalten)

Interview mit Raymond Ley zur Nacht der großen Flut, NDR, 2004

Das war die große Flut, Sonderdruck des *Hamburger Abendblatt* vom März 1962

Archivmaterial des Museum Elbinsel Wilhelmsburg e.V., Kirchdorfer Straße 163, 21109 Hamburg

Auf einen Kaffee mit Loki Schmidt, Hoffmann & Campe 2010 (hier besonders ihre Erinnerungen an die Nacht vom 16. auf den 17. Februar 1962)

Hamburg weint um seine Toten, NDR retro, Liveübertragung der Trauerfeier vom 21. Februar 1962

Unbedingt zu empfehlen ist die **Hamburg-Chronik** (Internet und als Buch), die ich für meine Erstrecherchen zurate gezogen habe, siehe https://www.hamburg.de/sturmflut-1962.

Interview Helmut Schmidt mit dem *Spiegel* zur Flutkatastrophe, 1962, Bl. 60–64a, (*Helmut-Schmidt-Archiv*)

Für weitere Quellen gehen Sie gerne auf meine Website www.anja-marschall.de. Dort finden Sie ab Erscheinungsdatum Informationen und Fotos zu den Recherchen. Wenn Sie Aktuelles über meine Lesungstermine oder weitere Buchideen suchen, schauen Sie auch mal bei Facebook (Anja Marschall) und Instagram (anjamarschall_autorin) vorbei. Ich freue mich auf Sie!

Ihre Anja Marschall

Der Arzt, der den Autismus entdeckte

Laura Baldini
Aspergers Schüler
Roman
Piper, 368 Seiten
ISBN 978-3-492-07185-7

Wien, 1932: Erich ist noch ein Junge, als er zu Dr. Hans Asperger an die Uniklinik kommt. Er sieht die Welt nicht wie andere Kinder. Er kann hochkomplexe mathematische Probleme lösen, aber es fällt ihm schwer, seine Gefühle zu zeigen. Die Krankenschwester Viktorine schließt Erich ganz besonders ins Herz. Als die Nazis an Einfluss gewinnen, arrangiert sich Asperger mit den neuen Machthabern. Viktorine aber ist entsetzt, als sie erfährt, dass die kleinen Patienten nun in Lebensgefahr schweben.

Leseproben, E-Books und mehr unter **www.piper.de**